I Marlin

Gisbert Haefs

IL MERCANTE DI CARTAGINE

Traduzione di Giuseppe Cospito

Marco Tropea
Editore

www.saggiatore.it

Titolo originale: *Amilkars Garten*

La scheda bibliografica, a cura del Servizio Biblioteche Provincia di Milano, è riportata nell'ultima pagina del libro

IL MERCANTE DI CARTAGINE

1

Nella cantina fredda e umida l'afa della sera di inizio estate non era che un lontano ricordo. Non si udivano più i rumori della città e i pesanti blocchi di pietra riducevano a un lieve lamento perfino il barrito di alcuni elefanti, che reclamavano il loro foraggio, su nella fortezza. Si percepivano soltanto i respiri e i movimenti degli uomini.

Dopo avere aperto la porta con la chiave, lo schiavo infilò la fiaccola in un sostegno alla parete. Rivolse un'occhiata al suo padrone, il medico: quando questi annuì, il libio si inginocchiò davanti alla cassa disadorna. Aprì il coperchio che la chiudeva ermeticamente con due catenacci, poi il sigillo che fermava le estremità delle corde, quindi il fiocco dalla foggia quasi infantile, e finalmente poté scostare il pesante telo impermeabile.

Bomilcare chiuse gli occhi. Senza guardare, percepì l'odore del sale, un odore di salamoia pesante e stantio. Quando riaprì gli occhi, gli sembrò di sentire anche l'odore del cadavere. "Strano" pensò "gli occhi sentono gli odori più del naso." Sfiorò il romano con uno sguardo obliquo.

Tito Letilio si mostrava impassibile. L'ombra verdognola intorno al suo naso era probabilmente un effetto della luce tremante della fiaccola.

«È qui dentro» disse Artemidoros. «Non è grazioso?» Il medico si chinò in avanti ad ammirare la propria opera.

Letilio si inginocchiò accanto allo schiavo e fissò l'apertura del telo. Protese lentamente il braccio destro, lo tuffò nella brodaglia e cercò a tentoni i capelli del morto, tirandoli finché non riuscì a vederne il volto.

«Ave, Marco Lavinio» mormorò.

«Contento?»

Letilio si rimise in piedi, si ripulì la mano sulla veste elegante e si rivolse al medico. «Contento? Sarebbe eccessivo. Ma è proprio Marco Lavinio. Che cosa gli hai fatto?»

Artemidoros schioccò le dita e lo schiavo tese nuovamente le corde, chiudendole con un altro fiocco.

«Che cosa gli ho fatto? L'ho privato delle interiora, naturalmente, poi lo abbiamo bollito in una salamoia densa. I nobili membri del Consiglio confidavano nella diffidenza dei romani. E a ragione, come sappiamo ora. Il tuo compatriota dovrebbe sopportare bene il viaggio di ritorno. Prima o poi marcirà, ma credo che potrai portarlo intatto a Roma, dove lo seppellirete secondo le vostre usanze.»

Letilio annuì, poi rivolse lo sguardo a Bomilcare. «Adesso posso dire ai miei uomini...»

Bomilcare sollevò le sopracciglia. «Adesso? Questa sera stessa?»

«Bisogna caricarlo sulla nave; deve partire con il vento del mattino.»

«Come credi. Una breve conoscenza e, per te, un lungo viaggio per così poco.»

Il giovane romano fece una smorfia, che si trasformò in un sorriso un po' sofferente. «Ti sbagli. Io non riparto subito.»

«Ah.»

«Non potete scambiarveli più tardi, i vostri *ah* e i vostri *oh*?» Artemidoros arricciò il naso. «Devo occuparmi anche di qualche vivo. E poi c'è ancora la questione delle firme.»

«Quali firme?» chiese il romano.

«Ordine del Consiglio. Attestare in triplice copia che la merce è stata consegnata in condizioni soddisfacenti. Una per il custode degli scritti nell'edificio del Consiglio, una per te e una per me.»

«Perché per te?»

Artemidoros sogghignò. «Così, quando sarò vecchio, dopo la prossima guerra tra la tua città e la mia, potrò vantarmi di aver bollito un romano, una volta. Con l'autorizzazione dei romani.»

Letilio scoprì gli incisivi, uscì dalla camera sotterranea e gridò qualcosa. Quattro uomini della sua nave, tutti dall'aspetto di soldati, scesero la scalinata. Mentre quelli si affaccendavano intorno alla cassa da morto, Letilio e Bomilcare seguirono il medico su per le scale, fino a un locale adibito a ufficio.

Qui Artemidoros aveva fatto preparare tre ritagli di papiro, tutti riportanti lo stesso numero di segni, in tre lingue. Il romano diede una scorsa alla versione latina e poi a quella in ellenico.

«Suppongo che quella in punico non presenta differenze.»

Il medico rise a singulti. «Anche se fosse, non te lo direi. Firma e basta.»

Letilio prese uno stilo dalla punta ben masticata, lo intinse nell'inchiostro e scrisse per tre volte il proprio nome sui papiri. Il medico sventolò i fogli fino a che l'inchiostro si fu asciugato, ne porse uno al romano e soffiò sulle lampade a olio.

«Tenetelo fuori, durante la notte, e non fatelo sbattere troppo, in modo che non si danneggi.»

Quattro fanti della fortezza, opliti libi, scortarono il convoglio attraverso la città. La cassa era stata issata su un carro a quattro ruote, messo a disposizione dal magazziniere della fortezza. Letilio era silenzioso: forse pensava ai passi successivi che avrebbe dovuto compiere nel paese straniero. In ogni caso, quella sera, strade, persone, botteghe e banchi non sembravano attirare particolarmente la sua attenzione.

L'aria continuava a essere afosa; le nuvole trattenevano la pioggia, come se volessero conservarla per un'occasione particolare. Bomilcare si passò l'avambraccio sulla fronte sudata. Era tutto diverso da come se l'era immaginato quel pomeriggio al porto.

Era seduto sul selciato del molo, con la schiena appoggiata a una bitta, quando, oltre il cestino con le teste dei pesci maleodoranti, aveva visto la nave scivolare attraverso l'imboccatura del porto. Un veliero veloce romano, largo sette passi e lungo almeno venti; avevano abbassato il pennone e arrotolato con cura la vela. Su ogni lato, quattro rematori vogavano in tranquilla armonia: soldati, come i due uomini sul ponte, che se ne stavano immobili accanto ai timonieri; come l'uomo a prua, che ora abbandonava il suo contegno rigido e si chinava a raccogliere le gomene; e come l'uomo accanto all'albero senza vela, che sembrava ispezionare il porto rettangolare, le navi, gli edifici, gli stivatori e i marinai, il passaggio verso nord chiuso da catene dove, dietro i pesanti portali rivestiti di metallo, si trovava il porto militare.

«O...» mormorò Bomilcare senza muoversi: dalla sua postazione sul lato orientale del bacino riusciva a vedere abbastanza. Osservò nuovamente gli uomini a bordo della nave romana. Nessun "ma", nessun dubbio. L'uomo accanto all'albero senza vela doveva essere quel Tito Letilio Mucro annunciato dai romani. Un mercante egizio dalle buone entrature aveva confermato il nome, come poi aveva fatto, due giorni prima, un uomo di fiducia del Consiglio. La persona inviata dal Senato e dal popolo per riportare in patria la vittima di un omicidio non dimostrava più di venticinque anni. A bordo della nave non potevano nascondersi molti altri uomini e quelli che si potevano vedere erano senza dubbio marinai, anche se militari.

"Troppo giovane" pensò Bomilcare, che pure non era molto più vecchio e che sarebbe stato l'antagonista del romano, se mai si fosse giunti a qualche forma di confronto. Non si era preoccupato eccessivamente dei dettagli più minuziosi della gerarchia romana... se non quanto bastava per sapere che, di norma, compiti delicati come questo venivano affidati a uomini più anziani. Uno avrebbe dovuto avere almeno quarant'anni, per... ma in questa storia era tutto straordinario: perché quindi l'avversario avrebbe dovuto seguire la prassi ordinaria? Erano trascorsi dieci anni dalla grande guerra romana e sette dal ricatto con cui i romani si erano impadroniti di tutte le altre grandi isole e delle miniere d'argento. Sette anni senza guerra, ma non di pace: Bomilcare non dubitava che, presto o tardi, ci sarebbe stata un'altra guerra e che anche i romani pensavano al nemico, quando veniva fatto il nome della sua città, che non riuscivano a pronunciare esattamente... Carthago! Che *Qart*, "città", fosse diventato *Kart*, trasformando la consonante kaf, generata in fondo alla gola, in una comune kappa ellenica, poteva andare; ma come era stato mai possibile che da *Hadasht*, "nuova", si fosse giunti a *Hago*? Forse Letilio sarebbe stato in grado di spiegarglielo.

Ora il veliero si trovava all'estremità occidentale del bacino del porto, dove aveva appena attraccato. Dalla porta che conduceva alla città, nell'angolo nordoccidentale, si avvicinavano tre uomini: Arish, nobile membro del Consiglio e portavoce del comitato dei Cinque, responsabile per gli affari esteri, accompagnato da un uomo armato e da un interprete. Bomilcare rimase tranquillo a osservare Arish dare il benvenuto al giovane romano e dirigersi insieme a lui verso la porta; la guardia portava un fascio di scritti, probabilmente indirizzati dal Senato al Consiglio, e l'interprete gesticolava mezzo passo indietro rispetto ad Arish e a Letilio.

Nel porto si svolgevano le occupazioni consuete; nessuno sembrava attribuire particolare importanza alla nave romana. Era metà pomeriggio e, sotto un cielo grigio, l'afa era soffocante. Al mattino, il vento da nord che aveva sospinto la nave romana sul mare era cessato; probabilmente nelle ultime ore avevano dovuto remare. Bomilcare sudava anche senza muoversi. Pensò al vento del nord come a un pastore che avesse condotto il suo gregge di nuvole sulla città, per poi abbandonarvelo. Quelle pecorelle lassù non avrebbero belato, ma presto si sarebbero sciolte in pioggia; fino ad allora, sarebbero rimaste sospese sulla città come una coltre di lana grigia.

Uno dei rematori romani saltò dal veliero sul molo, dirigendosi lentamente verso nord, verso la porta, con le mani intrecciate dietro la schiena. Si fermava continuamente a osservare botteghe e officine: scaffali pieni di eleganti recipienti di vetro, accanto a banchi con contenitori per l'olio in terracotta dal fondo appuntito, qualche passo più avanti il capannone di un velaio e quindi l'osteria. Quando si fu allontanato, dall'ombra di una tettoia si materializzò un individuo, vestito solo di un perizoma di pelle. Il libio Zililsan avrebbe seguito il romano come un'ombra invisibile.

Gli altri sembravano decisi a restare a bordo della nave. Un venditore d'acqua si avvicinò al veliero con un otre di pelle di capra sulle spalle, seguito da altri uomini che vendevano polli, frutta e pane; dall'osteria giunse una prostituta. I romani rifiutarono ogni cosa. Quando ormai Bomilcare aveva deciso di alzarsi, uno dei timonieri lasciò l'imbarcazione e ciondolò come per caso verso la porta. Sarebbe stato seguito da un altro uomo, il numida Duush, ma fuori dall'area del porto: Bomilcare gli aveva ordinato di osservare ogni cosa attraverso lo stretto passaggio tra l'osteria e l'officina di un fabbricante di gomene, senza farsi vedere.

Attese ancora un poco, cento respiri o forse più, prima di alzarsi finalmente in piedi. Sapeva che c'erano altri due suoi uomini di guardia: forse altri romani sarebbero andati in perlustrazione. Ma Bomilcare non poteva né voleva restare più a lungo nel porto. Era sudato e desiderava un bagno, un chitone pulito, cambiarsi la veste elegante insozzata ad arte, e bere del vino allungato con acqua fresca. Inoltre doveva occuparsi del suo vero avversario, che senza dubbio era ansioso di vedere il cadavere e porre domande.

Come sempre si guardò intorno ostentando un'espressione distratta. Vide i carpentieri seminudi nel capannone di un cantiere navale e, oltre lo scafo non ancora terminato, i segni rozzi scarabocchiati da qualcuno sulla superficie interna delle grandi mura marittime: "Matho è un coglione". Osservò gli schiavi, che bisbigliarono tra loro fino a che lui fu abbastanza vicino alla porta della bottega del fabbro ferraio da poterli sentire: a quel punto si voltarono e rientrarono. Vide le chiazze di colore e le macchie di umidità sul ponte mobile da cui si accedeva al porto militare, i sandali con le frange e le stringhe consunte ai piedi della guardia davanti all'edificio della banca, che apparteneva a un elleno; si vide rispecchiato nel vassoio d'argento che una giovane donna portava davanti al petto come uno scudo, fino a quando scomparve nell'ingresso di un'osteria. Contò distrattamente le pietre sconnesse, sul punto di staccarsi dal selciato della strada, e le innumerevoli perle colorate di rosso del tendone davanti al passaggio verso il cortile interno di un edificio in affitto a cinque piani. Vide i muscoli di un facchino. I muscoli delle braccia di una venditrice di stoffe, che trasportava balle pesanti. I muscoli della schiena di un uomo con una cicatrice sul polpaccio destro, chino sui rotoli del banco di un libraio. I piedi grassocci di una prostituta.

Ma non si lasciò sommergere da questi mille particolari: mentre una parte del suo spirito li osservava, li esaminava e li archiviava, Bomilcare pensava alle ore pesanti che lo attendevano. Avrebbe discusso con il romano, che sperava non parlasse soltanto in latino. Si sarebbe diretto insieme a lui fino al muro dell'istmo, dove il cadavere dell'altro romano giaceva in una cantina. Lo avrebbero portato sulla nave e, non appena i romani fossero ripartiti, Bomilcare avrebbe comunicato al membro del Consiglio Arish che era tutto finito. Arish il Mite, come amava farsi chiamare, che si era adoperato affinché l'inviato dei romani, chiunque fosse, potesse mettere piede nella robusta fortezza. Arish la Medusa, come lo chiamavano non appena si allontanava. Arish il proprietario terriero: ricco, influente, uno degli esponenti principali del Consiglio, uomo di fiducia del grande Annone, avversario dello stratega Amilcare e di tutti i suoi seguaci.

D'un tratto Bomilcare rabbrividì: una sensazione di pericolo. Negli anni in cui aveva combattuto in Iberia aveva imparato a fidarsi ciecamente di quell'istinto. La spiegazione sarebbe arrivata in seguito: era sempre accaduto così.

Non accelerò l'andatura né si fermò, ma rimase in ascolto. Udì un vocio e il rumore di innumerevoli passi. Qualcuno, nell'osteria sulla sinistra, fece cadere un recipiente di terracotta e ne maledì ogni singolo coccio. Più avanti, nel punto in cui la strada sboccava nella piazza antistante l'edificio del Consiglio, alcuni abiti colorati erano appesi a una corda tesa tra le case. Gli edifici alti, la strada e i panni si trasformarono in un cerchio di fuoco, che Bomilcare avrebbe dovuto attraversare per raggiungere la piazza, ma che non avrebbe dovuto attraversare se gli era cara la vita.

Si morse il labbro inferiore, mormorò «sciocchezze» e si fermò a osservare le dita di un orafo, il martelletto, la lastra sottile dai bordi rialzati. Scorse con la coda dell'occhio le persone che camminavano dietro di lui: donne, uomini, bambini, adolescenti. L'uomo dalla schiena robusta e la cicatrice sul polpaccio, che continuava a rimirare i rotoli dei libri. Dove si erano mai visti uomini dai muscoli possenti e con cicatrici da spada sulle gambe comprare rotoli?

Poi non percepì più la minaccia, svanita improvvisamente così come era iniziata. Bomilcare seguì l'uomo, che non aveva comprato nessun libro, fino a che sparì nella ressa della grande piazza.

Non c'era traccia di Duush e Zililsan. E, come era prevedibile, non c'era traccia di Arish il Magnifico nell'edificio del Consiglio. Il salone in cui i ricchi e i potenti erano soliti discutere il destino della città era deserto; così il corridoio piastrellato, dove si trovavano le statue degli dèi, corrose dal tempo; così gli scalini consunti che portavano agli uffici del primo piano.

Quando Bomilcare entrò, lo scrivano Amilcare, che in questa vicenda fungeva da anello di congiunzione tra lui e Arish, alzò gli occhi dai suoi rotoli, stili, timbri e vasetti. Si sentiva odore di cuoio vecchio, delle assi pesanti del pavimento pulite tutti i giorni, di papiro e del sudore dello scrivano.

«Il nobile capo dei Cinque si trovava in uno stato d'animo che si potrebbe definire tutt'altro che sereno.» Amilcare sogghignò; una chiazza di luce giallognola – la luce del sole calante, riflessa da una superficie argentata e proiettata attraverso il vano della finestra – faceva risaltare il suo naso. «Diciamo: per due terzi contrariato e per un terzo preoccupato.»

Bomilcare si diresse alla finestra e guardò fuori, verso la piazza. La superficie che rifletteva la luce era un piccolo oggetto metallico sul cornicione di una finestra, al quarto piano dell'edificio di fronte. Nessun pericolo.

Si voltò nuovamente verso Amilcare. «Ha lasciato istruzioni? Argento? Oppure solo l'odore ripugnante del suo malumore?»

Lo scrivano rovistò tra gli stili e i sigilli per i rotoli, estraendone un borsellino. «Ecco. Dieci *shiqlu*. Con questi dovresti assicurare l'ospitalità al romano. O qualunque altra cosa.» Strappò un pezzo di papiro, prese uno stilo con la mano sinistra, l'intinse nell'inchiostro, scarabocchiò qualcosa e lo porse all'altro. «Una firma, prego. In modo che tutto segua il disordine consueto.»

Bomilcare prese il borsellino, lo aprì, vi sbirciò dentro e annuì. «Dieci, va bene.» Prese lo stilo e confermò di aver ricevuto dieci *shiqlu*.

Amilcare l'osservò richiudere il borsellino e infilarlo nella borsa appesa alla cintura. Emise un lieve sospiro, ma non disse nulla.

«Strano, non mi hai chiesto se posso prestartene un po'. Dadi e cavalli ti sono stati favorevoli?»

Lo scrivano sorrise un po' afflitto. «Una nuova donna per bene, vedova di un uomo che è affondato con la sua nave, ma le ha lasciato il suo denaro... tu, invece, è strano che non ti chieda perché Arish è contrariato.»

«Immagino che abbia a che fare con il rango del romano. Il nobile signore si è precipitato al porto per dare il benvenuto a un suo pari rango, ma Roma gli ha mandato un ragazzo di umile condizione.»

«È così. Il ragazzo attende una guida esperta nella locanda.»

«Ha detto qualcosa, il ragazzo? Parla una lingua umana, oppure solo quel brontolio che usano i romani?»

«Parla in elleno. E ha fatto qualche osservazione incidentale sul vento e sulle onde.»

«Ah, molto istruttivo. Comunque sia... ci vediamo.»

«Non sarà possibile evitarlo.» Lo scrivano si lasciò ricadere sul suo sgabello. «Ma come andrà a finire questa storia? A che razza di gioco volete giocare, voi due ragazzi di umile origine?»

Bomilcare girò i tacchi, facendo scricchiolare le vecchie assi pesanti. «Non so se a lui piaccia giocare. E io non vengo pagato per giocare.»

Amilcare sorrise. «E se vi succedesse di voler andare fino in fondo?»

«Spero di no. E perché mai?»

«Nel caso in cui giungeste nei pressi del luogo del ritrovamento del cadavere...»

«Andrò a salutare Nederbal. È questo che vuoi?»

«Molto perspicace da parte tua. Sì, la mia preghiera sarebbe questa.»

Lo scrivano di Arish era casualmente una delle più vecchie conoscenze di Bomilcare. Vecchia, ma superficiale. Due anni prima, al suo ritorno dall'Iberia, aveva dovuto portare anche saluti e scritti. Amilcare Barca, capo del partito dei Nuovi, stratega di Libia e d'Iberia, possedeva un'ampia tenuta nell'entroterra verde della città, il cui amministratore, Nederbal, la sera dell'arrivo di Bomilcare aveva invitato alcuni amici, tra cui anche Amilcare lo scrivano. Bomilcare si ricordò di una di quelle battute sui nomi... In città c'erano migliaia di uomini di nome Amilcare e, se non ricordava male, il succo dell'aforisma era che non tutti sapevano scrivere, ma che senz'altro c'erano più Amilcare dediti alla scrittura che alla guerra: quindi Amilcare lo scrivano era l'esponente di una maggioranza che aveva più diritti sulla proprietà di terre rispetto ad Amilcare lo stratega. Una stupidaggine del genere, frutto forse del vino, oppure di quelle pessime erbe inebrianti che dovevano essere certo costate molto denaro allo scrivano.

Ora si trovava sul bacino del porto, con una fiaccola scoppiettante in mano. Vide la cassa scomparire nel capanno di poppa, udì, senza comprenderle, le poche parole scambiate a mezza voce da Letilio con gli altri romani, e desiderò di avere tempo. Tempo per un bagno, abiti puliti, un pasto leggero e poi la notte insieme ad Aspasia. Tempo, forse, per formulare tre o quattro pensieri su Arish e sul suo malumore. Tempo per vedere ripartire, l'indomani, il veliero romano. E invece avrebbe dovuto giocare a chissà quale gioco con Letilio. Sospirò in silenzio.

Il giovane romano sollevò il braccio destro; gli altri ricambiarono il saluto. Uno dei rematori gli porse la bisaccia da viaggio e disse qualcosa; Letilio rise e gli altri lo imitarono.

"È sorprendente" pensò Bomilcare "romani che ridono. Romani che bruciano, massacrano, saccheggiano, sì, ma..."

Letilio balzò sul molo. «Bene. Ora sono nelle tue mani.»

«Che cosa hai in mente?»

Il romano si appese la bisaccia alla spalla sinistra, lasciando oscillare liberamente la mano destra, vicino alla spada corta e non distante dall'impugnatura del coltello. «Dipende.»

«Da che cosa?»

«Da te, forse. Andiamo?»

Bomilcare fece qualche passo veloce, fissò nuovamente la fiaccola al sostegno davanti all'osteria e indicò in direzione della città. «Vieni. Perché dipende da me?»

Letilio parve esitare. Quando furono sulla strada che conduceva all'edificio del Consiglio e alla Piazza Grande, disse: «Devo chiarire i retroscena. Tutto quello che riguarda la vita e la morte di Marco Lavinio. Sei tu l'uomo con cui devo lavorare?».

Più che alle parole, Bomilcare prestò attenzione alla voce. Una voce giovane, energica, che parlava un ellenico perfetto. Un giovane ufficiale istruito, solo nella città nemica. Senza dubbio i romani avevano riflettuto bene su chi inviare. Letilio doveva avere qualità notevoli. Tuttavia... in quel momento era soprattutto uno straniero con incarichi gravosi, che avrebbero richiesto molto tempo.

Uno straniero particolare... d'un tratto Bomilcare scoppiò a ridere; quando appoggiò la mano destra sulla spalla di Letilio, sentì il romano trasalire leggermente.

«Sono io l'uomo con cui devi lavorare. Visto che dobbiamo collaborare, facciamo come se fossimo buoni vecchi nemici. Ti prometto che non approfitterò del fatto che sei solo in questa città.»

Letilio si voltò verso di lui sollevando un sopracciglio. «È più facile vincere il disagio che l'indecisione. Dal momento che siamo buoni vecchi nemici, sono io che ti prometto che non approfitterò della tua indecisione.»

Prima di raggiungere la piazza, parlarono di cose senza importanza come il fascino delle onde e la velocità delle navi. Letilio si recò nella locanda, un edificio a due piani ai piedi della collina della Birsa. Qui avrebbe lasciato la sua bisaccia, si sarebbe messo a contrattare sul prezzo del giaciglio per la notte, le coperte, le lampade e l'acqua, dopo di che, in un'osteria sulla piazza, avrebbe atteso Bomilcare, che ormai per quel giorno prevedeva di non riuscire più a farsi il bagno; ma almeno voleva procurarsi un chitone pulito e un mantello per il fresco della sera in una certa officina.

Come Zililsan, Duush e alcuni altri, l'officina aveva a che fare con la seconda parte dei suoi incarichi. La prima, nota a tutti, era la direzione delle forze dell'ordine cittadine; il suo ufficio e gli alloggiamenti delle guardie (o almeno di coloro che non avevano famiglia o non abitavano presso di essa) si trovavano nella grande fortezza. La seconda parte consisteva nel raccogliere, vagliare e riferire notizie segrete al genero e plenipotenziario di Amilcare in Iberia, Asdrubale. Benché Bomilcare ritenesse che i membri del Consiglio competenti ne fossero a conoscenza, tuttavia si sforzava di far passare la sua attività il più possibile inosservata. L'officina che serviva come copertura produceva effettivamente carri per la fortezza: carri pesanti, carriole, carri di ogni genere per il trasporto di persone e cose, e coloro che lavoravano là e altrove venivano pagati con le entrate dello stratega. Di tanto in tanto Bomilcare prendeva in considerazione l'ipotesi di riorganizzare tutto in modo differente, di rendere i segreti davvero tali, di proporre ad Asdrubale di assegnare a qualcun altro il comando degli informatori e delle spie, ma finora tali propositi erano rimasti pura speculazione.

Quando Bomilcare ritornò alla piazza, il romano era seduto a un tavolino imbandito di vino, acqua e un bicchiere. Bomilcare osservò gli altri avventori. In uno dei tavoli più esterni, sotto le arcate del lato orientale della piazza, il libio Zililsan parlava con la prostituta dell'osteria, che indossava un chitone lungo fino al ginocchio, stretto intorno ai fianchi da un'ampia fusciacca rossa; sembrava che dalla fiaccola che si trovava sopra di lei cadessero gocce di fuoco sui suoi capelli corti e crespi.

«Hai fame?»

Letilio attese che Bomilcare si fosse seduto. «Potrei mangiare qualcosa» disse poi. «Mi avvelenerai, se lascio a te la scelta?»

Bomilcare rise a singulti. «E che cosa ne ricaverei? Un altro romano morto... non è certo così che risolveremo la questione.» Si voltò e fece un cenno.

Dall'interno dell'osteria, illuminato da una mezza dozzina di fiaccole, dove tra tavoli, panche e grosse anfore erano seduti una trentina di avventori, risuonò un verso stridulo, probabilmente un richiamo. La prostituta dell'osteria alzò gli occhi, toccò Zililsan sulla spalla e si diresse verso di loro, chinando il capo con un lieve sorriso.

«I nobili signori...?»

«I nobili signori hanno fame. Quali rimedi potete offrirci?»

La donna protese il labbro inferiore. «Avanzi, miseri avanzi.»

Bomilcare sospirò. «E va bene. Vino, acqua e due porzioni di miseri avanzi. Dì al grassone di darsi da fare.»

«Benissimo, gentile signore.»

Bomilcare annuì e le sorrise mentre si voltava. Nel frattempo vide che Zililsan sollevava il suo bicchiere e strofinava il palmo dell'altra mano sul tavolo vuoto.

«Che cosa hai ordinato?» chiese il romano.

«Avanzi. È tardi. Del resto questa osteria è rinomata perché offre una padella di avanzi squisita. Lasciamoci sorprendere.» Si schiarì la voce. «Qual è esattamente il tuo incarico?»

«Facciamo uno scambio. Un baratto. Perché mai dovrei dirti tutte queste cose, fino a che non sarò sicuro che tu, domattina presto, non andrai a riferire tutto a un tuo superiore e che io non dovrò raccontare la storia una seconda volta?»

Più distante, Zililsan sbadigliò ostentatamente, vuotò il bicchiere, lo posò rovesciato sul tavolo, si alzò e se ne andò.

«Va bene. Ma non ho molto da scambiare.» Bomilcare iniziò a riferire, interrompendosi per un istante solo quando la libia portò due brocche di terracotta e un bicchiere. Visto che era sicuro che Letilio gli avrebbe detto solo lo stretto indispensabile, tacque anche lui cose essenziali ed evitò di fare determinati nomi. Quello di Asdrubale il Bello, per esempio, che dirigeva l'amministrazione interna dell'Iberia e l'attività segreta degli informatori. Bomilcare parlò della sua famiglia di artigiani a Itykc, della morte prematura dei genitori; degli anni di servizio nell'esercito, a capo di una centuria; dei combattimenti contro le popolazioni montane dell'Iberia e del suo trasferimento nella capitale, due anni prima.

«Inizialmente avrei dovuto comandare cinque centurie di fanti iberici, acquartierate insieme ad altri soldati entro le grandi mura. Ma poi i responsabili hanno preferito affidarmi il comando delle truppe di guardia, che si occupano dell'ordine in città e nei dintorni, e che rimediano a tutte le malefatte dei criminali. Furti, rapine, profanazioni, omicidi... roba del genere. Perciò hanno chiamato me dopo che un bracciante agricolo ha scoperto il cadavere di Lavinio. Se questo ti conforta, posso assicurarti che sopra di me c'è soltanto il Consiglio della città. Tutte le questioni e le operazioni riguardanti questo caso sono sotto la mia responsabilità.»

Letilio l'osservò con attenzione. Il romano aveva occhi freddi e scuri, il naso sottile, le labbra piene e il mento deciso, ma non prominente. "Non è un volto sgradevole" pensò Bomilcare. "Se non fosse un nemico..." Le dita sottili e prive di peli della sua mano destra giocavano con il bicchiere, dove c'era più acqua che vino. Al confronto, Bomilcare trovò rozze le proprie mani, fittamente ricoperte di peli neri fino alle prime falangi. Si toccò l'orecchio tastando i due sottili anelli d'oro.

«Hai moglie?» chiese il romano. «A quanto ne so, voi vi sposate molto prima di noi.»

«In Iberia. E due figli, un maschio e una femmina. Ma non è voluta venire con me, è rimasta con i suoi parenti. Il suo clan. Qui, per il momento, ho un'ellena, un po' più vecchia di me. E tu?»

«Non ho moglie. Ufficialmente.» Letilio sorrise brevemente. «Forse l'anno prossimo. Tuttavia...»

La libia portò due piatti di legno con un panfocaccia; la seguiva l'oste, sorreggendo una padella con il manico, grande quasi come la ruota di un carro.

«Ecco, affamati signori.» La voce dell'uomo suonava come se, nella gola, avesse dovuto oltrepassare un muro, oppure infilarsi in una strettoia. «Miseri avanzi, sono davvero desolato, ma a quest'ora tarda non abbiamo nient'altro da offrire.» Posò la padella sul tavolo, si pulì le mani sul grembiule di cuoio, fece un largo sogghigno e barcollò fino all'alto bancone dell'osteria, che divideva la sala da pranzo dalla cucina.

La padella conteneva strisce di pasta, anelli di cipolla, purè di fagioli, abbondante carne di spalla d'agnello e almeno tre diversi pesci arrostiti; il tutto ricoperto da chicchi di sesamo e immerso in una salsa a base di olio, spezie e vino.

«Se questi sono i miseri avanzi che vi restano dopo averci pagato i debiti di guerra, mi piacerebbe proprio vedere come sono i vostri banchetti.» Letilio spezzò un boccone di pane, lo guarnì di carne e purè con la spatola di legno ed emise un grugnito, mentre infilava tutto in bocca.

Nel sentir nominare i debiti di guerra Bomilcare trasalì. L'anno prima aveva dovuto scortare fino a Ostia la decima e ultima (nonché più cospicua) consegna d'argento, coniato e non, perché certi figuri, avidi e loschi, minacciavano il tesoro. Mille talenti d'argento, una lunga traversata, tre agguati omicidi... Letilio ne sapeva qualcosa? In tal caso, sapeva anche che Bomilcare capiva un po' il latino?

Scacciò via queste domande. «Il cibo, però, non deve impedirti di parlare» disse. «Capisco anche l'elleno parlato con la bocca piena.»

Letilio iniziò con una lunga narrazione che avvinse Bomilcare, il quale tuttavia comprendeva solo a tratti. Dapprima vi furono alcuni accenni a una famiglia con cinque figli (Letilio era il maggiore), appartenente alla povera nobiltà terriera; poi il romano passò a parlare di cose importanti, cioè dei suoi incarichi nell'ambito dell'amministrazione. In effetti le morti violente erano di competenza del questore; ma visto che Marco Lavinio apparteneva a una famiglia importante, anche se non nobile, per motivi di riguardo (e qui entravano in gioco fattori che Bomilcare avrebbe definito residui, giuridicamente rilevanti, di antichi riti tribali all'interno della compagine statale romana) il questore competente doveva essere affiancato da un "edile curulo". Chiedersi, poi, chi dei due fosse di rango più elevato, avrebbe fornito lo spunto per lunghe discussioni. Ma Marco Lavinio era anche membro di una fratrìa di mercanti per cui, se fosse stato ucciso nelle vicinanze di Roma, anche il capo della fratrìa avrebbe...

«Basta così!» Bomilcare alzò entrambe le mani. «Probabilmente faceva parte anche dell'assemblea popolare di un determinato quartiere e ha prestato servizio volontario in qualche tempio, o sbaglio?»

Letilio si leccò le dita, allontanò da sé il piatto del pane vuoto e alzò gli occhi. «La fai troppo semplice» disse sorridendo. «Le cose vengono ulteriormente complicate dal fatto che Lavinio è morto al di fuori dei territori in cui sono in vigore le leggi romane.»

«Questo invece dovrebbe rendere tutto più semplice.» Bomilcare appoggiò il mento sulle mani intrecciate. L'atmosfera intorno a loro si era fatta più tranquilla: nell'osteria rimanevano ormai soltanto sei avventori, mentre due agenti di Bomilcare iniziavano a spegnere le lampade e le fiaccole sulla piazza. Da qualche parte un cane abbaiò, scatenando le grida selvagge dei polli in un vicino cortile interno. Forse, però, il cane abbaiava di rabbia perché la catena o la corda gli impediva di afferrare la puzzola che aveva fiutato, e le grida dei polli... scosse il capo: erano altre le questioni da chiarire.

Letilio evidentemente immaginò che il gesto di Bomilcare intendesse contraddire l'ipotesi che lui stesso aveva appena formulato. «No» gli disse «hai capito bene, non sarà affatto più semplice. Se Lavinio fosse morto, diciamo, ad Atene, i senatori competenti per i rapporti con i paesi stranieri avrebbero incaricato qualcuno di recarsi ad Atene, probabilmente insieme a un rappresentante del questore interessato. Sarebbe senz'altro andato con loro anche qualcuno della famiglia: per attestare, al di là di ogni dubbio, che il defunto è effettivamente Marco Lavinio.»

La notte si era fatta più fredda, come se l'ultimo calore si fosse dissolto quando erano state spente le lampade. Bomilcare si strinse nel suo mantello di lana. «Ti ascolto. Non che ci capisca molto, ma vai avanti.»

«Dipende, credo, dalle migliaia di leggi diverse con cui regoliamo la nostra convivenza.»

«Quelle le abbiamo anche noi, ma una morte violenta...» A questo punto Bomilcare esitò. «Sto pensando a che cosa accadrebbe se, nei pressi di Roma, un grande mercante... temo che sarebbe quasi altrettanto complicato che per voi.»

Letilio sprofondò nel suo sgabello, appoggiando la schiena contro il muro. «Ah, bene... Stavo dicendo... che le cose però non possono andare così, perché Cartagine non è un paese straniero come gli altri, bensì una grande potenza nemica, con la quale viviamo momentaneamente in pace.»

«Puoi spiegarti meglio?»

«Ben volentieri. Se le porte del tempio di Giano venissero aperte per causa vostra...»

«Questo significherebbe la guerra, vero?»

«Sì... in tal caso la questione rientrerebbe tra le competenze del console responsabile dei rapporti con voi. Tuttavia, visto che per il momento siamo vicini pacifici, la faccenda in realtà sarebbe di spettanza del Senato. Però è vero che Cartagine, essendo la principale grande potenza, rappresenta un'eccezione. Pertanto la competenza ricade nuovamente sul console.»

«Ah ah! Ma allora è tutto molto semplice.»

«Niente affatto. La notizia della morte è giunta a Roma nel momento in cui i vecchi consoli non erano più effettivamente in carica, ma non si era ancora verificato il solenne passaggio di consegne ai nuovi consoli.»

«O per gli dèi! Vai avanti.»

Ora il romano sogghignò apertamente. «Per questo è stato affidato tutto al console – ormai consolare – Marco Pomponio Matone, perché nell'ultimo anno non è toccata a lui la competenza per gli affari cartaginesi. Io ho trascorso molti anni con le legioni, ultimamente nello stato maggiore di Pomponio, quando l'anno scorso intraprese il tentativo di liberare l'isola della Sardegna... Sardo, vero?»

«Che è completamente fallito» disse Bomilcare. «Per trecento anni noi ci siamo accontentati di porti commerciali e di basi d'appoggio fortificate. Per quanto ci riguarda, siete stati voi, sette anni fa, a strapparci l'isola con la forza. Vai avanti.»

Letilio fece un gesto di diniego con la mano. «Lasciamo perdere... quindi la faccenda è stata affidata a Pomponio Matone che, non essendo più effettivamente competente in quanto non più console in carica, non può impartire ordini né ai questori né agli edili. Si è guardato intorno e ha stabilito che io avevo una certa familiarità con le cariche pubbliche... i miei fratelli maggiori e i cugini le hanno esercitate, capisci, e avrebbero potuto insegnarmi qualcosa. Inoltre conoscevo Marco Lavinio e avrei potuto attestare che il morto è lui. Tuttavia, prima di partire, ho dovuto essere congedato dal servizio militare, per così dire, con disonore.» Letilio si piegò in avanti e picchiò sul tavolo. «Infatti, a un consolare privo della relativa competenza, non è concesso impartire ordini a un ufficiale. E uno dei nuovi consoli, per esempio Emilio Barbula, non avrebbe potuto inviarmi, perché non è possibile inviare un ufficiale delle legioni con incarichi ufficiali in un paese con cui non ci troviamo in guerra.»

Bomilcare strinse gli occhi. «Quindi tu sei qui... in che veste? Di comune cittadino romano?»

«I comuni cittadini non possono svolgere incarichi importanti.» Letilio fissò il suo bicchiere vuoto e, con voce sorda, aggiunse: «Stai parlando con una persona che non esiste, punico. In un certo senso io non esisto. Non sono un civile, visto che continuo a percepire la paga di ufficiale; ma in qualità di ufficiale non potrei essere qui. Ho consegnato ad Arish uno scritto del Senato, che non è competente in materia; in questo scritto si dice che in via eccezionale sono investito di pieni poteri e che devo indagare sulla morte di

Marco Lavinio, e si prega il Consiglio della città amica di Cartagine di fornirmi il suo aiuto, nella misura in cui questo non contraddice i trattati in vigore».

Bomilcare rimase per un po' in silenzio. Alla fine, reprimendo un sorriso, disse: «Benvenuto, individuo inesistente. Sono sul punto di credere che potrei anche divertirmi... lasciamo da parte la questione delle competenze. Che cosa hai in mente di fare?».

«Devo stabilire come è stato ucciso Lavinio. Dove. Quando esattamente. E perché. E infine, ciò che più conta: da chi.»

«Tutto questo dispendio di energie per un mercante?»

«Come ti ho detto, era una persona di una certa importanza ed evidentemente aveva amici o parenti in posizioni di rilievo, che si augurano che l'assassino venga trovato e punito... secondo le vostre e le nostre leggi.»

«Non vedo difficoltà al riguardo. Un omicidio è un omicidio, per qualunque legge.» Bomilcare si alzò in piedi. «Vieni, facciamo ancora quattro passi. Pagherò io.»

«Non è necessario» disse Letilio alzandosi a sua volta. «Ho un mandato di pagamento presso una banca locale e qualche moneta, all'occorrenza.»

«Questa sera sei ospite del Consiglio di Qart Hadasht.» Bomilcare pagò, fece un cenno d'intesa alla prostituta dell'osteria e si incamminò insieme al romano nella grande piazza deserta.

«L'agorà di Cartagine» disse Letilio quasi con devozione.

Si diressero verso l'edificio del Consiglio e svoltarono nella via che conduceva alla locanda e alla collina della Birsa dove, al di sotto dei templi, si trovavano le residenze cittadine dei ricchi.

«Ti vengo a prendere qui domattina presto» disse Bomilcare quando ebbero raggiunto la locanda. «Faremo quattro chiacchiere con il medico.»

«Artemidoros?» Letilio parve sorpreso. «E a che scopo? Non è un punico.»

«È di Alessandria, figlio di padre macedone e di madre egizia. Lo sai che laggiù il re affida ai medici i criminali condannati a morte?»

Letilio fece una smorfia. «L'ho sentito. Purtroppo.»

«Le esecuzioni capitali sono pertanto interminabili e raccapricciantі, ma i medici imparano molto e i criminali rendono un servizio alla comunità... in un certo senso. Artemidoros è arrivato da noi quattordici anni fa, durante la guerra, quando avevamo urgente bisogno di buoni medici.»

«E allora?»

«Ha scoperto tre o quattro dettagli molto interessanti sul cadavere di Marco Lavinio. Dopo di che...» Bomilcare inspirò profondamente. «Dopo di che faremo una passeggiata. Fino al giardino di Amilcare.»

«Dove avete trovato Lavinio? Già domani?»

«È troppo presto?»

Letilio brontolò a bassa voce. «Dammi prima un po' di tempo per ambientarmi a Cartagine. E poi, forse, già quello che ha trovato Artemidoros ci spingerà a fare una lunga passeggiata per la città.»

2

«Stai attento!» Aspasia si passò tra i capelli le dita divaricate della mano destra. "Ci vorrebbe un rastrello, non un pettine" pensò Bomilcare seguendo i movimenti di quelle dita sottili ed energiche. Al medio portava un anello d'argento: una testa di leone di raffinata lavorazione, con due minuscole pietre rosse al posto degli occhi.

«Questo sempre, ma perché ora?» disse lui.

Aspasia si appoggiò al tavolo con tutt'e due le mani. «Qui, tutto quello che concerne Roma in realtà riguarda tutti» disse con voce suadente. «I ricchi, i proprietari terrieri, i mercanti, i soldati, i costruttori navali... Credi forse che, quando te ne andrai in giro per Qart Hadasht a fare domande insieme a un romano, ci vorrà molto prima che qualcuno pensi che quel tizio avesse qualcosa da nascondere, magari qualcosa che non ha assolutamente nulla a che fare con le vostre competenze?»

«Potrebbe essere.»

«In un mazzo di fiori si cela sempre un pugnale.» Questa volta aveva parlato in ellenico: sembrava che stesse citando una poesia. «Sul limitare della notte, si nasconde sempre un leone.»

«Di chi è questa?»

La donna alzò le spalle. «Di qualche cantore. Tira un po'.» Voltò la schiena a Bomilcare, che annodò le estremità della sottile fusciacca. Il chitone di lino fresco, lungo fino al ginocchio, ora le stringeva la vita. Quando Bomilcare le mise le mani sui fianchi Aspasia gli diede un buffetto sulla guancia.

«Smettila. È tardi, devo andare alla bottega.»

Poi si chinò e gli diede un bacio sul naso.

Aspasia aveva trentatré anni, cinque in più di Bomilcare. Tre anni prima suo marito, un argentiere elleno, si era improvvisamente ammalato ed era morto. Visto che aveva già lavorato con lui in precedenza e che non c'erano debiti, la donna aveva potuto continuare a gestire l'officina e la bottega, per sfamare se stessa e i suoi due figli. Bomilcare l'aveva conosciuta poco dopo il suo ritorno dall'Iberia; nel frattempo la figlia aveva compiuto sedici anni e abitava qualche strada più a ovest, dove lavorava come domestica e bambinaia presso una ricca famiglia di meteci elleni. Il figlio, quattordicenne, era partito come stalliere e mandriano al seguito di un mercante punico, le cui carovane facevano regolarmente la spola tra Qart Hadasht e l'Egitto.

L'abitazione di Aspasia si trovava al terzo piano di un edificio che ne contava cinque e faceva parte di una costruzione che a nord dava sulla Via Grande, quella che dal porto conduceva alla porta di Tynes. Tutt'intorno allo spazio delimitato dal quadrilatero correvano colonnati di legno su cui si aprivano le abitazioni e, su ognuno dei quattro lati, una scala conduceva dal cortile fino al tetto. Aspasia chiuse accuratamente le pesanti imposte di legno dell'ingresso; mentre scendeva le scale davanti a lui, nella luce chiara del mattino Bomilcare notò che nei suoi corti capelli neri i germogli grigi dovevano essersi moltiplicati, producendo polloni.

Nel cortile, dove c'erano i bagni comuni, gli orti, le stalle per i piccoli animali e numerosi fienili e officine, Bomilcare trattenne Aspasia, la voltò con dolce violenza in modo da poterla guardare negli occhi e le disse a mezza voce: «Sono tormentato dal bisogno di rimediare a una dimenticanza».

Lei fece un sorriso obliquo. «A quale delle tante? Ti è venuto in mente un nome nuovo e raffinato per qualche parte del corpo?»

«Non ho nulla da aggiungere in questo nostro amatissimo gioco. Ma questa notte ho goduto di queste due meraviglie e vorrei lodarle, insieme alle altre.» La baciò sugli occhi. «Solo ora trovo il modo di dirti che amo anche le tracce che gli dèi preposti al tempo hanno lasciato intorno ai tuoi occhi.»

Aspasia infilò la mano destra nell'apertura del chitone di Bomilcare, appoggiò il palmo della mano sul suo petto e lo allontanò da sé. «Anche se non serve a far sparire le rughe, questo mi rende più sopportabile la vecchiaia. O ragazzo dalla lingua di miele... medita sui miei ammonimenti. E lasciami andare: devo lavorare.»

Attraverso il porticato sbucarono nella strada degli incisori di timbri, svoltarono a destra e, dopo poche dozzine di passi, giunsero alla Via Grande. Bomilcare attese che Aspasia togliesse le pesanti catene dalle imposte e aprisse il seminterrato che era insieme officina e locale di vendita. Dalla trattoria accanto giungeva l'odore del pesce del giorno precedente e dell'olio fritto di due giorni prima.

«Che gli idoli verdi della prosperità siano con te, o bella tra le belle» disse Bomilcare.

Aspasia si voltò e gettò uno sguardo verso di lui e la strada. «Ogni volta che parli così hai qualcosa da nascondere. Per esempio, la tua riluttanza ad ammettere che i miei ammonimenti sono giustificati.»

Lui sospirò ostentatamente. «Che cosa potrei nascondere allo sguardo acuto che ti rende tanto insopportabile? Ci vediamo.» Alzò la mano, le sorrise e se ne andò.

Nel vicolo dei facchini, che da una delle strade conduceva fino al porto, trovò Duush e Zililsan al lavoro. Come al solito l'officina, nel cui cortile interno venivano fabbricati e riparati i carri, era ingombra di ciarpame. Duush aveva appena allentato un arco di ferro per esaminare il quadrante di legno che presto sarebbe diventato parte di una ruota. Il numida alzò gli occhi sogghignando.

«Ah, ecco il capo. Che bello: ora possiamo dire che la giornata è iniziata.»

Zililsan mise da parte la morbida pietra bianca con cui aveva scarabocchiato su una tavola di legno. Gettò un'occhiata nel cortile: tranne gli altri tre lavoranti che appartenevano all'impresa di copertura, non c'era nessuno in vista.

«Subito le cose importanti» disse. «I romani sono ripartiti stamattina presto, con il cadavere. I due che sono andati in città sono stati a trovare le solite persone: con prudenza, come si conviene.» Fece tre nomi di uomini noti come spie romane.

«Niente di nuovo, dunque. E per il resto?»

«La nostra amica dell'osteria...»

«Soprattutto tua.» Il tono di Duush era per metà astioso e per metà invidioso. «Hai il suo odore addosso. Faresti bene a darti una lavata.»

«Gli invidiosi hanno il naso fino. Bah.» Zililsan scacciò una smorfia dal suo volto. «Maqusa dice che, dopo che sei sparito con il romano, è venuto qui un tizio dall'aspetto terribilmente anonimo, che ha chiesto di voi come di due cari vecchi amici e poi si è incamminato, trascinando i piedi, proprio in direzione della locanda.»

«Te lo ha descritto?»

«Un uomo molto muscoloso. Con una cicatrice sul polpaccio.»

Bomilcare annuì. «Quello che mi ha pedinato ieri, certo. Lo conosciamo?»

«Non so come si chiama, ma è uno dei sicari di Gulussa.»

Bomilcare fischiò piano. «Gulussa? Ma che cosa c'entra quello con noi o... con i romani?»

Duush arricciò il naso. «Possiede tre osterie, due trattorie, esercita il contrabbando, traffica con merce rubata, si occupa di lavori sporchi, ricatta, mantiene una dozzina di prostitute e regna su quell'orribile vecchio quartiere laggiù. Perché ora dovrebbe tenersi lontano dalle gole dei romani? O dalla tua?» Si passò l'indice sul collo.

«Maqusa dice che dovresti stare in guardia. Dovremmo farlo tutti. Nell'osteria molti avventori hanno parlato del romano morto. Moltissimi.»

«E che cosa fa il romano vivo?»

«È un incapace, come tutti i suoi concittadini» disse Duush. «Se ne sta seduto ad aspettare.»

«Allora non voglio farlo aspettare ancora.»

Ormai Bomilcare era assolutamente certo di odiare quell'incarico. Del romano morto gli importava poco, quello che lo preoccupava erano gli ammonimenti di Aspasia e dei suoi collaboratori dell'officina. Dubitava che qualcosa giustificasse gli sforzi e i possibili pericoli che sarebbero potuti derivare dalle indagini. Gulussa. Roma. Il Consiglio della città. Leoni sul limitare della notte. E, oltre a quella, c'erano già abbastanza questioni da sbrigare. Troppo poco tempo e troppi pochi uomini per fare tutto a dovere. I membri del Consiglio che strillavano, che passavano le giornate nelle loro ricche residenze di campagna e spesso non lasciavano neanche un guardiano a sorvegliare la loro casa di città, e tuttavia pretendevano che Bomilcare non solo facesse luce sull'ultimo furto con scasso e recuperasse gli oggetti rubati, ma che facesse circondare immediatamente e per tutto il tempo a venire la casa con una cortina impenetrabile di guardie. La richiesta del banchiere Hiyarbal: una scorta per proteggere un convoglio di animali da soma che avrebbe dovuto trasportare a Sikka monete e barre d'argento; Bomilcare avrebbe potuto girarla al capo dalla fortezza, visto che lui era responsabile solo per la città e i dintorni, ma anche per questo ci sarebbe voluto tempo... tempo che mancava per altre cose. Romani morti... i romani morti erano romani buoni: perché mai rovistare in questa storia?

Mentre percorrevano la Via Grande verso occidente, Letilio rimase in silenzio a osservare. Bomilcare ne fu contento: poteva continuare a seguire i suoi pensieri, anziché recitare la parte della guida turistica chiacchierona. Più tardi Tito Letilio avrebbe certamente aperto la sua grande bisaccia piena di domande. Oppure no... a seconda che la sua diffidenza fosse aumentata oppure svanita.

La strada lunga settemila passi, che attraversava la città da est a ovest, si allargava continuamente in piazze nelle quali si svolgevano piccoli mercati, per poi restringersi tra edifici residenziali e commerciali. Dovettero scansarsi più volte per evitare carri o facchini; a un certo punto si misero quasi a litigare con un raccoglitore di letame perché Letilio, i cui occhi seguivano una schiava scura seminuda, aveva calpestato un escremento di cavallo particolarmente ben fatto che l'uomo si era già chinato per raccogliere. Bomilcare era disposto ad ammettere che la schiava, con il suo cesto sul capo, era davvero uno spettacolo delizioso, ma Letilio non ne volle assolutamente parlare.

Quando giunsero alla piazza fiancheggiata da palme polverose dove, proprio accanto alla porta di Tynes, iniziava il muro massiccio della fortezza, il romano aprì bocca per la prima volta.

«Eccolo qui» disse, mostrando con l'indice il muro più interno ed elevato dei tre. «È possibile vederlo? Più da vicino, intendo.»

Bomilcare grugnì piano. «Perché no?» disse poi. «Arish ha fatto in modo che tu potessi recarti almeno nelle stanze del medico. E poi... ottant'anni fa Agatocle, il tiranno, è stato sconfitto con il suo esercito davanti alle mura. Venticinque anni fa, il vostro Regolo e le sue legioni non ci hanno neppure provato. Il muro è inespugnabile. E stando così le cose, non può esserci nulla di male se un romano lo vede.»

Letilio annuì. «Un modo prolisso per dire sì.»

Artemidoros era seduto su un'esile panca di legno, teneva gli occhi chiusi e parlava lentamente; il suo scrivano era seduto al tavolo e scarabocchiava in fretta. Quando Bomilcare e Letilio entrarono, l'alessandrino ammiccò; si alzò in piedi, congedò lo scrivano con un gesto della mano e indicò due sgabelli. Si portò dall'altra parte del tavolo e si sedette sulla seggiola che era stata scaldata dallo scrivano.

Lungo le pareti della stanza chiara stavano vari scaffali contenenti rotoli di papiro; la grande finestra aperta dava sull'ampia strada tra le mura della fortezza e le scuderie. C'era odore di animali e di terra umida; di notte aveva piovuto un po', prima che il vento del mattino spazzasse via le nuvole.

«Ma che cosa vi siete messi in testa?» disse il medico guardando Bomilcare. «Volete davvero scavare in profondità? Quali sono le richieste di Roma? Che cosa vuole il Consiglio?»

Bomilcare udì Letilio inspirare profondamente, ma attese invano che il romano parlasse.

«Il Consiglio? Lo sai quali sono i desideri del Consiglio.» Bomilcare appoggiò sul tavolo entrambe le mani con le dita aperte e osservò le proprie unghie, come se fino a quel giorno non le avesse mai viste e tantomeno contate. «I Vecchi, guidati da Annone il Grande, vogliono far coltivare le loro terre dagli schiavi e restare in pace con Roma. I Nuovi vogliono incentivare il commercio con gli altri popoli e la produzione di manifatture di pregio, e non accettano di farsi ricattare da Roma. Arish, capo dei Cinque per gli affari esteri, braccio destro e sinistro di Annone, vuole che Letilio possa muoversi liberamente. Allora?»

Artemidoros rise a singulti. «Il resto posso immaginarmelo. Va bene, in qualche modo sarete pure...» Intrecciò le mani dietro la testa, si appoggiò all'indietro e mise i piedi sul tavolo. «Che cosa devo dirgli?»

La voce di Letilio parve irritata, ma controllata. «Non potete parlare tutto il giorno senza farmi capire nulla.»

Il medico non si spostò, ma si limitò a muovere gli occhi in modo da poter vedere il romano. «Mia moglie è punica. I miei figli sono elleni punici. Punici elleni. La mia fedeltà è al servizio degli uomini di questa città. Quello che so è a loro disposizione. Di nessun altro, e soprattutto non dei...» non disse altro.

Bomilcare abbozzò un sorriso stanco. La parola successiva del medico avrebbe potuto essere "romani", ma anche "insetti nocivi", "predoni" o "violatori dei trattati". «Dicci quello che sai.»

«Cerchiamo di intenderci.» Letilio gli rivolse un'occhiata di sbieco; i suoi occhi apparivano freddi e i muscoli delle guance erano tesi. «Che cosa *devi* fare, che cosa *puoi* fare, che cosa *vuoi* fare... che riguardi lui e me?»

«Io *devo* collaborare con te. *Posso* sbrigare un lavoro pesante. *Voglio* che finisca in fretta. Abbastanza chiaro?»

«Direi di sì.»

Artemidoros rise. «Vedo che vi volete davvero bene e che trascorrerete belle giornate insieme.» Tolse i piedi dal tavolo, si alzò e si diresse verso uno degli scaffali della parete di fronte. Non gli ci volle molto per trovare il papiro che cercava. Volgendo la schiena ai due uomini, disse: «Un cadavere. Ritrovato da un bracciante agricolo, due ore dopo il levar del sole, ai margini di un grande giardino sulla Megara. L'appezzamento in cui si trova il giardino fa parte dei possedimenti di Amilcare, detto Baraq o, in ellenico, Barca: fulmine. Stratega di Libia e d'Iberia, capo dei Nuovi, generale e uomo politico».

Lentamente, con gli occhi sul papiro, si avvicinò a loro e appoggiò le natiche al bordo del tavolo.

«Clamore per l'importanza del proprietario. E per il fatto

che il morto era un romano, che soggiornava qui da giorni. Aveva vissuto a lungo nella tenuta di Amilcare e aveva parlato con l'amministratore lo stesso giorno in cui fu trovato morto. L'amministratore era stato chiamato dal lavorante e poi aveva chiamato a sua volta le guardie. O meglio, le aveva fatte chiamare. Bomilcare e io siamo partiti con due uomini e un carro. Siamo arrivati verso mezzogiorno: sei ore dopo il levar del sole. Giusto fin qui?»

Bomilcare annuì. Il romano non lo guardò, ma continuò a fissare il papiro tra le mani del medico. Poi chiuse gli occhi, come per poter sentire meglio.

«L'amministratore non aveva mosso il cadavere, limitandosi a proteggerlo dal sole con una coperta di cuoio. Io ho ispezionato la salma, prima là fuori e poi qui.» Alzò lo sguardo. «Avete bisogno di sapere con esattezza quali esami ho effettuato e dove, oppure vi bastano i risultati?»

«Solo i risultati; del resto sono stato presente per la maggior parte del tempo.»

Artemidoros si portò all'altra estremità del tavolo e si sedette. «Bene così, dunque.»

Al romano era stata tagliata la gola, probabilmente con un pugnale ricurvo o con una falce. L'assassino si era portato alle spalle di Marco Lavinio: l'aspetto e la direzione del taglio facevano ipotizzare un'azione rapida ed energica da parte di una persona mancina, esperta nell'uso del coltello. Nel frattempo, con la destra aveva piegato all'indietro la testa del romano, afferrandolo per i capelli; altrimenti – disse il medico – non si sarebbero potute spiegare le piccole ferite sul cuoio capelluto: Lavinio aveva opposto resistenza, perdendo così qualche ciuffo di capelli.

«Ecco. L'omicidio non è stato commesso là dove hanno trovato il corpo. Niente sangue, tranne che intorno alla ferita e sugli abiti del morto. Un'arteria del collo recisa... produce una forte emorragia. Quindi è stato ucciso da qualche altra parte e poi trasportato in quel giardino. Ma dove?» Artemidoros alzò le spalle.

«L'abbigliamento» disse il romano. «Gli effetti personali.»

«Ah. Indossava un chitone chiaro... voi dite tunica, non è vero? Di fattura ordinaria, di lino misto a lana, privo di caratteristiche o decorazioni particolari. Sotto portava un perizoma di lana morbida e sottile. Era a piedi nudi, senza mantello, niente anelli né fibbie. Nessuna bisaccia o borsa.»

Letilio annuì. «Derubato, quindi. Da un ladro, oppure da un assassino a cui in realtà non importava nulla dei beni della vittima?»

«Forse non gli importava nulla dei suoi beni» disse Bomilcare. «A volte si deruba un morto anche per non lasciare alcuna traccia della sua provenienza. Ma in questo caso credo che l'ipotesi non sia plausibile.»

«Lo dici perché hanno lasciato il morto nella tenuta di Amilcare, dove il Barca ha vissuto a lungo e tutti lo conoscono?» Artemidoros aggrottò la fronte.

«Forse l'assassino non lo sapeva» disse Letilio. «Ma perché poi lo ha portato laggiù? È stato ucciso là?»

Bomilcare si alzò dal suo scomodo sgabello, si avvicinò al vano della finestra e si appoggiò al cornicione. «No. Nel pomeriggio Lavinio era stato fuori città. Poi è rientrato. Ultimamente viveva in una locanda che viene spesso utilizzata dai mercanti stranieri. Là, a quanto dice l'oste, si è rinfrescato e, poco prima del calar del sole, è uscito: con il mantello e un borsellino pieno di monete. Almeno a giudicare dal tintinnìo.»

«Non può essere ritornato all'abitazione di Amilcare?»

Artemidoros posò il papiro sul piano del tavolo, intrecciò nuovamente le mani dietro la testa e questa volta appoggiò solo una gamba sul tavolo. «No, romano. È stato ucciso nel giro di pochissimo tempo... forse un'ora dopo aver lasciato la locanda. Prima di morire, aveva mangiato qualcosa.» Si interruppe per un istante, poi disse: «Anzi, immediatamente prima».

Bomilcare, che conosceva già questa parte della storia, si voltò e guardò fuori verso l'ampia via: quasi una piazza allungata tra il grande muro e gli altri edifici della fortezza. Accanto a un mucchio di rifiuti, appoggiati alle scope, c'erano due spazzini che si fissavano l'uno con l'altro senza parlare. Da qualche parte un elefante diede sfogo alla sua pena barrendo al cielo mattutino. Da più lontano, percepibile solo da orecchie fini, giungeva il sibilo ritmico di un gruppo di arcieri che si esercitavano. Sull'angolo del secondo edificio delle scuderie erano appollaiati tre uccelli scuri, e a tutta la scena faceva da sottofondo, tremolante come una sostanza informe, la massa dei rumori della città e di tutte le persone che lavoravano, parlavano, imprecavano, ridevano e camminavano.

«Immediatamente?» Letilio parve incredulo. «Come fai a saperlo?»

«Avrai senz'altro sentito delle usanze dei Tolomei, non è vero?»

«Sì. Hai sezionato tanti criminali condannati a morte, da poter dire esattamente quando la digestione finisce e sopraggiunge irrimediabilmente il decesso?»

Dato che conosceva da tempo la diagnosi, Bomilcare ascoltava solo distrattamente. Artemidoros tentò di spiegare tutto al romano con la massima precisione: la morte immediatamente dopo la fine del pasto; cibo poco digerito nello stomaco, qualche residuo ancora del tutto indigerito nell'esofago. Probabilmente Marco Lavinio era stato assassinato da un uomo con cui aveva mangiato. Se Bomilcare provava a mettere insieme tutti i dettagli ne risultava un quadro in cui comunque mancavano due elementi fondamentali: il volto dell'assassino e il luogo esatto del delitto. Si immaginava diversi uomini nel cortile di una buona osteria: un cortile con aiuole e statue, acqua e fiori, tavoli e panche imbottite. Gli schiavi portavano piatti e brocche, mentre gli uomini mangiavano e chiacchieravano.

Una lite? Forse c'era stata una lite; forse tuttavia la morte di Lavinio faceva parte, per così dire, della lista delle vivande: lo avevano invitato per sentirlo parlare per l'ultima volta, prima di eliminarlo. Oppure c'era stata effettivamente una lite, ma in tal caso il romano si sarebbe difeso più energicamente. No, dovevano aver pianificato la sua eliminazione, pensò Bomilcare. Qualcuno lo afferra da dietro per i capelli, gli piega con forza la testa all'indietro e gli infligge un rapido taglio che va da un'orecchio all'altro. Lavinio crolla a terra, sanguinando copiosamente; le mani brancicano, affondano nel terreno morbido: Artemidoros aveva trovato molta terra fertile nera sotto le unghie delle sue dita.

Gli uomini (non poteva essere stato soltanto uno) aspettano che il romano sia morto e dissanguato; poi lo privano di tutti i suoi averi, lo arrotolano in una grande coperta (si poteva spiegare così la presenza di alcune fibre di lana, aveva detto il medico), lo caricano su un carro, lo portano fuori dalla città e lo abbandonano nel giardino di Amilcare. Era andata così o in un altro modo?

«Le mani» stava dicendo Artemidoros «hanno frugato nella terra nera. Il cadavere era scalzo e i suoi piedi erano quasi perfettamente puliti. Presumo che sia stato in un'osteria dove agli ospiti, per metterli a loro agio, viene fornito un catino d'acqua profumata per i piedi. Sui suoi era ancora presente un aroma di petali di fiore e di essenze di ogni tipo.»

Poi vennero i dettagli cui Letilio stentò molto a credere, oppure non credette affatto. Bomilcare conosceva Artemidoros da tempo e abbastanza bene per sapere quali magie il medico fosse in grado di realizzare con i minuscoli frammenti di un cadavere. Non aveva avuto alcuna difficoltà a credere alle sue deduzioni: che Lavinio era stato ucciso più o meno quindici ore prima del superficiale esame effettuato da Artemidoros ancora nel giardino di Amilcare, dove il cadavere giaceva da circa dodici ore; che l'omicidio doveva essere avvenuto tra il piatto forte e il dolce, dato che il contenuto dello stomaco e dell'esofago testimoniava di un pasto raffinato, e a un pasto raffinato si addiceva certo un dolce, che però Lavinio non aveva consumato; che aveva mangiato pesce – «presumibilmente un barbio» – e dorso di cane in crosta di miele, con porro e foglie di silfio, annaffiati con un buon vino poco allungato... «della Byzacena, presumo, se non addirittura di Rodi».

Dopo che ebbero lasciato il medico Letilio continuò a mostrarsi incredulo, ma tutt'altro che taciturno. Dapprima si rifiutò di lasciarsi mostrare la fortezza da un punico che non era assolutamente disposto a collaborare con lui. Poi chiese se fosse proprio necessario perdere tutto quel tempo per andare a piedi fino alla tenuta di Amilcare. Quando Bomilcare mandò a prendere due cavalli con gualdrappa e finimenti, con cui cavalcarono fino all'estremità settentrionale della fortezza, il romano si mise a brontolare tra sé.

«Foglie di silfio... barbio, puah! Vino di lusso. Quindici ore. E non è in grado di dedurre le ultime parole di Marco dalla posizione dei denti? Stupido fanfarone...»

Bomilcare lo lasciò inveire. L'unico modo per impedirglielo sarebbe stato ricorrere a un bavaglio; inoltre aveva alcuni dettagli da comunicargli, che forse il romano avrebbe potuto prendere in considerazione quando si fosse calmato, ma non certo ora.

Alla fine del muro dell'istmo passarono attraverso una porta bassa. Nel punto in cui terminava la triplice fortificazione inespugnabile iniziavano, dapprima verso nord e poi, sempre seguendo la costa, verso est, le mura marittime; la città e i suoi sobborghi settentrionali erano inoltre separati dal muro della Birsa, che partiva dalla collina della città e correva in direzione est-ovest, fino a congiungersi con l'angolo destro dell'estremità settentrionale della fortezza. C'erano numerosi attraversamenti, tutti così bassi che i due a cavallo furono costretti a piegarsi.

Oltre il muro della Birsa si trovava la verde regione collinare di Makar, che gli elleni chiamavano Megara. Qui c'erano le coltivazioni di frutta e verdura, i boschetti, le palme da dattero, i pascoli per i cavalli e le grandi residenze di campagna dei ricchi.

Silenzio; solo il picchiare sordo degli zoccoli dei cavalli sulla strada di terra battuta. Finalmente Letilio si era zittito. I rumori della città erano scomparsi, gli odori – esalazioni di uomini e animali, di legno, pietre e stoffe – evaporati. Il vento tiepido di terra, che aveva spazzato via le nuvole e alleviato appena un poco l'afa della città, era svanito con il mattino. Da lì si percepiva una brezza di mare, debole e fresca, carica di sale, di lontananza e dell'odore di migliaia di piante estive. Bomilcare respirò profondamente. Dentro di lui qualcosa si allentò; l'ultimo respiro parve penetrare in un petto più libero. Vide la superficie luccicante della baia poco profonda, con le isolette davanti a lui, sulla sinistra, e il mare alle sue spalle e verso nord. Da chissà dove, come trasportati dal vento, gli giunsero alla mente i frammenti di una vecchia canzone: *Le navi di Qart Hadasht, le palme sanguinanti dei rematori, la vela a occidente, il pennone che buca le stelle e gli uomini barbuti con occhi come ferite lontane...*

Rise piano, a singulti. Non c'erano navi in vista, solo la baia salmastra, i campi e i prati. La strada attraversava una boscaglia fitta e buia, punteggiata di fiori rosso scuro; quando giunsero a un passaggio largo come due carri, al di là di un gruppo di cipressi, Bomilcare riuscì a vedere la casa di un mercante o di un membro del Consiglio: un edificio a due piani, sormontato da una terrazza coperta, con esili colonne rossicce e muri di un bianco abbagliante. Tra gli alberi pascolavano tre cavalli neri.

Sfiorò con lo sguardo Letilio, che sembrava rilassato e perso nel paesaggio. Palpò il collo della sua cavalcatura, che drizzò le orecchie quando sulla destra, in una fossa ricoperta dalla vegetazione, gracidò una rana.

Mentre fissava lo sguardo sulle orecchie del cavallo, tutto il resto – il paesaggio, la boscaglia, le case, il mare – era soltanto un insieme confuso e indistinto. Si sforzò di conservare tale impressione evitando di guardare altrove. "È straordinaria" pensò "questa sensazione di essere passato da un carcere multiforme a una libertà informe e confusa." Poi ammiccò e guardò nuovamente davanti a sé. Per una frazione minima di tempo, meno di un decimo di respiro, gli sembrò di vedere nell'aria lo scheletro abbagliante, le inferriate di una prigione più grande.

La strada curvava verso destra; sulla sinistra, accanto a un pozzo in muratura, c'era una panca di pietra dilavata dal tempo, dietro cui un sentiero si insinuava in mezzo a due campi – di cereali e verdura – per poi perdersi dove questi terminavano, tra gli ulivi e le palme da dattero.

Letilio trattenne il suo cavallo, si lasciò scivolare a terra e, senza rivolgere lo sguardo a Bomilcare, disse: «Facciamo una sosta, beviamo un po' d'acqua e parliamo. È indispensabile».

Legò le briglie al palo accanto al pozzo, calò il secchio tenendolo per la lunga corda, lo tirò su, bevve a lungo e avidamente, si versò l'acqua sulla testa e porse il recipiente a Bomilcare. Quindi abbeverarono i cavalli e si sedettero sulla panca, facendo attenzione a lasciare un certo spazio in mezzo a loro.

«Tu mi odi» disse Letilio «e odi questa specie di... lavoro che facciamo. Ma bisogna farlo.»

«Io non odio te – non ti conosco abbastanza bene – ma quello che rappresenti.»

«Vale a dire?»

«Roma, le violazioni dei trattati, la guerra imposta, le isole e i territori strappati.»

Letilio rimase qualche momento in silenzio; alla fine disse: «Ci sono punti di vista molto diversi in proposito. Ma, tanto per cominciare, tutto questo non ha nulla a che fare con il nostro incarico».

«E invece sì.» Bomilcare fissò il romano negli occhi. «Io faccio parte di coloro che devono garantire l'ordine e la sicurezza della città. Un mercante romano è stato ucciso... e allora? A chi interessa? Verrà seppellito. Oppure consegnato ai suoi cari. Va bene. E poi? Poi basta. In città ci sono ladri e assassini, sobillatori, contrabbandieri. Ci sono soldati da addestrare ed esercitare all'uso delle armi. Scorribande di numidi selvaggi, contro i quali dobbiamo agire rapidamente. Voci. Resoconti. Notizie. E» represse un sorriso «c'è da mangiare e da bere, una donna. Serate davanti al fuoco, all'osteria, e notti in un letto da dividere con qualcuno. Canti e danze, coltelli e pensieri. Coltelli... prevedo che, per qualche tempo, non riuscirò a esercitarmi nel lancio dei coltelli. Tutto questo. E invece devo starmene insieme a un romano, che mi vuol far credere di indagare su un omicidio che qui non interessa a nessuno. E perché? Perché Roma, prima di arrivare alla prossima violazione dei trattati e aggredirci di nuovo, improvvisamente decide di recitare la parte della patria del rispetto delle leggi e si mette a fare più chiasso per un mercante morto di quello che ci si potrebbe aspettare per un console morto.»

«Fine del lungo discorso?» chiese Letilio; sugli angoli della sua bocca spuntò un sorriso, che tuttavia non si estese a tutto il volto. «Sei proprio fuori strada. Lasciamo da parte, una buona volta, i rapporti tra le nostre città. Io non ti voglio far credere nulla, e tutto questo chiasso per un morto è partito dal vostro Consiglio.»

«Dal Consiglio della città?» disse Bomilcare incredulo. «E come?»

«Insieme alla comunicazione che qui era stato ucciso un romano è giunta la richiesta di inviare un uomo esperto che portasse via il cadavere e si occupasse di far luce sui retroscena.»

Bomilcare si chinò a raccogliere una zolla di terra che frantumò lentamente. «Questo... non posso crederlo.»

Letilio incrociò le braccia sul petto e guardò in direzione dei cavalli, come se attendesse suggerimenti da parte loro. «Neanch'io. La richiesta era sottoscritta da due membri del Consiglio. Arish, in veste di portavoce dei pentarchi per gli affari esteri; e Karthalo, in veste di portavoce dei pentarchi per la giustizia e l'ordine pubblico.»

Bomilcare non rispose, non corresse neppure il nome di Karthalo in Qarthalo: stava cercando di digerire la notizia, che rendeva tutto molto più complicato.

Il Consiglio della città era composto da trecento uomini potenti, in parte eletti in parte nominati; sopra di loro, scelti tra i membri del Consiglio, c'erano i trenta Anziani. Quando uno di loro moriva gli subentrava un consigliere, che generalmente, insieme ai suoi compagni di partito, sceglieva il proprio successore al seggio che si accingeva ad abbandonare. Ogni anno il Consiglio nominava (o eleggeva) due suffeti, i cui poteri erano simili a quelli dei consoli romani; Consiglio e Anziani nominavano insieme i magistrati supremi. Tutte le questioni inerenti alla vita quotidiana e alla politica erano sottoposte ai suffeti, che dovevano collaborare con il Consiglio, e per i settori più importanti esistevano commissioni di cinque persone: cinque membri del Consiglio, di cui uno era il portavoce. Erano subordinate al Consiglio e ai suffeti, e reggevano le sorti della città. Con un'eccezione importante: dopo i disordini seguiti alla guerra contro Roma e a quella successiva contro i mercenari ribelli, era stata creata la carica di stratega di Libia e d'Iberia, una figura che doveva collaborare con il Consiglio e con i suffeti, ma che non era più vincolata alla nomina annuale. Amilcare Barca, scelto come stratega dal Consiglio e dall'esercito, aveva fatto in modo che la carica potesse durare a lungo e non fosse condizionata dai problemi quotidiani; i romani lo definivano console perpetuo o *imperator*. Al tempo stesso Amilcare era il capo del partito dei Nuovi, fautori del libero commercio, della concorrenza e della forza militare; i Vecchi, guidati da Annone il Grande, volevano ritornare alle abitudini tradizionali: commercio solo con i territori dipendenti, da cui provenivano le materie prime e a cui venivano forniti i prodotti finiti. Per il resto pochi traffici, niente concorrenza, nessuna relazione con altri popoli fondata sullo scambio occasionale di idee. Il fondamento della potenza dei Vecchi era la ricchezza che traevano dai loro possedimenti terrieri.

Nel Consiglio e nell'assemblea degli Anziani i Vecchi avevano la maggioranza; quasi tutte le commissioni dei Cinque erano costituite da tre Vecchi e due Nuovi. Arish, uno dei più importanti tra i Vecchi, dirigeva la commissione dei Cinque per gli affari esteri; pur di poter sfruttare in pace l'entroterra, sarebbe stato senz'altro disposto, così come il suo capo Annone il Grande, a lasciare a Roma il resto del mondo. I Nuovi, detti "barcidi" da Amilcare Barca, consideravano Roma un nemico che non si sarebbe accontentato del resto del mondo, ma avrebbe voluto divorare la città.

Che Arish, portavoce dei pentarchi per gli affari esteri e seguace di Annone, avesse comunicato a Roma il decesso di un mercante romano, era assolutamente ragionevole. Altrettanto poteva dirsi della sua richiesta di invio di un romano che potesse portare via il cadavere. Che l'inviato dei romani dovesse svolgere indagini a Qart Hadasht, andava al di là di ogni procedura consueta: faceva parte della politica dei Vecchi di blandire Roma in ogni circostanza.

Che Qarthalo, portavoce dei pentarchi per l'ordine pubblico, avesse dovuto dare la sua approvazione, era più che soprendente: Qarthalo in Consiglio guidava i barcidi, che erano contrari a ogni intromissione di Roma.

Bomilcare non comprendeva nulla di tutto questo. Era seduto sulla panca di pietra e fissava i campi a oriente della strada, dove si agitavano puntini neri: i braccianti agricoli. Ascoltava il frusciare del vento, che mescolava l'odore d'acqua e di sale ai profumi delle piante e agli umori della terra, ascoltava il respiro di Letilio e i rumori dei cavalli, che sbuffavano pascolando tra i cespugli. Era perplesso.

«Stai mentendo» disse a un certo punto.

Letilio si voltò verso di lui. «Solo su un punto secondario. Che non ha nulla a che fare con la vicenda.»

«Lavinio non può essere stato solo un mercante qualunque. Fate troppo chiasso per lui. Chi era realmente?»

Letilio alzò le spalle e rise fuggevolmente. «Posso comprendere i tuoi dubbi, ma davvero so soltanto che era un mercante in viaggio.» Rimase in silenzio, poi aggiunse: «Di questo comunque si continuerà a discutere. Alcuni intendono proporre una legge che proibisca ai senatori di dedicarsi al commercio internazionale. Per fare in modo che il Senato possa affrontare i problemi del mondo senza preoccuparsi degli interessi economici dei singoli senatori».

«Dunque Lavinio era davvero un uomo importante?»

«Non lui, ma i suoi parenti. Nella sua famiglia c'erano molti senatori. Ma lui era solo un mercante, a quanto mi risulta.»

«E la menzogna secondaria?»

Letilio alzò la mano. «Ascolta.»

Un rumore sordo di zoccoli proveniente da sud, dalla città, si avvicinava, diventava più forte. Bomilcare si alzò in piedi e si portò dall'altra parte della strada, da dove poteva guardare verso sud senza essere ostacolato dalla curva e dalla vegetazione che cresceva ai lati.

Il cavaliere, che si avvicinava rapidamente, portava il distintivo triangolare giallo che lo qualificava come messo del Consiglio. Sembrò aver riconosciuto immediatamente Bomilcare, perché trattenne il cavallo, facendolo procedere al passo e arrestare accanto al pozzo.

«Bomilcare, capo delle guardie?»

«Sono io. Che cosa vuoi da me?»

Il messo scese da cavallo, estrasse dalla cintura un pezzo di papiro arrotolato e lo porse a Bomilcare. «Un ordine da parte di Arish, nobile capo dei Cinque.»

Bomilcare srotolò l'ambasceria, la lesse e aggrottò la fronte. «Quando te l'ha dato?»

«Il suo scrivano l'ha appena terminato.»

«Come facevi a sapere dove trovarmi?»

Il messo si passò un dito sul naso carnoso.

«Lo scrivano mi ha detto di cercarti sulla strada che conduce alla tenuta di Amilcare, o nella tenuta stessa.»

«Ho capito. Ti ringrazio.»

Il messo si portò il pugno chiuso al petto, balzò a cavallo e partì al trotto, in direzione della città.

«Che cosa succede?» disse Letilio. «Che cosa ti ordina Arish?»

«Dobbiamo sospendere le indagini e recarci all'edificio del Consiglio. Hanno trovato l'assassino.»

«Ah.»

Bomilcare sorrise truce. «Questa è la tua seconda menzogna, romano.»

«Che cosa vuoi dire?»

«Finora non comprendevi la nostra lingua. Come fai a sapere che si tratta di un ordine?»

Letilio sogghignò. «Be' sì, in effetti qualcosa capisco.» Si alzò in piedi e si diresse al cavallo. «Si torna indietro, quindi.»

«Niente affatto.»

Il romano aveva messo le braccia intorno al collo del cavallo e stava prendendo lo slancio per far passare la gamba destra sul dorso dell'animale. Frenò il suo impeto e si voltò verso Bomilcare. «Che cosa?»

«Non torniamo indietro.»

«Ah.» Letilio lasciò andare il cavallo e si piantò a gambe divaricate davanti a Bomilcare. «Che cosa hai in mente?»

«Andare avanti.»

«È per questo che non hai... be', non avresti dovuto firmare il pezzo di papiro? Da noi si usa così.»

«Anche da noi. Ma il messo non ci ha pensato...»

«Quindi lui avrà delle noie?»

Bomilcare strizzò l'occhio al romano che era in piedi. «Noie? Ah, quelle sarò senz'altro io ad averle: non ti preoccupare per il messo. Ma, se avessi firmato, sarebbe stato come dire "inteso, obbedisco". Io invece voglio intendere, ma non obbedire. E inoltre Arish è competente per gli affari esteri, non per l'ordine pubblico.»

«E se fosse stato Karthalo a impartire l'ordine?»

Bomilcare chiuse gli occhi e, con voce monotona, quasi una cantilena, disse che la comunicazione avrebbe dovuto provenire dal giudice competente per il caso; il portavoce della commissione, Qarthalo, avrebbe dovuto rivolgersi al giudice, il quale avrebbe potuto ordinare a Bomilcare la sospensione dell'indagine.

«Certo» aggiunse riaprendo gli occhi «non è saggio disobbedire a un Arish. Ma questa faccenda non mi piace.»

Letilio gli si sedette accanto. «Spiegati meglio. All'inizio non volevi indagare, e tantomeno insieme a un romano.

Ora che dovresti interrompere le indagini non ti sta bene neanche questo?»

Bomilcare scoppiò a ridere. «Hai capito bene, romano. No, non voglio. Arrestare gli assassini non rientra fra le competenze di Arish. Per questo immagino che abbiano acciuffato uno che non c'entra niente, su cui possono scaricare tutte le colpe. E dopo il chiasso che hanno provocato per mettere in moto le indagini, mi chiedo come mai ora le vogliano bloccare. La questione mi incuriosisce e perciò voglio fare una cavalcata fino alla tenuta di Amilcare.»

Non erano ancora arrivati alla tenuta vera e propria, le cui costruzioni chiare rilucevano in mezzo a una fila di alberi, al di là di una serie di cespugli e di muri di pietra. Nel punto in cui la strada faceva una curva verso sinistra, davanti alla recinzione del primo pascolo per i cavalli, era seduto un uomo. Quando sentì i cavalieri avvicinarsi, si alzò.

«Non ti aspettavo tanto presto» disse.

Bomilcare trattenne la sua cavalcatura. «In che senso mi aspettavi?»

L'uomo portava sandali e perizoma; aveva un nastro rosso legato attorno al braccio sinistro: era uno degli aiutanti dell'amministratore, schiavo ma sorvegliante. Bomilcare lo conosceva di vista.

L'uomo sollevò le sopracciglia. «Be', ti abbiamo mandato qualcuno. Non sei venuto per questo...?»

«Che cosa è successo?»

L'uomo indicò verso oriente, intendendo probabilmente qualcosa che si trovava dietro le prime costruzioni, o forse ancora oltre. «Quello che è successo poco tempo fa. Be', in effetti è passato già molto tempo. Quando viene trovato un cadavere, ti mandiamo a chiamare. L'ha ordinato Nederbal.»

Letilio soffiò con forza l'aria attraverso i denti.

«Delle tue conoscenze della lingua ne riparliamo» mormorò Bomilcare; poi si rivolse allo schiavo. «Un cadavere? Quando, dove, chi?»

«Stamane. Forse due o tre ore fa. Laggiù, da qui non si vede, vicino al secondo uliveto. È Tuzut.» Rivolse lo sguardo a

Bomilcare, come se si aspettasse da lui una risposta o un cenno di riconoscimento.

Bomilcare rimase interdetto, poi si ricordò perché conosceva quel nome. «Tuzut è l'uomo che ha trovato il corpo del romano, non è così? E ora è morto?»

«Qualcuno gli ha squarciato il ventre e ha arrotolato i suoi intestini intorno al ramo di un ulivo.»

3

L'ampio palazzo di Amilcare si trovava ai piedi delle colline che digradavano verso nord fino a Capo Kamart, come una dolce risacca. Dalle terrazze sul tetto delle costruzioni bianche, giustapposte le une alle altre, si vedeva il mare, sulla destra le colline coltivate ed edificate e a sinistra i campi, gli orti e i gruppi di alberi nella zona pianeggiante che terminava all'altezza del muro marittimo, davanti alla baia poco profonda. Nell'edificio principale viveva l'amministratore con tutta la famiglia e i domestici, nelle costruzioni secondarie un centinaio di braccianti e schiavi, che lavoravano negli orti, nelle stalle, nel parco e nei campi.

Un uomo con la pelle chiara e i capelli rossi li accolse ai piedi della scalinata di marmo prospiciente l'edificio principale bianco, a due piani. Mentre un garzone di stalla si occupava dei cavalli, lo schiavo condusse gli uomini all'interno del palazzo attraverso un salone luminoso, adorno di morbidi tappeti. Letilio sembrava attirato dalle antichissime cassapanche di legno scuro intagliato, dalle armi, dagli arazzi e dai candelabri; Bomilcare si godeva l'aria fresca e l'ombra. Quando l'aria gradevole cancellò ogni traccia del puzzo (pensava alle esalazioni del morto Tuzut come a un'essenza che avesse lasciato le proprie tracce nel suo olfatto), le immagini delle ultime ore impallidirono nella sua mente.

Sulla terrazza l'amministratore aveva fatto preparare poltrone di giunco e un tavolo basso, all'ombra di un parasole. Era in compagnia: al tavolo con lui c'era un altro uomo, che beveva acqua da un bicchiere d'oro e guardava attraverso le inferriate della ringhiera. Il piccolo parco, dove due gazzelle si riposavano sotto un cipresso, e la dolce collina davanti al mare sembravano attirarlo più della vista dei due uomini.

Nederbal, l'amministratore, era un cugino di secondo grado di Amilcare, con cui non presentava la minima somiglianza esteriore, come Bomilcare poteva giudicare dopo gli anni trascorsi nell'esercito di Amilcare. Mentre il grande stratega si poteva paragonare a un orso, Nederbal ricordava piuttosto un uccello. "Una gru" pensò Bomilcare; durante il loro ultimo incontro l'amministratore gli era parso un avvoltoio, con il collo allungato e curvo sul cadavere di Marco Lavinio, pronto ad annusarlo quasi con avidità. Sempre che gli avvoltoi potessero annusare.

Nederbal si alzò dalla poltrona di giunco. «Bomilcare, capo delle guardie cittadine» disse a mo' di saluto nonché di presentazione. L'altro uomo parve staccarsi a fatica dalla contemplazione del paesaggio e voltò il capo. «E tu devi essere il romano» disse Nederbal in ellenico. «Teitos Laitilios Moukron?»

«Nobile signore Nederbas» sorrise Letilio «so apprezzare la cortesia nei riguardi di un ospite, ma non siamo obbligati a rendere tutti i nomi in ellenico, non è vero?»

L'amministratore contrasse il volto rugoso in una smorfia, che parve più larga dell'intera faccia. «Come credi. Questi è Daniel. Il lavoro che io faccio per questa piccola tenuta, lui lo fa per quella grande nella Byzacena.»

«Appropriazioni indebite?» chiese l'uomo seduto. «Negligenze? Saccheggi?» Anche lui parlava in ellenico.

«Cosa mi dici del cadavere?» Nederbal indicò le poltrone di giunco vuote e si rimise a sedere. «È ben preparato, sei contento?»

Daniel mormorò qualcosa in punico, che suonava come "vecchio scopacapre". Bomilcare notò il breve fremito intorno agli angoli della bocca del romano.

«Proprio contento non direi.» Prese il bicchiere che Nederbal gli aveva riempito, bevve un sorso di squisita acqua fresca e tossicchiò. «Ma non c'è niente da fare, temo. I tuoi uomini portano il morto in città con un carro; lungo la strada incontreranno senz'altro gli uomini di Artemidoros, che il tuo messo dovrebbe aver raggiunto.»

«Acqua, vino o tutt'e due, romano?» disse Nederbal. «Prima di inoltrarci in sottili discussioni sull'aspetto delle persone assassinate.»

«Tutt'e due, grazie.» Letilio si appoggiò all'indietro. «È un caso che Daniel sia qui?»

«Tutta la mia vita è un caso.» Daniel riprese a fissare il mare e il parco. «Concepito per caso, giudeo per caso, per caso amministratore del podere di Amilcare da cui da qualche secolo la sua stirpe trae ricchezza e, guarda caso, anche potere e influenza. Soddisfatto, per caso?»

«Aveva da fare in città. Capita, di tanto in tanto.»

«Ma i cadaveri trovati per caso rendono il soggiorno molto più emozionante.» Il giudeo posò il bicchiere d'oro e si tirò su: ora non era più disteso, ma seduto. «Mi è stato ordinato di ragionarci un poco insieme a voi. Tutto qui. È sufficiente?»

«Chi è stato? Amilcare?»

Daniel annuì. «Ogni tanto mi scrive qualche riga. Questa volta non mi raccomandava di non esporre al sole la mia pelle delicata e di non sprecare i giorni preziosi della mia esistenza in occupazioni inutili. No, questa volta mi ha scritto: "Vecchio scopacapre, fa' qualcosa per impedire un'ulteriore diminuzione delle persone vive sulla mia terra". È per questo che sono qui.»

Nederbal aggrottò la fronte. «Veniamo al dunque?»

Bomilcare sfiorò il romano con uno sguardo obliquo. «Dopo aver preso in consegna il cadavere, ora tocca a lui svolgere le indagini. Il romano morto è sulla nave, in viaggio verso Roma. Io non posso rifiutare la sua collaborazione: è il Consiglio a volerla. E poco fa Arish mi ha mandato alle calcagna un messo: l'ambasceria diceva che hanno trovato l'assassino e che dobbiamo sospendere le indagini.»

«Parli come se ne potessimo discutere liberamente tra noi.» Daniel protese il labbro inferiore. «È singolare, alla presenza di un romano... ma fai pure.» Indicò con il mento Bomilcare. «Proprio tu.»

«Io cosa?»

«Certe voci, da terre lontane. Pare che un ragazzo di nome Bomilcare abbia fatto un buon lavoro. Lo stratega deve esserne stato soddisfatto.»

«E tu che cosa c'entri?» disse Bomilcare.

Letilio sospirò. «A Roma è più semplice.»

«Che cosa?» Nederbal si grattò la testa. «Intendi dire superare la sfiducia reciproca?»

«Esattamente.»

«Le difficoltà crescono con il numero delle persone coinvolte.» Daniel si alzò in piedi e camminò fino alla ringhiera, vi si appoggiò con la schiena e guardò gli altri aggrottando le sopracciglia. «Roma è un villaggio, mi è stato detto. Là si conoscono tutti, non è così? O almeno quelli che contano.»

«Un piccolo e misero villaggio, che ha sconfitto la città grande e imponente» disse Letilio. «Ma non hai tutti i torti. Ognuno conosce qualcuno che conosce qualcun altro.»

«Qui le cose non vanno diversamente, ma non era di questo che stavamo parlando.» Bomilcare si schiarì la voce. «Trattieniti ancora un poco, per favore. Daniel... stavamo parlando di te.»

Il giudeo portava un chitone chiaro con le maniche corte, scarpe robuste e una sottile catena d'oro intorno al collo. Quando si alzò e intrecciò le mani dietro la testa, Bomilcare notò i muscoli delle sue braccia. Aveva il ventre piatto e, sotto le sopracciglia folte, occhi penetranti.

«Di me? Ah, io sono qui per caso. Per puro caso. Quando ero bambino, avevo alcuni buoni amici; uno era il figlio di un uomo la cui stirpe da molto tempo era amica della gente di Amilcare. È proprietario di una certa banca che conduce affari anche in Iberia. È capitato che Amilcare abbia avuto bisogno di un uomo di fiducia per i possedimenti nel sud. Tutto qui.»

«Un romano morto, uno vivo» disse Bomilcare «due punici, un giudeo, accenni a meteci elleni. Il medico che ispeziona di malavoglia i cadaveri è un meticcio egizio. Manca qualcosa?»

«Sì, un po' d'aiuto.» Letilio scosse dolcemente il capo. «Che cos'è questa storia dei meteci?»

«La famiglia di Amilcare è stata molto aperta, da sempre, e ha avuto rapporti con elleni che risiedevano qui: meteci, come ho detto, persone con diritto di soggiorno ma non di cittadinanza. Stranieri locali, capisci? Tra questi c'è un uomo che possiede una delle banche più importanti di Qart Hadasht e custodisce il patrimonio di Amilcare. Si chiama Antigonos. Evidentemente Daniel è un suo vecchio amico.»

«Quindi ora siete d'accordo sul fatto che fra voi non devono esserci segreti?»

Daniel rise a singulti. «Solo che non sappiamo come comportarci con te.»

Letilio restò in silenzio.

Bomilcare era combattuto e avrebbe preferito continuare a combattere a lungo, o addirittura evitare di prendere qualsiasi decisione. Sapeva bene, tuttavia, che non poteva sottrarsi a questa.

«Datti una mossa» disse Daniel. «Non potrà poi essere un uomo tanto terribile. E non dimenticare che i romani ti colpiscono alle spalle soltanto dopo. Oppure prima. Fino a che li abbiamo di fronte, sono nemici leali.»

«Molto perspicace» disse Bomilcare con una smorfia.

Letilio rise. «Per niente. Temo che in questa situazione sia tu piuttosto a essere molto trasparente.» Quindi, rivolgendosi agli altri: «Finora, a parte due piccole menzogne, gli ho raccontato la verità. Ho l'incarico di indagare sui retroscena dell'assassinio di Lavinio. La prima piccola menzogna è che non comprendessi il punico. Non lo parlo bene, ma lo capisco abbastanza».

«E la seconda?»

«Più tardi, tra noi.»

Bomilcare annuì imbronciato. «Va bene. Parliamo apertamente. Per quanto possibile.»

Nederbal accavallò le gambe; la veste elegante, lunga fino al polpaccio, salì scoprendo i suoi arti ossuti. "Una gru" pensò Bomilcare. Poi l'amministratore allungò il collo sottile e rugoso, come un uccello che volesse beccare qualcosa, e Bomilcare dovette trattenere un sogghigno.

«Lo stratega è dispiaciuto» disse. «Il proprietario della tenuta anche. Dal momento che sono la stessa persona, il loro dispiacere vale il doppio.»

«Non capisco il tuo calcolo.» Daniel arricciò il naso. «Se fossero due persone, il peso del dispiacere non diminuirebbe certo.»

«Ah, ti sbagli. In questo caso, sarebbero due dispiaceri privi di un peso comune.»

«Mi annoiate, voi due.» Bomilcare osservò l'avambraccio ossuto dell'amministratore rovistare tra i rotoli di papiro in un cesto. «Che cosa dice Amilcare?»

La mano di Nederbal pescò un rotolo dal cesto e lo posò sul tavolo; con la sinistra sistemò il pesante anello, che minacciava di scivolare dall'indice ossuto della mano destra, poi srotolò la lettera e la porse a Bomilcare.

«Ecco, leggi.»

«Leggi ad alta voce, per la nostra edificazione.» Daniel si girò, poi si voltò completamente mettendosi a guardare il parco e il mare.

Bomilcare diede una scorsa alle righe di Amilcare. Era la grafia dello stratega, e la lettera non conteneva nulla che Letilio non avrebbe dovuto sentire.

«"Scritta a Qart Iuba, che gli indigeni preferiscono chiamare Karduba, il ventiquattresimo giorno della luna di Nisannu. A Nederbal, parente e amministratore eccellente, che può mostrarla a chiunque ritenga necessario. Saluti, benessere e prosperità. Il romano Lavinio ha viaggiato attraverso l'Iberia e la Numidia; i suoi interessi riguardavano il commercio e l'amicizia, che sembrava leale. Non abbiamo alcun sospetto. La notizia della sua morte in città è molto triste; il fatto che poi il cadavere, come mi scrivi, sia stato portato alla tenuta, è senz'altro un messaggio per noi. Per chi di preciso? Lo stratega, il proprietario terriero, il politico, i Nuovi nel loro complesso? Indaga e chiarisci, o Nederbal, perché l'intento può essere solo quello di danneggiarci. Daniel trascorrerà qualche tempo insieme a te, non appena avrà ricevuto una lettera che partirà contemporaneamente a questa. Non litigate, collaborate; in caso di necessità, gli obbedirai. Apri tutte le cassapanche e tutte le segrete al giovane Bomilcare. Altri scritti perverranno a Qarthalo, Bonqart e al signore del Banco della Sabbia. Saluti e prosperità, Amilcare".»

Letilio alzò la mano. «Chi è il signore del Banco della Sabbia?»

«Tutto il resto lo hai capito?» chiese Bomilcare. «Lui capisce un po' il punico, ah ah. Il Banco della Sabbia è la banca del meteco elleno Antigonos. La sabbia, devi sapere, è una delle espressioni gergali per indicare il denaro... come ciottoli, ghiaia o eventualmente, nel caso di persone ricche, anche pietrisco.»

«Una bella lettera» disse Daniel rivolgendosi al parco o al panorama in generale. «Ti scrive sempre così? A me ha mandato solo qualche riga... "Vecchio scimunito, togli di mezzo i cadaveri dei romani con annessi e connessi", o qualcosa del genere.»

«Forse tra parenti è diverso.» Bomilcare posò nuovamente lo scritto sul tavolo. «Dunque, per farla breve, Amilcare considera una minaccia la circostanza che Lavinio sia stato deposto qua. E in caso di necessità, per ciò che riguarda questa faccenda dobbiamo obbedire tutti a Daniel?»

Nederbal annuì. Il suo volto era inespressivo. «Per ciò che riguarda questa casa, sì. Tu, per quanto riguarda il tuo incarico, naturalmente no.»

«I nobili capi dei Nuovi...» disse Bomilcare.

«Che cosa c'entrano?»

«Tengono sempre qui le loro riunioni?»

Nederbal allargò le braccia. "Come se la gru volesse levarsi in volo senza prendere la rincorsa" pensò Bomilcare, nuovamente costretto a reprimere un sogghigno.

«La casa dello stratega non è solo l'asilo della sua gente, ma anche il punto d'incontro del partito.» L'amministratore prese il papiro, vi legò intorno un nastrino rosso e lo ripose nel cesto. «Quando vogliono discutere di qualcosa che deve restare lontana dalle orecchie curiose dell'edificio del Consiglio, per esempio.»

«Quando sono stati qui l'ultima volta?»

«Quando c'è qualcosa di cui discutere, vengono spesso. Molti vivono in campagna; la maggior parte di loro ha case in città, ma alcuni no, e allora si riuniscono qui. L'ultima volta?» Nederbal si toccò il lobo dell'orecchio. «Uhm. Qualche giorno fa. E cioè, pochi giorni prima che il romano venisse qui per l'ultima volta.»

«Che cosa voleva esattamente?» chiese Daniel, continuando a voltare le spalle agli altri.

«Si presentò un giorno come un viaggiatore stanco e desideroso di bere un po' d'acqua all'ombra. Abbiamo scambiato quattro chiacchiere, niente di importante. Non abbiamo parlato molto neanche nel periodo in cui ha vissuto qui... be', in realtà stava qui solo a dormire e per il resto visitava i dintorni e la città.» Nederbal sospirò. «Se almeno sapessi se davvero era qui senza un motivo preciso. Sarebbe utile riuscire a immaginare un movente per l'omicidio.»

«Conosci forse un movente per il secondo omicidio, quello di Tuzut?» chiese Bomilcare.

Nederbal fece rumore con il naso: una via di mezzo tra un guaito e uno sbuffo. «Forse ha fatto qualcosa di male. Ha offeso qualcuno? Ha disonorato una fanciulla?»

«Non c'è nessun legame tra Tuzut e Lavinio?» chiese Daniel incredulo, voltandosi nuovamente verso gli uomini seduti. «Forza Nederbal, spremiti un po' le meningi!»

L'amministratore si passò una mano sulla testa. «E che cosa credi che stia facendo, da quando è stato ritrovato il cadavere di Tuzut?»

«Lo avrei voluto interrogare ancora una volta a fondo» disse Bomilcare. «È stato lui a trovare Lavinio. Forse gli era venuto in mente qualcos'altro. Inoltre trovo sorprendente...»

«Che cosa?»

Letilio si schiarì la voce. «Se mi è concesso... è sorprendente che il membro del Consiglio Arish, competente per gli affari esteri, mandi un messo a comunicare che è stato catturato l'assassino di Lavinio. È sorprendente che l'uomo che ha trovato il cadavere di Lavinio venga poi ammazzato proprio quando Bomilcare aveva deciso di interrogarlo ancora una volta.»

Daniel borbottò piano; gli altri rimasero in silenzio.

«Mi rincresce davvero» disse Nederbal alla fine. «Sono l'amministratore pagato e il parente tollerato del grande stratega. Posso immaginarmi alcune cose che mi... diciamo che potrebbero procurarmi più soddisfazione di questa. Non è piacevole, per uno che è pagato e tollerato, non essere in grado di spiegare due omicidi. Omicidi che non possono essere tollerati e per cui nessuno ha ancora pagato.» Sorrise appena.

Bomilcare si alzò e vuotò il bicchiere in piedi. L'acqua era diventata tiepida e stantia. «Ti ringraziamo per averci ricevuto, nobile Nederbal, e per la bevanda rinfrescante. Spero che la tua insoddisfazione non aumenti se ti chiedo il permesso di dare ancora un'occhiata in giro.»

Nederbal alzò la mano destra, con il palmo rivolto verso Bomilcare. «Come potrei ostacolarti nell'esercizio delle tue funzioni! Hai letto quali sono i desideri di Amilcare. Guardati pure intorno; vuoi che venga con te?»

«Non voglio procurarti nessun fastidio. Solo andarmene un po' in giro, parlare con la gente, esaminare di nuovo il luogo in cui è stato ritrovato Tuzut.»

«Mi unisco a voi.» Daniel staccò la schiena dalla ringhiera. «Se siete d'accordo. E anche se non lo siete.»

Nederbal li accompagnò attraverso la casa, fino alla scalinata principale. Bomilcare lo seguiva, contento di essere finalmente libero di sogghignare: sui passi rigidi delle sue gambe secche da gru, con quei piedi minuscoli che dentro i miseri sandali facevano l'effetto di ornamenti appesi... ornamenti di dubbio valore, a dimostrazione di un gusto discutibile.

Nederbal si fermò all'ingresso; con la spalla destra si appoggiò a una delle colonne bianche che sostenevano il soffitto. «Se doveste aver bisogno d'aiuto» disse «o di un rifugio, questa casa per voi è sempre aperta.»

«Rifugio?» Daniel gonfiò le guance. «Bah. E perché mai?»

«Visto come si sono messe le cose... se i sospetti di Amilcare sono fondati, gli uomini più potenti della città sono certamente disposti a tutto pur di impedire che venga fatta chiarezza.»

Bomilcare scese i gradini fino all'atrio lastricato, si voltò e accennò un inchino. «Ti ringrazio per l'offerta e spero che non saremo costretti ad accettarla.»

Nederbal agitò la mano sinistra in un movimento a metà tra un saluto e uno scodinzolo. «Non si sa mai. Statemi bene. Anche tu, romano.»

Letilio si portò il palmo della mano destra al petto.

Era primo pomeriggio, l'ora più calda. Non c'era un alito di vento, il silenzio era rotto e turbato solo dal verso di migliaia di grilli. Daniel si voltò a guardare ridendo piano, a singulti.

«Il nobile Nederbal si è nuovamente dileguato nella frescura ombrosa. Posso capirlo... E voi due? Siete decisi a diventare amici per la pelle?»

«Un roma e un qarthadasht?» disse Bomilcare.

«Non sarà certo la prima volta, ragazzo; ma parliamo in ellenico, altrimenti il roma sarà costretto a svelare fino in fondo la sua padronanza della lingua.»

Percorsero l'ala sinistra, dove si trovavano le stanze della servitù. Letilio canticchiava tra sé.

Non diede a vedere se aveva compreso tutto; d'un tratto disse: «È poco, non è vero? Mi sarei aspettato qualcosa di più».

«Da Nederbal?» Daniel si fermò, scosse il capo e picchiò l'indice sul petto del romano. «Da Nederbal non bisognerebbe aspettarsi nulla. Deve assumersi responsabilità che gli fanno paura; è responsabile nei confronti di Amilcare, per cui prova timore e ammirazione; passa le giornate a tremare e le notti a tentennare. Se non addirittura a pregare tutti gli dèi disponibili.»

«E tu, giudeo? Tu chi preghi?»

«Domandamelo di nuovo fra tre o quattro anni... diciamo quando ne avrò quaranta. Forse nel frattempo sarà apparso qualcuno che valga la pena di pregare.»

Contro la parete posteriore dell'edificio della servitù, rivolta a oriente, all'ombra di un portico erano accoccolati una dozzina di braccianti. Dietro al muro c'era la cucina; dall'apertura giungeva un odore di brodo tiepido: di verdura, forse con un po' di pesce. Gli uomini aspettavano che il sole cominciasse a calare. Qualcuno, appoggiato al muro della casa o ai pilastri sottili, sonnecchiava. Altri se ne stavano a chiacchierare tranquilli, facendo passare di mano in mano un recipiente di terracotta da cui bevevano per mezzo di una cannuccia. La maggior parte di loro indossava perizomi di cuoio; qualcuno anche i miseri e laceri resti di un chitone.

Bomilcare alzò la mano. «La pace meridiana sia con voi, uomini» disse squadrandone i volti. Volti dalla pelle chiara, marrone scuro, nera, con o senza cicatrici; il più giovane non poteva avere più di quindici anni, il più vecchio almeno sessanta. «Qualcuno di voi sa dirci qualcosa a proposito di Tuzut?»

Il più anziano mostrò il palato, in cui c'erano due denti nerastri tutt'altro che stabili, anzi dondolanti. «Che cosa vuoi sapere, signore? Sei Bomilcare, non è vero?»

«Esatto. Che cosa potete raccontarmi?»

Brontolii e risate; uno dei più giovani sputò.

«Quello che vuoi sentire. Si lavava malvolentieri ed era un taccagno. Cose simili?»

Sembrava che stessero squadrando il romano; Bomilcare indicò Letilio. «È venuto qui da Roma per vedere le vostre facce meravigliate e ascoltare i vostri discorsi intelligenti. Le abitudini igieniche di Tuzut non ci avvincono più di tanto.»

Il più anziano annuì e guardò Daniel. «È permesso raccontare qualcosa a un romano, capo?»

«A quanto pare siamo in pace.» Daniel sogghignò leggermente. «Parlate tranquillamente; se capisce tutto non ci ricaverà molto, se invece non capisce resterà con i suoi enigmi.»

Gli uomini risero; quindi si misero a raccontare, interrompendosi, contraddicendosi, correggendosi e schernendosi l'uno con l'altro.

Tuzut non sembrava essere stato molto amato. Era un solitario e uno spilorcio, a cui gli altri cercavano sempre di affibbiare i lavori che trovavano particolarmente spiacevoli.

«Per esempio?»

«Le aiuole fiorite... strappare le erbacce e cose simili. Tutti si chinano, quando si tratta di raccogliere qualcosa di commestibile. Ma per i fiori?»

Bomilcare sogghignò. «E che altro ancora?»

«Vuotare le latrine della casa. Oppure, se Nederbal aveva ospiti per la sera, occuparsi dei loro cavalli. Il che significa che doveva restare sveglio fino a quando quelli se ne andavano, spesso dopo la mezzanotte.»

«Nederbal riceve spesso visite?»

«I capi del partito, i barcidi, vengono di tanto in tanto e restano fino all'alba. E il terzo giorno di ogni luna riceve i vecchi amici.»

Un lavorante – dalla voce gutturale Bomilcare lo prese per un macio o un garamante dei deserti del lontano Oriente – li condusse al grande dormitorio, un salone delle dimensioni di una stalla in cui c'erano una quarantina di lettiere, con o senza separazioni tra loro, la maggior parte fornite solo di sottili coperte di lana. Quasi tutti gli uomini avevano cassapanche o grandi recipienti di terracotta per riporre i propri averi personali.

Il letto di Tuzut era un basso telaio di legno, imbottito con un vecchissimo telo da tenda di cuoio; a sinistra della testata c'era un grosso cesto, a destra una cassa di legno. Contenevano entrambi capi di vestiario e qualche vasetto con olio e unguenti per il bagno; nella cassa c'erano anche strumenti da lavoro (una lima, piccoli trapani, la testa di un martello) e nel cesto Bomilcare trovò un rotolo di papiro con un'unica lunga storia umoristica illustrata.

«Niente monete?»

Il lavorante alzò le spalle. «Questo è quanto.»

«Non ci sono donne qui?» disse Letilio.

«Questo è il dormitorio per i celibi. E per gli uomini che abitano altrove e solo occasionalmente si fermano per la notte. Gli alloggiamenti per le famiglie si trovano nell'ala occidentale.»

Bomilcare scosse il capo e fissò il letto, il cesto e la cassa. «Qualcuno ha già toccato le sue cose?»

«No. O comunque nessuno di noi.»

Quando Bomilcare ripeté la domanda, gli altri lo confermarono.

«Il che significa che non possiamo escludere che qualcun altro sia venuto qui a rovistare.» Quando ripresero a camminare, Daniel indicò con il pollice l'edificio principale. «Lui, forse. Ma a che scopo?»

«Gli uomini sono braccianti o schiavi?» chiese Letilio.

«Sia l'uno sia l'altro. Tuzut era un bracciante. Perché?»

«I braccianti vengono pagati. Tuzut doveva avere del denaro da qualche parte.»

Bomilcare annuì. «Forse lo conservava altrove. Oppure lo aveva speso tutto. Dovremmo interrogare nuovamente Nerderbal.»

Cercavano di camminare il più possibile all'ombra degli alberi; quando giunsero al luogo in cui Tuzut era stato trovato legato all'ulivo, videro tracce di carri.

Non c'era da aspettarsi che il terreno, battuto dal sole di inizio estate, fornisse molti indizi; tuttavia ispezionarono ancora una volta i dintorni. Impronte di piedi, l'erba calpestata al mattino che non si era ancora raddrizzata e la crosta scura sotto il punto in cui il cadavere era stato appeso.

Bomilcare, che aveva proceduto strisciando sulle ginocchia, finalmente si alzò e si pulì le mani sul chitone. «Credo che possiamo lasciar perdere. Qui ci hanno camminato tutti. Sappiamo soltanto che Tuzut non è stato assassinato altrove... quella pozza... o forse voi avete trovato qualcos'altro?»

Letilio scosse il capo in silenzio.

Daniel batté le mani. «Niente» borbottò.

«Torniamo in città?» chiese il romano.

«Dovremmo proprio.» Bomilcare si guardò ancora una volta intorno ma, a parte gli ulivi, un vicino cespuglio e l'ampia campagna coltivata, non si vedeva nulla. «Io però non ne sono così ansioso.»

«Perché? Per via di Arish?»

«E di tutte le complicazioni che mi attendono in città.» Si rivolse a Daniel. «Per quanto tempo ti fermi qui?»

Daniel si grattò i peli del petto, folti e scuri. «Vedremo. Ho intenzione di tornare a casa solo quando sarò sicuro che è tutto in ordine.» Ridacchiò sommessamente. «O meglio nel suo consueto disordine punico. Nederbal è un coniglio e una testa d'argilla, ma... e va bene.» Annusò, come se prendesse tempo. «Ne ho le palle piene» disse poi. «Credo che partirò a cavallo insieme a voi e che trascorrerò la notte in città. Potrebbe essere...» non disse altro.

Ritornarono all'edificio principale, passando continuamente dalla calura a zone d'ombra. D'un tratto Daniel si arrestò e toccò le spalle dei più giovani. «Forse c'è ancora qualcosa che dovreste vedere. Bomilcare, conosci il luogo del silenzio?»

«Che cos'è?»

«Venite con me.» Si piegò sotto i rami bassi di una pianta spinosa e seguì un sentiero visibile a stento che, passando tra arbusti rigogliosi, conduceva a una collina. Ai piedi dell'altura, all'ombra delle latifoglie e circondata da pietre scure che a Bomilcare sembrarono di un particolare tipo di marmo, sgorgava una sorgente che alimentava un bacino in cui crescevano piante acquatiche. Dall'altra parte c'era una specie di tempietto: quattro colonne semplici e sottili, di marmo color carne, sostenevano un tetto spiovente, al di sotto del quale si trovava solo un giaciglio di legno nero pregiato. Su ambo i lati della costruzione si estendevano aiuole fiorite dai mille colori, brulicanti di api. Le piante emanavano un profumo dolce e delicato. Quando Bomilcare inspirò profondamente, l'odore parve trasformarsi: rimase dolce, ma vi si aggiunse una punta di amaro e la sua apparente levità si moltiplicò in un insieme di svariati odori.

«È molto bello» disse piano Letilio. «Qui ci si può sedere e interrogare, senza voler ricevere alcuna risposta.»

Bomilcare lo fissò meravigliato.

Daniel aveva salito i tre gradini e adesso era in piedi accanto al giaciglio scuro, con lo sguardo rivolto al lato anteriore della costruzione.

Da quella parte, di fianco a una roccia infestata dalle piante rampicanti, si trovava un altro bacino, più piccolo. Dal giaciglio si vedeva una pietra marezzata, con venature rosse e blu e i motivi confusi dei cristalli di quarzo. Una pietra piatta, non molto più alta del busto di un uomo.

«Dolce fuoco» mormorò Daniel, così piano che Bomilcare riuscì a stento ad afferrare le sue parole, nonostante gli fosse vicinissimo. «Soave, inconcepibile molteplicità. Gioiello...» sospirò.

Bomilcare vide con stupore due grosse lacrime sgorgare dagli occhi dell'uomo e scendergli lungo le guance.

«Perché piangi?» chiese Letilio in tono angosciato.

«Perché non l'ho conosciuta» disse Daniel. «Deve essere stata tutta luce e calore.»

«Chi?»

«La sposa, la padrona amorevole. La madre di Salambua e Sapanibal, la madre dei giovani leoni Annibale, Asdrubale e Magone. È morta laggiù in Sicilia, poco prima della fine della guerra, nel dare alla luce Magone. Lui l'ha fatta cremare e ne ha conservato le ceneri in un calice d'oro, che ha fatto seppellire qui.» A voce bassa, come fosse una preghiera, aggiunse: «La padrona amorevole, la madre dei leoni. Questo è il giardino di Amilcare».

Si fermarono a osservare in silenzio; a un certo punto Letilio disse: «Ci sono luoghi in cui si avverte una sorta di presenza. È lì che si rifugiano gli dèi quando sono disgustati degli esseri umani».

Improvvisamente Daniel lanciò un'imprecazione lunga e blasfema, e corse fino a un punto vicino alla pietra. Gli altri lo seguirono e videro che dal pavimento spuntava una pianta secca, che evidentemente era stata strappata.

«Chi può osare...» disse tra i denti.

Quindi sollevò qualcosa. Un panno annodato, che non poteva essere rimasto per molto tempo per terra, accanto alla pietra. Lo posò sull'erba e ne sciolse i nodi.

Il panno, utilizzato come borsellino, conteneva monete d'oro e d'argento.

4

Daniel si era seduto dietro Letilio e discuteva animatamente con lui. Bomilcare approfittò del viaggio di ritorno per fare alcuni calcoli.

Per mantenere se stesso e la propria famiglia, un artigiano doveva guadagnare all'incirca mezzo *shiqlu* al giorno. Gli schiavi non ricevevano un salario, ma soltanto vitto e alloggio; i braccianti agricoli, che praticamente appartenevano al podere, dove vivevano, mangiavano e dormivano, ricevevano uno *shiqlu* per cinque giornate di lavoro. Le monete ritrovate da Daniel provenivano da ogni parte del mondo: c'erano tetradramme d'argento di Siracusa (del controvalore di circa due *shiqlu* d'argento e mezzo), ma anche vecchi stateri persiani d'oro, che gli elleni chiamavano darici, e monete macedoni dell'Egitto, oltre a tutto il denaro punico in corso, d'oro e d'argento, dal mezzo *shiqlu* alle pesanti monete auree del valore nominale di dieci *shiqlu* d'oro che, in base al rapporto allora esistente tra oro e argento, corrispondevano a centoventi *shiqlu* d'argento, due mine. Complessivamente il valore del ritrovamento ammontava a più di cinquecento *shiqlu*: quasi tre anni di lavoro di un artigiano, circa otto di un salariato.

Dal momento che il lino era sporco solo in superficie e che le piante secche sull'involto non erano ancora marcite, questo non doveva essere rimasto molto tempo a terra. I ricchi, si disse Bomilcare, non conservano una tale quantità di monete: sanno che ci sono le banche, per questo. In ogni caso, non le nascondono nei giardini altrui. Se quella somma enorme apparteneva a un lavorante, questi l'avrebbe senz'altro reclamata e sarebbe stato punito per la profanazione di quel luogo quasi sacro. Naturalmente, quando i lavoranti vennero riuniti e interrogati, vi furono sguardi bramosi, ma nessuno dichiarò di essere il proprietario del tesoro. Il più anziano aveva detto che nella tenuta di Amilcare si veniva trattati e pagati in modo giusto, ma non certo così generosamente. Nederbal avrebbe interrogato le persone che in quel momento non erano presenti; ma era del tutto improbabile che saltasse fuori qualcosa.

La conclusione era semplice. Se non era stato uno straniero o uno dei membri barcidi del Consiglio che si recavano spesso alla tenuta (ma chi dei nobili signori, tutti quanti proprietari terrieri e mercanti, poteva trovarsi nella necessità di nascondere le monete nel giardino di un altro?) a lasciare l'involto nel giardino di Amilcare, restava soltanto Tuzut. Il morto. L'uomo che aveva ritrovato il romano assassinato e che poi era stato a sua volta ucciso. Ma dove aveva trovato i cinquecento *shiqlu*? L'ipotesi più semplice era che Tuzut avesse visto qualcosa proprio quando aveva trovato Lavinio: o la persona che aveva trasportato il cadavere fin là, oppure impronte rivelatrici o forse un oggetto perduto. Ammesso che non avesse addirittura partecipato al delitto. Forse in cambio di una ricompensa dapprima modesta, che aveva cercato di accrescere quando Roma aveva inviato un proprio ufficiale e la faccenda si era trasformata in un importante affare di stato.

Che cosa avevano detto gli uomini su Tuzut e sui lavori troppo faticosi? Lavinio era arrivato al porto il primo giorno di Addaru e si era recato immediatamente al podere, della cui ospitalità aveva goduto a lungo. La terza sera di ogni luna arrivavano gli amici di Nederbal, e Tuzut doveva occuparsi dei loro cavalli: il tre di Addaru, due giorni dopo l'arrivo di Lavinio (Nederbal avrebbe potuto escludere da un ricevimento un ospite del grande Amilcare?), e poi nuovamente il tre di Nisannu. Il mattino del quattro Tuzut aveva trovato il cadavere del romano, che il giorno prima era passato brevemente al podere, come per caso, per poi fare ritorno in città.

Poi era arrivato l'altro romano. Bomilcare non poteva credere che Tuzut fosse stato assassinato per caso il giorno dopo l'arrivo di Letilio... per caso qualche ora prima che loro potessero interrogarlo nuovamente. Ma, prima di giungere alle stalle della fortezza, Bomilcare aveva soppesato, corretto, respinto e ripreso più volte questa ipotesi e due dozzine di altre. Nel frattempo non aveva prestato attenzione alla strada; a un certo punto avevano imboccato una scorciatoia che però non terminava a nord del muro, ma più a est, nel quartiere dei conciatori e dei tintori. Stimò che, grazie alla scorciatoia, erano arrivati alle stalle almeno cento respiri prima: respiri carichi dell'odore tremendo proveniente dai recipienti dei colori e dalle buche piene di liquidi corrosivi.

Daniel voleva andare a trovare alcuni vecchi amici davanti alla porta di Tynes; prima che Amilcare lo nominasse amministratore del podere di famiglia nella Byzacena, aveva lavorato come sovrintendente del mercato periferico. Bomilcare gli descrisse l'edificio in cui abitava Aspasia e lì diede loro appuntamento, nel cortile interno, dopo il tramonto del sole.

Non appena ebbero lasciato i cavalli, Letilio si schiarì la voce.

«Il giudeo ci troverà tutti e due, laggiù?»

Bomilcare sollevò le sopracciglia. «Se non hai niente di meglio in mente... perché me lo domandi?»

Letilio parve leggermente imbarazzato. «Ha qualcosa a che fare con la seconda piccola menzogna.»

«Mi sbaglio o sei diventato un po' rosso?»

Il romano fece un gesto di diniego. «Non ha importanza. È un fenomeno superficiale, intendo dire; una combinazione di sangue e sole, credo.»

«Ah, ora che lo so... che cosa c'entra la menzogna?»

«Usciamo fuori.»

Quando furono in strada, Letilio disse: «Là dentro mi sembrava quasi che tutte le orecchie di Cartagine fossero testimoni della mia vergogna».

Bomilcare incrociò le braccia davanti al petto. «Ma dài, una piccola menzogna non può essere poi così terribile.»

«Non è terribile... ma stupida, il che è peggio.» Si passò la mano sul volto. «I vecchi soldati mi hanno messo in guardia... la slealtà punica, conosci il concetto, vero? Non avrei dovuto rivelare nulla, per non correre il rischio che, per esempio, i nemici malvagi mandassero i loro sgherri a minacciare i miei congiunti per rendermi docile.»

«Sia lodata la dea color porpora di tutte le scoperte sorprendenti.» Bomilcare scosse lentamente il capo, con un largo sogghigno. «In altre parole, in realtà hai una moglie e non hai voluto parlarne, affinché noi non...»

«Esatto: affinché voi non... sì, una moglie e tre figli.»

Bomilcare rise e posò una mano sulla spalla di Letilio. «Ti prometto solennemente che rinuncerò a mandare via mare elefanti da guerra travestiti da saltimbanchi... desideri ancora visitare la fortezza?»

«Abbiamo tempo?»

Bomilcare guardò il cielo: il sole era alto sull'orizzonte. «Il pomeriggio non è ancora finito; Arish può aspettare. Sarà senz'altro impegnato in questioni importanti. Vieni.»

Fino a quando le flotte della città avevano dominato il mare, le mura marittime, che si estendevano da Capo Kamart, a nordovest, fino a Capo Qart Hadasht, a nordest, e quindi giù fino al porto, erano state inespugnabili. A sud, la lingua di terra tra il mare e il lago di Tynes, occupata da officine, cantieri, magazzini e orti, era troppo stretta per un esercito assediante; qualcuno aveva paragonato Qart Hadasht a una nave ancorata alla costa, che poteva essere minacciata soltanto dalla terraferma. Questa fascia di terra era l'istmo, lo stretto passaggio, largo poco più di cinquemila passi, tra il lago di Tynes e l'ampia baia a ovest di Capo Kamart. A nord vi erano passaggi verso la zona collinare della Megara con i suoi campi, i boschetti e le case dei ricchi; sulle sponde del lago di Tynes, nel punto in cui il muro meridionale era collegato al muro dell'istmo tramite un sistema di torri, baluardi e antemurali, c'era la porta di Tynes. Da qui la Via Grande, attraverso le fortificazioni, i ponti e i fossati, conduceva alla zona del mercato e ai sobborghi.

Il resto dell'istmo era difeso dalle mura più imponenti del mondo conosciuto. Là Agatocle aveva fallito e si diceva che anche gli eserciti di Alessandro vi si sarebbero dissanguati, ma per loro fortuna il grande macedone era morto a Babilonia, prima di poter iniziare la spedizione verso occidente.

In caso di necessità il fossato esterno, largo ventidue passi e profondo al centro cinque uomini, poteva essere inondato rapidamente, abbattendo i sottili argini sulla baia settentrionale e sul lago di Tynes. Nel fossato inoltre erano conficcate falci, giavellotti, uncini e punte. Seguiva un piano inclinato, difeso da spuntoni di ferro ravvicinati, e il primo muro, alto due uomini e spesso sette passi. Dietro a questo un fossato con una foresta di giavellotti disposti verticalmente, un altro piano inclinato armato e il secondo muro, alto cinque uomini e spesso sette passi, con un parapetto e una serie di feritoie per arcieri e frombolieri. Anche l'ultimo fossato, il più interno, poteva venire inondato, e poi c'era ancora il Vallo Grande: alto otto uomini, spesso quindici passi, con punte di ferro rivolte verso il basso sul bordo del parapetto e pietre appuntite, schegge di metallo e cocci di vetro; con torri a quattro piani a intervalli di ottanta passi; con catapulte, calderoni per la pece, piramidi di cunei di pietra, depositi pieni di armi e casse ricolme di frammenti di metallo.

Dietro il Vallo Grande, e da questo separate dalla strada che si vedeva dall'ufficio di Artemidoros e che avevano preso per uscire dalla città in direzione nord, c'erano due file di stalle sovrapposte, con rampe per gli animali e scalinate e passaggi per le persone. Nei locali inferiori erano alloggiati gli elefanti da guerra: fino a trecento, ma in quel periodo non ce n'erano più della metà. Nelle stalle superiori c'era posto per quattromila cavalli; Bomilcare calcolò che in quel momento venivano foraggiate e curate soltanto tre dozzine di animali. La maggior parte del bestiame pascolava molto lontano, a nord della strada di Tynes; tanto più che, nei dintorni della città, regnava la pace. Per questo anche gli alloggiamenti dei soldati erano pressoché vuoti. In parte nello stesso Vallo Grande, in parte accanto e dietro le stalle, potevano essere alloggiati fino a ventimila fanti e quattromila cavalieri.

Salirono in cima a una delle torri; dalla piattaforma delle catapulte Bomilcare mostrò al romano i colori intensi dei campi, che ardevano al sole del tardo pomeriggio, il tetto della casa padronale di Amilcare, la linea ininterrotta delle mura marittime, le tende colorate e i banchi del mercato davanti alla porta di Tynes, i pascoli dei cavalli a nordovest, i pescherecci sul lago di Tynes, che sotto il sole era una superficie d'oro abbagliante. Si voltarono e cercarono il tracciato della Via Grande nel folto delle case, guardarono accecati verso est il sole che calava sulla doratura del tempio di Eshmun sulla Birsa e, come se gli occhi riarsi vi cercassero ristoro, lasciarono vagare gli sguardi sul verde dei giardini e sulle migliaia di sfumature di ocra delle case.

«Cinquecentomila persone» disse Letilio con tono reverenziale. «Come è possibile trovare un assassino in questo labirinto!»

«Pensa alla tela di un ragno» disse Bomilcare. «Da qualche parte si trova il ragno nero che ha bevuto il sangue di Lavinio e di Tuzut. Quando sapremo a chi piace questo sangue, dovremo trovare ancora il filo che conduce al centro della tela.»

«Sembra molto semplice.» Letilio indicò verso oriente, oltre la città, dove quattro navi da guerra – pesanti imbarcazioni a tre ponti – avanzavano nelle acque della baia come enormi scarafaggi, circondate da navi e imbarcazioni più piccole: mercantili, pescherecci, chiatte, due traghetti che facevano la spola tra la città e il porto sulla sponda orientale della baia, ai piedi del monte Due Corni. «Forse il tuo ragno è seduto su una nave, oppure in una di quelle case laggiù, decisamente sontuose. E forse sono molti e diversi, i ragni affamati e assetati.»

Lo stomaco di Bomilcare brontolò sonoramente e i due scoppiarono a ridere. «Giusto a proposito: a parte la squisita acqua di Nederbal, non abbiamo preso nulla da stamattina.» Indicò in direzione del mercato. «Quando poi saremo al cospetto di Arish, i nostri stomaci non dovranno sovrastare i suoi discorsi eccellenti.»

«Vuoi che venga anch'io da Arish?»

«È stato lui a darsi da fare perché tu venissi inviato qui; quindi deve essere lui stesso a dirti che è stato tutto soltanto un piccolo scherzo.»

«E tu riderai di questo scherzo?»

«Al massimo riderò sotto i baffi.»

«Quanto conta Arish? E qual è il ruolo di Annone?»

«Te lo racconto lungo la strada. Vieni, andiamo a mangiare qualcosa. O forse prima vuoi vedere le fabbriche di armi? Sono in parte qui nel vallo, in parte laggiù, accanto alle stalle.»

«Cos'altro c'è laggiù?»

«Quello che vuoi. Carrai, cuoiai, prostitute, bambini, provviste; ah, e le più grandi latrine del *kosmos* abitato. Si dice che vi possano cagare contemporaneamente fino a tremila uomini.»

«Grazie, preferirei mangiare qualcosa.»

Durante il lungo cammino per scendere dalla torre e percorrere le mura fino alla successiva scalinata che, dalla sua parte interna, portava giù in strada, Bomilcare cercò di descrivere sinteticamente ciò che Annone il Grande e il suo seguace Arish rappresentavano per la città.

Disse che Annone era il più ricco e potente tra i proprietari terrieri, che da sempre possedevano la maggioranza nel Consiglio e decidevano le sorti della città. Il suo atteggiamento nei confronti dei nemici, ordinari o politici, era considerato privo di ogni scrupolo. Durante la guerra romana – Letilio lo interruppe: «Noi, naturalmente, la chiamiamo guerra punica» – Annone aveva compiuto alcuni errori; soprattutto aveva valutato male il nemico.

«In che senso?»

«Lui e i suoi compagni di partito, difensori degli antichi ordinamenti e privilegi dei proprietari terrieri nei confronti dei mercanti, erano convinti che Roma fosse un nemico come tutti gli altri; e che, come dopo tutte le guerre contro gli elleni, in Sicilia e altrove, siamo sempre tornati alla pace e all'equilibrio, così sarebbe accaduto anche con i romani.»

«Aha.» Letilio annuì: sembrava quasi divertito.

«Per questo i Vecchi, chiamiamoli così, nel quindicesimo anno di guerra, dopo che avevamo affondato le vostre due flotte, hanno lasciato andare in rovina la nostra grande flotta, preoccupandosi di reprimere le rivolte nell'entroterra – rivolte che naturalmente minacciavano i loro possedimenti – anziché rafforzare le truppe in Sicilia e perseguire la vittoria. Erano convinti che presto Roma sarebbe stata disposta a concludere una pace negoziale.»

«Roma non conclude paci negoziali.»

«E ne sei orgoglioso?»

Letilio alzò le spalle. «Vai avanti.»

«Contro di loro c'erano gli altri, i Nuovi, oggi detti barcidi perché il loro uomo più importante è Amilcare Barca. Per la maggior parte sono mercanti, proprietari di cantieri, quindi uomini che non pensano solo all'entroterra, ma al mondo. All'ecumene. Vogliono la vittoria perché sanno bene che Roma non conclude paci negoziali. E se, nonostante l'abilità strategica di Amilcare, negli ultimi anni la guerra in Sicilia è andata perduta... è perché i Vecchi hanno ostacolato l'invio di rinforzi, paralizzando il Consiglio.»

Dopodiché erano stati proprio i Vecchi, di fronte alle elevate richieste d'argento da parte dei romani, a decidere di non pagare i mercenari... quegli uomini che per anni avevano combattuto per conto di Qart Hadasht. Nella terribile guerra contro i mercenari, durata tre anni, Annone in qualità di comandante aveva compiuto molti errori; alla fine Amilcare era riuscito a vincere la guerra contro i suoi ex soldati. Quindi, dopo che la città si era indebolita, era arrivata l'ambasceria dei romani, a minacciare la guerra nel caso in cui Qart Hadasht non avesse versato ancora altro argento e non si fosse tenuta lontana dalle isole di Sardo e Kyrnos.

«È quantomeno da allora che anche i Vecchi sanno che Annone si sbagliava quando confidava di poter trattare Roma come qualsiasi altra potenza. Adesso è sulla cinquantina; continua a essere l'uomo più potente e l'acerrimo nemico di Amilcare; ma si dice che, più di una volta, l'uno o l'altro dei Vecchi, membri del Consiglio, abbia tentato di strappare il partito dalle mani onnipotenti di Annone.» Fece una smorfia. «E pare che qualcuno ci abbia lasciato la pelle, in strani incidenti o malattie. Altri hanno dovuto rinunciare alle loro cariche per motivi di salute. Arish è di qualche anno più giovane di Annone; viene considerato il numero due dei Vecchi, e corre voce che voglia diventare il numero uno.»

Avevano raggiunto la strada, che percorsero fino alla porta. Letilio sembrava pensieroso. Bomilcare era intento a spiegargli la dislocazione delle truppe – iberi a Qart Hadasht, libi e numidi in Iberia –, quando il romano si fermò e lo prese per un avambraccio.

«È chiaro: così si trovano tutti in un paese straniero e dipendono dallo stratega. Ma ora lasciamo perdere questo discorso. Prima della prossima guerra, dovreste fare due cose.»

«Vale a dire?»

«Mostrate le mura all'aggressore, in modo che si renda

conto del guaio in cui si andrebbe a cacciare. E... conducetelo al giardino di Amilcare, in modo che sappia che ci sono cose che non possono essere distrutte.»

Arish ricevette i due giovani nella sala del Consiglio. L'ultima luce della sera penetrava attraverso le finestre multicolori: vetri di tutte le sfumature, in un'intelaiatura di bronzo. Il salone, che poteva contenere i trecento membri del Consiglio, i suffeti, i giudici e gli indispensabili scrivani, odorava di resina sacrificale; dal braciere, una coppa di ferro su un tripode nero, continuavano a salire sottili fili di fumo davanti alla statua di ferro di Baal Melqart. Accanto al dio della città due pugni di pietra, consumati dal tempo, sorreggevano fiaccole resinose, la cui luce si mescolava a quella della sera in qualcosa che a Bomilcare parve un'immensa distesa di sogni e preghiere antichissime. Preghiere, mormorii, bisbigli; era come se fossero presenti gli spiriti dei potenti di quasi seicento anni. La penombra e l'odore della resina bruciata si trasformarono in un peso enorme, sotto il quale si sentì sul punto di vacillare e soffocare. Quando barcollò quasi impercettibilmente, avvertì sul gomito la stretta robusta del romano; continuava a pensare agli antenati illustri, ma anche alle decisioni tragicamente sbagliate che erano state prese in quella sala durante la grande guerra romana. D'un tratto riuscì nuovamente a respirare; il peso si dissolse in fumo e penombra.

Su una piattaforma soprelevata, Arish sedeva al lungo tavolo da cui i presidenti dirigevano le discussioni. Dietro e sopra di lui, alla parete, erano appesi i trofei, mezza prua di una nave, equipaggiamenti preziosi. Arish indossava un mantello di lino bianco, intessuto di fili d'oro e bordato di porpora, assicurato al collo per mezzo di una sottile catena d'oro. Sul capo, fissato ai capelli con un fermaglio d'oro, portava un cappello di stoffa scura alto e appuntito, decorato con strisce d'argento. Il capo dei Cinque per gli affari esteri aveva scritto qualcosa: doveva essere importante, visto che non l'aveva affidato al suo scrivano. Le dita della sua mano sinistra giocavano con un antichissimo sigillo egizio per i rotoli (Bomilcare avrebbe dato qualcosa per saper interpretare i geroglifici egizi e scoprire il nome del faraone del cui sigillo Arish si era appropriato). Dalle spalle il mantello sembrava scivolargli all'indietro e di lato, concendendo la necessaria libertà di movimento alle braccia e lasciando intravedere lo splendore della veste, un chitone di seta lungo fino alle caviglie. Il tessuto, giunto dai confini orientali del mondo al termine di un viaggio interminabile con carovane o navi, costava molto di più del suo peso in oro. Solo le persone davvero ricche e potenti potevano permettersi la seta.

E senza dubbio Arish voleva apparire tale; ma nella penombra e nel fumo della resina, davanti alla parete con gli antichi trofei di guerra, l'uomo ricco e potente sembrava minuscolo. Ciononostante Bomilcare si guardava bene dal sottovalutarlo anche solo per un istante; i suoi occhi erano freddi e penetranti. Un buon artigiano avrebbe potuto guadagnare in un anno il controvalore di quello che Arish portava alle orecchie e alle dita. Il movimento di un anello, un cenno e diversi uomini avrebbero fatto tutto il possibile per eliminare ogni ostacolo che suscitasse il dispiacere di Arish. Compresi gli ostacoli a due gambe.

«Il messo ti ha trovato.» Non era una domanda, ma solo una constatazione. Nessun saluto, solo il freddo potere. Per uno come Arish non era necessario salutare un insignificante soldato. Bomilcare avvertì un calore spiacevole. Come piccoli aghi roventi.

«Sì, signore» disse.

«Guarda con i tuoi occhi, romano.» Arish spinse una bisaccia verso l'estremità del tavolo. «Questi oggetti sono di proprietà di Marco Lavinio?»

Letilio si fece avanti, aprì la bisaccia e ne rovesciò il contenuto sul tavolo. Monete, un anello, un sigillo, una minuscola tavoletta di cera. Dopo averli esaminati brevemente, annuì.

«Le monete potrebbero appartenere a chiunque, ma questo è il suo anello e qui c'è il suo sigillo.»

Arish si appoggiò all'indietro, facendo scricchiolare leggermente la seggiola. «È sufficiente. La bisaccia è stata trovata addosso a un piccolo accoltellatore di nome Zirdan. E con questo sarebbe davvero tutto chiarito.»

«Non completamente» disse Bomilcare. «C'è un altro morto.»

Arish lo fissò.

«Il bracciante agricolo che aveva rinvenuto il cadavere di Lavinio è stato assassinato poco prima che Letilio e io potessimo parlare con lui.»

«A che scopo parlare con lui?»

«Per domandargli se gli fosse venuto in mente qualcosa d'altro.»

Arish strinse le sopracciglia. «Non capisco quale legame possa esservi tra i due fatti.»

«È una coincidenza di quelle che mi rendono sospettoso.»

Arish annuì; nella sua voce risuonò una sorta di sarcasmo. «E il sospetto di una guardia deve determinare i rapporti tra le grandi potenze?» Grugnì piano e afferrò un pezzo di papiro strappato. «Leggi.»

Bomilcare prese il frammento. "Le indagini sull'assassinio di Marco Lavinio devono essere sospese. Qarthalo, portavoce dei Cinque per l'ordine pubblico." Posò nuovamente il papiro sul tavolo. «E va bene. A proposito, potrei vedere la copia della lettera spedita a Roma per questa faccenda?»

Arish osservò il sigillo del rotolo. «È escluso. Ti atterrai all'ordine del nobile Qarthalo. E tu, romano, puoi tornartene in patria. Con quella bisaccia.»

Letilio accennò un inchino. «Ti ringrazio. Il Senato e il popolo apprezzeranno sicuramente le buone intenzioni del Consiglio.»

«Bene. Potete andare.» Arish afferrò lo stilo e abbassò lo sguardo sul testo che aveva iniziato a scrivere.

Letilio prese la bisaccia e si diresse verso l'uscita, strizzando brevemente gli occhi. Bomilcare inghiottì le parole che aveva sulla punta della lingua e seguì il romano.

Rimasero in silenzio fino a che ebbero lasciato l'edificio del Consiglio. Giunti all'agorà animata, Letilio si fermò sotto un alto reggifiaccola.

«A che cosa pensi?» chiese con gli angoli della bocca che gli tremavano.

Bomilcare alzò le mani e le osservò. Piegò le dita come se volesse stringerle intorno a un oggetto circolare.

«Stai lontano dal collo di Arish. Posso capirti, ma...» Letilio tossicchiò. «E adesso?»

Bomilcare inspirò profondamente, poi espirò soffiando come un cane randagio. «Adesso mi dirai se pensi di tornartene obbediente in patria.»

«Sarà difficile.» Letilio si strofinò l'indice sul naso. «C'è una nave in partenza, per caso? E che cosa dovrei comunicare a Roma: che una persona a me sconosciuta, che non ho mai visto, pare avesse con sé una bisaccia in cui, forse, c'erano alcuni oggetti che sono appartenuti a Lavinio?» Alzò le spalle. «La mia intenzione di obbedire ad Arish è pari all'incirca al mio dovere di farlo.»

«Di questo dobbiamo discutere.» Bomilcare attraversò lentamente l'agorà diretto a occidente, dove la Via Grande si dipartiva dalla piazza.

«Dove vai? E di che cosa dobbiamo discutere?»

«Non lontano: da Aspasia. Più precisamente, nel cortile interno dell'isolato. Te l'ho già descritto, non è vero? Là troveremo vino e arrosto. Ed esseri umani, non signori del Consiglio.»

Letilio esitò, come se non riuscisse ad allontanarsi dal reggifiaccola. O come se al di fuori del cerchio di luce della fiaccola s'annidassero pericoli. «Vuoi proprio portarmi con te?»

«Dài, vieni. I romani non piacciono a nessuno, ma la guerra è finita da dieci anni. Potresti anche cercare di comportarti come si deve.»

«Non so...» Letilio si staccò dal reggifiaccola e fece qualche piccolo passo. «Di che cos'altro dobbiamo discutere?»

Bomilcare fece un cenno d'impazienza; quando il romano gli fu accanto, lo prese per un braccio.

«Discutere? Di coltelli e di potenti» disse. «Arish non è un mio superiore, ma è un uomo potente. Non mi può ordinare nulla. Ma non sarebbe intelligente, da parte mia, ignorare i suoi ordini.»

«Esiti... di nuovo?»

Bomilcare strinse le labbra; poi disse confusamente: «Che altro dovrei fare?».

«Il tuo incarico...»

«La persona competente è Qarthalo. Ha bisogno dell'autorizzazione di un giudice per potermi ordinare di sospendere l'indagine. Tuttavia sarebbe sciocco da parte mia supporre che lui non possa in qualsiasi momento indurre un giudice a... per cui dovrei proprio prendere sul serio questo pezzo di papiro.»

«Che succede, se vai avanti?»

Bomilcare gettò il capo all'indietro. La luna non si vedeva e i consigli delle stelle restavano incerti.

«Non ne ho idea. Non conosco il legame tra Arish e Qarthalo. I Vecchi e i barcidi...»

Letilio rise. «Forse sono mossi dallo stesso desiderio. Qualcosa di simile a quello che spinge un romano e un cartaginese a camminare a braccetto di notte.»

Il rettangolo all'interno dell'isolato poteva misurare cento passi per settanta e brulicava di gente. In uno spazio lasciato libero, non lontano dall'arco che dava sulla strada, ardeva un grande fuoco; per girare lo spiedo, dove erano infilzati i quattro quarti di quello che era stato un bue, erano necessari diversi uomini. Accanto a loro c'era una donna che attingeva con un mestolo il liquido contenuto in un mastello e lo versava sulla carne; le gocce che cadevano nel fuoco si trasformavano sibilando in un vapore che faceva brontolare lo stomaco di Bomilcare.

Nell'angolo superiore destro del quadrilatero si ballava e cantava; in ogni caso, nella confusione di discorsi, grida e risate, della musica non si riusciva a sentire molto di più che brandelli dispersi, come panni di note stesi su una corda di flauti striduli, tamburi e cìtare dissonanti.

Aspasia era accanto a una tinozza di pietra, piena di carbone di legna e chiusa da una grata di ferro. Sembrava fissare i salsicciotti che sfrigolavano piano; quando le si avvicinò, Bomilcare la udì ridere. Sollevò il bicchiere di cuoio in segno di saluto o forse di complimento, disse qualcosa rivolta all'uomo che le era accanto e l'aveva fatta ridere, e bevve.

«O preziosa compagna di giochi.» Bomilcare, alle sue spalle, le mise le braccia intorno ai fianchi e lei gli si appoggiò. «Ero sicuro che ti avrebbe importunato con i suoi brutti scherzi.» Bomilcare ammiccò a Daniel.

«Sono brutti appena la metà dei tuoi.» Aspasia strofinò le

natiche contro i fianchi di Bomilcare. «Ma gli uomini servono soltanto per non morire dal freddo di notte; l'ironia bisogna cercarla altrove.»

«Non devi cercarla più, padrona.» Ora Bomilcare parlava in ellenico. «Te l'ho portata io, l'ironia. Tutta l'ironia di cui Roma dispone si nasconde in questo ragazzo. Tutto il resto, quello che non è occupato dall'ironia, è fame nera.»

Aspasia si voltò. «Questo qui?» Squadrò Letilio, che era accanto a loro. «Pensavo che i romani fossero mostri antropofagi con una corazza al posto della pelle e le unghie di ferro. Lui sembra quasi un essere umano.»

Letilio sogghignò. «Dentro sono un lupo, un figlio della lupa, con una fame da lupo. Tito Letilio. Tu devi essere Aspasia.»

«Devo proprio?» Scosse il capo. «Questa sera preferirei essere qualcun'altra. O forse due. Come ti si deve chiamare? Tito? Letilio?»

«Romano» disse Daniel. «Oppure "ehi tu". Anche "oh" non andrebbe male.» Protese una mano all'indietro dove, su un tavolo lungo, c'erano bicchieri, piatti e brocche. «Bevete, uomini. Il vino smussa i denti della fame, e permette di masticare il cibo più a lungo, anziché divorarlo in fretta.» Porse loro i bicchieri di cuoio e vi versò vino non allungato da un otre di pelle di capra che teneva stretto sotto il braccio.

«Ehi tu, grazie.» Letilio bevve un sorso. «Tra buoni nemici, come per esempio tra Bomilcare e me, l'appellativo migliore sarebbe Letilio. Da te preferisco farmi chiamare Tito.»

Aspasia sbatté le palpebre. «Lo senti come mi lusinga, Bomilcare? Dimmi, Tito, all'occorrenza i romani mangiano con le mani?»

«Soltanto con le proprie o con quelle di una bella sconosciuta.»

La donna sollevò la mano sinistra esaminandosi le dita e il palmo. «Graffi, calli, tagli, ferite. Ho già bevuto troppo vino, ma non abbastanza per trovare bella questa mano. Dov'è Tazirat? Lei sa leggere e scrivere, e ha belle mani. Vieni, Tito; credo che lei ti sfamerà volentieri.»

Aspasia si staccò da Bomilcare, gli sfiorò la guancia con le labbra e afferrò la mano del romano. Sorridendo, con uno sguardo che manifestava impotenza, ma non una richiesta d'aiuto, Letilio si lasciò trascinare, tra il turbinio e il cicaleccio, verso il retro di un'osteria che si trovava sulla Via Grande e che prendeva parte alla festa.

«Donna straordinaria.» Daniel annuì più volte. «Capace di togliere di mezzo i romani e di rendere possibili le discussioni, oltre che di parlare e ascoltare. Come è andata in Consiglio?»

Bomilcare gli passò davanti, afferrò un sottile piatto di legno e lo riempì di pane, salsicciotti caldi e altri cibi. «Chiedo scusa, ma abbiamo mangiato solo qualche boccone, al mercato davanti alla porta di Tynes.»

«Parla ugualmente.»

Mentre Bomilcare si sforzava di parlare in modo udibile e comprensibile mangiando, Daniel lo ascoltava con attenzione. La musica stava diventando sempre più forte e impetuosa; i pochi polli ancora vivi, che non erano finiti sugli spiedi o nelle pentole, si misero a strillare senza motivo apparente e l'uomo che osservava Bomilcare con la coda dell'occhio non riuscì sicuramente a sentire quello che lui e Daniel dicevano.

Era l'inseguitore del giorno prima, con i muscoli possenti e la cicatrice sul polpaccio destro. Uno dei sicari di Gulussa, aveva detto Zililsan. Era a dieci passi di distanza, appoggiato alla parete di un fienile dove, durante feste come quella, continuavano a scomparire coppie di adolescenti.

«Non può sentire una parola» disse Daniel quando Bomilcare ebbe finito il suo racconto.

«Ah. Lo conosci?»

«È un uomo di Gulussa.»

«Per uno che da anni amministra una grande tenuta nella Byzacena, ti orienti abbastanza bene.»

Daniel fece una smorfia. «Non dimenticare che prima lavoravo nel grande mercato fuori dalle mura. Come pensi che abbia cominciato Gulussa?»

«Vecchi amici?»

«Sarebbe eccessivo. Ma restiamo ai nobili membri del Consiglio.» Riempì nuovamente il bicchiere, questa volta aggiungendovi acqua. «Beviamo alla confusione. Dunque Qarthalo, uomo di Amilcare, e Arish, uomo di Annone, mirano allo stesso scopo? È sorprendente.» Restò in silenzio, poi scosse il capo. «Purtroppo, nel frattempo, non ho accresciuto le mie conoscenze. Volevo andare a trovare alcuni vecchi amici, che forse sanno qualcosa dei retroscena. Ma non li ho trovati.»

«Posso chiederti...?»

«C'erano una volta quattro buoni amici, che avevano frequentato gli stessi bagni, avevano rubato e compiuto ogni genere di sciocchezze insieme. Durante la guerra, tanto tempo fa. Un punico, figlio di un tintore, che in seguito ha rimpicciolito l'azienda paterna. Un meteco elleno, che ha accresciuto l'azienda paterna. Un altro punico, che da tempo gli dà una mano. E un giudeo, il cui padre ha fatto sempre e soltanto cattivi affari.»

Bomilcare sogghignò. «Ed è per questo che il giudeo ora si sforza di far diminuire gli affari di Amilcare?»

«Vedo che hai capito. Aspasia continua a essere sprecata per te, ma comprendo un po' meglio come fa a sopportarti.»

«Buon per me. Chi sono questi amici assenti?»

«In questo caso, innanzi tutto il signore del Banco della Sabbia.»

Bomilcare fischiò piano. «Antigonos? È naturale, avrei dovuto saperlo. Il Banco della Sabbia custodisce il denaro di Amilcare e tu, in qualità di amministratore...»

«Antigonos tornerà in città domattina presto; ho parlato con il suo socio, Bostar, il secondo punico di quei quattro. Il romano ha detto qualcosa a proposito di una lettera di cambio; potrà esibirla là. Che ne pensi di lui?»

Bomilcare esitò. «Non è pessimo» disse infine «per essere un romano, intendo dire.»

Daniel si guardò intorno. «Tu vuoi andare avanti? Lui vuole tornarsene in patria?»

«Andare avanti... fino a che ci costringeranno a smettere.»

«Bene.» Scoprì i denti. «Allora dovremmo passare all'offensiva.» Alzò la mano e fece un cenno. «Ehi, tu: che cosa vuole Gulussa, che ti manda a gironzolare qua?»

Il volto dell'uomo non mostrò né sorpresa, né emozione. Bomilcare lo vide avvicinarsi con movimenti agili e si disse che avrebbe preferito non doversi scontrare con quel soldato.

«Tu c'entri qualcosa?» La domanda era rivolta a Daniel.

«Diciamo di sì.»

L'uomo si rivolse a Bomilcare. «Ho l'incarico di dirti qualcosa che è destinato soltanto alle tue orecchie.»

«Parla. Lui può sentire ogni cosa.»

Quando lo vide esitare, Daniel borbottò: «Dì al ladro di frutta Gulussa che il giudeo Daniel ha voluto ascoltare. Il tuo nome?».

«Qadhir.»

Dal momento che l'uomo esitava ancora, Bomilcare disse: «Parla, Qadhir. Mi assumo io ogni responsabilità».

«Come credi. L'ambasceria è questa. Il mio signore ritiene che certi uomini d'affari tenteranno di incolparlo dell'omicidio del romano. Ti manda a dire che gli sarebbe gradito, se non addirittura prezioso, un chiarimento completo.»

«Ah.» Il volto di Bomilcare doveva certo aver manifestato la sorpresa in modo molto evidente, perché Daniel ridacchiò e addirittura l'imperturbabile Qadhir accennò a un sorriso.

«Questa è una notizia buona e cattiva insieme» disse Daniel. «Buona perché mi fa certamente piacere non avere contro Gulussa. Cattiva perché presumo che, se Gulussa è preoccupato, ci sia motivo di preoccupazione anche per qualcun altro.»

«Per quanto tempo saremo impegnati, domattina presto?» chiese Bomilcare.

«Alla banca? Non molto.»

«Diciamo a mezzogiorno esatto, davanti all'uscita settentrionale del Banco della Sabbia. Mi farebbe piacere parlare con il tuo signore.»

Qadhir accennò un lieve inchino. «Che cosa gli devo dire, a parte questo?»

«Digli che, nonostante certi impedimenti, Bomilcare intende trovare il vero assassino.»

Qadhir annuì, si voltò e lasciò il cortile.

Mentre si dirigeva verso la terrazza posteriore dell'osteria, dove immaginava si trovassero Aspasia e Letilio, Bomilcare venne trattenuto da un uomo di mezza età.

«Una parola, signore degli sbirri.»

La mano che stringeva l'avambraccio di Bomilcare portava un prezioso anello d'oro con pietre verdi. Il chitone, ora tutto sudato e macchiato di vino e d'arrosto, sembrava essere di lino prezioso, con cuciture ornamentali e orli rossi. La donna che era insieme allo sconosciuto, davanti all'esposizione di uno scultore, sfiorò Bomilcare con uno sguardo sprezzante e si voltò nuovamente verso la statua che stava osservando, una donna di pietra color carne, con tre seni e tre gambe.

«Di che si tratta?»

«Sono Annibale, collaboratore del giudice Budun. Il giudice sta ponderando una certa decisione e, quando gli ho detto che forse oggi sarei capitato dalle tue parti...» Non aggiunse altro.

«Parla. Ascolterò e poi manterrò il silenzio.»

«Bene. È insolito, ma... qualcuno ha ipotizzato che sarebbe vantaggioso condurre un'indagine proprio ora che il colpevole è già stato preso. Occorre considerare se il vantaggio – non so se mi spiego – è utile in rapporto all'urgenza dell'inchiesta e alla tutela della giustizia.»

Bomilcare si grattò la testa. «Se ho capito bene, qualcuno gli ha promesso qualcosa affinché lui si occupi della faccenda, e ora lui si domanda perché questo qualcuno faccia una cosa simile, dal momento che si dice che il colpevole sia già stato preso, per cui la faccenda sarebbe comunque risolta. È così? Questa sarebbe» arricciò il naso «l'interpretazione benevola.»

«Benevola o malevola, l'interpretazione è affar tuo. E, naturalmente, io non ho mai parlato con te.»

«Non riesco già più nemmeno a ricordare il tuo nome. Sarebbe bello, in un caso di omicidio o di un crimine altrettanto grave, poter svolgere un lavoro pulito, non è vero? Soprattutto quando ci sono motivi per dubitare che sia stato preso il vero colpevole.»

«Ci sono motivi per dubitarne?»

«Dal modo in cui si presentano le cose questa sera, non ci sono motivi per non dubitarne.»

«Allora ti auguro una notte piacevole, libera da ogni dubbio.»

Aspasia, Letilio e Tazirat erano seduti sulla terrazza; al loro tavolo c'era anche Amidi, un uomo della Costa dell'Incenso dell'Arabia meridionale, e il persiano Bagayash. Osservavano, come rapiti, il piatto d'argento davanti a Letilio; il romano masticava con la fronte aggrottata.

«Che razza di gioco è questo?» Bomilcare avvicinò uno sgabello. L'osteria e la terrazza, così come il cortile interno, erano ancora piene di gente, ma il momento culminante della festa sembrava già passato.

«Stai zitto.» Aspasia ammiccò. «Deve indovinare che cosa sta mangiando.»

Letilio gemette. «È squisito, ma non ne posso proprio più. Devo proprio indovinare? Non posso esplodere in pace?»

Bomilcare sogghignò leggermente. «Meglio di no; chi pulirebbe, dopo? Allora, romano, che cos'è?»

Letilio allontanò con la forchetta a due denti gli anelli di porro e una coscia di pollo mezza rosicchiata, afferrò il coltello e tagliò un altro pezzo della carne misteriosa. Dopo averla masticata a fondo e inghiottita, bevve dal suo bicchiere di cuoio e borbottò di piacere.

«Il vino» disse «è rinforzato con miele e spezie, la carne è tenera e squisita, dentro una crosta di pasta, miele, sesamo e da quattro a sette altri ingredienti. Non è di agnello, né di volatile; credo non sia neanche pesce. Che cos'è?»

Aspasia si piegò in avanti, protese il capo sul tavolo e fece: «Bau!».

Letilio aprì la bocca, la richiuse, deglutì, afferrò il bicchiere e bevve avidamente.

Tra gli sghignazzi degli altri, Tazirat disse: «Povero ragazzo. Temo che dopo avrà bisogno di consolazione».

«Quando il nostro nobile Gran Re Khshayarshaya, che gli elleni dalla lingua rigida chiamano Serse, desiderò accrescere l'impero, un giorno conquistò anche la vostra madrepatria Suru.» Il corpulento persiano Bagayash allargò le braccia ad abbracciare molta aria, per indicare la conquista e l'oppressione. Il suo ampio mantello, sudicio di vino e di terra, si riversò sul tavolo come una cascata, rovesciando il bicchiere che Letilio vi aveva appena posato.

«Suru?» disse il romano. «Madrepatria? Ah, tu intendi Tiro.»

Bomilcare colse il lieve ammiccamento: nonostante tutte le prelibatezze e la gran quantità di vino gustato, evidentemente Letilio era quasi sobrio. E in più, curioso... non tanto della storia che il persiano intendeva raccontare, quanto di ciò che Bomilcare gli doveva riferire. O così almeno lui interpretò lo sguardo di Letilio.

«Anche i romani hanno la lingua rigida, questo lo sapevo già.» Bagayash gemette paurosamente; il suo ventre sobbalzò, come scosso da un fastidio incontrollabile. «Insomma. Dal momento che Khshayarshaya era signore della madrepatria e di tutta la costa fenicia, si considerò anche signore di questa insignificante città-figlia nel lontano Occidente.» Assunse un'espressione raggiante e fece schioccare le labbra. «Questo luogo straordinario, che non manca né di cibi che ti stuzzichino né di donne che ti cullino.»

«Sono circondata da adulatori» borbottò Aspasia. «Quanto preferirei godere delle grossolanità di Bomilcare.»

«Quando, per esempio?» Amidi protese ben in avanti il suo naso adunco, come se volesse prendere all'amo informazioni o cibo.

«Al più presto. Perché?»

«Vuoi allietarci con una dimostrazione immediata?»

Bagayash alzò le mani. «È disgustoso. Perché questi arabi devono essere sempre così tremendi?»

«Com'è finita la storia di Serse?» Letilio fece un sorriso che, se Bomilcare non si sbagliava, era indirizzato a Tazirat. La quale ricambiò.

«Il figlio del fuoco, partorito dal cielo, signore dei paesi tra il fiume Indos e il mare, inviò un'ambasceria che fece riferire da uomini astuti. Costoro dovevano comunicare al Consiglio di Qart Hadasht che il Gran Re, signore di Suru e in quanto tale signore anche di Qart Hadasht, ordinava e intimava che gli abitanti della città si astenessero da quella pratica ripugnante, che disgustava tutti gli altri popoli del mondo: parlo dell'uso di cibarsi di cani appositamente ingrassati. Dopo una breve discussione, i nobili membri del Consiglio decisero di inviargli, come risposta, una dozzina di animali particolarmente grassi, oltre alle istruzioni per la loro preparazione.»

Tazirat aveva ventidue anni ed era orfana di entrambi i genitori. Suo padre, timoniere di una trireme, era morto nell'ultima battaglia navale davanti alle isole Egadi, dodici anni prima. Suo fratello maggiore, il sostegno della famiglia, era caduto nella guerra contro i mercenari, durante l'assedio di Ityke condotto da Amilcare. Allora sua madre si era tolta la vita nel tempio di Melqart.

«Ho dovuto impedire loro di contare i cadaveri» disse Aspasia. «Hanno stabilito che il padre di Letilio durante la battaglia navale era a bordo di una delle navi romane, e che poi è caduto nel corso di una delle ultime operazioni di rastrellamento in Sicilia.»

«E io che ho sempre pensato che i romani fossero casti e fedeli.» Bomilcare premette la mano di Aspasia. Erano davanti a uno dei tavoli su cui gli ortolani offrivano frutta e spremute. Il persiano grasso era ancora seduto nella terrazza, dove raccontava a nuovi ascoltatori le favole sconclusionate della sua patria, gesticolando con le braccia. Amidi se n'era andato all'alba: doveva recarsi a trovare un ricco cliente, per dipingere sulle pareti della sua sala da pranzo mostri multicolori. «Riceve visite fin troppo spesso, così vuole far scappare gli ospiti» aveva detto l'arabo. Letilio e Tazirat, tenendosi sotto braccio, si diressero verso la scalinata sul lato orientale, che conduceva all'abitazione della giovane donna.

«Però ha delle mani proprio belle» disse Aspasia, accarezzando il dorso di quelle di Bomilcare con la punta delle sue dita ruvide. «Forse dovrei davvero imparare a leggere e a scrivere.»

Tazirat lavorava nel magazzino di un parente, un mercante che intratteneva relazioni commerciali soprattutto con l'Oriente ellenico. In ogni momento sei o sette navi attraversavano il mare per lui, per non parlare delle numerose carovane che trasportavano le sue merci. Tazirat scriveva, calcolava, compilava elenchi e teneva tutto in ordine. In autunno un allevatore di cavalli di nome Amintor, che possedeva terreni a ovest di Ityke, l'aveva chiesta in moglie; evidentemente non se n'era fatto nulla, oppure era stato tutto rinviato.

Bomilcare si guardò intorno sbadigliando. Doveva essere circa mezzanotte; la folla dei festanti era visibilmente diminuita. «Desideri altro intrattenimento?»

Aspasia lo condusse alla scalinata più vicina. «Si potrebbe inventare qualche altro nome nuovo, se non hai mangiato e bevuto troppo. E poi dormire» disse. «Ah, stavo quasi per dimenticare: oggi uno scrivano è stato alla mia bottega. Mi ha detto di comunicarti che il capo dei Cinque per l'ordine pubblico desidera parlarti domani pomeriggio.»

Bomilcare la seguì su per le scale. «Nella tua bottega? Perché non me l'hanno detto nell'edificio del Consiglio? Presumibilmente per fare in modo che il nobile capo dei Cinque per gli affari esteri non ne venisse a sapere nulla, o no?»

«Stai attento» disse lei cupa. «Non mi va che adesso coinvolgano anche me.»

Quando furono vicini all'abitazione, videro che c'era qualcosa per terra. Bomilcare trattenne Aspasia e disse: «Aspetta». La superò avanzando rapidamente di qualche passo.

Davanti alla pesante imposta di legno, che sbarrava l'accesso all'abitazione, c'era un coniglio ucciso, fatto a pezzi e dissanguato. Un altro era infilzato su un coltello conficcato nell'imposta.

Più tardi, quando furono distesi al buio, Aspasia mormorò: «E se inventassimo nomi nuovi, nonostante il coniglio?».

Bomilcare mosse la mano ridendo piano, a singulti. «La mia puzzola vuole sbranare il tuo coniglio.»

5

«Conigli?» Letilio lo fissò, si alzò e andò nella stanza attigua, dove si trovava il vaso da notte. Bomilcare sentì il rumore del coperchio che veniva sollevato e quindi immaginò il romano storcere il naso osservando i due cadaveri.

Tazirat aveva posato le sue mani snelle e prive di ornamenti sulla scodella di terracotta contenente brodo di carne e chicchi di miglio. Aspasia disse piano in punico qualcosa sui romani sposati e sulla loro fama di uomini casti e fedeli anche in terra straniera, sfiorò Bomilcare con lo sguardo e sollevò le sopracciglia.

«Allora?»

Tazirat sorrise; i suoi occhi scuri brillarono e stava aprendo la bocca per rispondere, quando Letilio fece ritorno dalla stanza attigua.

«Troppo vino» borbottò. «La fedeltà si può aggirare e la castità non dura fino al mattino. Dobbiamo discuterne ora?» Si sedette e bevve un sorso dalla sua scodella. «Sono i primi animali di questa specie che vedo. Finora ne avevo soltanto sentito parlare. Vengono dall'Iberia, non è vero?»

Tazirat sorrise e si passò la lingua sulle labbra.

«Hai le orecchie lunghe, e la tua conoscenza del punico...» disse Bomilcare.

«Hanno le orecchie più corte delle lepri; così abbiamo coniato il termine *kyniklos... cunniculus*.» Letilio sogghignò.

Tazirat vuotò la sua scodella. Si toccò l'anello d'argento, con cui aveva fermato i suoi lunghi capelli scuri in un nido di serpenti sopra l'orecchio sinistro. «Dovresti andartene per qualche giorno» disse. «Non so come andrà a finire questa storia, ma se ti lasciano animali morti davanti a casa, Aspasia, significa che sei in pericolo. Non in quanto Aspasia, ma in quanto compagna di Bomilcare.»

Aspasia intrecciò le mani. «Andarmene? E dove? Che ne sarà della mia bottega? E di che cosa dovrei vivere, se non lavoro?» Si rivolse a Bomilcare. «Tu cosa ne pensi?»

L'uomo esitò, non riuscendo a trovare la risposta giusta.

Letilio spezzò un boccone di pane dalla schiacciata e ripulì la sua scodella. «Tazirat ha ragione. Io non so quanto reale sarà il pericolo, ma dobbiamo metterlo in conto. Inoltre Bomilcare lavorerà meglio se non dovrà preoccuparsi per te.»

«Dobbiamo parlarne proprio questa sera?» Aspasia indicò la parete che dava sull'agorà. Udirono il suono gracchiante del corno che segnava le ore. «Il custode dell'orologio ad acqua vuol darci a intendere che dovremmo fare qualcosa. Di giorno, alla bottega, non potrà certo accadermi nulla: ci sono troppe persone per strada.»

«Non potresti, almeno per oggi...?» Tazirat sospirò. «Un giorno in più o in meno non può certo né diminuire la tua ricchezza, né accrescere la tua povertà.»

«E che cosa dovrei fare, tutto il giorno? Restare qui ad annoiarmi? Ad aspettare visitatori che mi portino conigli?»

«Perché non vieni con me? Oggi, domani, per qualche giorno? In questo momento non c'è molto da fare, a parte l'ordinaria amministrazione, che si sbriga quasi da sola, senza troppo impegno.» Tazirat annuì con energia. «E nessuno avrà qualcosa da obiettare; là ci sono sempre persone che non hanno niente a che vedere con l'impresa.»

Mentre si recavano alla banca, Letilio domandò quale genere di festa avessero celebrato il giorno prima; Bomilcare rispose che era una delle numerose feste d'inizio estate, dedicata a una o più divinità. «Forse anche a tutte; diciamo che, per noi, era la festa in onore della dea rosso pallido dell'accoglienza.»

«Le feste puniche sono tutte così?»

«Innanzi tutto non era una festa punica. Come hai notato, c'erano meteci di tutte le razze. Era semplicemente una festa della gente del quartiere: né particolarmente povera né particolarmente benestante, ma in grado di permettersi vino e arrosto.»

«E come sono le feste puniche?»

«Dipende. Ci sono feste grandi, piccole, solenni, per i ricchi, per tutti... suppongo che, a parte i dettagli, le nostre feste siano più o meno come le vostre.»

La Via Grande era molto animata: carri, facchini e bestie da soma procedevano in fiumane impenetrabili intorno al quartiere del porto.

La banca del meteco Antigonos si trovava fra il porto commerciale e la Via Grande; era raggiungibile sia da nord che da sud. Il guardiano davanti all'ingresso settentrionale, armato di giavellotto e spada corta, li chiamò per nome con tono interrogativo e disse che un uomo di nome Daniel era già nell'edificio; suggerì loro di salire per la scalinata subito a destra nel salone, dal momento che Daniel era un vecchio amico del proprietario e senz'altro non avrebbe voluto discutere con i piccoli impiegati.

Bomilcare rimase un po' sconcertato quando Letilio si fermò nel salone e proruppe in grida di ammirazione. Un labirinto di colonne policrome – con in mezzo tavoli, banchi e persone – sosteneva il soffitto, che tuttavia sembrava fluttuare a un'altezza di circa quattro uomini, in una luce multicolore che penetrava dall'alto attraverso grandi aperture. Il salone era luminoso ma anche piacevolmente fresco: le lastre di pietra del pavimento era coperte qua e là da grandi tappeti, alle pareti laterali erano appesi quadri che rappresentavano episodi dell'*Odissea* e l'attività di impiegati e clienti produceva suoni sordi, una specie di brusio e mormorio lontano, ma non un vocio.

«È qui dunque che abita il denaro» mormorò Letilio. «È un tempio.»

«Puoi dirlo forte. Voi non avete nulla del genere?»

«Cambiavalute e misere botteghe... filiali di banche elleniche. È solo da dopo la guerra che, oltre al piccolo asse di bronzo, abbiamo monete vere, che possono venir scambiate all'estero. Che cosa fa una grande banca?»

«Affari.»

«Aha.»

«Mette in contatto persone che vogliono accrescere il loro denaro con quelle che hanno bisogno di denaro per un affare. Diciamo così: la banca prende il denaro da uno per prestarlo a un altro. Ma saliamo: forse avrai l'occasione di interrogare in proposito il padrone della banca.»

La scalinata era fatta di legno rossiccio lucido, con le sbarre della ringhiera tornite. A metà del percorso, Bomilcare toccò il braccio del romano indicandogli una delle grandi pitture murali. «L'accecamento di Polifemo; si dice che questo Polifemo assomigli ad Annone il Grande.» Ridacchiò. «Dal momento che non ho mai visto Annone, posso soltanto crederci sulla fiducia.»

La stanza del signore del Banco della Sabbia appariva sobria. Alcuni dei tappeti che ricoprivano le assi scure del pavimento erano logori; alle due pareti laterali c'erano scaffali su cui si accatastavano rotoli di scritti. Daniel era seduto davanti alla scrivania massiccia e stracolma, la seggiola di fronte a lui era vuota, perché Antigonos era appoggiato al cornicione della finestra.

«Ecco quelle due teste d'argilla» disse Daniel quando entrarono. «Non avete bisogno di prenderla alla lontana, gli ho già raccontato le cose importanti. E poi gli ha scritto Amilcare.»

Il padrone della banca, uno degli uomini più ricchi e potenti della città, sembrava fin troppo giovane: "Non è molto più vecchio di noi due" pensò Bomilcare. Era snello, aveva i capelli scuri, indossava un semplice chitone corto e quando si staccò dal cornicione per salutarli i suoi movimenti diedero l'impressione di una grande energia.

«Ave, Tito Letilio» disse; quindi aggiunse, in latino: «È raro che un romano sia ospite in queste stanze, perciò sei particolarmente benvenuto». Si rivolse a Bomilcare. «E tu sei il capo degli sbirri? Dato che raramente turbo l'ordine della città, anche se Annone la pensa diversamente, non ci siamo ancora mai incontrati.» Sorrise e indicò due sgabelli. «Sedetevi. Volete inumidirvi la gola, o preferite parlare a secco?»

I due optarono per acqua e succo di frutta, quindi Antigonos riempì due bicchieri d'argento, li porse loro e disse: «Iniziamo dalle cose semplici. Hai una lettera di cambio?».

Letilio estrasse un rotolo dalla scollatura del suo chitone e lo porse ad Antigonos. Il padrone della banca ruppe il sigillo, srotolò il papiro e lesse.

«Non molto fornito» disse. «Cinquanta dracme: trenta *shiqlu*. La lettera è valida: Kleisthenes è un uomo fidato.» Prese uno stilo, lo intinse nell'inchiostro e scarabocchiò qualcosa sul papiro. «Sotto riceverai il denaro senza commissione. Ma non credo che ti basteranno... se volete indagare davvero sul serio.»

«Questa è la nostra intenzione» disse Bomilcare. «Perché credi che ci vorrà molto tempo?»

Antigonos si appoggiò allo schienale della seggiola e iniziò a elencare nomi e oggetti: il cadavere di Lavinio, Tuzut, le monete nel giardino di Amilcare, gli ordini di Arish e Qarthalo, l'ambasceria di Gulussa. «È una situazione confusa, e quindi lunga e difficile da chiarire. Ho dimenticato qualcosa?»

Bomilcare fece una smorfia. «Non hai dimenticato nulla, ma si è aggiunto qualcos'altro.» Riferì dei conigli morti, della richiesta confidenziale del giudice e dell'ordine di presentarsi da Qarthalo nel pomeriggio.

«Conigli?» Antigonos sollevò le sopracciglia e guardò Daniel. «Pensi quello che penso io, mio vecchio amico?»

«Detto tra noi scopacapre, sì» disse Daniel. «È un riferimento inequivocabile all'Iberia.»

«Il luogo da cui provengono gli animali» disse Letilio. «Forse sarebbe bello scoprire come sono arrivati in città.»

«Questo non ci aiuterebbe. Ce ne sono da quando abbiamo basi d'appoggio in Iberia... all'incirca da quattrocento anni. Non c'è bisogno di introdurli, ci sono già. Comunque era una buona idea, Letilio.» Bomilcare si rivolse nuovamente ad Antigonos. «Ma tu non sai neppure come mai, in questa faccenda, Arish e Qarthalo, vale a dire i Vecchi e i barcidi, stranamente collaborano?»

«Non vedo Qarthalo da molto tempo.» Antigonos intrecciò le mani davanti al volto, in modo da toccarsi il naso con la punta delle dita. «Immagino che se i barcidi avessero assunto una strategia decisamente nuova lo saprei. A proposito, Asdrubale ti ha lodato in una lettera, quando sei stato mandato qui.»

«Mi fa piacere sentirlo. La lode di Asdrubale ha un grande valore, e so che non è facile da ottenere.»

Letilio si schiarì la voce. «Qualunque cosa voglia farsene, di questa lode...»

«Dobbiamo dirglielo? In fondo non è un segreto.»

Quando Bomilcare annuì, Antigonos aggiunse: «Asdrubale, il genero e plenipotenziario dello stratega Amilcare, non dirige soltanto l'amministrazione in Iberia; comanda anche gli informatori».

Letilio sorrise. «Come a Roma è risaputo. Tu quindi hai lavorato per lui? Avrei dovuto immaginarmelo.»

«Si dovrebbe sempre far lavorare l'immaginazione» disse Daniel. «Dunque, immaginiamo un po'. Questi conigli... e la lettera di Amilcare. Senz'altro si tratta di un riferimento all'Iberia; ma che genere di riferimento?»

«Non serve a nulla rompercisi la testa.» Antigonos si alzò e si diresse nuovamente alla finestra, mettendosi a guardare verso il porto commerciale. «Ne sappiamo troppo poco. Temo che per voi sarà una delusione, se vi eravate aspettati o addirittura ripromessi molto da me. Per quanto ne so al momento, posso soltanto dire: fate attenzione.»

«Non vuoi mandarli dal tuo caro amico Annone?» Daniel fece un largo sogghigno. «Deve pur aver fiutato di che si tratta, se il suo braccio destro Arish rimesta nelle latrine.»

«Immagino che, se il capo delle guardie desidera parlare con Annone, ci riuscirà meglio senza la mia mediazione.»

«Il silfio.» Bomilcare si schiarì la voce. «Sai dirmi qualcosa in proposito?»

Antigonos sollevò le sopracciglia. «Il silfio? Proviene dall'entroterra di Cirene, è costoso, è ricercato, si può utilizzare in molti modi. Perché?»

«Il romano morto, Lavinio, ha consumato una cena prima di morire; tra le altre cose ha mangiato foglie di silfio.»

«Come fai a saperlo?» disse Daniel.

«Artemidoros, il nostro medico... è di Alessandria. Là i medici fruiscono di un'istruzione particolare.»

«Lo so.» Antigonos si guardò le mani; le sue dita sottili e

robuste apparivano completamente abbandonate, come anestetizzate. «Artemidoros? Lavora nella fortezza?»

«Sì. Ha sezionato ed esaminato Lavinio. Dice che il romano ha mangiato foglie di silfio; e altri cibi raffinati, vini pregiati...»

Daniel lo interruppe. «Pertanto non sono molte le osterie da prendere in considerazione.»

Letilio alzò la mano. «Chiedo perdono, ma non riesco a seguirvi del tutto. Che cosa c'è di tanto prezioso nel silfio?»

Antigonos fece un sorriso obliquo. «È una pianta che, come ho già detto, cresce nell'entroterra di Cirene. I maci la coltivano o la raccolgono, a seconda dei casi. È costituita da radici, gambo, foglie, fiori, succo e midollo. Tutte le sue componenti sono utilizzabili. Se ne ottengono soprattutto medicamenti e spezie; tra i medicamenti – o i veleni, se si vuole – uno è particolarmente prezioso. Anzi, in realtà sono molti: questa sostanza esiste in polvere, si può assumere in pastiglie, somministrare in gocce, impregnarne una spugnetta...»

Letilio scosse il capo. «Stai parlando di qualcosa che evidentemente conoscono tutti, a parte me. Sono io il barbaro del nord?»

Bomilcare posò la mano sull'avambraccio di Letilio. «Questo rimedio lo prendono le donne dopo il coito oppure, prima del rapporto, si infilano una spugnetta imbevuta di succo di silfio, oppure lo bevono sciolto in polvere, quando non vogliono utilizzare – o hanno dimenticato – gli altri sistemi, insomma: per non restare incinte o per porre fine rapidamente a una gravidanza.»

«Esiste una cosa simile?» Letilio sgranò gli occhi.

Antigonos gli rivolse un'occhiata. «Dici che a Roma non esiste? Gli elleni la conoscono. Sarebbe...»

Daniel rise a singulti. «Il prossimo affare? Vuoi far abortire le nuove generazioni di Roma, in vista della prossima guerra, e per di più guadagnarci, scopacapre?»

«Vedremo... ho anche altre faccende da sbrigare, come potrete immaginare. Per quanto riguarda il silfio, voglio informarmi in giro. Possiamo incontrarci dopodomani sera?»

«Cosa proponi?»

«Che ne dici della Grotta dei piaceri amari? Non ci vado da molto tempo. Daniel, accompagneresti tu i due ragazzi da Gulussa? Bene. E digli che non desidero inviargli i miei saluti.»

Si alzarono per andarsene. Bomilcare vide l'espressione interrogativa sul volto del romano e si schiarì la voce.

«Chiedo scusa, signore... Letilio mi aveva posto alcune domande cui non sono in grado di rispondere in modo soddisfacente. Che cosa fa una banca, come fa affari un banchiere e cose simili.»

Antigonos aggrottò la fronte. «Mi piacerebbe dare un contributo all'istruzione dei romani: un giorno potrebbe renderli cittadini sopportabili dell'ecumene. Purtroppo ora non ne ho il tempo.» Si mise entrambe le mani davanti alla bocca e gridò: «Bostar!».

Da uno degli altri locali del piano superiore udirono un lieve gemito, come di qualcuno che sussultasse per lo spavento, poi un quasi supplichevole: «Che cosa c'è ancora?».

«Stai per avere visite!» Antigonos sogghignò lievemente. «La metà di tutto questo, più o meno, appartiene a lui: dovrebbe sapere tutto quello che so io.» Si rivolse a Daniel. «Conosci la strada; li conduci tu da lui? Questioni improrogabili, lo sai...»

«Che cosa c'è di tanto improrogabile negli affari di un banchiere, da impedirgli di dare una mano a un romano? Scopacapre.» Daniel si diresse vèrso la porta e fece un cenno agli altri due di seguirlo.

«Il signore della banca che ci fa concorrenza richiede la mia attenzione; il suo emissario arriverà presto. Dal momento che probabilmente finirà a botte, pugnalate e spargimento di sangue, vorrei prepararmi. Fuori, voialtri; a dopodomani.»

Quando entrarono, Bostar era in piedi accanto a una scrivania semivuota. Daniel probabilmente lo aveva salutato prima; i due si limitarono a scambiarsi un'occhiata. A quanto aveva sentito Bomilcare, il punico doveva avere all'incirca la stessa età di Antigonos, anche se sembrava più vecchio. Oppure più serioso.

Non appariva affatto meravigliato di vedere un romano; dopo che, su invito di Daniel, gli ebbero raccontato i confusi precedenti, Bomilcare chiese una spiegazione per Letilio, ma anche per sé. «Alcune cose le conosco, è vero, ma non i dettagli...»

Bostar borbottò qualcosa di incomprensibile. «È per questo che vi ha mandati da me? Lui non ha tempo?»

«Ha detto qualcosa a proposito dell'emissario della banca concorrente.»

Bostar rimase interdetto, poi annuì. «È vero: il braccio destro di Hiyarbal. Avevo completamente dimenticato che sarebbe venuto oggi.»

Bomilcare alzò l'indice. «Chiedo scusa, signore. Non sono affari miei, ma ultimamente ho avuto molte questioni da chiarire riguardo a Hiyarbal. Si era informato se noi – intendo dire le forze dell'ordine – potevamo scortare fino a Sikka un convoglio di bestie da soma con monete e barre. È una pratica consueta?»

«Fino a Sikka?» Bostar si strofinò il naso. «Se deve concludere affari immensi... ma devono essere davvero immensi. Un intero convoglio di bestie da soma, per gli dèi! Vuole comprarsi la Numidia?»

«A proposito.» Daniel picchiò sul tavolo. «I ragazzi hanno bisogno di essere introdotti ai misteri dei modi, più o meno leciti, per diventare ricchi con il denaro delle altre persone, rendendole più povere.»

Bostar chiuse gli occhi. «Mi annoi, ragazzaccio. Stai zitto e bravo, mentre io pronuncio parole sagge.»

«Ehi.»

Poi però Daniel rimase in silenzio e Bostar tracciò un panorama sull'attività delle banche in generale e del Banco della Sabbia in particolare. Disse che permettevano di accrescere la ricchezza di certe persone e, per di più, il benessere comune. Per esempio era quasi inimmaginabile, seppur non impossibile, che un uomo di nome Daniel avesse troppo denaro e volesse farne qualcosa, mentre contemporaneamente un capitano di un mercantile esperto avesse bisogno di denaro per acquistare determinate merci per cui conosceva già gli acquirenti. Daniel però non sapeva nulla del commercio marittimo e né conosceva il valore delle merci né sapeva valutare l'affidabilità della nave. Perciò dava il suo denaro a un banchiere esperto in queste faccende: questi esaminava la nave e le merci, calcolava il presumibile guadagno, fissava un valore medio e dava al capitano il denaro necessario, in cambio del quale questi in seguito avrebbe restituito la somma presa in prestito, più un'ulteriore quota compresa tra un quinto e un terzo, a seconda della pericolosità del tragitto, della stagione e della meta. In modo analogo (anche se con interessi meno alti) ci si comportava anche per l'allestimento delle carovane commerciali. Inoltre c'erano moltissime altre possibilità per impiegare il denaro in modo razionale, per esempio permettendo a un buon artigiano, che non voleva più lavorare per altri come salariato, di costruirsi una propria officina; oppure prendendo parte a imprese promettenti, in modo da ricevere in cambio non solo il denaro prestato e gli interessi, ma anche una parte del guadagno, disponendo inoltre di beni tangibili a garanzia, come quote di edifici o i diciassette centesimi di tutti gli schiavi che lavoravano in un'officina. Talvolta accadeva anche che la città – per esempio quando doveva pagare a Roma più argento di quanto il tesoro pubblico possedesse in quel momento (Bostar si limitò ad ammiccare genericamente in direzione di Letilio, che restò impassibile) – dovesse prendere in prestito denaro in cambio di obbligazioni.

«E voi non perdete mai nulla?» chiese il romano a un certo punto, con voce quasi esausta.

«Ah, perdiamo continuamente qualcosa, e speriamo di guadagnare a sufficienza da altre parti per riequilibrare le perdite. Proprio nell'esempio che stiamo considerando, se Daniel allestisce da solo una nave e questa va a fondo, Daniel potrebbe restare senza nulla da mangiare. Se la banca, con il denaro diciamo di mille uomini, allestisce una nave, nel caso in cui questa affonda ognuno perde qualcosa, ma nessuno così tanto da dover morire di fame. Inoltre noi – il Banco della Sabbia, intendo dire – non siamo soltanto una banca, ma anche un'assicurazione e una società per il finanziamento di imprese e attività rischiose.»

«E se ora io volessi farmi prestare qualcosa da voi?»

«Dovresti produrre e cederci una garanzia. Questa può consistere nel carico di una nave, ma più spesso è un bene tangibile che si trova in città o nei dintorni, per esempio una casa. Noi calcoliamo il valore della casa e te ne prestiamo una parte: la metà, più spesso qualcosa di meno. Questo denaro devi restituirlo, un po' alla volta, in un periodo lungo, con un interesse più basso rispetto alle imprese marittime pericolose. Più o meno cinque centesimi all'anno.»

«Fanno tutti così? Intendo dire, tutte le banche? Per esempio la banca di, come si chiama, Hiyarbal?»

Bostar fece una smorfia obliqua. «Il nobile Hiyarbal è in un certo senso il banchiere di fiducia dei Vecchi: gli uomini di Annone, come certamente avrai già sentito. Loro non vogliono trattare con la ditta di un meteco di nome Antigonos, che è vicino ai Nuovi intorno ad Amilcare Barca; danno tutto, o buona parte, a Hiyarbal, che lo usa per gli affari che ritiene opportuni.»

«Sono diversi dai vostri?»

Bostar chinò il capo. «Questo non si può dire. È vero che i Vecchi sono per la maggior parte contrari alla follia iberica, come la chiamano loro; ma sono abbastanza intelligenti da sapere che là si trovano molte ricchezze, per cui attraverso la banca di Hiyarbal partecipano allo sfruttamento di nuove miniere d'argento a nord di Kastulo, per esempio. Oppure ad altri affari. Non conosco tutti i dettagli, naturalmente, ma la banca di Hiyarbal è coinvolta in molti affari qui in città: nelle corse dei cammelli e dei cavalli, per esempio, nelle osterie, nei poderi e in due o tre cantieri navali.»

«E voi?»

Bostar sorrise e si alzò in piedi. «Tito Letilio, ti farà piacere sentire che, in caso di necessità, molti dei nostri finanziamenti sono diretti contro Roma. Per esempio acquistiamo regolarmente in anticipo, prima di sapere come andrà il raccolto, una parte della produzione di cereali dell'Egitto a un prezzo che speriamo sia inferiore a quello che in seguito verrà effettivamente richiesto.»

Letilio ammiccò; sembrava confuso o, se non lo era, recitava bene. «In che senso questo è diretto contro Roma?»

«La quantità di cereali che noi acquistiamo in anticipo, nella speranza di un guadagno, l'Egitto non potrà più fornirla a Roma, se da voi vi fosse penuria. Nella prossima guerra.»

Letilio presentò la sua lettera di cambio e ricevette le monete. Mancava ancora un po' di tempo all'appuntamento con Qadhir: Daniel decise di fare una seconda colazione in un'osteria vicina; all'ora prestabilita, Bomilcare e Letilio lo avrebbero incontrato davanti all'ingresso settentrionale del Banco della Sabbia.

«E adesso?» disse il romano.

«Adesso parliamo con alcuni miei uomini.» Bomilcare lo prese per un braccio e lo trascinò via con sé. «Che ne pensi di Daniel?»

«Se Amilcare si fida tanto di lui, deve essere una brava persona. Sembra affidabile ed esperto.»

«La questione è se noi siamo disposti a pendere dal suo dito mignolo come fanciulli bisognosi di protezione.»

Letilio rise. «Se avessi cinque anni di meno, mi sentirei offeso. Stando così le cose, e per di più all'estero, accetto volentieri il suo aiuto... fino a che mi sembrerà d'aiuto.»

Nel capannone dei carri trovarono Zililsan e Duush, insieme a un altro operaio. Nessuno parve meravigliarsi del fatto che Bomilcare portasse con sé il romano. Letilio si guardò intorno con curiosità, poi si accovacciò sul bordo di un carro non ancora finito e rimase ad ascoltare quello che gli uomini di Bomilcare avevano da riferire. Non era molto: la sera prima i due si erano mescolati, senza darlo a vedere, tra la gente in festa nel grande cortile interno, ascoltando e osservando. Zililsan aveva ordinato a uno degli uomini di badare ad Aspasia, alla sua bottega e alla sua sicurezza.

Quando i due ebbero finito di raccontare, Bomilcare impartì loro alcuni ordini; poi lui e Letilio si rimisero in cammino.

Daniel e Qadhir li attendevano già davanti alla banca. L'emissario di Gulussa teneva in mano tre strisce di tessuto; disse che presto sarebbero giunti in un luogo in cui avrebbe dovuto bendare loro gli occhi. «Il mio signore ci tiene molto che il capo delle guardie non lo trovi senza fatica. O così, oppure niente.»

«E se noi ci rifiutassimo?» chiese Daniel.

«Saranno presenti anche altre persone; inoltre... se vi rifiutate, non vi condurrò da Gulussa.»

Lo seguirono in silenzio. Come aveva immaginato Bomilcare, Qadhir li condusse nel labirinto di vicoli e viuzze del quartiere tra il porto militare e la Birsa: un intrico di case in affitto, piccole officine, squallide topaie, senza neppure una strada diritta, ma gli abitanti – le fondamenta della città – erano senza eccezione punici puri. I meteci, non importa di quale origine, si guardavano bene dal mettere piede in quella zona. Bomilcare dubitava che mai, prima d'allora, un punico l'avesse percorsa insieme a un giudeo e a un romano. Inizialmente la gente li guardò con curiosità mista a ostilità; poi si aggiunsero al gruppo tre uomini con il chitone quasi nero, e d'un tratto fu come se tutti loro fossero diventati trasparenti.

Bomilcare spiegò a bassa voce al romano che, se mai lo facevano, i tutori dell'ordine mettevano piede in quel quartiere solo a gruppi di tre e armati di tutto punto. Lui negli anni passati vi era stato diverse volte da solo, alle prime luci dell'alba, per incontrarsi con qualche suo informatore.

«A me non è accaduto nulla, ma ho sempre considerato una fortuna essere tornato indietro sano e salvo.»

«Che cosa fa questa gente? Di cosa vive?»

«La maggior parte sono manovali e lavoratori a giornata, negli orti, sui grandi pescherecci, in qualche impresa. Saltimbanchi, uomini-serpente, prestigiatori, musici... persone che non hanno abbastanza denaro per andare da altre parti. Prostitute, danzatrici, quello che vuoi. E naturalmente la solita feccia: ladri, contrabbandieri, grassatori, predoni di carovane. Qui potrebbero aggirarsi anche alcuni assassini di talento.»

Nel selciato di mattoni irregolari delle viuzze strette c'erano buche profonde piene di fango; le costruzioni invece si susseguivano senza soluzione di continuità. Le case formavano file ininterrotte: tra gli edifici a due piani, di mattoni d'argilla e travi, c'erano solo poche case di pietra, anche queste di solito non più alte delle altre. Gli ingressi delle case davano sulla strada ad altezza fianchi, per cui vi si accedeva tramite scalette o, più raramente, gradini. Ben pochi ingressi si potevano chiudere: non c'erano imposte di legno, al massimo tendoni di materiali economici, pelle o cuoio consumato, e quasi nessuna casa aveva finestre che si affacciassero sulla strada. Al sopraggiungere dei tre uomini vestiti di scuro, i bambini che stavano giocando nudi nel vicolo furono subito fatti rientrare nelle case dalle madri o dalle sorelle maggiori. In una piazzetta triangolare videro un mastello di pietra dove le donne del quartiere erano intente a lavare; l'acqua doveva essere portata con vasi o otri, e scompariva in un buco che probabilmente comunicava con un ruscello sotterraneo. Bomilcare immaginò che giungesse fino alla baia passando sotto le mura marittime. Quando il gruppo attraversò la piazza, le donne non si voltarono ma, come a un segnale, ritirarono la biancheria. Tutt'intorno c'era un silenzio opprimente; Bomilcare sentì i capelli drizzarglisi sulla nuca e, con un'occhiata obliqua, constatò che neanche Letilio aveva un aspetto particolarmente sereno. Solo Daniel restava imperscrutabile.

La successiva piazzetta a cui giunsero doveva trovarsi già nei pressi del muro della Birsa: forse le case sul lato nord giungevano fino al vallo che separava la vecchia città bassa dalla collina con i suoi templi e i palazzi dei ricchi. Qadhir si fermò e sollevò le strisce di tessuto; l'espressione del suo volto sembrava chiedere comprensione.

«E va bene» disse Daniel. «Ma badate di non farmi lo sgambetto mentre non vedo.»

«Aspetteranno che tu ti sia tolto la benda, ma poi...»

Letilio gemette piano, come se volesse dire: tenete la bocca chiusa, voi due.

I tre della scorta rimasero in silenzio, senza battere ciglio, mentre Qadhir si limitò a sorridere debolmente. Quando ebbero gli occhi bendati, Bomilcare si sforzò di prestare attenzione alla direzione, alla pendenza, alla natura del terreno, al suono dei passi e al resto. Ben presto rinunciò al tentativo.

Furono condotti su per alcuni gradini, lungo un corridoio, quindi per una scalinata; quando furono giunti in cima vi fu un altro corridoio, una brusca svolta a destra, una passerella, ancora un corridoio (questa volta sotto i piedi sentirono scricchiolare il legno), quindi scesero una scalinata, attraversarono un cortile interno con dell'acqua, salirono e scesero altre scale, strisciarono in un tubo, e poi ancora corridoi, svolte, salite, cortili.

A un certo punto, quando potevano essersi allontanati di un miglio dall'ultima piazza che avevano visto, oppure essere di nuovo nella prima casa, furono liberati dalle bende. Si trovavano in un locale privo di finestre, illuminato soltanto da una lampada a olio. Sulle assi vecchie e logore c'erano cuscini e coperte; per il resto la stanza era vuota.

Su uno dei cuscini era seduto un uomo scarno, avvolto in un mantello chiaro. Bomilcare si chiese se potesse trattarsi di Gulussa: se l'era immaginato enorme e non esile, curvo, con il naso simile al becco di un avvoltoio. L'uomo li osservava trattenendo un sorriso, che divenne un ghigno quando Daniel tirò su con il naso e disse: «Mi ero immaginato che il piccolo ladro di verdura si fosse allargato un po'. Soffri di inappetenza o delle miserie della prosperità, Gulussa, vertice di bassezza?».

«Di logorio dell'animo. Sedetevi. Qual è il tuo ruolo in questa faccenda, Daniel?»

Era una voce aspra, roca, con un sottofondo simile allo stridore di vecchie assi. Non era la voce di un uomo che poteva avere poco più di trentacinque anni.

Si adagiarono sui cuscini. I tre accompagnatori scuri non erano nella stanza; Qadhir se ne stava a braccia conserte nell'apertura che dava sul corridoio, attraverso la quale erano entrati. Nella stanza attigua qualcuno rimosse un'asse, probabilmente l'imposta di una finestra: attraverso il tendone, fatto di fili di perle di terracotta di colore smorto, penetrarono brandelli di luce solare.

Gulussa batté le mani. Nell'altra stanza sembrò che qualcosa di imponente si muovesse sulle assi del pavimento, che gemettero e tremarono. Il tendone di perle non venne precisamente aperto, ma spumeggiò nella stanza come un'onda, sollevato da una donna enorme. Era alta almeno due teste più di Bomilcare e dovette piegarsi per attraversare il passaggio, che riempì per tutta la sua larghezza. Probabilmente pesava quanto tre uomini. Portava un vassoio d'argento con quattro bicchieri e una brocca da cui usciva un vapore profumato di verdure, frutta e vino. Lentamente e a fatica si inginocchiò per appoggiare il vassoio a terra. Era vestita con due teli di stoffa a strisce rosse e bianche, tenuti insieme lateralmente con nastri, attraverso cui si vedevano due palmi buoni di carne bianca. Nessun cuscinetto, nessun rotolo di adipe, ma una pelle chiara e tesa.

Quando ebbe posato il vassoio e, ancora in ginocchio, fece per tirarsi su, per un attimo posò lo sguardo su Bomilcare, quello che era seduto più vicino a lei. Quando vide il suo stupore, sul volto della donna spuntò un sorriso ironico.

Il viso era perfetto, privo di difetti: il profilo della donna più bella che Bomilcare avesse mai visto. La pelle color panna non sembrava essere mai stata esposta al sole; le labbra rosse arcuate non avevano bisogno di trucco; le linee del naso e l'arco delle sopracciglia avrebbero potuto essere l'opera di uno scultore ellenico che intendesse rappresentare Afrodite. Il padiglione auricolare era come intagliato nell'avorio, i capelli fili sottilissimi del colore della notte, il collo slanciato e privo di rughe, gli occhi miti dallo sguardo ironico – occhi neri, circondati di rosso – rivelavano un'intelligenza acuta.

Bomilcare era talmente intento a osservare quella donna che aveva quasi dimenticato il motivo per cui avevano percorso tutta quella strada bendati. Probabilmente dalla domanda di Gulussa non era trascorso un intervallo di tempo misurabile, ma la risposta di Daniel giunse improvvisa, fastidiosa, come il frastuono di una brocca che cadesse andando in pezzi dopo un lungo silenzio.

«Quando io un tempo, cioè, come sai, ehm... Amilcare lo stratega mi ha nominato amministratore dei suoi possedimenti nella Byzacena. È suo desiderio che io non vi faccia ritorno fino a che non sarà fatta luce sul ritrovamento di un romano morto nel, per così dire, giardino di Amilcare.»

La donna versò la bevanda fumante nei bicchieri; poi si alzò, apparentemente senza alcuno sforzo, e ritornò nella stanza attigua.

Gulussa prese un bicchiere, lo sollevò, fece un cenno agli altri tre e disse: «Bevete. Quindi è un incarico di Amilcare? E che cosa ha da aggiungere il capo delle guardie?».

Bomilcare fece per rispondere, ma non emise suono. Fu costretto a schiarirsi la voce prima di poter parlare. «Il capo delle guardie è riconoscente a chiunque lo aiuti in questa vicenda confusa.»

Gulussa annuì impassibile. Diede un'occhiata a Letilio e pronunciò la frase successiva in latino: «E tu, romano, svolgi un incarico per conto del Senato e del popolo, oppure ubbidisci alle istruzioni del membro del Consiglio Arish?».

A Bomilcare l'eloquio di Gulussa parve corretto come

quello di un vero romano; né fu molto sorpreso quando Letilio rispose, in un punico quasi perfetto: «Ringrazio il nobile Gulussa per il saluto, la bevanda e le parole amichevoli. Su incarico del Senato e del popolo devo stabilire in quali circostanze è morto Marco Lavinio e devo riuscirci senza suscitare le ire delle persone importanti di questa città.»

Gulussa sorrise. «Una risposta intelligente.» La sua voce continuava a suonare come quella di un uomo malato. «Non so chi l'abbia assassinato. Lo stesso vale per il bracciante agricolo. Qadhir.»

Quel nome significava un ordine. Qadhir avanzò di mezzo passo, rivolse lo sguardo prima a Daniel e poi a Bomilcare, quindi disse: «Qualcuno, non sappiamo chi, ha preso uno dei nostri uomini. Il suo nome è Zirdan. È stato trascinato via ed è finito nelle mani dei servitori di Arish; si dice che avesse con sé una bisaccia in cui c'erano oggetti che devono essere appartenuti al defunto Lavinio».

«Dove e quando è successo? Qualcuno l'ha visto?»

Qadhir annuì. «Erano presenti due uomini, uno dei quali vi ha appena condotto fin qui.» Fece il nome di un'osteria che Bomilcare non conosceva; poi proseguì: «Erano stati lì a bere e giocare. Li hanno assaliti sulla via del ritorno, prendendo Zirdan e lasciando andare gli altri».

Daniel aprì la bocca per dire qualcosa, ma poi lasciò la parola a Bomilcare.

«Come vi spiegate l'accaduto?»

Gulussa mosse la mano destra; Qadhir fece mezzo passo indietro e incrociò nuovamente le braccia.

«L'unica spiegazione che ho» disse Gulussa «non aiuterà te e a me non fa piacere. Non so neanche perché Lavinio sia stato ucciso ma, chiunque l'abbia fatto, ora tenta di addossarne la colpa a me e ai miei uomini.»

«Sarebbe una grossa combinazione se uno dei tuoi nemici fosse entrato in possesso della bisaccia di Lavinio senza avere nulla a che fare con la sua morte.» Bomilcare si grattò il capo. «Chi potrebbe volerti danneggiare, e perché?»

Gulussa rise senza gioia. «Posso farti dieci nomi, oppure cinquanta. Sai quanto è grande la città; per non parlare di tutti i sobborghi e i villaggi, o dell'intero entroterra... ho nemici ovunque faccio affari, vale a dire dappertutto. Poiché le cose importanti accadono qui a Qart Hadasht, qui tutti hanno tirapiedi o uomini di fiducia.» Esplorò con lo sguardo il volto di Bomilcare. «La mia prima supposizione è stata che il capo delle guardie potesse aver deciso che questa città sarebbe un posto migliore senza Gulussa. Ma non sembra che sia andata così.»

«Siamo tutti superflui. Ognuno di noi arricchirebbe la città con la sua scomparsa. Ma non esiste alcuna deliberazione contro Gulussa.»

Daniel indicò Gulussa con il bicchiere. «Non me la dai a bere dicendo di non poter fare neanche il nome di un sospetto. Chi vuoi proteggere?»

Il volto di Gulussa era impenetrabile. «I miei stessi uomini. È per questo che mi interessa chiarire che noi non abbiamo nulla a che fare con questi due omicidi. Risparmierete tempo, se non dovrete cercare nella direzione sbagliata.»

«Ciò significa che se liberiamo questo Zirdan dalle grinfie di Arish tu potresti farti venire in mente qualche nome. Nomi di persone che forse sono coinvolte?»

«Non solo questo.» Gulussa vuotò il bicchiere, si premette brevemente la mano sul petto e fece una smorfia.

«E che altro?»

«Ridatemi indietro Zirdan, e i miei uomini vi aiuteranno a trovare l'assassino o gli assassini.»

Asdrubale il Bello aveva ereditato e ricostruito anni prima la casa in cui si incontravano i membri importanti del partito barcide e dove Qarthalo aveva il suo ufficio. Bomilcare e Letilio lo incontrarono là dopo averlo cercato invano al Consiglio. Il capo dei barcidi a Qart Hadasht (i veri capi erano Amilcare e Asdrubale, che si trovavano in Iberia) aveva circa quarant'anni, era snello, portava un vaporoso chitone chiaro e sandali e, al loro ingresso, balzò giù di scatto dal giaciglio su cui era stato a rimuginare, come affermò sbadigliando. Quindi aggrottò le sopracciglia cespugliose.

«Il capo delle guardie e il rappresentante di Roma. Voi non mi semplificate affatto la vita. Sedetevi.» Indicò alcuni sgabelli che si trovavano intorno a un tavolo basso.

Letilio rimase in piedi, lasciando oscillare liberamente le

braccia lungo il corpo; Bomilcare si diresse verso la finestra e guardò giù nel cortile. C'erano grandi vasi con palme nane e una vasca piena d'acqua: dal muso di un serpente di pietra, attorcigliato intorno alla vasca, l'acqua cadeva in una serie di bacinelle piatte di terracotta, poste ad altezze decrescenti.

«Quando l'ultima è piena, qualcuno deve riportare l'acqua in alto. O viene pompata?» disse.

«Abbiamo gli schiavi, per questo. Che cosa c'entra adesso?»

«Per rimuginare sonnecchiando nelle ore pomeridiane, sarebbe molto più comodo uno di quei giacigli davanti alla vasca.»

«Siediti. E stai a sentire.» D'un tratto la voce di Qarthalo divenne tagliente e imperiosa. «Anche tu, romano.»

«Oggi siamo già stati seduti troppo a lungo; preferiamo ascoltarti in piedi.» Bomilcare voltò le spalle al cortile e guardò il capo dei Cinque per l'ordine pubblico. Rilassato, o almeno così sperava.

«Quali sono i tuoi desideri?»

«Sono ordini. Ho molti desideri ma questa cosa, sebbene non la desideri, la ordinerò. E tu farai bene a eseguire l'ordine molto in fretta.» Qarthalo si diresse dapprima verso il lato anteriore della lunga stanza, poi tornò indietro e infilò i pollici nella fusciacca. «Questo stupido gioco è durato fin troppo a lungo e divora energie che potrei impiegare più razionalmente altrove. Il probabile assassino del romano è stato catturato; aveva con sé oggetti appartenuti a Lavinio; l'omicidio di quel bracciante agricolo laggiù si chiarirà da solo. Voi farete... ah, è vero, a te non posso dare ordini, romano, ma solo consigli. Dunque: Bomilcare sospenderà le indagini. Quanto a te, Tito Letilio, puoi rimanere qui come ospite, oppure ritornartene in patria, come preferisci.»

Bomilcare sorrise appena e vide sul volto del romano l'abbozzo di un ghigno quasi beffardo.

«Senz'altro mi mostrerai l'ordine di un giudice che mi intima di porre fine all'inchiesta.»

Qarthalo alzò le spalle. «Potrei farlo, se lo ritenessi necessario. Do per scontato che l'ordine del capo dei Cinque sia sufficiente per ottenere l'obbedienza di un piccolo capo di sbirri.»

«Proprio perché sono soltanto un piccolo capo di sbirri e

non un uomo ricco e potente, non mi è concesso disattendere gli ordini legittimi, né tantomeno disprezzare le leggi onorate.»

Qarthalo sospirò. «Sii ragionevole, ragazzo.»

«Sono ragionevole, signore. Così ragionevole che, in un caos inestricabile, mi attengo semplicemente alla legge.»

«Hai parlato con il giudice?»

«Non so neanche chi sia il responsabile.»

«Budun.» Suonò come una maledizione; Qarthalo si diresse verso il tavolo, appoggiò un piede sullo sgabello e si afferrò il ginocchio, come se volesse schiacciarlo o stritolarlo. «Budun» ripeté. «Si rifiuta di impartire un ordine sensato.»

«Forse, in quanto giudice, tiene in onore la legge» disse Letilio. «A volte capita, ai giudici.»

«Ho già sentito dire che non hai bisogno dell'interprete.» Qarthalo appoggiò il gomito sul ginocchio e posò il mento sul palmo della mano.

«Però mi piacerebbe tanto avere un esploratore. O un cartello indicatore. Per orientarmi nei labirinti delle vostre intenzioni e dei vostri comportamenti.»

Bomilcare fece schioccare la lingua. «Non ne abbiamo. A meno che il nobile capo dei Cinque Qarthalo non ci fornisca delle spiegazioni. Potrebbe dirci, per esempio, come mai lui, che è responsabile dell'ordine pubblico e seguace di Amilcare, che vuole tenere Roma lontana dai nostri affari, chieda l'invio di un romano per indagare sulla morte di un altro romano. Come mai il nobile Qarthalo, che non è competente per gli affari esteri, firmi insieme ad Arish una lettera indirizzata a Roma. Perché, un giorno dopo l'arrivo del romano richiesto, la faccenda debba essere liquidata. Perché Qarthalo, membro del Consiglio di Qart Hadasht e capo dei Cinque per l'ordine pubblico, voglia turbare l'ordine impartendo comandi che solo un giudice può impartire, e...»

Qarthalo sollevò il mento dal palmo della mano. «Basta così.» Strinse gli occhi, tirò giù la gamba dallo sgabello, si grattò il capo, poi sospirò profondamente e si mise a sedere.

«Però sedetevi, una buona volta. È una questione complicata.»

«Così pare.» Bomilcare rimase in piedi davanti alla finestra, mentre Letilio fissava uno sgabello, come se avesse paura di sedersi temendo che l'oggetto potesse imbizzarrirsi o gettarlo a terra.

«Ci sono... buone ragioni.» Qarthalo parlava con voce bassa e rapida, senza rivolgere loro lo sguardo. «Ragioni di cui non posso parlare. Hanno a che vedere con la sicurezza della città, con una serie di crimini, con uno spostamento dei rapporti di forza nel Consiglio. Amilcare è lontano, e non può dire nulla. Se fosse qui, approverebbe tutto questo e si sforzerebbe di facilitare le cose. Farebbe tutto il possibile. Tu, Bomilcare, invece fai tutto il possibile per ostacolarle.»

Letilio fece una smorfia. «Abbiamo conosciuto Amilcare come avversario temibile durante la guerra. E come avversario onesto, la cui parola è sacra. Perché ognuno può star certo che Amilcare Barca terrà fede alla sua parola e ai trattati che ha sottoscritto. Perché si attiene alle leggi vigenti.»

Bomilcare annuì. «Perché si attiene alle leggi della città, Qarthalo. Negli ultimi anni della guerra e in seguito, quando i mercenari devastavano il paese, avrebbe potuto prendere il potere con la forza, modificare le leggi. Allora, quando era in pericolo la sopravvivenza di tutti, non lo ha fatto... e dovrei crederti quando dici che ora disprezzerebbe le leggi?»

«Non le leggi.» Qarthalo alzò le mani intrecciate, come uno che supplicasse gli dèi. «Non le leggi, ma solo una piccola prescrizione. Per il bene di tutti.»

Bomilcare inspirò profondamente; si staccò dal cornicione e rimase rigido. «Una piccola prescrizione? Un mercante romano è stato assassinato, è stato richiesto a Roma l'invio di un osservatore, un bracciante agricolo della tenuta di Amilcare ha dovuto morire, un uomo di nome Zirdan, che è del tutto estraneo alla vicenda, è stato catturato e, da come conosco Arish, orribilmente torturato. Qarthalo, il capo dei barcidi, fa causa comune con Arish, il collaboratore più stretto del peggior nemico di Amilcare, Annone il Grande. Qarthalo, responsabile dell'ordine pubblico, impartisce ordini che cozzano contro la legge. Tutto questo sarebbe solo una piccola prescrizione?»

«In confronto a quello che è in gioco, è... una minuzia. Dunque non hai intenzione di fermarti?»

«Mi piacerebbe vedere la copia della lettera che hai scritto al Senato insieme ad Arish» disse Bomilcare.

«Assolutamente no. Fermati!»

«Anche se lui si fermasse» disse Letilio «io andrei avanti. Dovrei andare avanti. Ho ricevuto un incarico dal Senato e dal popolo. Allo stato attuale delle cose, non posso tornarmene in patria e affermare che è tutto chiarito.»

Qarthalo si alzò in piedi; la sua voce apparve fredda. «Come volete. Potreste pentirvene.»

«Di che cosa?»

«No, non ve ne pentirete.» Sui suoi lineamenti apparve una specie di sorriso glaciale, che svanì immediatamente. «Non ve ne pentirete. Sarete troppo morti per potervi pentire. Io non voglio farvi del male, ma non devierò dalla mia strada per proteggervi. Andatevene.»

6

Avevano intenzione di incontrarsi con le due donne in un'osteria, verso il tramonto. Letilio disse che gli faceva piacere bighellonare senza meta; Bomilcare era reclamato alla fortezza dalle occupazioni abituali, che negli ultimi giorni aveva trascurato. Prima però voleva tentare di parlare con il giudice Budun; non si aspettava molto da lui, se non l'assicurazione che non sarebbero stati presi provvedimenti di sospensione delle indagini.

Gli uffici di Budun si trovavano in un'ala dell'edificio del Consiglio. Entrandovi Bomilcare incontrò Annibale, collaboratore di Budun, che represse immediatamente un sorriso, gli fece un cenno e poi disse, con voce forte e fredda: «Bomilcare, il capo delle guardie... una presenza sgradita, al momento. Che cosa ti conduce qui?».

«La richiesta di un colloquio con il nobile Budun.»

«E che altro, se no?» Annibale gli indicò uno sgabello. «Aspetta qui. Vado a vedere se...»

Bomilcare si accomodò, mentre Annibale scompariva in un passaggio. Non ci volle molto perché ritornasse.

«Il nobile Budun, pur controvoglia, è disposto a riceverti brevemente. Seguimi.»

Attraversarono un ampio locale in cui quattro scrivani erano impegnati con papiri e tavolette di cera. Un pesante tendone rosso scuro proteggeva la vera e propria stanza da lavoro di Budun. Bomilcare aveva visto di rado una stanza così stracolma. A ogni parete, e perfino tra le aperture delle finestre, c'erano scaffali pieni di rotoli, alti fino al soffitto. Il pavimento – di mattonelle di terracotta – era coperto da tappeti rosso scuro e marrone; in parte sopra in parte in mezzo a questi, sorvegliate da due pelli di leone complete di testa che mostravano i denti, erano ammucchiate tavolette per scrivere. Cestini con rotoli scritti erano disposti tutt'attorno al tavolo, lungo sette passi, dietro cui sedeva il giudice.

Il volto di Budun, screpolato come il letto di un fiume disseccato, sembrava una composizione di diversi utensili: il naso una falce, le sopracciglia spazzole, il mento un cuneo. Le guance cascanti e la bocca sottile, stretta a formare una striscia, rivelavano che l'uomo non doveva avere più molti denti. Ma gli occhi erano taglienti, freddi e chiari.

«Che cosa vuoi?» Non un cenno di saluto, appena un movimento impercettibile, la bocca aperta il minimo indispensabile per far uscire i suoni prodotti nella gola.

«Salute e prosperità, custode delle leggi.» Bomilcare chinò il capo. «Mi conduce qui la ricerca di un chiarimento, la speranza di trovare una luce nel buio.»

Budun lo fissò. Le dita della mano destra, che reggeva un timbro, si mossero sul piano del tavolo. Bomilcare lo interpretò come l'ordine di proseguire.

«Un romano morto. Una lettera a Roma che richiede la spedizione di un osservatore. Un bracciante agricolo morto. Un piccolo delinquente, catturato e in possesso di una bisaccia contenente l'anello e il sigillo del romano morto. I capi dei Cinque per gli affari esteri e l'ordine pubblico, solitamente nemici, firmano insieme la lettera diretta a Roma, dispongono che venga compiuta un'inchiesta e tentano di proibirla ancor prima che questa sia effettivamente iniziata.»

Budun alzava e abbassava lievemente il sopracciglio destro.

«La confusione che si è impadronita di me non mi facilita affatto il lavoro. Ti ringrazio di non aver ordinato la sospensione delle indagini. Oltre che per ringraziarti, sono venuto per due questioni. Per richiedere un ordine del giudice che intimi di consegnare al capo delle guardie il piccolo malfattore Zirdan, presumibilmente portato via dai servitori di Arish.»

«Questa mi costa poco: che sia fatto.» Budun guardò verso Annibale, che se ne stava in disparte dietro Bomilcare, in attesa di ordini. «Prendi papiro e timbro, e pensaci tu. La seconda questione?»

Bomilcare parlò lentamente, facendo molte pause, come se dovesse cercare ogni singola parola. «Si tratterebbe ancora di un ringraziamento, per il papiro che l'ottimo Annibale sta preparando. E di una domanda: se il nobile Budun, esperto di tutte le sottigliezze e le grossolanità della politica, può o vuole dire a uno dei suoi sottoposti qualcosa che potrebbe gettare luce nelle tenebre della sua mente... a proposito dell'enigma riguardante gli ordini contraddittori dei capi dei Cinque.»

In realtà era venuto nella speranza di trovare un alleato. Lo sguardo del giudice e la sua mimica lo rendevano incerto. Non sapeva come avrebbe potuto procedere il colloquio; chissà perché preferiva parlare abbastanza lentamente da lasciare ad Annibale – il cui fuggevole sorriso e il cenno lo avevano fatto ben sperare – il tempo sufficiente per terminare il papiro. Quando ebbe concluso il suo lungo giro di parole, il collaboratore di Budun era già accanto a lui e soffiava sul papiro che teneva in mano.

«Astuto da parte tua, parlare tanto lentamente...» Budun tirava fuori le parole a fatica: l'ira o il disgusto sembravano stringergli la gola.

«Che cosa vuoi dire, signore?»

Budun si rizzò nella sua seggiola. «La legge» disse roco, stridendo più che parlando, «è al di sopra di tutto e di tutti. Noi dobbiamo obbedirle, anche a costo di rinunciare a una vecchia amicizia. Tu avresti potuto risparmiarmi questa rinuncia, con un cedimento intelligente su una questione secondaria. Ma ora tutto deve seguire il proprio corso. Vattene: non ti voglio più vedere.»

Annibale lo accompagnò fuori. Nel corridoio, davanti alle stanze da lavoro del giudice, gli disse piano: «Temo che ti odierà in eterno. Arish era il suo migliore amico. Prima di diventare giudice, Budun sedeva in Consiglio a fianco di Annone».

Bomilcare si infilò il papiro arrotolato sul petto, sotto la veste. Quindi posò la mano sinistra sulla spalla di Annibale. «Ti ringrazio per aver scritto così rapidamente. E ringrazio gli dèi perché esiste un giudice che ha cara la legge più di ogni altra cosa. Forse, all'occasione, potresti esprimere a Budun la mia profonda stima.»

La sezione delle mura dell'istmo che si trovava a sud della porta di Tynes era occupata soprattutto da unità amministrative. Vi si trovavano anche i depositi delle armi, i dormitori e gli uffici delle forze dell'ordine, al comando di Bomilcare. L'esercito di sbirri, guardie notturne e altri collaboratori era stato a lungo costituito da elementi della fanteria, che venivano alloggiati all'interno delle mura; verso la fine della guerra romana si era giunti al punto di arruolare a tal fine semplici cittadini: persone esperte dei quartieri in cui avrebbero dovuto occuparsi dell'ordine. La conoscenza dei luoghi era un vantaggio che superava i possibili svantaggi, tuttavia per l'incarico di andare a prendere Zirdan (dovunque si trovasse), Bomilcare scelse cinque uomini che non fossero originari della città. Affidò il comando del gruppo al suo secondo, un elleno della Campania dagli occhi grigi di nome Autolykos, di cui si poteva fidare incondizionatamente.

«Forse è in una segreta nei sotterranei dell'edificio del Consiglio, forse nella casa di campagna di Arish. Dovunque sia, portamelo qui. Se qualcuno dovesse offrirti dell'argento...»

Autolykos sorrise truce. «La paga regolare, che ricevo per il mio servizio fidato, è più importante.»

Bomilcare passò in rassegna gli uomini, armati con scudo di cuoio, giavellotto e spada corta. «Buone maniere» disse. «Ma siate inflessibili.»

«Hai intenzione di attendere il nostro ritorno?»

«Vi aspetterò con ansia. Perché?»

«C'è qualcosa sul tuo tavolo. Potresti renderti utile, anziché restare a girarti i pollici.» Autolykos si portò il pugno destro al petto, poi scomparve insieme agli altri cinque nel tumulto della Via Grande.

Dopo aver dato una prima occhiata alla sua stanza da lavoro, Bomilcare sospirò. Sull'ampio tavolo, accanto all'occorrente per scrivere, ai timbri e alle pile di questioni da sbrigare che aveva lasciato indietro, c'erano diversi rotoli di papiro sigillati, alcune tavolette di cera e un oggetto più voluminoso, avvolto in un panno e annodato con corde spesse. Un altro oggetto fasciato era posato – in qualche modo minaccioso – sul giaciglio. All'inizio Bomilcare aveva occupato due locali nella parte della fortezza in cui erano alloggiati gli ufficiali della cavalleria; da quando si era messo insieme ad Aspasia utilizzava l'ufficio come alloggio di fortuna e aveva lasciato liberi gli altri locali. In una cassapanca e due grandi recipienti di terracotta si trovavano abiti e altri oggetti personali; nel complesso la stanza era poco accogliente.

Bomilcare trascorse le ore che precedevano il tramonto a mettere ordine, leggere le tavolette di cera con i rapporti ed esaminare gli scritti sigillati. I rapporti avevano per oggetto le solite piccole questioni marginali: il fermo di due uomini che avevano bevuto troppo e poi avevano messo mano ai coltelli, qualche effrazione... dal momento che non avevano combinato niente di peggio, i due dal coltello facile, dopo una notte nelle segrete, erano stati liberati.

I rotoli sigillati riguardavano due questioni: comunicazioni degli scrivani del Consiglio sulle nuove decisioni o su provvedimenti richiesti da singoli membri del Consiglio (il nobile consigliere Itubal pretendeva più frequenti pattugliamenti notturni nelle vicinanze della sua casa di città, dove gli ubriaconi erano soliti schiamazzare) e relazioni dei tutori dell'ordine delle città di Ityke e di Sikka. A Ityke erano state scoperte monete d'argento false (falsi grossolani, come scriveva la guardia), trasportate presumibilmente da una nave proveniente da Qart Hadasht; si richiedevano indagini e suggerimenti. Il collega di Sikka comunicava che, nei possedimenti del nobile Hiyarbal, era alloggiato un numero straordinariamente grande di numidi e di libi – tutti armati – che sostenevano di essere al soldo del proprietario; erano gradite spiegazioni in proposito.

Quando decise di dedicarsi ai due oggetti più voluminosi, si accorse di tremare leggermente. Si guardò intorno: la stanza era poco illuminata, ma non fredda. Ripensò a tutti quegli accessi di lieve tremore che lo avevano preso nel corso degli anni, si alzò e si recò nella prima stanza. Qui erano seduti due uomini che discutevano attendendo il cambio.

«Dove sono le registrazioni degli scritti recapitati?» chiese Bomilcare.

Uno dei due rovistò tra rotoli e tavolette, fino a che trovò un mucchio di pezzi di rotolo, cuciti insieme a un'estremità.

«Qui, capo. Che cosa cerchi?»

«Nella mia stanza ci sono due pacchi voluminosi. Quando sono arrivati? Chi li ha portati?»

«Uhmmm... ecco. Uno è arrivato ieri, insieme ad altre cose... c'è scritto qui, tre rotoli sigillati... con un messo del Consiglio. L'altro... stamattina presto. Un messo non precisato.»

«Venite con me, mascalzoni. Dovete aiutarmi.»

Gli uomini lo accompagnarono nel suo ufficio. «Quali pericoli ti minacciano?» chiese uno di loro con una smorfia.

«Forse nessuno, forse una sgradevole sorpresa.» Prese l'oggetto fasciato sulla scrivania e indicò il giaciglio. «Con quello... attenzione. Forse contiene del veleno e, se lo scuotete, potrebbe uscir fuori e ustionarvi le mani.»

Uno degli uomini si grattò il capo; l'altro alzò un dito e disse: «Torno subito». Corse fuori e fece ritorno con due giavellotti, che infilò di piatto sotto l'oggetto che si trovava sul giaciglio. Lo portarono fuori come fosse una lettiga, entrambi con un ghigno che esprimeva scetticismo.

«Forse sto diventando vecchio» disse Bomilcare. «Ma meglio morire vecchio e prudente, che giovane e imprudente.»

«Esiste una forma di immobilità prudente che si riesce a stento a distinguere dalla rigidità di un cadavere e si avvicina all'immortalità» disse l'altro uomo, figlio di uno scalpellino.

Posarono i due pacchi sul pavimento del cortile interno. L'uomo più anziano, figlio di un pescatore che aveva sempre sofferto il mal di mare, fino a quando aveva trovato lavoro a terra, si chinò per poi risollevarsi esitante.

«Là dentro qualcosa si muove.»

«Come lo apriamo?» chiese l'altro. «Con le tenaglie?»

Bomilcare indicò il cinturone dell'uomo. «La tua spada.»

Mentre i due tenevano fermo l'oggetto con i giavellotti, Bomilcare prese la spada corta e, con il braccio quasi disteso, iniziò a tagliare i nodi. Quando la punta della spada aprì il panno intrecciato, qualcosa balzò fuori e mancò d'un soffio il volto di Bomilcare.

«Una vipera» disse l'ex pescatore. «Per gli dèi!»

Il serpente giallognolo si avvolse sulle mattonelle del cortile; Bomilcare brandì la spada e gli staccò la testa.

«Sei bianco come il ventre di un pesce, capo» disse il più giovane.

Bomilcare fu colto da un lieve capogiro: c'era mancato meno di un palmo. Il serpente era molto velenoso e dopo essere rimasto prigioniero nel panno... «Vediamo un po' quale sorpresa c'è nell'altro involto.» Sentì la propria voce come estranea, innaturalmente controllata.

Ripeterono la procedura; questa volta non saltò fuori nulla, perché il contenuto del secondo pacco era inanimato: l'orecchio destro mozzato di un uomo, con un orecchino d'argento.

L'uomo che Bomilcare aveva mandato al Consiglio fu di ritorno poco prima del calar del sole. Evidentemente non c'era modo di stabilire da dove provenisse l'orecchio. La guardia riferì che il messo del Consiglio gli aveva detto che i rotoli e i pacchetti fasciati si trovavano in un cesto, dove mettevano sempre tutto quello che era destinato al capo delle guardie. Non era possibile dire chi fosse stato a infilarveli.

Era quasi buio quando finalmente Autolykos e i suoi uomini rientrarono... senza Zirdan. La cosa peraltro non sorprese Bomilcare, che non aveva fatto conto di veder comparire il piccolo delinquente di Gulussa, l'accoltellatore accusato dell'omicidio di Lavinio, che era senz'altro innocente e a cui presumibilmente ora mancava un orecchio. Sempre che fosse ancora vivo e che, oltre che dell'orecchio, non fosse stato privato di altre cose.

«Non è nel Consiglio, non è nelle segrete, non è nella casa di città di Arish.» Il sottocapo si fregò gli occhi. «E la casa di campagna di Arish non si trova nella Megara, ma sulla costa, lungo la strada per Ityke; per oggi non ci arriviamo di certo.»

«Avete mostrato l'ordine del giudice ad Arish?»

«Il nobile Arish era assente. Abbiamo dovuto accontentarci degli scrivani e del reggente delle segrete.» Autolykos gli porse l'ordine di Budun. «Domani dobbiamo...?»

«Temo che dovrò occuparmene personalmente. Grazie; per oggi è sufficiente.»

Autolykos accompagnò Bomilcare alla sua stanza da lavoro, dove presero accordi per i giorni successivi. Quando giunsero a parlare delle lagnanze del membro del Consiglio Itubal, Autolykos disse: «Come ci comportiamo in proposito? Le ronde notturne sono oberate di lavoro. Se dobbiamo far girare ronde supplementari, ci toccherà utilizzare un gruppo apposito».

«Non baderemo alla richiesta supplichevole del membro del Consiglio. Non riesco a ricordare di avere letto questo scritto.» Bomilcare prese il papiro e lo strappò in mille pezzi.

«Molto saggio, ma gli scritti non sono registrati?»

«Sono registrati ma, fino a che a Itubal non verrà in mente di chiedercelo di nuovo, non ne faremo nulla. C'è ancora qualcosa di cui discutere?»

L'osteria di proprietà dell'illustre Magone si trovava un po' più a nord della Via Grande e a occidente del quartiere del Consiglio: un edificio a due piani, che sembrava costruito intorno a un fresco cortile interno. Quando finalmente Bomilcare vi giunse, trovò i tavoli del cortile tutti occupati; a uno di essi, proprio accanto alla vasca per l'acqua, contornata da arbusti e da due reggifiaccola, lo attendevano Letilio, Aspasia e Tazirat. Fino a quel momento avevano ordinato soltanto vino e acqua.

«Io non sono pratica, perché con il mio argento raramente posso permettermi cibi costosi» disse Aspasia. «Tazirat non sa decidersi e Letilio non ci capisce nulla. Meno male che sei arrivato, finalmente. Ma perché ci incontriamo proprio qui? Ci sono senz'altro osterie più economiche in cui si mangia bene.»

«Letilio non vi ha stordito con le sue chiacchiere?» Bomilcare posò un bacio sulla guancia di Aspasia, accarezzò la testa di Tazirat e fece un cenno a Letilio. «Più tardi: prima vediamo che cosa c'è.»

C'era agnello, disse Magone che si occupava personalmente degli ospiti inconsueti: primo perché i romani erano comunque inconsueti, anche se purtroppo non poteva dirsi lo stesso in altre parti dell'ecumene, e poi perché non si ricordava che il tutore dell'ordine lo avesse mai onorato con la sua presenza. Se non (ammiccò) qualche tempo prima, per chiedergli di un altro romano. Oltre all'agnello, c'era un po' di gazzella, molte varietà di pesce, carne, uova di struzzo fresche con cui si potevano preparare ricette squisite, formaggio fresco di latte di cavalla, datteri, fichi, silfio gratinato e molte altre verdure, naturalmente tutto fresco e preparato in modo eccellente.

Bomilcare fece alcune proposte che vennero accettate dagli altri; ordinò un po' di tutto osservando Magone, che reggeva con la mano destra una tavoletta di cera, tracciarvi una serie di scarabocchi con uno stilo duro.

«Ecco perché» disse quando l'oste se ne fu andato.

«Per cosa?» Aspasia lo osservò aggrottando la fronte.

«Lavinio.»

Tazirat chiuse gli occhi; Aspasia sospirò.

«E io che pensavo che voi voleste offrire a noi belle donne cibo e bevande squisite e una conversazione piacevole, per poi...»

«Senz'altro.» Bomilcare annuì con estrema serietà. «Per questo ho ordinato soltanto un poco di tutte quelle prelibatezze, perché non pregiudichino l'agilità del corpo.»

Letilio appoggiò i gomiti sul tavolo e il mento sulle mani intrecciate. «Intendi dire che quest'oste è mancino, offre da mangiare silfio e, se Lavinio fosse stato seduto sulla tua sedia mentre un mancino gli tagliava la gola da dietro, sarebbe caduto tra i cespugli, dove la terra nera avrebbe potuto finirgli sotto le unghie delle dita?»

«Molto perspicace, per un romano.» Bomilcare incrociò le braccia. «Tuttavia ci sono alcune difficoltà.»

«E cioè?»

Aspasia guardò Tazirat. «Che cosa dici, ci rassegniamo?»

«Possono essere prese in considerazione quattro osterie.»

«Abbiamo scelta?» rispose Tazirat.

«Soltanto quattro?» Letilio arricciò il naso. «E come fai a essere tanto sicuro che sia accaduto tutto in un'osteria? Avrebbe potuto anche essere stato ospite in una casa privata.»

«Potremmo alzarci e andarcene» disse Aspasia.

«Non credo proprio.» Bomilcare scosse il capo. «Per prima cosa, non vi lascerete certo scappare questo cibo eccellente e, quanto al resto, l'oste della locanda in cui alloggiava

Lavinio ci ha assicurato che quella sera è uscito con un borsello tintinnante. Non lo si fa, se si è ospiti da qualcuno.»

«E perché non dovremmo lasciarci scappare questo cibo quando possiamo pranzare da qualunque altra parte, lontane dai vostri discorsi truculenti?» disse Tazirat. «E inoltre ci sono più di quattro osterie. Molte di più.»

«Tra il momento in cui l'uomo ha lasciato la locanda e quello della sua morte non sono trascorse più di due ore, secondo Artemidoros; in queste due ore ha consumato un'ottima cena. Dobbiamo quindi supporre che, dalla locanda, sia arrivato rapidamente al posto in cui intendeva mangiare, e questo restringe la scelta delle osterie. Inoltre ha mangiato foglie di silfio, che sono tanto costose e rare che non si possono acquistare al mercato, ma da coloro che usano il silfio per altri scopi, e che a loro volta lo rivendono a determinati osti.»

«Intendi dire che è successo qui?» Aspasia si guardò intorno, come se si aspettasse di vedere l'accoltellatore digrignare i denti. «Non avrei dovuto mettermi questa preziosa veste bianca: mi si macchierà tutta di sangue. Bah.»

«Intendo dire che potrebbe essere successo qui.» Bomilcare si morse il labbro superiore. Guardò il romano negli occhi. «C'è solo un problema: tutte le osterie che possono essere prese in considerazione offrivano silfio, quella sera. Hanno tutte cortili interni, dove ci sono aiuole o cespugli con terra nera. Due dei quattro osti sono mancini.»

«Sinistra, destra, sopra, sotto» disse Tazirat. «Per caso uno di loro è anche imparentato con qualcuno?»

«Uno degli osti è cugino di Amilcare, lo scrivano di Arish.» Bomilcare sogghignò. «Probabilmente lo possiamo escludere. I due sono nemici da molti anni... e lo sarebbero anche se il nostro assassino fosse proprio il mancino Amilcare.»

«Allora vogliamo aiutarti creandoti difficoltà.» Aspasia protese il mento. «Per prima cosa, qualcuno può uscire con un borsellino tintinnante e poi non mangiare in un'osteria o in una trattoria, ma da amici che ha incontrato per caso. E in secondo luogo: quanti mancini ci sono a Qart Hadasht?»

«Davvero parecchi.» Bomilcare aveva uno sguardo rabbioso. «Undici dei miei custodi dell'ordine, due sottocapi, un terzo degli effettivi della fortezza. E anche circa un quarto del Consiglio, presumo.»

Due schiavi dell'osteria portarono scodelle, ciotole, piatti e brocche. Quando tutti cominciarono a mettere mano a piatti di legno, cucchiai di zinco, coltelli e panfocaccia, Bomilcare diede un'occhiata in tralice a un volto noto dietro la vasca.

«Il banchiere Hiyarbal ci onora della sua presenza» mormorò. «Pranziamo in nobile compagnia.»

«C'era da aspettarselo, in questa osteria.» Aspasia riempì un panfocaccia arrotolato con polpette di pesce molto speziate. «È squisito, e poi non devo pagarlo.»

Bomilcare cercò di riconoscere altri volti al tavolo di Hiyarbal; dal momento che tre dei cinque uomini erano seduti di spalle rispetto a lui e che l'illuminazione era piuttosto scarsa, vi rinunciò presto.

Mangiarono con gusto e per lo più in silenzio. Il cortile interno risuonava dello sciabordio dell'acqua, dell'intreccio inestricabile di numerose conversazioni e del consueto tintinnio di coltelli, stoviglie e bicchieri. I primi avventori, che dovevano essere arrivati presto, si alzarono e si diressero verso l'uscita passando sotto le arcate scure del lato lungo.

D'un tratto, come un'ombra spuntata dal pavimento, uno degli schiavi dell'osteria fu accanto a Bomilcare.

«Mi hanno ordinato di portarti questa, capo delle guardie.» Posò sul tavolo una bisaccia di cuoio chiusa con uno spago; nel fiocco in cui erano annodati i capi della corda era infilato un pezzo di papiro.

«Chi me lo manda?»

Lo schiavo indicò verso l'angolo posteriore destro, dove ora c'era solo un tavolo vuoto. «Uno dei nobili signori che ci hanno appena lasciato.»

«Peccato. Li conosci?»

«Il mio padrone mi ha ordinato di non vedere nulla che non abbia a che fare con il cibo e con le altre delizie.»

Bomilcare annuì. «Un ordine saggio.» Infilò una mano nel borsellino alla cintura, poi la estrasse lasciando cadere a terra un mezzo *shiqlu* d'argento. Lo schiavo si chinò a raccogliere un panno che gli era scivolato dal braccio, mormorando nel frattempo: «Tre uomini. Uno non lo conosco. Uno è Boshmun, signore dei cavalli, dei cammelli e delle scommesse. Il terzo portava un velo».

Bomilcare osservò gli altri. Guardavano tutti la bisaccia.

«Devo aprirla, oppure potete resistere ancora un po'?»

«Non farla così eccitante; non lo è poi tanto» disse Aspasia. «Che cosa mai ci sarà dentro? Quando lui ha posato l'oggetto sul tavolo, ha tintinnato.»

Bomilcare estrasse il biglietto dal fiocco, lo srotolò e lesse: "A risarcimento per la gloria sottratta a un agente perspicace, che preferì l'intelligente rinuncia all'ostinarsi nel lavoro. Rab Annone". Fischiò piano.

«Che cosa c'è scritto?» chiese Letilio.

Bomilcare gli passò il biglietto. «Pare che tu non sappia leggere il punico, ma provaci.»

Letilio fece una smorfia. «Insomma. Ancora con questo stupido scherzo.»

«Io davvero non so leggere» disse Aspasia «anche se mi piacerebbe proprio.»

Mentre riferiva loro che cosa c'era scritto, Bomilcare si sforzò di parlare piano.

«Rab Annone?» Tazirat spalancò gli occhi. «Annone il Grande?»

«Oppure qualcuno che usurpa il nome di Annone.» Bomilcare afferrò la bisaccia e tirò il fiocco. Dopo averla aperta la fissò, tossì e guardò gli altri.

«Monete. Non c'è da stupirsi, vero? Però non ho voglia di contarle.» Afferrò la corda per chiudere la bisaccia.

«Le conto io per te.» Aspasia allungò la mano.

Bomilcare borbottò a bassa voce. «Ah, ma che importa. Ecco, prego.»

Aspasia si vuotò la bisaccia in grembo, sgranando gli occhi. «Oh!» esclamò quasi con reverenza.

Quando ebbe finito, riversò nuovamente le monete dal suo chitone alla bisaccia. Senza alzare lo sguardo, disse: «Dieci mine, Bomilcare: seicento *shiqlu*. Quasi quattro anni di lavoro».

Letilio scosse il capo. «Se te li offrono affinché tu non faccia nulla, si potrebbe trarre la conclusione che il tuo lavoro non sia propriamente apprezzato.»

«Ma Annone il Grande?» Quando cercò di afferrare il bicchiere, la mano di Tazirat tremò. «Come può... e chi altri, se no? Chi ha tanto denaro? Chi potrebbe usurpare il suo nome?»

Dietro a Hiyarbal e agli altri quattro al suo tavolo, invisibili nell'oscurità dell'arcata posteriore, erano in piedi alcuni uomini: sentinelle? guardie del corpo? Quando uscirono alla luce, Bomilcare si accorse di loro guardando per caso in quella direzione. Uno ascoltò il breve discorso tenuto da una delle persone sedute: probabilmente erano ordini; la guardia del corpo annuì, si inchinò e si diresse al tavolo dove sedevano Bomilcare e gli altri. Le altre due guardie ritornarono nell'ombra.

«Chiedo perdono. Il mio signore, Rab Annone, che siede là dietro, è stato nominato più volte a questo tavolo e desidera sapere se vi siano motivi importanti per farlo.»

«Annone è qui? E io che pensavo che avessimo parlato piano. E va bene. Che cosa desidera Annone il Grande?»

«Chiede al capo delle guardie di andare da lui.»

Letilio indicò Bomilcare con il dito. «A volte non so se invidiarti o compatirti.»

Bomilcare scambiò un'occhiata con Aspasia, intascò il pezzo di papiro, prese la bisaccia e seguì la guardia del corpo.

Non conosceva Annone, ma non c'erano dubbi su chi fosse l'uomo più potente del gruppo. Emanava qualcosa di simile a un raggio scuro, una sorta di energia metafisica, che faceva di lui il centro d'attrazione. Indossava un chitone lungo di seta lucida verde chiaro: la stoffa, molto più preziosa dell'oro, proveniva dalla lontana Sina. Il bordo di porpora era adornato da passamaneria d'oro. A tutte le dita di entrambe le mani, nonché alle orecchie, portava anelli con grosse pietre di diversi colori. Bomilcare pensò che doveva essere sulla cinquantina, ma i capelli arricciati di media lunghezza erano scuri, senza traccia di grigio. La barba era spuntata con cura, le sopracciglia sfoltite a formare strisce sottili, le unghie delle dita limate a punta. La bocca piena e il naso dritto e sottile erano circondati da poche rughe, che sembravano disegnate più che scavate dal tempo. Ma gli occhi dominavano su tutto: occhi di serpente, che ricordavano l'ossidiana etiopica e che catturarono Bomilcare, tenendolo prigioniero, al punto che questi riuscì a stento ad accorgersi delle tre persone accanto ad Annone e a Hiyarbal: membri del Consiglio, nobili aderenti al partito dei Vecchi.

«Mi rallegro che tu ti sia avvicinato» disse Annone. «Posso chiederti quale sia il motivo dell'utilizzo così frequente – per non dire dell'invocazione – del mio nome?»

«Temo che si tratti di un abuso del tuo nome, Rab Annone.» Bomilcare posò la bisaccia sul tavolo. «Mi è stata consegnata questa; dentro ci sono seicento *shiqlu*, apparentemente tuoi. Per me, affinché smetta di indagare.»

«Ah.» Annone si passò le unghie appuntite in mezzo alla barba; gli altri intorno al tavolo emisero suoni di diversa natura: di incredulità, divertimento, stupore. «Le indagini di cui mi ha riferito il buon Arish? Quel romano morto, non è vero? Credevo che l'assassino fosse stato catturato.»

«Ci sono dubbi in proposito. Perciò... consentimi la domanda: questa bisaccia è tua?»

Annone rise. «Sono un uomo di legge e sommo sacerdote del tempio di Baal. Come potrei fare qualcosa per distogliere con l'argento il tutore dell'ordine dal suo dovere?»

«L'argento» disse il banchiere Hiyarbal «è spesso un effetto che può essere più importante della causa.» Ridacchiò sonoramente.

Bomilcare accennò un piccolo inchino. «Posso chiedere un chiarimento al nobile Hiyarbal? Potrebbe risparmiarci un mucchio di carta.»

Hiyarbal alzò le spalle. «Di che si tratta?»

«Ho girato alla fortezza la tua richiesta di scorta per un convoglio di bestie da soma, che deve trasportare monete e barre a Sikka. Le forze dell'ordine sono competenti solo per la città.»

Hiyarbal annuì, mostrandosi improvvisamente incerto. Annone aggrottò le sopracciglia e lo sfiorò con un'occhiata severa.

«E ho ricevuto una richiesta da Sikka, da parte del tutore dell'ordine locale. Dice che nella tua tenuta sono stati visti un gran numero di libi e di numidi, forse anche di altri... mercenari. Desidera quindi sapere se questi, come affermano, sono effettivamente al tuo servizio e vivono là con il tuo permesso.»

«È tutto a posto» disse Hiyarbal con voce leggermente roca.

Annone fece schioccare pollice e medio della mano destra. «Ritorniamo alla bisaccia. Perché mai dovrebbe essere mia?»

«Era accompagnata da un pezzo di papiro su cui era scritto il tuo nome, a mo' di firma.»

«Posso vederlo?»

Bomilcare allargò le braccia e, con un sorriso dispiaciuto, disse: «L'ho bruciato».

Annone lo guardò incredulo, ma poi si strinse nelle spalle. «Va bene. Ti assicuro che il denaro non è mio. Al tuo posto, rifletterei se non sia il caso di tenermelo.»

«Lo consegnerò al giudice Budun.»

«Budun? Ah, un fedele tutore della legge.» Ora Annone sembrava quasi annoiato. «Lavori insieme a un romano, non è vero? Quando sarete giunti a una conclusione, dovreste venirmi a trovare, una volta. Potrei divertirmi ad ascoltare storie sul lato oscuro della città. Addio.» Congedò Bomilcare con un gesto della mano destra.

Durante la notte si svegliarono sentendo grattare alla porta: forse un uccello notturno o un gatto. Aspasia mise la mano sul ventre di Bomilcare.

«Com'è la situazione qua?»

«Le prelibatezze di Magone mi infondono nuovo vigore. Se è questo che vuoi sapere.»

«Hmm.» La donna iniziò a muovere abilmente le dita. «A me invece rendono chiacchierona. Inventiamo qualche nome nuovo.»

La mano di Bomilcare percorse il seno sinistro di Aspasia. «La collina della Birsa con il bocciolo del tempio di Eshmun?»

«Ah. L'abbiamo già detto, credo.»

«Il frutto del piacere con una protuberanza?»

Aspasia ridacchiò, parlò di un osso lungo senza gambe, negò che l'incavo delle sue ascelle fosse un cardo di Afrodite e la concavità dell'ombelico la zampa di un gatto, nominò il frutto non commestibile del suo cestino; prima che parlare diventasse troppo faticoso, acconsentì ancora al proposito di Bomilcare di chiudere l'otre del vino degli dèi con una lesina sugosa.

Al mattino constatarono che nessun animale notturno si

era divertito a grattare: all'imposta di legno della porta era appeso un coniglio morto. L'abitazione di Tazirat non presentava una simile decorazione.

Dopo aver consumato insieme brodo di verdura, pane e frutta, i quattro uscirono. Letilio avrebbe accompagnato le donne fino al magazzino di Tazirat; Aspasia voleva evitare anche per quel giorno (e forse per i successivi) la sua bottega, soprattutto per tranquillizzare Bomilcare.

Questi dapprima si recò in Consiglio, per parlare con Arish della consegna di Zirdan. Ma Arish non c'era e Amilcare lo scrivano affermò di non sapere dove fosse.

«Corre voce che ieri sera qualcuno abbia prelevato il piccolo delinquente dalla segreta. Io però non so assolutamente dove Arish l'abbia fatto trasportare.» Amilcare si masticò l'unghia del mignolo sinistro. «Dovrai attendere fino a che al nobile capo dei Cinque piacerà ritornare in città.»

«E quando accadrà?»

«Non ne ho idea.» D'un tratto Amilcare alzò gli occhi dalla sua unghia e sogghignò. «Ah, oggi a mezzogiorno me ne sarò già andato.»

Bomilcare osservò il suo volto, in cui gli parve di scorgere un misto di gioiosa attesa e circospezione. «Tieni un'altra delle tue squallide feste?»

«Esattamente. Qualche amico e almeno altrettante donne. Annusa un po'.» Estrasse una tela da una scatoletta di legno appoggiata sul tavolo, la aprì e la mise sotto il naso di Bomilcare.

Bomilcare annusò, tossì, osservò la massa color grigio scuro sulla tela e gemette piano. «Se il sapore è come l'odore...»

«Erbe» disse Amilcare. «Canapa, olio di semi di papavero. Li bruceremo in tubi di terracotta alle cui estremità si trova una specie di bicchierino, il fumo arriverà alla bocca attraverso i tubi e noi l'inspireremo. E poi...» Roteò gli occhi e fece uno schiocco. «Hai voglia di unirti a noi?»

Bomilcare scosse il capo. «Con vero piacere, ma non oggi. Ho troppo da fare.»

In realtà non ne aveva alcuna voglia. Amilcare possedeva un piccolo appezzamento di terra, completamente incolto, con una capanna di assi; si trovava a sud dei piccoli cantieri navali e dei villaggi di pescatori sulla Lingua, la sottile striscia di terra tra la baia marittima e il lago di Tynes. Un vicino ortolano voleva da tempo acquistare l'appezzamento; anche se Amilcare aveva sempre bisogno di denaro, non voleva separarsi da quel tugurio che chiamava il suo rifugio: «Altrimenti dove andrei a rilassarmi?». Una volta, molto tempo addietro, Bomilcare era stato a una di quelle feste; ne aveva un ricordo spiacevole che non lo invogliava a ripetere l'esperienza.

«Che cosa stai facendo? Ancora con quell'assassinio? Nonostante tutto?»

«Quello e le solite inezie. Negli ultimi giorni si è accumulato molto arretrato.» Esitò, poi, come se gli fosse venuto in mente all'improvviso, disse: «Per fare in modo che tutto sia a posto, gradirei da te uno scritto che attesti che Arish non è presente e che per questo l'ordine del giudice Budun non può essere eseguito. Sai come vanno queste cose».

Amilcare annuì quasi triste. «In triplice copia, soprattutto perché è inutile, non è vero?» Afferrò il papiro e lo stilo, lo intinse nell'inchiostro e scrisse rapidamente.

Più tardi, nei locali di servizio delle guardie, Bomilcare posò il papiro sul tavolo, prese dalla tasca il biglietto che si trovava sulla bisaccia di cuoio nell'osteria di Magone, confrontò le scritture e aggrottò la fronte. Mise la bisaccia al sicuro in una cassa di ferro.

Sbrigò un lavoro scritto urgente, parlò con quattro uomini che volevano diventare guardie e ne arruolò due (entrambi punici, provenienti dai ceti più poveri). A quel punto non c'era più nulla di improrogabile da fare. Avvertì dentro di sé l'esigenza di muoversi, prese i coltelli da lancio avvolti nella tela bitumata e si diresse verso la parte posteriore della fortezza. In mezzo alle grandi costruzioni delle stalle, una strada conduceva a una piazza rotonda, ombreggiata da ampi alberi, dove un sottocapo faceva esercitare tre dozzine di opliti nello scontro ravvicinato. Gli uomini avevano spade di legno, giavellotti smussati e corazze di cuoio. Bomilcare non si soffermò a osservarli, ma fece cinque giri veloci di corsa intorno alla piazza, senza che gli venisse troppo affanno.

A uno degli alberi era appeso un bersaglio di rafia a forma di uomo, con cui si esercitavano gli arcieri della fortezza. Bomilcare aprì la tela bitumata, si fissò al collo la sottile cinghia di cuoio, infilò il primo coltello da lancio nel fodero che si trovava sotto al chitone e lanciò per quattro volte, da distanze sempre maggiori, tutti e venti i coltelli. Fu abbastanza soddisfatto. «Si potrebbe sempre far meglio» mormorò «ma...» Riportò nel suo ufficio il panno con i coltelli e, senza affrettarsi troppo, camminò fino all'angolo vicino all'agorà dove aveva dato appuntamento a Letilio.

Consumarono tre piccoli pasti: uno per ognuna delle altre osterie che Zililsan e gli uomini della rimessa avevano identificato come possibili scene del delitto. Non fecero nessuna nuova scoperta, a parte un altro pezzo di papiro che qualcuno mandò nella terza osteria tramite uno schiavo. Sopra c'era scarabocchiato: "Smettila, se ti è cara la vita".

Tra un'osteria e l'altra, Bomilcare fece complesse deviazioni, allo scopo di digerire e di mostrare alcune cose a Letilio. Dal muro meridionale osservarono il lago di Tynes, punteggiato da innumerevoli imbarcazioni, il lungolago animato, i moli sopraelevati, le spiagge che brulicavano di bambini, i canneti lungo cui camminavano incerti uccelli dalle zampe lunghe e una grande superficie fortificata dove Boshmun, signore delle corse, stava facendo costruire una nuova pista ovale per le gare con i cocchi. In una piccola piazza triangolare, dove giocolieri, uomini-serpente, acrobati e indovini tenevano i loro banchi e le loro tende, bevvero vincotto speziato allungato, per poter sudare meglio. Bomilcare mostrò al romano l'edificio più antico della città, una costruzione a due piani di travi e blocchi di pietra dilavati dal tempo, tra la Birsa e la baia, in cui si diceva che avesse vissuto per qualche tempo la fondatrice della città, la figlia del principe di Tiro, Elissa. «... Vale a dire cinquant'anni prima che voi metteste al sicuro la vostra cucciolata di lupi nelle paludi del Tevere.»

Letilio grattò via con l'unghia del dito un po' di sporco da una delle travi. «Molto divertente. Che cosa c'è ora nella casa?»

«Una delle fratrìe dei mercanti internazionali.»

Non erano lontani dal luogo del sacrificio, il *tofet*. Gli stranieri, compresi i meteci residenti in città, definivano quell'area recintata come il luogo più inquietante dell'ecumene. Vi si trovava il santuario più importante, il tempio del Baal Melqart di ferro: Baal, “re della città”, il dio ferreo che non concedeva nulla senza una contropartita. A lui, nei tempi antichi, i più nobili avevano sacrificato i loro primogeniti. Recipienti di terracotta e di pietra, contenenti i resti carbonizzati, si trovavano, su più strati sovrapposti, all'interno di un vallo apposito.

Letilio arricciò il naso. «Lo fate ancora?»

«Annone, che è sommo sacerdote anche di questo tempio, qualche volta ha proposto di ripristinare l'usanza. Ora si sacrificano soltanto bambini nati morti o morti prematuramente.»

«Da quando?»

Bomilcare rifletté. «Credo che gli ultimi veri sacrifici si siano svolti durante l'assedio da parte di Agatocle... ottant'anni fa. Perché? Voi avete qualcosa di simile?»

«Di tanto in tanto seppelliamo vivi gli adulti.»

«Bah.»

«Che cosa vuoi? A ciascuno il suo.»

Percorrendo il porticato del quartiere dei meteci, e passando davanti a un teatro coperto che poteva contenere più di diecimila persone, ritornarono sulla Via Grande. Qui incontrarono Daniel, che propose a Letilio di andare a trovare tutte le spie romane prima del tramonto del sole. «... Forse qualcuna non la conosco ancora.»

Bomilcare rise nel vedere l'espressione del romano. «Buon divertimento. Io voglio lavorare ancora un po', prima del tramonto. Ci vediamo da Aspasia?»

7

Aspasia non era in casa; l'imposta di legno davanti all'ingresso sembrava intatta e, contrariamente al solito, la donna non aveva neanche tracciato con la morbida pietra bianca un disegno da cui Bomilcare potesse dedurre dov'era. Così lui si sedette sui gradini ad attendere Daniel e Letilio. Dopo un po' si alzò e si diresse verso l'abitazione di Tazirat, che trovò anch'essa sprangata e deserta. La cosa per un verso lo preoccupava; per l'altro, tuttavia, era difficile che le due donne insieme si fossero trovate in pericolo. Abbandonò brevemente il cortile per verificare che l'uomo che Zililsan aveva mandato a sorvegliare la bottega di Aspasia fosse ancora là; la Via Grande era animata, ma non trovò nessuno dei suoi collaboratori della fabbrica dei carri.

Finalmente apparvero insieme Daniel e Letilio; dal loro modo di camminare Bomilcare comprese, prima ancora di vedere i loro visi, che doveva essere accaduto qualcosa. Dietro di loro camminava Duush, che portava una fiaccola spenta.

«Alzati, uomo» disse. «C'è bisogno di te.»

«Che cosa è successo?»

«A dopo le spiegazioni.» Daniel protese la mano e lo aiutò ad alzarsi dal gradino più basso della scala.

«Come mai siete tutti e tre insieme?»

«Vieni, vieni; possiamo parlarne lungo la strada.»

Aspasia aveva accompagnato Tazirat e trascorso la giornata nei locali in cui la giovane donna lavorava; alla sera erano andate via insieme per tornarsene a casa. L'uomo che doveva sorvegliare l'officina e la bottega di Aspasia nel pomeriggio se ne era allontanato per proteggere le due donne senza dare nell'occhio, non appena avevano lasciato il posto di lavoro di Tazirat. Qualcuno lo aveva messo fuori combattimento; visto che al tramonto non aveva ancora dato segno di sé, Duush era partito a cercarlo. Delle donne non c'era traccia.

«Dove è successo?»

Duush nominò un vicolo, un po' fuori dal percorso che in realtà Tazirat e Aspasia avrebbero dovuto seguire.

Nell'officina dei carri l'uomo, un meteco di nome Patroklos, si era un po' ripreso. Era seduto su uno sgabello e si teneva il capo fasciato. Disse che aveva seguito le donne senza farsi notare ma qualcuno doveva averlo seguito a sua volta: l'ultima cosa di cui si ricordava era un rumore di passi.

«Non so se è ragionevole, ma...» Bomilcare guardò gli altri. «Daniel, Letilio: a voi due posso solo consigliare di andare a raggiungere i vostri letti. Quanto agli altri: prendete le armi e via.»

«Vengo anch'io.» Letilio si guardò intorno. «Vi avanza qualcosa... una spada, un giavellotto?»

Daniel puntò le mani sui fianchi. «Che cosa dovrei fare in un letto, dovunque sia, quando accadono fatti emozionanti?»

Rimase indietro il solo Patroklos. Bomilcare mandò Zililsan e un altro uomo a richiamare le ronde notturne. Il vicolo in cui Patroklos era stato colpito si trovava un isolato più a nord della Via Grande, ai margini del quartiere di Gulussa. Evidentemente le donne non avevano intenzione di tornare subito a casa: per arrivare nel vicolo del magazzino dove lavorava Tazirat dovevano aver attraversato la Via Grande. Era inutile stare a rimuginare su che cosa potesse averle spinte a farlo.

Andarono di casa in casa, di cortile in cortile, svegliarono chi dormiva, interruppero piccole festicciole, fecero domande su domande, ma gli abitanti del vicolo affermarono di non aver notato nulla.

Nel frattempo incontrarono gli altri, due ronde notturne di tre uomini l'una, oltre agli uomini del capannone dei carri: Duush, Zililsan, il macio Nymar e Vavurro, un elimio.

Mentre Daniel, Letilio e Bomilcare discutevano in fondo

al vicolo in cui Patroklos era stato colpito, gli altri, fuori dalla vista, controllavano gli accessi al quartiere di Gulussa.

«E adesso vorresti penetrare con questo esercito nel regno di Gulussa?» Daniel fece una smorfia. «E poi? Sei sicuro che le donne siano state rapite dagli uomini di Gulussa?»

«Non ne sono affatto sicuro. Ma questo rimanga tra noi.»

«Ma che cosa vuoi fare, se non sai nulla? Tanto varrebbe occupare il Consiglio o affondare le navi nel porto.»

Bomilcare scoprì i denti. «Oppure starmene con il culo per terra, ad aspettare che i polli arrosto svolazzino nella notte. Se non vuoi venire...»

Daniel alzò le braccia. «Ah. Bisogna vederle proprio tutte. Un piccolo diversivo e un po' sangue? Oppure c'è in programma qualcos'altro?»

«Il vicolo è vicino al regno di Gulussa. O sono stati i suoi uomini, oppure uno dei suoi nemici. Ora entriamo là dentro. Se lui ha le donne, le troviamo; se non le ha, forse otterremo la sua collaborazione. O almeno gli faremo sputare fuori qualche nome.»

Senza parlare e aggrottando la fronte, Daniel si voltò verso Letilio.

Il romano estrasse la spada corta e appuntita che gli avevano dato nel capannone. «Uno deve assumere il comando, altrimenti andiamo a finire tutti male. Io vengo.»

Entrarono nel vicolo sordido con circospezione, in fila indiana, con il macio in penultima posizione. Nymar, un buon arciere, avrebbe dovuto coprire gli altri mentre un uomo delle truppe di guardia – con in mano giavellotto e spada – li proteggeva da dietro.

Le case, non illuminate, sembravano deserte; non si muoveva nulla. A Bomilcare vennero i brividi. Un'occhiata alle stelle gli rivelò che mancava molto alla mezzanotte: in effetti il vicolo avrebbe dovuto brulicare di gente.

Quando giunsero alla piazza del lavatoio, Zililsan, che procedeva in testa, lanciò un lieve fischio, udibile a stento, e fece un cenno. Bomilcare gli si avvicinò di corsa.

Accanto alla vasca, in una pozza scura, giaceva un uomo. Non ci fu bisogno di esaminarlo a lungo. Bomilcare lo voltò sulla schiena. Era deturpato da ferite al petto, al ventre e al volto; tuttavia erano tutti sicuri di non averlo mai visto.

«Non è uno di noi, e nemmeno uno degli uomini di Gulussa che conosciamo. Andiamo avanti.»

Nella piazzetta in cui a mezzogiorno Qadhir aveva bendato gli occhi agli ospiti di Gulussa, c'era un altro cadavere. Anche in questo caso un breve esame fu sufficiente a concludere che si trattava di uno sconosciuto.

Daniel alzò gli occhi al cielo. «Dall'alto si vede meglio» disse come incidentalmente.

«Sei in grado di volare?» Bomilcare osservò le aperture delle porte delle case. «Dove siamo stati, ieri a mezzogiorno?»

«Dall'alto si vede meglio» ripeté Daniel. «Non ti ho detto che conoscevo già il quartiere?»

«No, dove hai intenzione di andare?»

«Sopra si può correre da un tetto all'altro.»

Bomilcare annuì. «Dacci un altro aiuto. Dove corriamo, se non sappiamo dove si nasconde Gulussa? Be', tentiamo.» Radunò gli uomini, indicando loro le aperture delle porte sulla destra e sulla sinistra. «Abbiamo bisogno di qualcuno del luogo. Zililsan, prendi due guardie e vai là dentro; Duush, con due uomini da quell'altra parte.»

Quasi subito udirono provenire dalle due case voci, una piccola zuffa e un grido, più di sorpresa che di dolore.

Zililsan apparve nell'apertura scura, da cui aveva appena rimosso l'imposta. «Sono accovacciati qua, tutti tremanti» disse «ma non vogliono dire nulla.»

Duush gridò qualcosa dall'altra casa; Daniel lo raggiunse, mentre Bomilcare si univa a Zililsan. Nel frattempo una delle guardie accese una fiaccola con un avanzo di brace del focolare. Alla luce tremolante Bomilcare vide che gli abitanti – presumibilmente una famiglia: padre, madre, quattro figli e una nonna – si erano accalcati nell'angolo più lontano del soggiorno. Se ne stavano rannicchiati, mezzi accecati dalla luce della fiaccola, alcuni stringendo gli occhi, gli altri con le mani alzate. I loro volti, a quel che si poteva vedere, erano più impauriti che indignati.

«Noi siamo guardie.» Bomilcare si sforzò di parlare in tono amichevole. «Vogliamo farla finita con questa storia. Chi ci conduce da Gulussa?» Forse si ingannava, ma gli sembrò di vedere sollievo nei loro volti.

«Sono gli dèi a mandarvi, signore.» L'uomo si alzò in piedi. La sua voce pareva sorda, come se avesse dovuto soffocare un grido. «Venite, vi mostro io la strada.»

Bomilcare alzò la mano. «Aspetta; torno subito.» Uscì nel vicolo per verificare che cosa avesse ottenuto Daniel nell'altra casa.

Anche là avevano trovato qualcuno disposto a fare da guida attraverso il labirinto di case e tetti. Dalle loro osservazioni a mezza voce, se non addirittura sussurrate, si poteva dedurre che, non molto dopo il tramonto, un gruppo numeroso di uomini armati era penetrato nel quartiere, evidentemente allo scopo di attaccare il centro del labirinto, la casa di Gulussa; nessuno tuttavia era in grado di fare nomi.

«Per questo c'è tempo. Voi sapete tutti e due dove ci dovete condurre?»

I due uomini annuirono con energia. Letilio prese da parte Bomilcare. «Non conosco questi uomini, ma ho la sensazione che facciano sul serio» disse piano.

Daniel, che era molto vicino a loro, tossicchiò. «Eccezionalmente un romano ha ragione.»

«Operazione militare» disse Bomilcare. Diede un'occhiata a Letilio. «Prendi tu il comando dell'altro gruppo?»

Letilio sorrise per un istante. «Come buoni vecchi nemici? Da queste parti?»

Letilio, Daniel, Duush, Nymar e tre guardie scomparvero nella casa sul lato sinistro del vicolo; Bomilcare, Zililsan, Vavurro e le altre guardie seguirono l'uomo che li aveva accolti con tanto sollievo.

Nella casa non c'erano gradini, ma una scaletta a pioli conduceva al piano superiore, che consisteva in due grandi stanze spoglie. Nell'angolo più lontano della stanza posteriore, proprio accanto al maleodorante mastello per i bisogni, si trovava un'altra scaletta. L'uomo borbottò qualcosa, prese la scala, vi si arrampicò e spinse via un paletto. La botola si aprì verso l'alto, ricadendo sul tetto con un rumore sordo.

Bomilcare seguì l'uomo, limitandosi dapprima a far passare il capo attraverso l'apertura per guardarsi intorno. Solo quando fu sicuro che lassù non c'era nessuno in agguato con un'arma, uscì fuori e ordinò a bassa voce agli altri di seguirlo.

Il tetto piatto era pieno di ciarpame: mobili rotti, cocci, mattoni. Un muro incompleto doveva certo aver segnato un tempo il confine con il tetto della casa vicina.

Un lieve fischio. Dall'altra parte del vicolo anche Letilio e i suoi uomini avevano raggiunto il tetto. La luce della luna si rifletteva sulle lame delle spade e sulle punte dei giavellotti. A nordovest, sulla collina della Birsa, una massa nera di nuvole iniziava a divorare le stelle. Il vento che si alzava passò tra i capelli di Bomilcare, portando un aroma di sale.

La casa accanto era un po' più bassa. Sembrava che il suo tetto venisse utilizzato come stanza da letto. Giacigli, cuscini e coperte costrinsero gli uomini a una corsa a ostacoli; probabilmente gli abitanti si erano rintanati tutti in una delle stanze interne.

La casa successiva era più alta. Dovettero arrampicarsi, aggirare una cisterna e camminare su un'asse sottile e traballante che conduceva alla casa vicina, distante quattro passi. Qui sorpresero una coppietta che non si era accorta del pericolo, oppure credeva che fosse terminato.

Avanti, ancora avanti. All'inizio Bomilcare cercò di memorizzare il percorso, gli ostacoli e il numero delle case, ma desistette presto: era più sensato evitare gli ostacoli e stare attento ai nemici, che potevano essere appostati dietro ogni sporgenza del muro, in ogni pozza d'ombra. Un uccello notturno che si alzò d'improvviso in volo davanti a lui lo fece trasalire; il suo stesso affanno, i fruscii provocati dagli altri, sprazzi di luce lunare e l'odore del sudore, del mare lontano, delle case abitate e dei vasi da notte rovesciati sui mattoni sgretolati, si accumulavano e si intrecciavano in una strana rete – brandelli di notte cuciti insieme e intinti negli umori degli uomini –, in cui tutti si sarebbero dibattuti, arrampicati, agitati per l'eternità, senza mai trovare una maglia che avrebbe permesso loro di fuggire verso il giorno.

Poi, davanti a sinistra, udì un grido soffocato e vide la freccia scoccata dalla corda del macio trafiggere la gola di un uomo che stava per lanciare il giavellotto.

D'un tratto si fece tutto buio. Sospinte dal vento di nordovest, le nuvole ricoprirono la luna. Nel brevissimo intervallo di tempo impiegato dagli occhi di Bomilcare per abituarsi al buio, i demoni dell'oscurità uscirono fuori, con ululati, stridori e cigolii.

In seguito, quando si scambiarono informazioni e impressioni, mettendo insieme dettagli confusi riuscirono a ricostruire un quadro chiaro. La sentinella sul tetto era appoggiata alla parete della cisterna: poteva guardare solo a destra (verso il muro della Birsa), a sinistra (verso il vicolo) e in avanti, verso la direzione da cui proveniva Letilio. Forse era stata distratta. Anche se a tutti sembrava di aver fatto molto rumore, erano avanzati rapidi e silenziosi, coperti da cisterne, muri e ombre. Il giavellottista li aveva visti tardi e non aveva gridato subito. Colpito dalla freccia del macio, era precipitato giù dalla scala, impedendo a quelli che erano nella casa di precipitarsi sul tetto. All'arrivo di Letilio, i suoi abitanti erano ancora intenti a rimuovere il cadavere. Sembrava trattarsi di un gruppo di riserva, che non immaginava di venire attaccato da due parti.

La lotta fu breve. Accusarono solo qualche ferita leggera e non fecero prigionieri: gli occupanti della casa si ritirarono, scomparendo attraverso uno scarico dell'acqua e lasciando solo il morto con la freccia nella gola.

E sangue, moltissimo sangue. Quando esplorarono la casa con le fiaccole, trovarono ovunque tracce di uno scontro molto duro. Ma nessun morto; la casa era deserta.

A poco a poco giunsero nel quartiere altre ronde notturne, richiamate dai commilitoni inviati da Bomilcare; alla fine spuntarono – insonnoliti e imbronciati ma al contempo desiderosi di darsi da fare – due dozzine di fanti dall'armamento pesante, giunti dalla fortezza.

Al mattino, dopo un breve riposo su qualche coperta non troppo sporca, Bomilcare terminò l'interrogatorio degli abitanti del luogo, che non avevano dormito o erano stati strappati dal sonno. Insieme a quello che apprese dagli uomini delle ronde notturne, si delinearono alcune risposte e quasi altrettante nuove domande.

«Qualcuno ha organizzato un grande diversivo» disse Daniel sbadigliando e stropicciandosi gli occhi. «Comunque sia, non credo agli dèi del caso e alla loro intromissione.»

Letilio si appoggiò alla parete della stanza in cui – gli sembrava fossero trascorse molte lune – aveva discusso con

Gulussa. Le tracce di sangue erano state eliminate, rendendo la stanza un po' più abitabile. «Neanche io. Ma a che scopo tutto questo?»

«Sulla Via Grande, un paio di carri pesanti si scontrano e bloccano tutto. Aspasia e Tazirat deviano nel vicolo a nord e tutta la gente del quartiere si precipita a vedere la zuffa tra guidatori e facchini. Le donne presumibilmente vengono rapite, Patroklos colpito... da persone che accorrono dal regno di Gulussa. Gulussa è via, e anche i suoi uomini...»

«Non dimenticare quella donna incredibile» borbottò Daniel.

«A proposito, che cosa mi dici di lei?» Letilio sembrò osservarlo con curiosità. «Eri sconvolto, l'altroieri a mezzogiorno.»

«Sconvolto? Io? Tu sogni.»

«Ti sei impappinato.»

«Può succedere.»

Bomilcare aprì la bocca per dare ragione a Letilio, ma la questione della donna e dell'impappinamento dovette essere rimandata, perché nel frattempo erano ritornati, completamente luridi, gli uomini che alle prime deboli luci dell'alba aveva mandato a esplorare il tubo attraverso cui erano fuggiti gli occupanti della casa.

«Sotto le mura marittime, verso la baia» disse il capo della pattuglia. Storse il naso e si guardò giù. «Non amo sprofondarmi negli escrementi, capo; l'ho fatto solo per te.»

«Avete trovato qualcosa?»

«Niente. Nemmeno tracce di sangue. E fuori, sulla spiaggia, non c'è segno di una partenza affrettata o di imbarcazioni che siano rimaste lì in attesa.»

«Allora quella può non essere stata l'unica via di fuga. Presumo che siamo arrivati troppo presto e troppo tardi.» Letilio scosse lentamente il capo. «Troppo tardi, perché era già finito tutto... ma, come si vede qui, le cose non devono essere accadute troppo in fretta. Probabilmente non volevano lasciare nessuna sentinella... quella era soltanto la retroguardia, che avrebbe dovuto coprire la ritirata e poi sparire a sua volta, immagino. Ma dove sono spariti gli altri?»

«Dobbiamo ispezionare di nuovo la casa.» Bomilcare gemette. «Adesso. E dobbiamo chiarire ancora alcune questioni.»

«Quali?»
«Che cosa mi dici della donna, Daniel?»
«Ah. È questa la tua prima questione?»
«Sì. E una risposta sarebbe gradita.»
«Ma non utile. Le altre questioni?»
«La donna» disse Bomilcare. «La via di fuga. Dove sono andati Gulussa e gli altri? Dove sono Aspasia e Tazirat? E ancora una: dov'erano le nostre pattuglie, quando i carri si sono ammucchiati nella Via Grande?»
«Tu che cosa pensi?» chiese Letilio, che d'un tratto appariva più sveglio di prima.
«Questa non può essere stata l'opera di due o tre uomini. Però una squadra più numerosa di armati salta all'occhio di chiunque. Anche se si fossero raccolti direttamente all'inizio del vicolo... devono esserci state delle grida e qualcuno avrebbe certamente dovuto sentire o vedere qualcosa.»
«La donna» disse Daniel improvvisamente «si chiama Tigalit.»
«Questo dovrebbe dirci qualcosa?»
Daniel alzò le spalle. «Una volta sì» mormorò. «È stato tanto tempo fa. La memoria per alcuni è fertile, per altri lacunosa.»
«Tu quindi l'hai conosciuta e lei ti ha dimenticato.»
«A proposito, sono tutti muscoli.» Daniel sogghignò. «Nel suo corpo non c'è grasso. Quando ero sorvegliante del mercato e Gulussa un piccolo ladro di frutta, lei portava i pesi.» Sospirò e si passò una mano sulla fronte. «Non riesco a immaginarmi qualcuno che la possa atterrare e incatenare. Forse l'hanno fatta a pezzi. Un peccato, tanta carne soda.»

Ispezionarono ancora una volta la casa di Gulussa, un edificio a due piani con passaggi verso le case che si trovavano a destra e a sinistra. C'erano corridoi tortuosi, ripostigli, tre camere adibite a cucina e dispensa, ricolme di provviste e stoviglie, tavoli e sgabelli; al posto del focolare in muratura trovarono stufe di ferro, piccole e costose, il cui fumo veniva condotto all'esterno per mezzo di sottili tubi di terracotta che attraversavano il soffitto e le pareti. Dalla cisterna sul tetto altri tubi sottili portavano ai locali della casa usati per le pulizie e le evacuazioni; qui vi erano collegamenti mobili da cui si poteva far scorrere l'acqua nelle vasche oppure nel mastello per i bisogni. Nell'edificio principale e nei due secondari a esso collegati si trovavano letti (giacigli, lettiere, mucchi di coperte) per almeno venti persone.

Ma era tutto spoglio e disadorno, predisposto per un soggiorno provvisorio più che per una residenza stabile. E non c'erano né porte nascoste né aperture di finestre coperte. Le pareti posteriori degli edifici, cieche e senza finestre, davano sulla via stretta davanti al muro della Birsa, riservato alle sentinelle e raggiungibile solo dalle mura marittime e da una guardiola a nord dell'agorà.

Al terzo tentativo di smontare la casa pezzo per pezzo, Letilio trovò il passaggio segreto. Nella parete posteriore di una cantina umida erano stati accatastati sgabelli rotti, recipienti vecchi e altre cianfrusaglie; il romano si prese la briga di spostarli. Apparve allora un vassoio di legno tarlato, appeso alla parete. Letilio disse che stava già per desistere, ma poi era riuscito a rimuovere il legno. Dietro aveva trovato una botola di ferro alta come mezzo uomo, bloccata. Il catenaccio si era mosso senza far rumore né resistenza.

Letilio chiamò Bomilcare, che mandò tre dei suoi uomini nel passaggio. Oltrepassata la botola poterono procedere in piedi; tornarono presto indietro e riferirono che all'altra estremità c'era una botola simile, facile da aprire, e che l'uscita dava su una specie di giardino.

«Giardino?» Bomilcare chiuse gli occhi e tentò di immaginarsi la disposizione delle case, delle mura, del passaggio e della collina della Birsa. Poi borbottò piano. «Ma là non ci sono giardini... a quanto ne so. Ah, è inutile. Andiamo a vedere.»

Letilio e Daniel lo seguirono. Constatarono che il passaggio era pulito, evidentemente veniva utilizzato spesso, e che le botole alle due estremità potevano essere aperte sia dall'interno che dall'esterno.

Il passaggio terminava dietro un fitto cespuglio spinoso che giungeva fino all'altezza del petto e continuava fino alle mura, impedendo la vista dall'alto. Aveva poca importanza, dal momento che il muro della Birsa veniva sì ispezionato e riparato di tanto in tanto, ma non sorvegliato, tranne che in caso di guerra o di rivolte. Il sottile passaggio tra il muro e le case serviva come tagliafuoco (ma quando era stato l'ultimo incendio in città?) e poteva essere utilizzato dai messi, nel caso in cui qualcuno avesse una comunicazione urgente da trasmettere dalle mura marittime all'agorà oppure al Consiglio. A nord del muro si trovavano le case di città dei ricchi e i templi. A chi apparteneva la zona di cespugli?

Si trovava al margine di una distesa di prati; sulla destra, un sentiero poco battuto conduceva a un folto gruppo di palme da dattero, dietro le quali si potevano vedere i contorni di una piccola costruzione a cupola. Dopo che l'ebbero aggirata per metà, videro che si trattava di un tempio aperto su tre lati, con semplici colonne diritte e una pietra d'altare bianca. Si trovava ai piedi del pendio; forse duecento passi più in alto, dietro la macchia di vegetazione rigogliosa che si inerpicava su tutto il pendio, si potevano intuire altre costruzioni.

Bomilcare si grattò la testa. «E adesso?» Indicò verso oriente, dove il giardino o parco terminava in un muro di mattoni alto tre uomini. «Da lì non si esce di certo, vero?»

Daniel se ne stava con entrambe le mani appoggiate sulle guance e gli occhi chiusi. D'un tratto scoppiò a ridere e lasciò cadere le braccia. «Credo di sapere qualcosa. Da molto tempo. Venite con me.»

Si voltò a sinistra, nuovamente verso il cespuglio; allora si accorsero che, dalla parte del giardino, il sentiero girava intorno al cespuglio e conduceva a un capanno di assi accanto agli arbusti, che sembrava appoggiato al muro. Un tendone di cuoio ricopriva l'apertura della porta, dietro cui si trovavano utensili di ogni genere: seghe, zappe, vanghe, picconi, ramazze, un piccolo aratro ma anche oggetti di terracotta a forma di semicerchio, che sembravano pezzi di un tubo o di una conduttura per l'acqua ancora in costruzione. Dall'interno il capanno sembrava più grande che dall'esterno.

Letilio fischiò piano. «Qui siamo dentro il muro?» disse. Tastò le pareti e, sotto lo strato di polvere e sporcizia, riconobbe il punto in cui il legno era sostituito dalla pietra. Grattò fino a rendere visibile parte di una grossa pietra squadrata.

«Esatto. Sotto il muro, dentro il muro.» Daniel si avvicinò a una zona in mattoni della parete, la tastò e trovò un catenaccio. Il pezzo di parete si mosse senza fare rumore: i mattoni erano fissati a una pesante lastra di legno che ruotava su cardini ingrassati.

Si trovarono in una cavità dentro il muro della Birsa. Era piuttosto un corridoio a forma di sala, che un tempo poteva essere servito come alloggiamento per le truppe o deposito di armi; alle pareti erano fissati ganci in grado di sostenere pesi notevoli.

«Come fai a conoscerlo?» mormorò involontariamente Bomilcare.

«Non ti ho detto che conoscevo già il quartiere di Gulussa? Sono stato qui una volta da ragazzo, credo, insieme ad alcuni altri, dopo una rissa con un gruppo di teste d'argilla... figli di genitori ricchi.» Ridacchiò piano. «C'era anche Tiggo: Antigonos, il signore del Banco della Sabbia. Abbiamo dovuto scappare e uno di noi era pratico di questo posto. Aspetta un po'. Ah, là davanti.»

Avanzò di una ventina di passi, si fermò e pestò i piedi. Il pavimento suonò vuoto.

«Qui è molto pulito, vedete? Immagino che siano scesi da qui.» Si abbassò, infilò le mani in una cavità e aprì un'altra botola. Sotto si scorsero alcuni gradini: solo due o tre, la debole penombra non permetteva di vedere oltre.

Bomilcare si chinò e si sforzò di scrutare nell'oscurità. «Dove porta questa?»

«A un salone: un immenso locale sotterraneo, pieno di tombe antichissime. Non so quanti anni abbia tutto questo, ma deve risalire al primo periodo della città, quando erano abitate solo la zona del porto e i dintorni del *tofet*.»

«E dove si va a finire?»

Daniel alzò le spalle. «Non ricordo più con precisione dove siamo usciti fuori allora ma, se non mi sbaglio del tutto, ci sono alcune dozzine di possibilità. Passando attraverso vecchi pozzi, tubi di scarico dell'acqua non più utilizzati, cantine diroccate di case demolite da secoli. Tutto quello che vuoi.»

Bomilcare esitò; si mordicchiò il labbro inferiore e fissò l'accesso al mondo sotterraneo.

«Siamo troppo pochi.» Letilio gli si avvicinò, guardò anch'egli in basso e poi scosse il capo. «Potevano ben immaginare che li avrebbero inseguiti. Se tutto quello che dice Daniel è vero... migliaia di tombe, dietro a ognuna un uomo armato di arco o giavellotto. Noi non abbiamo neanche le fiaccole.»

Nel tardo pomeriggio si presentò nell'ufficio di Bomilcare il capo della pattuglia che la sera prima si trovava nelle vicinanze del parapiglia sulla Via Grande. O che avrebbe dovuto trovarvisi, come risultò. Un messo del Consiglio, affermando di essere inviato da Qarthalo, il capo dei Cinque per l'ordine pubblico, aveva bloccato la pattuglia di tre unità nei pressi dell'agorà.

«Ci ha mostrato un papiro, con il sigillo e la firma di Qarthalo. Avremmo dovuto occuparci della tranquillità e della sicurezza all'estremità occidentale dell'agorà; era atteso un importante principe numida che non doveva essere disturbato e voleva recarsi al Consiglio con i suoi accompagnatori, tutti a cavallo.»

«E poi è arrivato?»

Il sottocapo annuì. «Due uomini, e poi altri due. Avrebbero potuto trovare la strada anche senza di noi.»

Quando entrò Zililsan, Bomilcare era ancora incerto se dover sospettare o meno. In realtà gli uomini della rimessa dei carri, che ufficialmente non esisteva, avrebbero dovuto tenersi alla larga dall'edificio della fortezza, ma Zililsan aveva due motivi importanti.

«Capo» disse appoggiandosi sul bordo della scrivania di Bomilcare. «La cosa non ti piacerà.»

«Se il messaggio è brutto come il tuo aspetto, inizio già a preoccuparmi. Parla.»

Zililsan iniziò a sogghignare; sulle rughe del suo volto stanco corse un'espressione piuttosto confusa, che poi svanì come una pioggia troppo scarsa dopo un periodo di aridità troppo lunga.

«La prima notizia non è né buona né cattiva, la seconda è brutta, la terza è tale che, se fosse un essere umano, direi che gli dèi dovrebbero annegarla nel piscio di cane. Quale vuoi ascoltare per prima?»

«Quella meno brutta.» Bomilcare si appoggiò all'indietro e intrecciò le mani dietro alla testa.

«Bene. La casa con il grande giardino appartiene a una delle vecchie famiglie...»

«... non si poteva pensare diversamente...»

«... e cioè alla stirpe del membro del Consiglio Jehaumilk.»

Bomilcare aggrottò la fronte. «Non mi dice nulla.»

«Fa parte dei Trenta: è uno degli Anziani. Ma è malato già da molto tempo, si trattiene nelle sue case di campagna, sulla costa vicino a Hadrymes.»

«La casa dunque rimane vuota?»

Zililsan fece una smorfia. «Sarebbe troppo bello e semplice. No, non rimane vuota. Dal momento che non la usa, Jehaumilk l'ha ceduta a un suo nipote. Mutumbal, mercante, proprietario di tre navi. Non è un personaggio importante, o comunque non fa parte del Consiglio...» Zililsan fece una pausa pesante.

«E allora?»

«La sua consorte è la sorella del nobile Hiyarbal.»

Bomilcare si sedette e incrociò le braccia sul petto. «Ah. Oh.»

«Appunto. La seconda notizia, appena giunta dall'edificio del Consiglio; senz'altro arriverà qui tra pochissimo in forma scritta. Il giudice Budun è mortalmente ammalato: ieri sera ha mangiato pesce. Si dice che il pesce non fosse più buono. Ma è anche possibile che uno dei commensali vi abbia versato della polvere.»

«Questo non ci voleva. Quanto è grave?»

Zililsan tossì. «Ah. L'aria secca... quanto è grave? Non si sa esattamente; in ogni caso, i magistrati supremi hanno affidato a un altro le questioni di cui si occupava Budun. Il nome l'ho dimenticato... Achiqar? È possibile; ha ordinato per primissima cosa, per così dire, che tu non ti devi occupare del romano morto e di simili sciocchezze, ma devi migliorare l'ordine delle strade, che è in uno stato deplorevole.»

«Se questa non era ancora la notizia peggiore, ora ti prego di parlarmi con molta delicatezza.»

Zililsan gli carezzò il capo. «Il messaggio peggiore proviene da Qadhir. Cioè, probabilmente, da Gulussa.»

«Dove si è cacciato?»

«Gulussa? Non lo so. E Qadhir è stato alla rimessa dei

carri, con un velo davanti alla faccia; non vuole farsi vedere in città. Dice che doveva ordinarti di proteggere alcune gole dal taglio. Tu e il romano... dove mai si è cacciato?»

«L'ho cacciato nel letto di Aspasia; sta dormendo.»

«Come lo invidio. Il messaggio è questo: Bomilcare e Letilio interrompono la ricerca e partono per l'Occidente. Nel porto di Igilgili troveranno due donne su una nave. Non appena loro saranno arrivati a Igilgili, Gulussa e tutti gli altri saranno lasciati liberi. Se non partite, non moriranno soltanto le donne.»

Bomilcare lo fissò immobile.

«Ah, ha detto ancora qualcosa. Ha detto che questa sera sei invitato a cena.»

«È vero, ma come fa a saperlo?»

«Non lui, ma quelli che lo mandano. Dice che ci sarà anche lui – dovunque sia: a me infatti nessuno dice nulla – ad assistere, quando ti consegneranno un regalo speciale come segno di buona volontà.»

8

La Grotta dei piaceri amari si trovava nei pressi dell'agorà, in una piazzetta unita alla Via Grande da un porticato. In quella zona abitavano impiegati del Consiglio, scrivani, mercanti e rappresentanti di tutte le possibili professioni minori, che costituivano anche la maggior parte della clientela dell'osteria, che si diceva fosse stata costruita su un antico luogo di esecuzioni. Dalla piazza una scalinata conduceva alla sala da pranzo, un seminterrato piacevolmente fresco in estate e riscaldato da stufe di ferro in inverno; dalle aperture delle finestre si vedevano i piedi delle persone che passavano fuori.

Antigonos vi giunse quasi contemporaneamente a Letilio e Bomilcare; per il momento Daniel non si faceva vedere.

«Non lo aspetteremo» disse il signore del Banco della Sabbia. «Io ho fame e voi – a quanto ho sentito – avete urgente bisogno di rinforzarvi per il viaggio.»

«Che cos'è che hai sentito?» Bomilcare stentava a credere alle sue orecchie. «Noi stessi lo sappiamo solo da... ehm, poco.»

Anche se non era ancora completamente buio, l'oste accese le ultime fiaccole, infilate nei pugni di bronzo alla parete, che gettarono lampi tremolanti sui tavoli lisci come specchi. Degli undici tavoli, nove erano occupati, complessivamente da ventiquattro avventori. Letilio osservò uomini e donne: la maggior parte portavano mantelli colorati e copricapi piatti di feltro. Con uno sguardo obliquo, Bomilcare colse la curiosità del romano (che sembrava particolarmente colpito da un uomo con tre grossi anelli a ogni orecchio e un berretto alto e appuntito di tessuto brillante), ma si rivolse al banchiere.

«Che cosa hai sentito, signore?» ripeté.

Antigonos si fregò la narice sinistra. «Troppo e troppo poco.» Si piegò in avanti. «Sembra che ci sia una guerra tra le nobili canaglie... qualcuno contro Gulussa e, per mettersi contro Gulussa, bisogna disporre di una certa forza. Sono evidentemente gli stessi che hanno rapito le due donne, una delle quali, a quanto si dice, rischiara le notti del capo delle guardie.»

«Questa è solo una parte della storia.»

«Lo so. L'altra parte dovrà attendere un poco.»

L'oste si era avvicinato al loro tavolo. Aveva infilato un berretto di lana rotondo sul cranio calvo, con una mano si grattava il ventre sotto il perizoma di cuoio scuro e con l'altra reggeva un'asse scarabocchiata con una pietra morbida bianca.

«Il signore del Banco della Sabbia e i suoi amici... ah, il responsabile degli amanti dell'ordine! Allora tu devi essere il romano di cui parlano tutti.» Fece un inchino senza smettere di grattarsi.

«Vino speziato e acqua» disse Antigonos. «Spero che i tuoi piaceri amari non siano la causa del tuo prurito.»

«Assolutamente no. Come si dice, non bisogna grattarsi dove non prude. Al contrario, un altro detto dice...»

«... che gli osti chiacchieroni dovrebbero praticare uno sconto sui loro prezzi. Che cos'hai da offrirci?»

«Pesce. Cane. Gazzella. Pollo. Verdure. Tutto amaro.» L'oste schioccò le dita. «Hai sentito che padroneggio anche il discorso conciso?»

«Ordina tu per me.» Letilio diede di gomito a Bomilcare. «Senza avvelenarmi.»

«Lasciate fare a me: siete miei ospiti.» Antigonos, che sembrava in grado di decifrare gli scarabocchi sull'asse, ordinò zuppa di pesce, cane ingrassato, strisce di carne di gazzella marinate, porro e, per finire, formaggio fresco e datteri nel vincotto speziato.

«Che fine ha fatto Daniel?» chiese il romano dopo che l'oste si fu ritirato.

«Daniel arriva più tardi; vuole tenere un poco gli occhi aperti... E così hanno fatto in modo che voi non continuaste a cercare gli assassini...?»

Letilio annuì.

«In questa città non esistono segreti, vero?» disse Bomilcare.

«Come no. Con tutto quello che c'è da scoprire.» Antigonos sorrise, ma ritornò immediatamente serio. «Ci hai già pensato, Tito?»

«A che cosa?»

«Al fatto che sei ancora vivo. Sono sicuro che qualcuno è convinto che a Roma potrebbero irritarsi, se qui venisse ammazzato un altro romano. Altrimenti vi avrebbero eliminati tutti e due, presumo. Solo per riguardo a te si sarebbero risparmiati questa fatica.»

«Parli sul serio? E che cosa potrebbe esserci dietro?»

Antigonos tacque fino a che l'oste finì di sistemare brocche e bicchieri sul loro tavolo, li riempì e tornò al grande bancone dietro cui si trovava la cucina.

«Quello che c'è sempre. Il denaro.»

Letilio sollevò un sopracciglio. «Il denaro? E non forse il potere, o l'influenza?»

«È la stessa cosa. La ricchezza significa influenza. L'influenza è potere. Sia nel Consiglio, sia nei quartieri poveri. Nessuno sa dove si sia cacciato Gulussa?»

Bomilcare riferì – con qualche integrazione da parte di Letilio – gli avvenimenti della notte precedente e le poche cose che avevano scoperto: il diversivo sulla Via Grande, la battaglia incredibilmente breve intorno alla casa di Gulussa, la grande quantità di sangue, la via di fuga che conduceva al muro della Birsa e alle tombe antichissime.

Antigonos sorrise trasognato. «Mi ricordo... è stato tanto tempo fa. Ci sono altre tombe ora sotterranee, un po' più a occidente.»

«Che cosa vuoi dire con questo? Che dovremmo cercare laggiù?»

«Non potete rivoltare l'intera città. No, era soltanto un ricordo.»

L'oste portò la zuppa di pesce dal profumo amaro in una grande pentola di terracotta. Gli uomini con un mestolo si riempirono le scodelle, vi sbriciolarono del pane e iniziarono a mangiare. A un certo punto Antigonos lasciò cadere il cucchiaio e disse: «Non riesco a credere che si tratti solo di una guerra tra i principi dei bassifondi. D'altra parte, non riesco neanche a credere che tutto questo non abbia nulla a che fare con le decisioni imperscrutabili di alcuni membri del Consiglio. Tuttavia non so trovare un collegamento tra Qarthalo, Arish, il povero Budun e Gulussa con i suoi nemici».

«Che bello, neanche il nobile signore del Banco della Sabbia è più intelligente di noi.» La voce di Letilio suonò un po' ironica. «E allora che cosa faremo?» Diede un'occhiata a Bomilcare. «Obbediremo all'ordine?»

«Io propriamente posso obbedire soltanto a ordini che provengono dalle persone competenti. È singolare che gli ordini del nuovo giudice siano identici a quelli dei criminali.»

«E che questi coincidano con i desideri di Qarthalo e Arish.» Antigonos allontanò la scodella vuota e sollevò il bicchiere. «Brindiamo con il vincotto speziato al tremore che certamente vi coglierà e alle cose scottanti che lo dissolveranno.»

L'oste ritirò la pentola con la zuppa e portò un vassoio di legno contenente fette d'arrosto di cane: marinate in una salsa amara, con una crosta di miele, pasta e spezie aspre. Bomilcare era sul punto di dire qualcosa a proposito dell'espressione perplessa del romano, quando apparve Daniel. Anziché accomodarsi sulla sedia libera, rimase in piedi accanto al tavolo.

«Allora?» fu tutto quello che disse Antigonos.

«Eh, allora. Fuori c'era Qadhir che aspettava per sbrigare un'altra parte della sua ambasceria a puntate.» Si schiarì la voce. «Aveva anche un dono convincente.» Il suo volto non tradiva alcuna emozione.

Bomilcare si alzò e uscì dal locale, seguito da Letilio, Antigonos e Daniel. In un angolo della piazzetta si trovava una colonna di pietra consumata dal tempo, che una volta doveva aver riportato un'iscrizione. Vi era accovacciato un uomo, con il capo e il volto coperto da un lembo del suo mantello scuro. Accanto a lui c'era qualcosa.

Quando Bomilcare gli fu davanti, l'uomo alzò lo sguardo. Era Qadhir. Il suo volto, che a Bomilcare era sembrato di legno e quasi privo di espressione, ora pareva di pietra o simile a una figura confusa, incisa sul fondo di una tinozza e ricoperta da un sottile strato di ghiaccio.

«Zirdan.» Non disse altro.

Bomilcare si inginocchiò e osservò il cadavere. Non aveva mai visto quell'uomo, ma si accorse che gli mancava il padiglione auricolare destro. Non aveva dubbi sul fatto che la parte mancante di Zirdan si trovasse nel suo ufficio.

«Convincente.» La sua voce era velata; tossì. «Che cosa ci devi comunicare?»

«Soltanto questo. Che lascerete la città, e subito.»

«Che cosa significa subito? Adesso? Domattina presto?»

«Domani, non appena troverete delle cavalcature o una nave. Tra quaranta giorni ritroverete le donne vive nel porto di Igilgili.»

«Non ci servono quaranta giorni per arrivare a Igilgili.»

«Quaranta giorni.» Sotto il mantello, Qadhir ebbe come un tremito. «Quaranta giorni senza mettere piede in questa città.»

«È tutto?» Bomilcare si rialzò e guardò l'uomo dall'alto in basso.

«È tutto. Non so altro.»

«Dov'è Gulussa?»

Daniel gli posò una mano sulla spalla. «Gliel'ho già chiesto anch'io. E anche di Tigalit... nessuna risposta. Credo che non sappia davvero nulla.»

«Sono stato tenuto prigioniero in una stanza buia.» Qadhir rivolse lo sguardo a Bomilcare, poi i suoi occhi scivolarono sui volti degli altri. «Da qualche parte in città. Credo che gli altri non siano più qui.»

Letilio fece mezzo passo avanti. «Che cosa ne sarà di te, se partiamo?»

Sul volto di Qadhir apparve un sorriso obliquo. «Non lo so. Io...» Si interruppe.

«Che cosa volevi dire?»

«Immagino che voglia partire con voi.» Antigonos rise piano, a singulti. «Che cosa può fare qui, senza il suo capo? In città deve far conto di imbattersi in un coltello a ogni angolo.»

Bomilcare diede un calcio a Qadhir. «È così?»

«È così, signore. Qui la mia vita ormai non vale un chicco

di miglio. Io proteggerei le vostre vite con la mia, se...» Il mantello si mosse, come per un'alzata di spalle.

«Come hai fatto a portare il cadavere fin qua?»

«Sono stati gli altri.»

«Basta così. Ne discuteremo più tardi. Alzati. Che cosa facciamo...»

Quando Qadhir, a fatica e barcollando, si rimise in piedi, Bomilcare si interruppe; il mantello che lo copriva come una tenda e l'oscurità avevano impedito di vedere che aveva i piedi legati e le mani assicurate dietro la schiena.

«Di sicuro non è stato lui a trascinare qui il cadavere» disse Daniel. «Sono stati quattro uomini, con un carro trainato a mano su cui avevano caricato anche Qadhir.»

«Continueremo a discutere nell'osteria.» Antigonos estrasse dalla cintura un coltello con cui tagliò i legacci alle mani di Qadhir, al quale poi lo diede perché si liberasse le gambe.

«Ottima proposta.» Letilio indicò il morto. «E questo lo abbandoniamo così?»

Daniel borbottò qualcosa, si avvicinò agli alberi storti nel centro della piazza e ritornò indietro con un carro a mano.

«Lo hanno abbandonato là i nostri amici. L'unica cosa che non capisco è perché non vi abbiano lasciato sopra anche Zirdan. Quanto sono misteriosi i percorsi dei pensieri umani!»

Misero il cadavere sul carro. Letilio e Qadhir restarono di guardia, mentre Bomilcare si dirigeva verso la Via Grande per recuperare una delle sue pattuglie notturne di tre unità. Antigonos e Daniel entrarono nell'osteria perché non ritenevano fosse il caso di sprecare il buon cibo.

Ci volle qualche tempo prima che Bomilcare trovasse una pattuglia e la inviasse alla fortezza con il carro, il cadavere e gli ordini. Nonostante morisse dalla fame, a tavola Qadhir si sentiva visibilmente a disagio. Non riusciva a stare fermo sulla sedia, parlava pochissimo e teneva gli occhi bassi.

A poco a poco, dalle sue risposte laconiche, gli altri riuscirono a fare un po' di chiarezza sugli avvenimenti della sera prima. Questo tuttavia non bastò a calmarli.

«Voi dunque eravate nella vostra casa, quando all'improvviso sono arrivati gli uomini dei nemici di Gulussa? Senza preavviso? Nessun rumore nel quartiere, nessun grido? E dov'erano gli uomini di Gulussa?» Bomilcare si sforzava di non investire Qadhir.

«Fuori. In giro.»

«In giro dove?»

«Ah, qua e là.»

Antigonos sorrise appena. «Lui ha ancora fame, ma credo che ordinerò all'oste di portare via tutto. Poi ce ne andiamo tutti a casa e lo lasciamo in mezzo alla strada.»

Le mascelle di Qadhir masticarono a vuoto. «Ne so davvero poco.» Sembrava quasi abbattuto.

«Metticene a parte» disse Daniel. «Per esempio, di quello che sai sugli uomini che ti hanno portato qui.»

Li aveva osservati arrivare, con il carro e il cadavere. Poi avevano fermato il carro ed erano scomparsi in quattro direzioni diverse per cui Daniel, come aveva già riferito, non aveva potuto seguirli. Da Qadhir invece non ricavarono nulla riguardo alla provenienza degli uomini, al tragitto da loro percorso con il carro o a qualunque altra cosa.

«Proviamo a parlarne tra noi» disse d'un tratto Letilio, che fino ad allora era rimasto in silenzio. «Diciamo, per esempio, che c'è uno scontro tra Gulussa e qualcun altro che vuole mettere le mani sulle sue attività. Gulussa lo sa, per cui sta in guardia. I suoi uomini sono ovunque, con gli occhi aperti perché non ci siano brutte sorprese. Ma all'improvviso una sorpresa arriva, per cui non devono essere stati così vigili. Né così numerosi. In che cosa erano impegnati?»

Qadhir alzò le spalle e rimase in silenzio, con gli occhi fissi sul piatto di legno, ricolmo di pane e carne, che aveva di fronte.

«Qualcuno ci ha osservati» proseguì Letilio. «Non è un segreto che Bomilcare trascorre le notti insieme ad Aspasia; ma chi sa di Tazirat? Tu, per esempio... tu, la sera della festa nel cortile, sei venuto con l'ambasceria di Gulussa: puoi averci osservato. E se Gulussa avesse provato una specie di sana diffidenza? Se avesse voluto assolutamente indietro il suo piccolo delinquente Zirdan, non tanto per lui, ma soprattutto perché Zirdan sapeva qualcosa? Qualunque cosa fosse... E dal momento che credeva che forse Bomilcare non facesse del suo meglio per ottenere la liberazione di Zirdan, voleva dargli una mano. Cercando di costringere Bomilcare a fare davvero tutto il possibile per Zirdan. Facendo in modo che Aspasia, e per di più anche Tazirat...»

«Ah.» Bomilcare gettò un'occhiata al romano e ammiccò. «Un'idea meschina; ragionate così a Roma?»

«No; ma riteniamo che voi a Cartagine ragioniate così.»

«Ragioniamo così?» Bomilcare squadrò Qadhir. «Dimmi, nella nostra città qualcuno ragiona così?»

Qadhir si appoggiò all'indietro, sollevò gli occhi dal cibo che non osava toccare e rivelò qualcos'altro. Bomilcare aveva la netta sensazione di partecipare a una sorta di scontro di retroguardia: Qadhir doveva avere i suoi motivi per dire il meno possibile, e quel poco solo se proprio non ne poteva fare a meno.

«Gli uomini di Gulussa erano in giro» disse «per tenere gli occhi aperti. Qualche cosa di ingombrante aveva bloccato la strada. Poi, all'improvviso, sono arrivati quegli altri, armati e sbraitanti.»

«Non avevate nessuna sentinella, fuori?»

«Dovevano essersi allontanate per andare a vedere che cosa era successo nella Via Grande.»

«Molti morti?»

Qadhir scosse il capo, sogghignando per la prima volta. «Neanche uno.»

«E tutto quel sangue nella casa?» disse Letilio.

«Nella mischia iniziale ci sono stati alcuni feriti. Si è sparso un po' di sangue. Il resto?» Rise. «Gulussa è un uomo pio. Ma non può farsi vedere al tempio. Così celebra i sacrifici in casa. Un ariete per Amun. Il mastello con il sangue era ancora in giro e si è rovesciato nella mischia. Da qualche parte c'erano anche altre pentole: per cena avrebbero dovuto esserci dei polli, che erano già stati uccisi. E dissanguati.»

Gli aggressori – disse – erano arrivati così rapidamente ed erano stati così numerosi che Gulussa aveva proibito ai suoi uomini di opporre resistenza. Gli aggressori avevano portato via tutto, saccheggiato, preso i polli mezzo arrostiti, altre provviste e tutti gli oggetti di valore che si trovavano in casa, sorprendendo il gruppo di Gulussa per il fatto di conoscere il passaggio sotto il muro della Birsa. Alcuni uomini erano rimasti indietro per nascondere nuovamente il passaggio e poi sparire per un'altra strada.

«Allora mi hanno separato dagli altri. E adesso mi hanno portato qui.»

«Sembra credibile» disse Daniel, rivolgendo a Bomilcare uno sguardo interrogativo. «Tu cosa ne pensi?»

«Spiega alcune cose. Il sangue e la mancanza di vittime, per esempio. Mi ero già domandato come fossero riusciti a trascinare cadaveri o feriti gravi lungo quello stretto passaggio. Resta soprattutto una domanda: chi sono gli altri?»

Qadhir sospirò. «Tu non mi crederai, signore, ma non lo so. Non conoscevo nessuno di loro. Ora posso mangiare?»

«Mangia.» Bomilcare sbuffò. «E adesso?»

«Hai parlato con i tuoi capi?» chiese Antigonos.

«Prima che venissimo qui. Sono stato da Qarthalo. In via provvisoria ho assegnato compiti e mansioni al mio vice Autolykos.» Bomilcare fece una smorfia. «Qarthalo era profondamente impressionato, pieno di compassione e comprensione. Ha affermato addirittura di essere dispiaciuto per gli avvenimenti che per il momento mi impedivano di proseguire il mio buon lavoro.»

Non ebbero bisogno di discutere su quale scelta restasse a Bomilcare. Lavinio, Tuzut e Zirdan erano morti; "il nemico", chiunque fosse, non attribuiva molto valore alla vita. Per motivi imperscrutabili, i membri del Consiglio si volevano liberare di lui. Poteva trasgredire a tutti gli ordini e restare in città, privo della carica e del potere di comando... ma a che scopo? Il nuovo giudice gli aveva sottratto le indagini. Ed era più che certo che, nel migliore dei casi, di Aspasia avrebbe potuto vedere solo un orecchio.

D'altra parte, se abbandonava la città, non poteva assolutamente essere certo di rivedere Aspasia e Tazirat vive. Qualcuno aveva bisogno di quaranta giorni... per ottenere che cosa? Tra quaranta giorni, nel porto di Igilgili, lontano a occidente, sulla costa, forse gli avrebbero consegnato le donne vive. O forse no. Ma se non partiva era come se fossero già morte.

Si sentiva male, al contempo svuotato e pieno fino all'orlo. Daniel, che gli era seduto di fronte, lo osservava.

«Posso capirti» disse. «Te lo si legge in faccia, e anch'io mi sentirei così.»

«Come?»

«Come un pezzo di merda di cane secca, che galleggia in una pozzanghera e non sa né come vi è finita, né come fare a tornare a terra.» Rise. «Ammesso che le merde di cane si rompano la testa con queste cose.»

«Dopodomani, sul presto» disse Antigonos «una nave lascia il porto con il vento del mattino. È mia...»

«Credevo che tu fossi una banca» disse Letilio.

«Sono una banca che riscuote e presta denaro, concede ipoteche su case e appezzamenti di terra, ha partecipazioni in molte iniziative; inoltre sono anche un'assicurazione, e assicuro particolarmente volentieri le merci delle mie imprese che vengono trasportate sulle mie navi.»

«Dove è diretta la nave?»

«A Malaqat. O forse adesso si chiama Malaka? Un porto sulla costa meridionale dell'Iberia. Con il vento favorevole cinque giorni, forse sei. Da lì, nel giro di dieci giorni, si può raggiungere a cavallo Qart Iuba... Karduba, come dicono laggiù. Forse ci si impiega anche meno, se si hanno le natiche robuste.»

«Che cosa c'è a Karduba?» chiese Letilio. «E come ci si arriva, da lì, a Igilgili?»

«Da Qart Iuba Asdrubale dirige l'amministrazione e l'organizzazione del paese. Forse Amilcare si trova nei dintorni. Credo che sarebbe opportuno discuterne con lui. Lavinio non era stato in Iberia?»

«Sei giorni di navigazione, dieci giorni nell'entroterra, due giorni laggiù, dieci giorni per tornare a Malaka?»

«Più o meno. Potrei ordinare al capitano della nave di ripartire da Malaka soltanto quando sarà il momento, e di fare la tappa successiva nel porto di Igilgili.»

Bomilcare appoggiò i gomiti sul tavolo; senza rivolgere lo sguardo ad Antigonos, disse: «Perché lo fai?».

Antigonos rise. «Per via dei conigli morti.»

«L'Iberia?» Letilio ammiccò, poi annuì. «Ah, capisco. I conigli sono l'Iberia, l'Iberia è Amilcare, Amilcare è un uomo molto influente e un cliente della tua banca. Giusto?»

«Sbagliato» disse Antigonos serio. «Amilcare è mio amico.»

Daniel sogghignò brevemente; gli altri tacquero.

Qadhir allontanò da sé il piatto di legno ormai vuoto, bevve un grosso sorso dal bicchiere e si ripulì la bocca con il dorso della mano. Poi fece un rutto.

«Chiedo perdono, nobili signori, ma c'è ancora qualcosa.» Si piegò in avanti spostando lo sguardo alternativamente tra Letilio e Bomilcare. «Non so chi sia il nemico di Gulussa, dove siano tutti loro, né cosa accadrà domani; non so neanche dove mi abbiano tenuto prigioniero. Ma so una cosa: voi dovete lasciare immediatamente la città. Oggi, o domattina molto presto. Una nave dopodomani? È una buona offerta, ma è troppo tardi.»

Daniel annuì. «Potrebbe aver ragione» mormorò. «Quelli sono tipi duri, temo.»

«Non mi piace.» Bomilcare chiuse gli occhi e gettò il capo all'indietro.

«Che cosa non ti piace?» disse Daniel.

«Non mi piace... fuggire. È vile, disonorevole.»

«Un'altra testa d'argilla punica.» Daniel fece schioccare la lingua. «Dì qualcosa, scopacapre.» Era rivolto ad Antigonos.

«Non è una fuga» disse il signore del Banco della Sabbia. «Ti hanno per così dire licenziato, non è vero? Non hai un lavoro, per cui non trascuri i tuoi doveri. Se non lasci la città, uccideranno le due donne e probabilmente anche Gulussa; e qualche altra persona. Poi tu ti imbatterai in un coltello in un angolo buio e, se Letilio non torna a Roma, accadrà altrettanto a lui.»

«Non m'importa.» Bomilcare sembrava infantile, ma tutto il suo animo si opponeva alla partenza. Allo stesso tempo, sapeva che quella era l'unica possibilità ragionevole.

«Il vile è colui che non vuole fare quel che deve fare» disse Antigonos. «Non è vile prendere l'unica via che può ancora essere percorsa. E... ogni uomo ha il diritto di temere una morte che non vede.»

«Tu cosa ne pensi?» Bomilcare rivolse lo sguardo a Letilio.

«Sono d'accordo. Non voglio ritornarmene a Roma senza aver trovato le risposte che dovevo cercare. Non voglio neanche girovagare per giorni per Cartagine con la paura di coltelli nell'oscurità. L'Iberia? Perché no? Ma se Qadhir ha ragione... che cosa facciamo fino a dopodomani?»

Dopo un breve silenzio, Daniel fece schioccare le dita.

«Nederbal» disse. «La casa di Amilcare. Si trova al di fuori della città vera e propria, e la tua nave può sicuramente imbarcare i passeggeri sulla riva, non è così?»

«Certo.» Antigonos annuì. «Li porti fuori tu, immediatamente? Mi occuperò io del resto. Avete bisogno di denaro? Di qualcos'altro?»

«Di vederci chiaro» disse Bomilcare cupo.

«Ah, quello piacerebbe anche a me. Ci vediamo, forse domani pomeriggio uscirò un po'. È da molto tempo che non ci vado. Là c'è qualcosa che mi aspetta.»

«Che cosa?»

«Una pausa di riflessione davanti alla tomba, nel giardino di Amilcare.»

Bomilcare andò nell'appartamento di Aspasia a prendere alcune cose che gli servivano per il viaggio: abiti, il borsellino con le monete già troppo leggero, un coltello. Daniel lo attese in fondo alla scalinata. Qadhir accompagnò Letilio alla locanda del Consiglio, dove si trovava la bisaccia da viaggio del romano. Si incontrarono sulla Via Grande, davanti alla bottega di Aspasia, e si diressero tutti e quattro alla fortezza.

Regnava una calma singolare; nonostante l'ora tarda, avrebbe dovuto esserci più gente per la strada. Daniel borbottava piano, tenendo la mano destra sul manico del coltello. Un uomo si fece loro incontro, conducendo un asino con un otre per l'acqua vuoto. Due ubriachi uscirono barcollando da un'osteria poco illuminata; uno di loro abbaiò qualcosa alla luna, una specie di canzone che, come osservò Daniel, avrebbe potuto fare arricciare le unghie dei piedi all'antichissima statua di ferro del dio, mentre l'altro si fermò davanti a un palo che reggeva una fiaccola, armeggiò con il suo perizoma e quindi pisciò impavido. All'angolo successivo erano appoggiate due prostitute attempate; i loro volti, truccati in modo troppo vistoso, sembravano macchie nella penombra.

Raggiunsero la fortezza indisturbati. Bomilcare si recò velocemente nell'edificio a sud della porta di Tynes per rifornirsi di armi: tre pettorali di cuoio ricoperti di placche di bronzo, cinturoni, tre spade corte, altri coltelli.

Nelle stalle un sorvegliante sonnacchioso consegnò loro quattro cavalli. Poi svegliò un garzone, che montò dietro Letilio e che avrebbe riportato indietro gli animali.

Quando giunsero all'ultima svolta della strada prima della casa di campagna di Amilcare, che sotto la luna brillava come un incantesimo di panna, lasciarono gli animali al garzone, cui Bomilcare gettò mezzo *shiqlu*. Doveva essere passata la mezzanotte; un dolce vento da nord portava il mormorio sordo del mare, insieme all'odore del sale. Tra i cespugli si muovevano piccoli animali, mentre lontano gridava un uccello notturno.

In silenzio e senza far rumore si avvicinarono al palazzo, dove tutto sembrava dormire. Daniel, che era pratico del luogo, durante il cammino aveva già descritto loro due stanze al primo piano, dove c'erano letti sempre pronti per gli ospiti inattesi.

L'entrata, sormontata da una tettoia sorretta da colonne, era aperta; nel salone tremolava una minuscola lampada a olio. Posarono le loro bisacce e attesero i gesti delle mani di Daniel.

«Lassù vedo qualcosa» sussurrò. «Forse Nederbal è ancora alzato. Comunque... piano. Il riguardo è la virtù dell'ospite che voglia essere il benvenuto.»

«Nessuna virtù» disse Letilio. «La virtù è inutile.»

«Stai zitto, inutile romano.»

Seguirono Daniel, che sembrava scivolare su per le scale senza far rumore. Il debole chiarore che lui aveva visto giungeva da una stanza nell'ala settentrionale, dove si trovavano anche le terrazze.

Udirono voci soffuse; una era quella di Nederbal.

«Non so» disse. «Naturalmente si può fare. Mi ha dato questo potere per i casi di necessità. Ma questo non è un caso di necessità.»

«Non deve venirne a sapere nulla.» La voce del secondo uomo era lieve e chiara; sembrava giovane e spensierata. «Rifletti: in un caso di necessità, dovresti restituire la somma più i cinque centesimi per ogni anno; minino cinque centesimi. Ti offro la restituzione nel giro di due lune e sei centesimi... per te. Da me nessuno verrà a sapere nulla.»

Qadhir urtò con il piede un'anfora che si trovava nell'atrio e forse veniva utilizzata come vaso da fiori.

«Sento qualcosa» disse Nederbal. «C'è qualcuno?»

Daniel represse un sospiro; poi si diresse verso l'apertura della porta e fece un cenno agli altri.

«Ospiti tardivi, nobile Nederbal» disse. «Ospiti nei pasticci, che si sono ricordati della tua onorevole offerta.»

L'amministratore era accanto a un tavolo su cui si trovavano dei rotoli. L'altro uomo si era voltato per metà e guardava verso la porta, mentre allungava la mano sinistra verso i rotoli.

«Benvenuti» disse un po' sforzato. «Daniel, l'amministratore in capo di Amilcare, si occupa dei possedimenti nella Byzacena... Bomilcare, il capo delle guardie... Tito Letilio, un inviato di Roma... il quarto non lo conosco. Questo è Myron, un socio in affari. Ah. Uhm. Avete fame, sete?»

«Qadhir» disse Bomilcare. «Ci accompagna. Non sarebbe male un goccetto, prima di andare a dormire.»

Nederbal allargò le braccia e si fece loro incontro. «Allora andiamo in una stanza dove vi siano più sedie.»

«Spero che non vi disturbiamo in questioni importanti.»

«Affatto, affatto... Myron, sii così gentile da raccogliere i rotoli, prima di unirti a noi per una bevuta notturna.»

Nederbal li condusse nel soggiorno, davanti alla terrazza dove avevano discusso con lui... il giorno prima? la luna prima? Bomilcare alzò le spalle: non c'era tempo per riflettere sul tempo.

«Sembravano affari delicati.» Daniel prese il bicchiere che Nederbal gli porgeva. «Se hai bisogno di consigli... come sai, non sono del tutto privo di esperienza.»

Nederbal versò il vino negli altri bicchieri; quando furono tutti serviti, si sprofondò su uno spesso cuscino imbottito. «Consigli? I consigli sono sempre utili. Myron vuole finanziare una nuova miniera d'argento e mi promette un sostanzioso guadagno, se gli do un aiuto.» Aveva parlato a voce così alta che Myron, che li raggiunse mentre lui finiva di parlare, doveva aver sentito tutto.

«Argento?» Daniel piegò la testa e strinse un occhio. «Con le nuove miniere in Iberia? Quanto vale l'argento, attualmente? Dodici *shiqlu* per uno *shiqlu* d'oro? A quanto ho sentito dire da Amilcare, hanno ripreso a sfruttare vecchi filoni e scavato nuove gallerie vicino Kastulo e nei Monti Neri, a nord del fiume Baits... Baetis, romano. L'argento è sempre richiesto, ma il suo valore dovrebbe diminuire. A meno che non vi sia un'altra guerra.»

Nederbal fece un cenno di diniego. «Su questo possiamo contarci. Ma non domani o dopo. Perciò, chi si indebita oggi, morirà di fame fino a che la guerra non scoppierà... ma parlatemi dei vostri pasticci. Sono disposto ad accogliervi sotto questo tetto, ma mi piacerebbe sapere che cosa è successo. Ci sono novità?»

«Nulla di importante.» Bomilcare soppesò quanto intendeva dire, omise le questioni più serie e lasciò che la sua lingua esprimesse solo ciò che non gli suscitava inquietudine. «I nobili signori preferiscono non farci cercare più l'assassino di Lavinio e dimenticare Tuzut. Inoltre si sono verificati atti di violenza di cui preferisco non parlare... non ancora. Per proteggere alcune vite...»

«... tra cui quelle, non particolarmente preziose, di Tito Letilio e di Bomilcare» disse Daniel sbuffando.

«... dobbiamo lasciare la città. Immediatamente. Questo rifugio che ci avevi offerto ci sembra abbastanza lontano dalla città. Questa notte e la successiva, poi ti liberiamo dal fardello che senza dubbio rappresentiamo.»

Nederbal ribatté gentilmente che non si poteva assolutamente parlare di un fardello. Daniel si informò sulla "trascurabile presenza" di Myron: l'uomo, che poteva avere poco più di venticinque anni, si espresse confusamente sulla sua origine (il padre, nipote di un prigioniero di guerra siracusano che settantacinque anni prima aveva preferito non far ritorno nella città del tiranno Agatocle, possedeva una piccola manifattura di stivali e articoli di cuoio nel quartiere dei meteci, a ovest del porto e del *tofet*) e si mise a sbadigliare in modo sempre più ostentato quando giunse a parlare dei suoi affari con le nuove miniere d'argento.

Il mattino dopo era scomparso: partito presto per sbrigare questioni urgenti in città, come disse Nederbal. Fecero colazione sulla terrazza: brodo bollente, pane, arrosto freddo e frutta; Nederbal sorbì una scodella di brodo in piedi, per così dire su una gamba sola, "per non essere inospitale", e poi se ne andò in giro tutto il giorno per i campi. Qadhir domandò se ci fosse bisogno di lui; in caso contrario, gli sarebbe piaciuto sgranchirsi le gambe là nel verde anziché, come faceva sempre, tra palazzi alti e centinaia di migliaia di persone. Daniel decise di dedicarsi a "pensieri intelligenti e incredibilmente superficiali" sulla tomba nel giardino di Amilcare, mentre Bomilcare e Letilio rimasero sulla terrazza, per discutere delle scoperte finora fatte o, secondo Daniel, "per celare la loro ignoranza dietro alle parole".

Antigonos non venne, ma nel pomeriggio inviò un messo con una lettera. Il contenuto dello scritto creò ulteriore confusione, senza apportare nuove informazioni o una tranquillità che rendesse più sopportabile l'ignoranza.

Antigonos, signore del Banco della Sabbia, a Bomilcare e Tito Letilio, nella casa di Amilcare. Salute e prosperità. Vi scrivo in fretta, perché affari complicati impongono la mia partenza per l'Occidente. Un convoglio di mercanti che, oltre alle merci, trasportava anche scritti diretti a me e alla banca, è stato attaccato tra Kirta e Sikka. Gli scritti perduti riguardano affari che avranno corso se non li bloccherò entro un tempo prefissato. Ahimè che galoppata, ah, povero il mio sedere rammollito! La nave vi prenderà a bordo domattina, poco dopo il sorgere del sole, nell'ultima baia prima di Capo Kamart. Bostar è stato informato: è il mio braccio destro, e anche il sinistro. In caso di necessità: Antigonos, nella casa di Elush a Sikka. Porgete i miei omaggi ai piedi di Amilcare, il mio rimprovero ad Asdrubale e la mia approvazione ai figli del leone; vi accompagni il mio augurio che le presunte divinità non si vogliano immischiare nella faccenda.

Frettolosamente, Antigonos

«Quali affari possono essere tanto urgenti?» disse Letilio dopo che Bomilcare ebbe finito di leggere la lettera ad alta voce.

«Non ne ho idea. Forse Daniel ne sa qualcosa.»

«Allora andiamolo a cercare; siamo seduti qui da troppo tempo senza muovere un passo.»

Trovarono Daniel sul giaciglio del piccolo tempietto accanto alla tomba. Sembrava addormentato ma, quando gli si avvicinarono, videro che aveva portato la mano all'impugnatura del coltello. Ammiccò e si mise a sedere.

«Avrebbe potuto anche essere qualcuno che desiderava verificare lo stato delle mie budella.» Lasciò andare il coltello.

«Sei rimasto qui disteso da stamattina?»

«Ci sono pensieri lunghi e pensieri brevi; quello che ho fatto qui era molto lungo e ripetutamente avvolto su se stesso.»

Gli mostrarono la lettera, che Daniel lesse aggrottando la fronte.

«Non si metterà certo a cavallo perché qualcuno, a Kirta o a Sikka, ha comprato un cesto di datteri a nome della banca. Deve essere qualcosa di più grosso.» Si mise a canticchiare battendosi il papiro arrotolato sulla coscia.

«Spostati un po'; oppure dobbiamo restare in piedi davanti a te?»

«Potreste anche inginocchiarvi.» Fece loro posto sogghignando; quando si furono seduti sul bordo del giaciglio, disse: «Appezzamenti di terra. Oppure case. Affari del genere. In cui esistono limiti di tempo. In città... ah, credo che sia una luna. Se, nel giro di una luna, nessuno lo rigetta, il contratto entra in vigore. Immagino che, tra l'entroterra e la città, ci voglia una luna e mezza, forse due... gli scritti devono compiere un lungo tragitto per due volte».

«Ma perché il Banco della Sabbia dovrebbe acquistare case a Kirta?» chiese Bomilcare.

«Non acquistare. Ipotecare. A Kirta qualcuno probabilmente ha bisogno d'argento e si è rivolto alla filiale del Banco della Sabbia. Presumo. Ma è un pensiero ozioso. Se volete saperlo, chiedetelo a Bostar. Ma perché mai poi volete saperlo?»

«Hiyarbal. È giunta un'istanza da Sikka, perché nelle terre di Hiyarbal sono stati visti molti libi e numidi, che sostengono di essere pagati da lui. E Hiyarbal, come sappiamo, è coinvolto in ogni genere di affari loschi.»

«Non lo siamo tutti noi?» Daniel si alzò in piedi e porse il papiro a Bomilcare. «Venite: ho fame. Tu cosa ne dici, romano?»

Letilio sorrise. «A che proposito? Sulla fame sono d'accordo, perché riguarda anche me. Quanto gli affari? Non sono i miei...»

Mentre tornavano verso casa, Letilio si bloccò all'improvviso. «Quello che bisbigliavano ieri sera Nederbal e quel Myron. Forse stavano parlando di qualcosa del genere...»

«Gli stringerò un po' la gola, quando sarete partiti.» Daniel fece schioccare le dita. «Potresti aver pensato qualcosa di giusto.»

«Perché solo quando noi saremo via? Perché non stasera?»

«Non si farà vedere. Non avete notato come si sforzava di trovarsi fuori dalla portata di possibili domande? E inoltre...» rise a singulti «ci sono cose di cui si discute meglio in due. Tra l'ariete e il sacerdote che lo sacrifica, per così dire.»

9

La nave si chiamava *Leonessa inclita*, ma l'equipaggio la chiamava semplicemente l'*Incinta*; pur senza essere un veliero veloce, era un mercantile molto agile, dalle fiancate un po' più alte rispetto al consueto e per questo sorprendentemente spazioso. Bomilcare conosceva il capitano, sia pure di sfuggita: Ahiram aveva portato più volte comunicazioni da o per Asdrubale, ed evidentemente faceva parte della rete degli informatori segreti. Questo eliminò gli ultimi dubbi di Bomilcare riguardo al ruolo di Antigonos, che era il proprietario della nave e che Ahiram lodava come padrone giusto e intelligente. Il piccolo vano di poppa sotto il ponte di comando era riservato ad Ahiram; Bomilcare, Letilio e Qadhir dovettero dividere con gli altri la coperta stretta e stracolma.

La traversata, allietata da canti e storie, trascorse senza eventi particolari. Ahiram diresse la nave al largo verso nord, per sfruttare le correnti e i venti stagionali. Per quattro giorni non videro nessuna terra, il quinto raggiunsero la sponda sudoccidentale dell'Iberia al di sotto di Mastia, che costeggiarono verso ovest, senza mettere piede a terra. Il mattino del sesto giorno di viaggio attraccarono al molo di Malaqat/Malaka. La città non era particolarmente degna di nota: c'erano alcuni edifici più antichi attorno al tempio di Melqart, costruito circa quattrocento anni prima, le strade del centro cittadino erano lastricate e le case dei mercanti punici apparivano discretamente sontuose, con i loro pianoterra di pietra sgrossata e i piani superiori di legno e mattoni. Nella collina fortificata della città si trovava l'amministrazione, non sottoposta a Qart Hadasht ma diretta da Asdrubale, da Qart Iuba; anche i duecento soldati della fortezza erano sottoposti allo stratega di Libia e d'Iberia.

Ahiram li condusse dal capo della fortezza, un uomo dai capelli grigi originario di Ityke. Laggiù Bomilcare aveva parenti: dopo un breve colloquio, giunsero alla conclusione che lo zio di Bomilcare e il capo della fortezza si conoscevano. Questo facilitò il proseguimento del viaggio: ricevettero cavalli buoni, generi alimentari, informazioni sul percorso e uno scritto che ordinava a ogni ufficiale e amministratore punico di aiutarli. Ripartirono già nel primo pomeriggio.

Nel pomeriggio del nono giorno raggiunsero la fortificazione esterna sulla sponda meridionale del grande fiume Baits. Un ponte provvisorio di barche e assi messe insieme permetteva di oltrepassare il fiume, dove si potevano vedere le prime isolette rimaste all'asciutto. Sulle due sponde erano iniziati i lavori preparatori per la costruzione di un robusto ponte di pietra; tronchi di quercia e blocchi di pietra facevano argine all'acqua.

La città – un quadrilatero di circa tremila passi per duemila, difeso con mura e palizzate – si trovava a nord del fiume. Possedeva un piccolo porto fluviale – sempre che si volesse chiamare così una parte di riva riparata da un'armatura di legno tra due moli – ed era attraversata da due vie lastricate che si incrociavano ad angolo retto e su cui si affacciavano case di pietra e mattoni intonacate di bianco. Bomilcare stimò che contasse almeno diecimila abitanti. Videro inoltre i villaggi vicini, simili a sobborghi, e una fortezza ben costruita.

«Due anni fa, no tre, anzi... insomma, una volta qui c'erano soltanto tende e case di legno. Un lavoro eccellente.» Bomilcare annuì con energia, avvertendo un certo orgoglio.

«Ti comporti come se tutto questo l'avessi costruito con le tue stesse mani.» Letilio frenò il cavallo. «Hai istituito tu anche tutti questi controlli?»

Sulla riva meridionale avevano dovuto farsi identificare da tre soldati, poi nuovamente all'estremità settentrionale del ponte, prima di poter entrare nel paese; ora un sottocapo punico li attendeva con tre fanti iberici davanti alla porta della città.

«Forse qui giungono troppi romani malintenzionati.»

«Ah ah.»

«Perché questi controlli severi, amico?» disse Bomilcare quando il sottocapo gli restituì lo scritto del signore della fortezza di Malaka.

«Ah, ci sono persone malvagie che la notte lavorano di coltello a caccia di sangue e argento. Potete entrare in città.»

«Dove troviamo Asdrubale il Bello?»

«A quest'ora? Sarà all'accampamento, con le truppe.»

«Dentro la città o fuori, nei dintorni?»

L'uomo alzò le spalle. «Chissà. Ovunque insorgano problemi...»

«Quali sono i posti più belli?» disse Letilio.

«Se siete in cerca di distrazione, scegliete l'osteria di Masudus, sulla grande piazza.»

Era stata una cavalcata dura ed estenuante, attraverso strade sicure ma poco battute, otto giorni di monti e guadi, caldo e polvere. Bomilcare desiderava tutte le cose che senza dubbio l'osteria di Masudus offriva, ma prima di tutto voleva andare a cercare Asdrubale.

«L'osteria può attendere. Venite, facciamo una cavalcata per la città.» Gettò a Letilio uno sguardo ironico. «O Tito, romano saldo nella castità... non sarai stato contagiato da quella che siete soliti chiamare infedeltà punica?»

«Non chiamarmi Tito. È un nome che non si usa tra vecchi nemici.»

«Quando la smetteremo di essere vecchi nemici?»

Il romano sorrise. «Quando inizieremo a essere vecchi amici.»

«Cioè quando una delle due città non esisterà più?»

«Allora quanto prima.» Tacque per un istante, poi aggiunse: «In ogni caso, ci sono nemici con cui, con l'andar del tempo, si prende una certa confidenza».

Bomilcare gemette ostentatamente. «Quindi le amicizie dei romani iniziano escludendo ogni confidenza e culminano con la rinuncia al dialogo?»

Letilio si chinò su di lui e gli diede un colpo sulla coscia. «Vedo che inizi a capire.»

Qadhir li seguiva, silenzioso come quasi sempre. Cavalcarono lungo la riva difesa, aprendosi un varco tra assi, travi, mucchi di pietre e attrezzi da lavoro di ogni tipo. Per fortuna mancava poco al tramonto del sole e non si lavorava più: Bomilcare immaginò che, durante il giorno, il cantiere all'estremità del ponte non fosse praticabile. Non lontano dalla riva, in parte ormeggiate e in parte all'ancora, c'erano dozzine di imbarcazioni piatte, che avevano trasportato fin là i blocchi dalle cave di pietra e non erano ancora state tutte scaricate.

La fortezza, ubicata a poche centinaia di passi a monte rispetto alla città, non aveva la funzione di accampamento temporaneo. Disponeva di un suo porticciolo; intorno al vallo terrestre, alto come un uomo e difeso da spunzoni acuminati, si estendeva un sistema di fossati profondi; dietro al vallo si trovava un altro fossato. C'erano quattro porte, sorvegliate da due sentinelle: perlomeno quella occidentale, rivolta verso la città, attraverso cui entrarono nell'accampamento dopo essersi identificati e aver lasciato i cavalli davanti a un abbeveratoio vicino all'ingresso.

Letilio si guardò intorno con curiosità, ma poi abbassò gli angoli della bocca. Borbottò qualcosa che Bomilcare non comprese.

«È come desideravi?»

«Speravo di vedere qualcosa di straordinario.» Il romano scosse il capo, in segno di tristezza più che di diniego. «Ma qui è tutto come da noi. Un accampamento per un massimo di quattro legioni.»

«Dovrebbe bastare. Da quindici a ventimila uomini, quando è tutto pieno.»

Edifici a tre piani, gli alloggiamenti per i soldati, si trovavano sulle "vie principali" che univano tra loro le porte; al centro, davanti all'abitazione dello stratega, c'era un piccolo spiazzo per le adunate e, nelle numerose viuzze laterali, insieme ad altri edifici del campo adibiti ad alloggiamenti, c'erano depositi per le armi, magazzini di provviste per metà interrati e alcune stalle; peraltro, tranne che in caso di assedio, i cavalli e gli elefanti da guerra venivano tenuti fuori dall'accampamento.

Bomilcare vide qualche volto conosciuto e anche alcuni

degli uomini lo riconobbero immediatamente e gli rivolsero gesti, cenni o smorfie, ma non c'era nessuno con cui avesse avuto rapporti più stretti.

«È come se la maggior parte delle truppe da combattimento fosse altrove» disse mentre seguivano un sottocapo libio che li doveva condurre da Asdrubale.

«Da che cosa lo deduci? Non sembra completamente pieno: è per questo?»

«No. Sono stato con le truppe scelte e ne conosco quasi tutti i sottocapi e migliaia di soldati. Qui» tracciò un grosso arco con il braccio destro «ci sono solo alcuni uomini che conosco di vista, probabilmente incaricati di addestrare i nuovi. Oppure non del tutto ristabiliti dalle ferite.»

L'intero accampamento veniva attraversato da zaffate di odori, o almeno così sembrava ai due uomini reduci dalla lunga cavalcata. I loro stomaci brontolavano. Negli alloggiamenti, le cucine all'aperto sembravano tutte in attività: c'era odore di carne e di pesce, di pane fresco e – come sempre – di uomini, di sudore, di piedi stanchi e di bagni poco frequenti. Dai volti dei soldati che si aggiravano tra gli edifici, Bomilcare poteva dedurre la loro origine: libi, iberi, mercenari celti, alcuni elleni, punici delle città; nell'abbigliamento e nell'equipaggiamento non si poteva cogliere alcuna differenza. Portavano tutti sandali dalle suole spesse, un chitone corto rossiccio, il pettorale di cuoio ricoperto di placche di bronzo e l'elmo a catino disadorno. Alle cinture erano appese spade corte e appuntite. Gli unici che presentavano un aspetto diverso erano alcuni numidi vestiti di bianco, con le gambe storte e come dimezzati, senza i loro cavalli.

«Si presenta bene» disse Letilio. «Avremmo fatto davvero meglio a lasciarvi Sicilia, Sardegna e Corsica: quello che state facendo qui in Iberia è...» alzò le spalle.

Eccezionalmente, a un tratto Qadhir parlò senza essere stato interrogato. Disse che un suo vecchio amico lavorava come guardiano degli animali nell'esercito e che ultimamente era stato a Karduba. Ne fece il nome e il sottocapo annuì. Dopo aver condotto Bomilcare e Letilio alla loro meta, prese con sé Qadhir, che sarebbe rimasto all'accampamento per tutta la durata del loro soggiorno.

L'abitazione dello stratega aveva un piccolo cortile interno ombreggiato dove, intorno a un tavolo, cinque uomini erano seduti a bere e a parlare. Il tavolo era stracolmo di rotoli e di materiale per scrivere.

Asdrubale il Bello, genero di Amilcare fino alla morte della moglie Sapanibale, plenipotenziario dello stratega e capo dell'intera amministrazione, aveva l'aria stanca. Era sfinito, meno bello e soprattutto più vecchio di come Bomilcare lo ricordava. Degli altri quattro riconobbe soltanto il giovane e nerboruto capo dei cavalieri Maharbal e il corpulento Banno, responsabile delle provviste, del vettovagliamento e degli approvvigionamenti.

Dopo un breve saluto, Asdrubale pregò i due nuovi arrivati di sedersi e di bere un sorso di vino allungato con acqua fresca. Le questioni di cui doveva discutere con gli altri a tavola concernevano le esercitazioni del giorno successivo e l'allestimento di un convoglio di bestie da soma e di una scorta, che dovevano portare vettovaglie e monete nel nord... o almeno così immaginò Bomilcare: i luoghi menzionati non gli dicevano nulla.

Non ci volle molto perché la discussione terminasse; Maharbal, Banno e uno degli altri due se ne andarono. Asdrubale posò il bicchiere e si voltò verso Bomilcare e Letilio.

«I giovani signori che hanno girato il mondo... Itubal, concedici il favore di una discussione tranquilla al tuo tavolo. Avete fame?»

Bomilcare rise piano. «Mi stupisco che il brontolio dei nostri stomaci non abbia disturbato i vostri colloqui.»

Itubal, evidentemente il capo della fortezza, batté le mani; quando apparvero due garzoni, ordinò loro di andare a prendere cibo per tre uomini molto affamati dalla cucina da campo più vicina. Poi picchiò sul tavolo e abbandonò il cortile interno.

Asdrubale si fregò gli occhi. «Una dormita non sarebbe male, ma prima tocca a voi.» Squadrò il volto del romano. «Tito Letilio? E Bomilcare, capo dei guardiani della città...» Chiuse gli occhi e intrecciò le mani dietro la testa. «Lasciatemi indovinare» disse. «Ho sentito da Amilcare che è stato ritrovato un romano morto nella sua tenuta sulla Megara. Immagino che il Senato ti abbia mandato per fare chiarezza su questa vicenda; immagino inoltre che qualcuno, nel frattempo, vi abbia infilato tra i denti bastoni troppo duri da masticare e troppo grossi da ingoiare. È così?»

Senza cambiare posizione né aprire gli occhi, ascoltò il breve resoconto dei due uomini, che si alternavano a raccontare; mentre Letilio narrava la sua parte, Bomilcare osservò il volto dell'uomo che aveva trasformato in un regno organico i territori conquistati da Amilcare e, dall'Iberia, inviava esploratori nell'intera ecumene. Non conosceva con esattezza l'età di Asdrubale: si diceva che dovesse ancora compiere trent'anni. Ma quella sera ne dimostrava quaranta. Colpa delle responsabilità? Del peso dell'amministrazione? Poi considerò che, sebbene Amilcare fosse il capo del partito dei barcidi, Asdrubale si doveva occupare anche delle questioni politiche... specie perché Amilcare era per lo più in giro per l'Iberia e difficile da raggiungere. Il tutto, preso sia singolarmente sia complessivamente, poteva bastare a opprimere l'uomo più robusto.

Avevano appena terminato il loro resoconto, quando i due servitori di Itubal apparvero con numerosi piatti grandi, su cui si trovavano pesci di fiume e polli arrostiti, pane fresco, purè di fagioli e frutta. Asdrubale riaprì gli occhi, si mise a sedere e afferrò il cibo con energia; quindi, con la bocca piena, disse: «Voi dovete aver cavalcato molto, ma anche una giornata sedentaria mette fame. Non so se ho fatto colazione ieri, oppure oggi; da allora, ho bevuto solo un po' d'acqua e di vino».

Mentre mangiavano, all'inizio non dissero assolutamente nulla, poi parlarono di questioni poco importanti: Bomilcare si informò su vecchi conoscenti e Letilio pose alcune domande sulle vicende interne del regno iberico, sulle alleanze e l'affidabilità delle tribù sottomesse, dipendenti. Quando ebbero finito, Asdrubale si alzò in piedi.

«Immagino che avrete bisogno di un giaciglio per la notte. Sarete miei ospiti: in città, non qui.» Incaricò uno dei servitori di portare i suoi saluti a Itubal.

All'estremità settentrionale dell'accampamento apparve loro un cantiere. «Qui sta sorgendo l'edificio in cui penso di riunire certe attività. Tre piani, con le porte ricoperte di ferro, a prova di ladri e di curiosi.»

«Da qui entreranno e usciranno le tue spie?» Letilio sogghignò. «Allora ci basterà osservare questo edificio...»

«Fabio lo sa da tempo.»

Letilio sussultò. «Come fai a sapere che Fabio...?»

«Si evitano tante noie. Prima o poi, lo sarebbe venuto comunque a sapere.» Mentre si dirigevano verso la porta dove intendevano recuperare i loro cavalli, aggiunse: «Naturalmente ci saranno altri punti d'incontro – come da voi – di cui sarebbe meglio che il nemico non venisse a sapere nulla».

Dal volto decisamente inespressivo del romano, Bomilcare dedusse che Letilio era ancora impegnato a digerire il fatto che Asdrubale conoscesse il nome dell'uomo che dirigeva le spie di Roma. Lui non ne era sorpreso: dall'epoca del suo soggiorno in Iberia sapeva con quanta velocità e precisione lavorasse Asdrubale. Inoltre, all'inizio della loro discussione, non aveva dimostrato il proprio acume a dispetto di tutta la sua stanchezza?

Il capo dell'amministrazione dell'Iberia abitava in una costruzione a due piani nei pressi della grande piazza, dietro al vero e proprio edificio dell'amministrazione. Nelle stalle vicine, dove consegnarono i loro cavalli a uno schiavo, si trovavano tre morelli meravigliosi, gli animali di Asdrubale.

Uno schiavo della casa mostrò loro due stanze e li aiutò con il bagaglio. Nel frattempo si era fatto completamente buio: dopo che si furono rinfrescati un poco nella stanza da bagno che si trovava di fronte alle due camere, lo schiavo vi spense la lampada a olio e, alla luce della fiaccola che reggeva con la destra, mostrò loro come raggiungere la stanza da lavoro e delle discussioni di Asdrubale. C'erano giacigli di legno con cuscini spessi, seggiole comode intorno a un tavolo basso e, alle pareti, scaffali pieni di tavole e rotoli, e pugni di ferro che reggevano fiaccole tremolanti; inoltre, vicino a una delle aperture delle finestre, c'era uno scrittoio strapieno. Quando entrarono, Asdrubale, che stava leggendo, arrotolò lo scritto e lo usò per schiacciare alcune mosche che si erano raccolte intorno alla sua lampada per leggere. Era una specie di recipiente, realizzato con pezzi d'ambra color miele incastonati nel piombo; la luce della fiamma, alimentata a olio, si diffondeva nella stanza in modo uniforme, come una corrente placida e ristoratrice.

Asdrubale indicò loro le seggiole davanti al tavolo basso. «Sedetevi; prendete vino, acqua e succo di frutta. Io devo ancora finire qui.» Scarabocchiò qualcosa su un altro rotolo, lo legò con un nastro rosso, si alzò in piedi e si avvicinò a loro. «Qarthalo» disse «Nederbal, Arish, Gulussa, Hiyarbal. Il vecchio Budun... una strana mescolanza.»

«Sei in grado di capirci qualcosa?» Bomilcare nutriva una speranza assolutamente irrazionale: come se Asdrubale fosse un grande sacerdote-stregone che, schioccando le dita, potesse sciogliere i nodi più intricati.

«No. Non ancora.»

Letilio si schiarì la voce. «Potere» disse. «Ricchezza. Tutto questo... a Cartagine, in pochi giorni, ho imparato alcune cose. Per esempio, che cos'è una banca e come lavora. Ora mi sto chiedendo se forse, dietro a tutta questa confusione, non si possano nascondere strane questioni di denaro.»

Asdrubale sbadigliò. «È stanchezza, non noia per le tue considerazioni. Potrebbe essere vero; non vi sono poi molte altre occasioni, per intrighi tanto lucrosi. Potere. Ricchezza. L'uno senza l'altra... diciamo che il potere dà la ricchezza, la ricchezza dà il potere: sono la stessa cosa. Ma chi è che vuole trarne vantaggio?»

«I conigli morti» disse Bomilcare. «È un riferimento all'Iberia oppure è soltanto un diversivo?»

«Può essere entrambe le cose. I conigli... vengono da qui, ma non sono più così rari.» Asdrubale bevve un sorso dal bicchiere. «Forse qualcuno ti voleva soltanto suggerire che la questione è seria e sanguinosa. Il cadavere di un animale, dopo quello di Lavinio; senza dimenticare quello di Tuzut. Avrebbe potuto esserci anche un cane morto, oppure un serpente fatto a pezzi.»

«Un pesce annegato? Un uccello morto di fame in volo?» Letilio si piegò in avanti e riempì nuovamente i tre bicchieri. «Così non facciamo molti passi avanti.»

Asdrubale assunse un'espressione che avrebbe voluto manifestare qualcosa di simile a un cortese rammarico. «E le due donne? Temo di non poter essere molto ottimista, al riguardo.»

«Non ci restava altro che accettare le loro condizioni; ogni altro comportamento avrebbe significato la morte certa per molte persone.» Bomilcare avvertì in Asdrubale una certa tensione mista a inquietudine; si disse che l'uomo che doveva amministrare l'Iberia e la Libia settentrionale da laggiù aveva senz'altro cose più importanti da fare che discuere con un piccolo sottoposto e con il suo collaboratore romano.

Letilio dovette provare qualcosa di simile; vuotò il suo bicchiere, si piegò in avanti e disse: «Signore, ti ringraziamo per il tempo che ci hai dedicato. Permettimi di porti ancora una domanda. Lavinio è stato in Iberia: l'hai mai visto?».

«Solo di sfuggita. È arrivato con uno scritto di Amilcare, gli ho assegnato un accompagnatore esperto. Dovreste discuterne con Amilcare, credo.»

«Che cosa diceva lo scritto?»

«Che Lavinio era quasi una specie di amico, per quanto si possa dire una cosa del genere di un romano.» Asdrubale fece una piccola smorfia.

«Tra ventiquattro giorni dobbiamo essere a Igilgili» disse Bomilcare. «Abbiamo abbastanza tempo per andare a trovare Amilcare?»

«Credo di sì. È a quattro giornate di cavallo da qui, vicino a Kastulo.» Asdrubale sbadigliò un'altra volta e si alzò in piedi. «Ho bisogno di dormire e temo, per quanto ne so ora, di non potervi aiutare. E, prima che me lo domandiate: Lavinio non è stato qui, ma a Ispali; non so che cosa abbia fatto laggiù, ma domani potrete parlare con l'uomo che all'epoca gli ha fatto da guida.»

Si chiamava Tolmides; una lunga cicatrice gli attraversava la guancia sinistra, scendeva giù fino alla clavicola, dove formava una macchia scura, e quindi scompariva sotto la veste sudicia.

«Normalmente indosso abiti puliti» disse «ma stamattina presto ho dovuto trasportare qualche mezzo vitello.»

Era originario di Smyrna e aveva combattuto sotto Amilcare durante la guerra. La ferita, subita in uno degli ultimi scontri sul monte Erice in Sicilia, gli aveva risparmiato di muovere guerra alla città insieme agli altri mercenari, quando i membri del Consiglio avevano rifiutato loro la paga spettante. Nel frattempo, diventato troppo vecchio per i combattimenti e le marce, lavorava agli approvvigionamenti e rinviava di anno in anno il suo ritorno in Asia.

«Dobbiamo condurre questa discussione in piedi e con la gola asciutta?» Tossì ostentatamente. «Certi liquidi diluiscono la poltiglia coriacea del ricordo, facendola fluire più rapidamente.»

All'ombra dell'arcata davanti all'osteria di Masudus, sulla piazza (Bomilcare si chiese se la graziosa ibera che portava brocca e bicchieri fosse a disposizione anche per altri servigi), bevvero vino con acqua di fonte fresca; dopo le prime grandi sorsate Tolmides sospirò, si pulì la bocca con il dorso della mano e riferì della visita di Marco Lavinio a Ispali, più a occidente discendendo il Baits.

«Un uomo gentile, parlava bene l'ellenico e addirittura un po' il punico. Sempre alla ricerca della battuta e, naturalmente, di mercanzie.»

«Che generi di merci cercava?» chiese Bomilcare.

«Un po' di tutto. Pezzi d'artigianato iberico, per esempio. Ha detto che però a Roma non trovava nessun acquirente per queste cose.» Tolmides ammiccò a Letilio. «I romani non hanno nessuna sensibilità per oggetti simili. A parte alcuni, che però non hanno soldi.»

Letilio alzò le spalle. «Non ne so abbastanza sull'artigianato iberico.»

«Insomma, comunque sia. Artigianato, gioielli, bel vasellame. Credo che lo attirassero particolarmente i gioielli d'argento.»

«Ne ha acquistati, o si è limitato a guardarli?»

Tolmides inarcò le sopracciglia. «Ah. Buona domanda. Sì, ha anche acquistato... qualcosa. Mi ricordo alcuni oggetti intagliati, soprattutto belle immagini femminili; e qualche collana d'argento, molto elegante. Li ha comprati e affidati a un mercante di Massalia, che voleva discendere il Baits fino a Gadir. A Gadir avrebbe dovuto consegnare gli oggetti a un uomo che lavora insieme a un grande mercante di Syrakosai.»

Tolmides era visibilmente orgoglioso di aver ricordato tutte quelle cose. Gli posero altre domande, ma le risposte riguardavano solo questioni secondarie, nessun elemento che potesse rappresentare per loro un'informazione o un punto di riferimento. Nulla che avrebbe potuto fornire a qualcuno una ragione per uccidere Lavinio a Qart Hadasht.

Dopo il secondo bicchiere (Tolmides era arrivato al quarto), Bomilcare voleva farla finita; Letilio, al contrario, si intestardiva nel tentativo di escogitare, ipotizzare e menzionare migliaia di cose che avrebbero potuto attirare un romano in Iberia. All'inizio Bomilcare ironizzò sul fatto che un mercante che aveva girato il mondo certamente aveva visto più di quel che il Senato romano permettesse, ma poi tacque e rimase in ascolto, oppure sonnecchiò. A un certo punto, tuttavia, si fece attento.

«Parliamo dell'oro» stava dicendo Letilio in quel momento. «Se non di quello iberico, almeno...»

«Be', naturalmente c'è dell'oro, ma non così abbondante come l'argento.» Tolmides schioccò le labbra. «I turdetani lo tesaurizzano. L'argento è più importante per noi... cioè per i punici.»

«E perché mai?»

«Perché le monete sono fatte d'argento.»

«Questo lo so; ma perché sono fatte d'argento e non d'oro? Eppure in Oriente ci sono anche monete d'oro.»

Tolmides protese il labbro inferiore. «Questo non lo so. Cioè, naturalmente so che ci sono gli stateri e i darici d'oro e cose simili, ma perché i punici usano quasi esclusivamente l'argento?»

«Comunque... l'oro. A che cosa serve l'oro? Per i lavori di oreficeria, per esempio. Avrebbero dovuto senz'altro entusiasmare un mercante di Roma, se erano buoni.»

Il vecchio soldato esitò. «Be', sì» disse alla fine «per questo avrebbe dovuto recarsi dai turdetani, oppure a Gadir, dove l'oro giunge dai paesi sull'Oceano, molto più a sud.»

«Quindi non è stato a Gadir?»

Tolmides rifletté. «Non credo. Se non mi sbaglio del tutto, da Ispali è tornato a cavallo nuovamente qui, a Karduba, e poi da qui verso... sì, dove? Malaka? Mastia? In ogni caso verso un porto, perché voleva attraversare la Libia fino alla capitale.»

«Come è arrivato qui? Ti ha raccontato del viaggio?»

«Solo di sfuggita. Passando da Mastia, credo. Ha raccontato qualcosa sul principe del luogo. Map..., Mar..., Mak..., ah no, Mandunis. Da lì deve aver cavalcato fino al corso superiore del Baits e poi verso nord, per raggiungere Amilcare e l'esercito.»

«E prima? Da dove è giunto fino a Mastia?»

Tolmides gemette. «Tu mi chiedi dei buchi della luna, ragazzo. Non lo so: non ha detto nulla.»

«Questo potrebbe voler dire, per esempio, che da Roma ha fatto vela direttatamente verso Mastia?»

«Può essere.» Il vecchio si strinse nelle spalle. «Se lui, diciamo, fosse stato prima a Massalia, forse ne avrebbe parlato.»

«Sempre che non avesse motivo di nasconderlo.»

«Che cosa c'è da nascondere a Massalia?»

Letilio sorrise. «Per l'onesto tutto è onesto. Per colui che ha qualcosa da nascondere, a poco a poco nascondere diviene un'abitudine.»

«Allora Lavinio era un uomo oltremisura onesto. Parlava direi ininterrottamente.»

«Mastia» disse Letilio pensieroso. «Poi verso il fiume, da Amilcare, a Ispali e di nuovo risalendone il corso fino a Karduba? Non sembra un mercante particolarmente curioso.»

«In che senso?»

«Se io avessi voluto cercare oggetti preziosi in Iberia, forse mi sarei recato alla foce dell'Ebro e poi mi sarei inoltrato nell'entroterra. Per parlare con tutti quelli che non fanno ancora parte del regno punico. Infatti avrei immaginato che tutto quello che c'era da scoprire presso gli altri fosse già stato scoperto. E mi sarei recato certamente nella splendida Gadir, anche solo per vedere il più antico di tutti i templi di Melqart.»

Bomilcare si schiarì la voce. «Potresti avere azzeccato qualcosa, Letilio. Oppure no... forse i mercanti non sono così desiderosi di vedere i templi antichi.»

Il romano chinò il capo. «Nei pressi dei templi importanti si realizzano moltissimi affari, dal momento che vi giungono persone provenienti da tutte le parti del mondo. E, per lo più, le botteghe degli artigiani locali sono antiche quanto i templi.»

«Ma che cosa concludiamo da tutto questo?»

«Non so che cosa ne concluderai tu: i pensieri dei miei nemici sono un mistero per me. Personalmente ne concludo che Lavinio non era particolarmente interessato ai commerci, e che si è recato in Iberia per vedere il regno punico... non tanto per commerciare.»

«Forse era semplicemente stupido.» Bomilcare sogghignò. «Come la maggior parte dei romani. I tuoi pensieri intelligenti... forse lui non pensava in modo altrettanto intelligente.»

Tolmides ridacchiò. «Vi volete proprio bene, vero? Ma Lavinio non era stupido; e comunque non mancava di una buona conoscenza della storia. Era informato sul tempio di Gadir, a Ispali ha preso in considerazione l'ipotesi di visitare le macerie dell'antica Tarshish, che stanno sprofondando nel terreno alluvionale, conosceva addirittura qualche parola di alcune lingue iberiche.»

Rimasero per qualche tempo in silenzio; d'un tratto a Tolmides, che era arrivato a metà del suo sesto bicchiere, cadde il capo sul petto e iniziò a russare.

«A proposito, sono in grado di chiarirti la faccenda delle monete d'argento» disse Bomilcare a mezza voce.

«Un motivo mi è già chiaro; non sono mica una testa d'argilla.»

«Ah, e cioè?»

«Perché abbiano un certo valore, le monete devono essere fatte di un materiale raro. I ciottoli ognuno può raccoglierli nel letto del fiume, l'argento non possono coniarlo tutti. Ma non possono essere troppo preziose, perché altrimenti non si potrebbero usare per pagare. Una dracma d'argento attica per un giorno di buon lavoro: un dodicesimo, credo, di una dracma d'oro, se mai esistesse. Come si potrebbe pagarci il pane? Grattando frammenti da un pezzo d'oro?»

«Ragazzo intelligente... per essere un romano.» Bomilcare alzò il bicchiere, ma non bevve: tenendolo davanti al mento, parlò attraverso il recipiente.

Gli affari più importanti, disse, venivano ampiamente trattati in oro da molto tempo, ed erano esistite monete fatte di una mistura d'oro e d'argento, che gli elleni chiamavano *elektron*. Poi tuttavia, circa cento anni prima, il grande Alessandro, re dei macedoni e signore del mondo orientale, dopo aver conquistato la Persia, aveva saccheggiato il tesoro del trono dei Grandi Re: una quantità immensa di metalli e pietre preziose, ma soprattutto d'oro. «Si parla di cinquantamila talenti» disse in tono quasi solenne. «Cinquantamila talenti d'oro... per dodici, in base all'attuale valore dell'argento. Seicentomila talenti, vale a dire... uhm, seicentomila per tremilaseicento *shiqlu*. Oppure, se preferisci, seicentomila per seimila dracme d'argento attiche. E Alessandro allora ha fatto coniare tutto questo tesoro. Hanno coniato monete che non avevano un controvalore, e con queste i macedoni hanno gettato le città elleniche in una confusione tale, che Alessandro conquistò tutto il potere e Atene non fu più in grado nemmeno di acquistare cereali a sufficienza.»

Letilio chiuse gli occhi. «Sto contando» disse trasognato. «Mi sto immaginando una montagna d'oro e sto contando. Continua.»

«Allora i nostri membri del Consiglio hanno proibito per qualche tempo il commercio con il mondo orientale, hanno fatto fondere le vecchie monete e ne hanno coniate di nuove, d'argento, in modo che la ricchezza di Qart Hadasht non venisse contagiata dalla malattia dell'oro macedone.»

«E poi? È servito?»

Bomilcare vuotò il bicchiere, si alzò in piedi e allargò le braccia. «Come vedi, ci siamo ancora... nonostante tutte le ostilità da parte dei successori del macedone. E dei romani. Possiamo addirittura pagare le montagne d'argento che ci avete estorto. E che fine ha fatto l'impero del macedone?»

«Frantumato» disse Letilio, alzandosi in piedi. «Frantumato in grandi potenze e stati minori. Un'eredità ingente, in ogni caso. Tu e io» rise piano «non lasceremo altrettanto. E che cosa facciamo, ora?»

«Dobbiamo fare in modo di arrivare il più presto possibile da Amilcare. Sembra che sia l'unico a sapere davvero qualcosa su Lavinio.»

Alla fortezza vennero a sapere da Itubal che le vie erano sicure: potevano partire da soli.

«Come siete riusciti a occuparvi tanto rapidamente della sicurezza?» disse Letilio. «In questi pochi anni... ci dovrà pur essere stato un buon numero di scontenti.»

«Amilcare e Asdrubale. Spada e moderazione. Forza e astuzia.»

«Potresti spiegarlo a un povero romano?»

Itubal rise. «Volentieri. Nel frattempo sarete miei ospiti all'ombra. È l'ora più torrida del giorno: solo i cagnacci matti e i romani la trascorrono al sole. Vedo nei vostri occhi che avete bevuto vino troppo presto. Cerchiamo di neutralizzarlo.»

Consumarono un pasto leggero sotto l'arcata all'estremità del cortile interno: frutta, pane, arrosto freddo, spremuta di frutta e formaggio fresco. Itubal descrisse difficoltà e soluzioni, operazioni e sfide. Bomilcare rimase ad ascoltare in silenzio; avrebbe potuto raccontare lui quella storia a Letilio, ma immaginava che, pronunciate dalla lingua del capo più anziano della fortezza, le parole avrebbero trovato un'eco maggiore nelle orecchie del romano. Inoltre, per lui in quel momento era estremamente avvincente sentir descrivere, da un altro punto di vista, alcuni eventi cui aveva partecipato con la sua spada.

Itubal iniziò con le nebbie grigie della preistoria, da cui spuntava qualche prua decorata di una nave fenicia che andava a sbattere contro le rive dell'Iberia: uomini soprattutto di Sidu («Sidone, per i romani e per gli altri barbari»), ma anche di Suru («Tiro, vero?»), che esploravano il paese e cercavano di stabilire che cosa i suoi abitanti avrebbero voluto vendere e che cosa avrebbero potuto acquistare, o meglio barattare. Erano sorte le prime basi, dove le navi approdavano anno dopo anno, poi case stabili, piccoli templi, bacini portuali, moli. In seguito, quando le "città madri" dell'Oriente erano finite sotto il giogo degli assiri, la nuova città dell'Occidente, Qart Hadasht, aveva preso in consegna la difesa e lo sfruttamento delle basi commerciali, aveva costruito le strade verso l'interno, trovato negli iberi dell'entroterra ottimi fonditori e fabbri di metalli nobili e meno nobili, ma comunque utili, e, quando era diventata abbastanza forte, aveva sconfitto Tarshish, ricca, potente e in continua espansione, e bloccato con navi da guerra la traversata verso l'immenso mare occidentale, in modo che solo i mercanti di Qart Hadasht potessero trarre guadagni dal paese. Gli elleni, che avevano fondato Massalia nelle Gallie, ora non potevano più veleggiare verso nord costeggiando l'Iberia: per continuare a rifornirsi di stagno e altri metalli in Britannia dovevano attraversare con fatica il paese. «Quando poi, circa ottant'anni fa, Agatocle, tiranno di Syrakosai, attaccò le nostre basi commerciali in Sicilia e venne sconfitto sanguinosamente, sapendo di essere perduto, nella sua disperazione mosse con tutti i soldati che gli erano rimasti dalla sua città, assediata dal nostro esercito, verso la Libia, per attaccare a sua volta Qart Hadasht. Allora fummo costretti a ritirare le navi che chiudevano lo stretto marittimo per adibirle alla difesa e all'approvvigionamento della città; in quel momento, un elleno di Massalia di nome Pytheas riuscì a veleggiare lungo l'Iberia e a raggiungere il nord. Cosa che fino ad allora avevano fatto soltanto le nostre navi.»

Nel fluire tranquillo, quasi soporifero, della narrazione affiorarono allora scogli intorno a cui l'acqua del discorso di Itubal iniziò a spumeggiare e a formare vortici: l'epoca della grande guerra romana, la rottura del trattato da parte di Roma, il passaggio delle legioni in Sicilia, l'attacco ad Akragas e ad altre città puniche. Itubal accennò al fatto che vi aveva combattuto per sette anni come sottocapo, gli ultimi quattro agli ordini di Amilcare. La fine, l'affondamento della flotta, lo sgombero, stabilito dal trattato di pace, delle città puniche della Sicilia, antiche di trecento anni, le spese di guerra che Qart Hadasht doveva pagare, ulteriormente accresciute dal Senato; quindi, nel periodo di massima debolezza e difficoltà della città, assediata dai suoi stessi mercenari, l'ambasceria di Roma, che pretendeva le altre isole, grandi (Sardonia, Kyrnos: «Corsica, come dite voi») e piccole, più altri mille talenti d'argento, oppure la guerra.

Allora Letilio, che fino a quel momento era rimasto ad ascoltare in silenzio, talvolta annuendo o sorridendo a seconda delle esigenze del racconto, alzò la mano.

«Una piccola obiezione, signore della fortezza... se la contraddizione non è considerata una profanazione dell'ospitalità offerta e accettata con piacere.»

«Parla.»

«Non abbiamo certo intenzione di riscrivere la lunga storia dei rapporti tra Roma e Cartagine, vero? Ci sono stati accordi da quando ci siamo liberati dalla tirannia dei re etruschi. Senza dubbio anche voi avevate accordi con Tarshish, in cui non era scritto che avreste potuto distruggere la città e il territorio di Tartessos nel momento per voi favorevole.»

Itubal fece una smorfia, come se fosse in preda al mal di denti. «Vogliamo litigare? Non direi. La pace tra la tua e la mia città verrà rotta abbastanza presto, anche senza la nostra attiva partecipazione.»

«Non si tratta di litigare» disse Letilio «solo di disputare un po'. Ed ecco che cosa volevo ancora aggiungere: ammetto che, al di là dell'utilità, non c'era alcun motivo onorevole per strapparvi le altre isole e ancora altro argento durante la vostra guerra contro i mercenari. Ma non dimenticare che vi siete messi voi stessi nella condizione di essere, diciamo, per essere espliciti... ricattati. Avevate condotto la guerra terrestre in Sicilia con i mercenari e, se i vostri spilorci membri del Consiglio avessero prestato ascolto ad Amilcare e agli altri capi, e avessero versato la paga spettante, noi non ci saremmo trovati assolutamente nella condizione di minacciarvi. O almeno non così facilmente. Abbiamo sfruttato la vostra debolezza, ma la debolezza è stata una vostra esclusiva responsabilità.»

Itubal alzò le braccia al cielo infuocato. «Insomma, abbiamo intenzione di fare i conti degli ultimi secoli?»

Bomilcare fece un lieve sogghigno. «Sei stato tu a iniziare, Itubal. Lui si è limitato a risponderti.»

Letilio alzò il bicchiere con il succo di frutta non allungato. «Alla tua salute, alla gloria dei tuoi avi e alla bontà della tua ospitalità, Itubal. Fa' nuovamente scorrere su di me la corrente ristoratrice del tuo discorso, istruttiva ed edificante.»

Itubal rise. «Bene bene. E sia. Eravamo rimasti alla guerra contro i mercenari, e all'ambasceria ostile del Senato e del popolo, di cui non intendiamo dire oltre.»

Si appoggiò all'indietro e descrisse il colpo di mano condotto da Asdrubale, con cui il partito dei barcidi aveva imposto che Amilcare venisse eletto stratega unico di Libia e d'Iberia, in modo da non trovarsi mai più in una situazione come quella della guerra contro i mercenari, quando i capi militari rivali si paralizzavano a vicenda, anziché annientare il nemico. Poi arrivò al passaggio in Iberia, organizzato da Amilcare e da Asdrubale. Era chiaro a tutti che, prima o poi, si sarebbe dovuti giungere a un'altra guerra contro Roma, a cui Qart Hadasht poteva sopravvivere soltanto se fosse tornata nuovamente potente e ricca di uomini, di risorse del suolo, di generi alimentari e di terra. La costa iberica, con gli antichissimi scali commerciali che da tempo erano diventati piccole metropoli per i territori circostanti, offriva le possibilità migliori.

«Diversamente da voi» disse Itubal, questa volta senza alcuna asprezza «noi non abbiamo mai preteso che tutte le persone parlassero la nostra lingua e rinunciassero alle loro vecchie leggi e usanze. Era accaduto lo stesso in Sicilia, dove secoli prima gli elimi, e altri che non volevano essere costretti a diventare elleni, avevano richiesto e ottenuto il nostro aiuto e, fino alla fine della guerra romana, avevano potuto continuare a parlare l'elimio e ad amministrarsi da soli, secondo antiche consuetudini. Oggi, a quel che ho sentito, devono tutti parlare, se non addirittura pensare, in latino, e amministrare le loro città nel modo in cui piace ai romani. Noi, qui in Iberia, ci siamo comportati diversamente. Le antiche lingue e usanze sono state conservate, i villaggi e le città non vengono governati da capi punici, ma dai loro stessi anziani o da comandanti eletti dalla popolazione. I nemici sconfitti vengono assimilati, non annientati; fruiscono tutti della protezione delle nostre armi e della sicurezza delle nostre strade. Quello che Amilcare conquista con la spada, Asdrubale lo consolida con alleanze, sposalizi, amicizie.»

Letilio annuì e disse, con una punta di sarcasmo: «Ci si chiede davvero come mai non vengano tutti spontaneamente da voi, in questa vera e propria età dell'oro di un regno d'oro. Non hai appena detto che, qualche volta, Amilcare deve mettere mano alla spada?».

Itubal allargò le braccia. «Vi sono ovunque oscurantisti che preferirebbero vivere nella merda senza di noi, piuttosto che in case pulite insieme a noi. Inoltre, non bisogna dimenticare che ci sono continuamente uomini che parlano di Roma e in favore di Roma, che dicono agli iberi che i giorni davvero felici inizieranno soltanto quando Qart Hadasht sarà sconfitta e gli iberi diventeranno alleati onorati di Roma. Quello che non dicono, è che allora dovranno tutti parlare latino e non obbediranno più agli anziani dei loro villaggi, ma a un amministratore provinciale romano.»

Letilio produsse borbottii sordi nella gola.

Bomilcare disse: «Per quanto riguarda poi la spada, bisogna considerare che esistono due tipi di iberi. Quelli che vivono sulle coste fino al confine con la Gallia dicono di essere giunti nel paese, moltissimo tempo fa, dal nord della Libia... cioè, per voi, dall'Africa. In effetti parlano lingue che mostrano precise analogie con quelle che si trovano a sud del braccio di mare. Gli iberi dell'interno, al contrario, dicono che vi sono giunti dal nord e che sono parenti dei galli». Scoppiò a ridere e posò una mano sul braccio di Letilio. «Fate attenzione che quelli dell'interno non vengano mai a sapere quanto sangue è stato versato tra Roma e i celti nel nord della penisola italica. Quelli infatti, se questa storia è vera, sono cugini degli iberi delle montagne.»

«Ti ringrazio per i molteplici insegnamenti.» Letilio annuì vigorosamente. «Ora mi è chiaro che voi qui svolgete un'opera grande, importante per l'intera ecumene, a vantaggio di tutti e con l'impiego di tutte le vostre forze; e che indubbiamente soffrite per le privazioni cui vi costringe una simile responsabilità.»

Itubal sorrise, gettando un'occhiata alla lunghezza dell'ombra nel cortile. «Temo di non poter godere più a lungo della vostra piacevole compagnia. La pausa di mezzogiorno è terminata; è ripreso il lavoro.»

Bomilcare si alzò in piedi. «Grazie per l'ospitalità e gli insegnamenti. Partiremo a cavallo domattina presto. Immagino che ora dovremmo recarci da Asdrubale.»

«Per questo dovrai attendere. Non è in città... tornerà fra non meno di tre giorni.»

«Ah. Questo naturalmente rinvia la nostra partenza. O forse potresti procurarci tu una lettera di viaggio? Io non posso certo sperare di conoscere ogni ufficiale.»

Itubal alzò le spalle. «Posso senz'altro; quelle di Asdrubale andrebbero meglio, ma anche le mie referenze dovrebbero condurvi da Amilcare sani e salvi.»

«Ma dove si è cacciato Asdrubale? Non che la cosa mi riguardi minimamente; in ogni caso è straordinario che abbia dedicato tanto tempo a due persone poco importanti.»

«Dedica sempre tempo a ciò che ritiene importante. I romani morti, per esempio.» Ridacchiò piano. «È partito stamattina presto verso valle, per parlare con alcune persone che hanno risalito il fiume da Ispali. Si tratta del prossimo passo verso il rafforzamento.» Itubal non disse altro, ma li guardò quasi supplichevole, come se avesse urgente bisogno di rivelare qualcosa.

«Mi incuriosisci» disse Bomilcare per gentilezza; in realtà non voleva affatto conoscere i dettagli.

«Presto ci saranno monete. Monete d'argento, con la testa di Melqart.»

«Monete vostre? Non vi farete amare per questo, temo. Sento già i discorsi nel Consiglio: ora si renderanno indipendenti ed eleggeranno re Amilcare, o qualcosa del genere.»

Itubal sbuffò. «Questo non è in programma. Non esiste un punico più fedele di lui.»

10

Qadhir aveva impiegato gli ultimi giorni a recuperare il sonno e a bere con i soldati. Bevendo si parlava, e parlando era venuto a sapere alcune cose che riferì a Bomilcare e a Letilio durante la cavalcata. Erano storie sui re iberi degli altipiani, che vivevano in città fortificate e possedevano vasti territori; storie su prodotti antichissimi di eccellente arte orafa, su una misteriosa città-tempio nei monti a oriente di Karduba, sulla strada per i carri e le bestie da soma, ampliata secoli prima, che dai pressi della costa conduceva fino in Gallia. E su innumerevoli altre cose che indussero Bomilcare a dubitare delle informazioni di Tolmides, ma anche di quelle di Itubal. Di Tolmides non si preoccupava eccessivamente: "Non è certo la prima volta" si diceva "che i vecchi soldati, che al mattino bevono troppo vino e troppo in fretta, raccontano cose che non potranno mai ottenere alcuna conferma". Tuttavia, date le circostanze, Bomilcare era portato a pensare ad abbellimenti eccessivi, più che a menzogne vere e proprie. E Itubal? Le sue informazioni erano state volutamente false o incomplete? Cercò, senza tuttavia riuscirvi, di mettere in difficoltà Qadhir con domande precise.

Letilio rimase sulle sue: spesso cavalcava in disparte o più avanti, rimuginava tra sé e osservava il paesaggio senza farsi coinvolgere nella ricerca della verità. A un certo punto Bomilcare desistette, dicendosi che probabilmente il vecchio capo della fortezza non aveva fatto altro che riferire la versione ufficiale.

Giunsero a Kastulo al termine di quattro giorni di dure cavalcate risalendo il fiume, con qualche scorciatoia attraverso le colline lungo il suo alto corso, dove il Baits si contorceva come un serpente tormentato. Era sera e alle loro spalle, a occidente, nel blu scuro del cielo senza nubi, tremolavano gli ultimi bagliori della luce del sole; sulla roccaforte in cima alla collina della città splendeva la luna crescente, una ciotola d'argento spezzata. A sudest una grossa nuvola di fumo sosteneva la volta celeste.

«Diciamo piuttosto che queste terre sostengono il vostro dominio» disse Letilio quando Bomilcare espresse a parole ciò che aveva provato a quella vista. «Proviene certamente dalle miniere d'argento; dai forni di fusione, intendo dire. Significa che ne producono quantità enormi, se lavorano ancora così tardi.»

Bomilcare non rispose. Era la prima volta che si recava a Kastulo; quello che sapeva lo aveva carpito qua e là, e tutte quelle informazioni gli apparivano inadatte a essere confidate a un romano. La capitale degli oretani era stata occupata senza combattere... a quanto si diceva; sempre che le notizie fossero degne di fede, Amilcare e il re degli oretani erano uniti da un'intima amicizia. I metalli preziosi (oltre all'argento, soprattutto piombo) avevano causato migliaia di guerre tra olcani, bastetani, turdetani e oretani, che non occupavano la regione da molto tempo e (sempre a prestar credito alle voci) erano stati ben disposti a mettersi sotto lo scudo di Amilcare. Uomini intelligenti, che Amilcare aveva fatto giungere da Qart Hadasht, dall'Ellade e addirittura dall'Armenia, avevano contribuito ad accrescere il rendimento delle miniere. Le ultime cifre che Bomilcare aveva sentito erano abbastanza incredibili: si diceva che a Kastulo si producesse un talento e mezzo d'argento puro al giorno, che presto sarebbero diventati due, e che dei giacimenti d'argento non si vedesse la fine. Nulla che un romano dovesse sapere con tanta precisione... ma poi Bomilcare si disse che Letilio o lo sapeva da tempo, perché a Roma ne erano a conoscenza, oppure lo avrebbe sentito nei giorni successivi per strada, nelle osterie o al mercato.

Un ufficiale punico, che sorvegliava la porta con tre soldati, indicò loro una locanda dietro la grande piazza.

«La dirige un uomo grasso di nome Kleomenes. Tiene i prezzi alti, ma il suo cibo è buono, disinfetta spesso la biancheria con fumo e si preoccupa che le ragazze si lavino.»

«Quindi niente bestie che strisciano nel cibo e nel letto?»

«E neanche nelle tue parti sensibili, dopo.»

«Ma davvero non sei mai stato qui, signore?» disse Qadhir mentre cavalcavano per la città. «Con tutti gli anni che hai passato in Iberia?»

Bomilcare stava per rispondere bruscamente, visto che aveva già parlato una volta di tutto questo. Poi si ricordò che c'era solo il romano ad ascoltarlo, in una lunga serata sulla nave, mentre Qadhir giocava a dadi con gli uomini dell'equipaggio.

«Sono sempre stato dove si combatteva» disse. «A nord di Gadir, anche sui monti più a nord di qui, una volta anche nell'entroterra di Mastia. Ma non sono mai stato qui. Ho udito soltanto molte storie.»

«Vere o inventate?»

«Tu cosa ne pensi?»

Qadhir sembrava cercare le parole e si muoveva come se la gualdrappa fosse fatta di formiche vive. «In città» disse alla fine «cioè, da noi, si dice che in questo paese vi siano stregoni malvagi.»

«A Kastulo, oppure in Iberia?»

«Qui a Kastulo, o nelle immediate vicinanze. Sui monti. Dovrebbe esserci una valle dei templi, con leoni e lupi e altri animali che... di notte la pietra di cui sono costituiti si sbriciola, e allora diventano di sangue e carne e se ne vanno in giro.»

Letilio rise scioccamente. «Vampiri? Figure erranti? Grifoni? E che altro, Qadhir?»

«Dovrebbe esserci anche una sfinge.»

Bomilcare mise una mano sulle spalle dell'uomo, visibilmente preoccupato. «Non ne so niente, non ho mai sentito nulla del genere. I templi ci sono sicuramente... ma credi che Amilcare metterebbe in pericolo, intenzionalmente, la sua vita e quella dei suoi uomini?»

Qadhir annuì. «Lo credo, signore. Non è forse compito di un grande guerriero, quello di mettere in pericolo la sua vita e quella dei suoi soldati?»

«È un altro genere di pericolo. Nessuna... stregoneria.»

Qadhir alzò le spalle, incassando la testa come una tartaruga che si senta in pericolo. «Vedremo.»

Mentre parlava, Bomilcare aveva lasciato vagare lo sguardo per farsi un'idea della città. In qualche modo comprendeva come mai il luogo fornisse l'occasione per voci sinistre. Era tutto come annerito, buio, fuso dalla luce e dal calore in un grigio scuro. Non era soltanto la sporcizia delle fonderie che i venti contrari sparpagliavano ovunque; gli edifici erano incrostati, rivestiti di fuliggine e altro. Sotto gli zoccoli dei cavalli il selciato strideva, come se fosse fatto di fragili conchiglie.

Ma non erano conchiglie. Era qualcos'altro... Bomilcare non sapeva dargli un nome. Attraversarono a cavallo la città, dove vivevano almeno trentamila persone; nella penombra della sera, solo in parte rischiarata da fiaccole, videro la gente seduta davanti alle case a parlare, ridere e bere, come dappertutto. In loro non c'era nulla di straordinario, a parte i capelli acconciati a mo' di torre di alcune donne e le trecce di forma circolare in cui altre avevano arrotolato le loro chiome ai lati della testa.

Le case? Bomilcare gettò il capo all'indietro. Case vecchie con le aperture per le finestre simili alle orbite degli occhi di un criminale accecato. Entrate come musi, i montanti delle porte come labbra dietro cui i denti attendevano gli incauti intrusi. I piani inferiori di pietra annerita sormontati da altri piani di legno nero e mattoni scuri, che andavano rastremandosi come i gradini di una scala. Muri antichissimi e sinistri.

Sospirò. Si sentiva davvero troppo vecchio per pensare a simili sciocchezze. Ma, dalle pietre nere di Kastulo, qualcosa penetrava dentro di lui. Qualcosa che non lo minacciava, o comunque lui non si sentiva in pericolo. Tuttavia era qualcosa di sgradevole, di vecchio, che oggi non era malvagio ma molto tempo prima lo era stato e forse era in grado di diventarlo nuovamente domani. Un vecchio animale rapace, apparentemente addomesticato.

La strada divenne più stretta, tra case addossate l'una all'altra e inclinate in avanti; proprio davanti a loro si apriva una piazza, con pali che reggevano fiaccole. Bomilcare chiese a un uomo che si trovava davanti a un ingresso se quella fosse la Piazza Grande; come risposta ricevette un cenno d'assenso, poi il vecchio spalancò la bocca sdentata e proruppe in una risata stridula, quasi un nitrito. «La piazza» ansimò. «Ah, la piazza dove uccidono. Uccidono!»

«Chi è che uccide, vecchio?» disse Letilio. Alla domanda, formulata in punico, il vegliardo rispose in ellenico.

«Tutti. Tutti coloro che oppongono resistenza, vengono uccisi.»

«Resistenza? Contro chi?»

«I figli della lupa.»

Una donna sbucò dall'ingresso e trascinò il vecchio in casa.

«I figli della lupa?» Quando ripresero a cavalcare, Bomilcare gettò un'occhiata a Letilio. «Sembra che siano i tuoi uomini, non è vero?»

«Forse si riferiva alla stirpe di Amilcare... come chiamava Daniel la moglie di Amilcare: la generatrice di lupi? Figli della lupa...?»

«Un vegliardo folle, oppure un veggente?» disse Qadhir.

«Sei sicuro che vi sia una differenza?»

Letilio fece schioccare la lingua. «Sei empio, Bomilcare. Ti pare che questo si addica a un buon cartaginese?»

«Questo, cosa? Io credo al caso divino, che deve essere molto divino se ora, per ripagarmi della tua compagnia, mi riserva un'osteria favolosa.»

La locanda di Kleomenes si trovava all'inizio di una strada che conduceva al pendio della collina fortificata. Era molto di più di un'osteria: tre edifici a due piani – uno sulla strada, con un passaggio coperto su un lato – racchiudevano un cortile con una fontana e un porticato. Alla fine del cortile c'erano alcuni capanni, stabbi e stalle, dietro cui si innalzava il pendio ricoperto da arbusti. Bomilcare stimò che vi fosse lo spazio per diverse carovane di media grandezza. Di solito posti simili si trovavano al di fuori delle mura, come il doppio anello di fortificazione di Kastulo, la posizione della locanda rivelava che la città e tutte le sue costruzioni principali erano costrette a difendersi spesso.

Uno schiavo della stalla prese in consegna i loro cavalli, dicendo che c'era disponibilità di alloggio, perché l'edificio era pieno solo per due terzi. Trovarono Kleomenes nel grande locale della costruzione anteriore in cui si mangiava e beveva, che sembrava essere anche la più antica: il pianoterra di pietra annerita con l'arcata che dava sul cortile e la terrazza con tettoia verso la strada, e al piano superiore le camere da letto grandi e piccole, di travi e mattoni. Colonne di legno, ricoperte di graffiti di ogni genere, opera di ospiti più o meno dotati, sorreggevano le assi del soffitto; la metà dei tavoli e delle panche pesanti era occupata e il silenzio di coloro che mangiavano e bevevano testimoniava della bontà del cibo.

La cucina si trovava accanto al passaggio verso il cortile ed era separata dalla vera e propria stanza da pranzo da un bancone immenso, pieno di brocche, bicchieri e diverse stoviglie; dietro il banco si ergeva qualcosa che ricordava sia i titani della preistoria, sia il tentativo di genitori inimmaginabili di generare le colonne di un tempio.

Kleomenes, perno e centro di gravità del locale, a prescindere dal luogo in cui effettivamente si trovava, doveva essere alto più di sette piedi ed era certamente grosso come due uomini robusti. Una barba rosso-grigia, che nascondeva il labbro superiore, gli circondava il volto come un bavero o come un argine che dovesse impedire all'ammasso dei lineamenti – ripiegati e stratificati – di sommergere e affogare il corpo intero. Il naso era una doppia proboscide di un rosso scuro ardente, oppure una specie di forchetta. Un giorno un coltello affilato, se non addirittura una spada, gli aveva diviso in due il nasone, e la stessa arma poteva avergli cavato dall'orbita anche l'occhio sinistro, lasciandogli una cicatrice a zigzag sulla guancia.

L'oste si pulì la manaccia sul grembiule lurido e puntò le braccia sul bancone, braccia da cui si sarebbero potute ricavare delle gambe per comuni abitatori dell'ecumene. «Ospiti tardivi» disse. «Avvicinatevi, signori ben forniti di monete, rallegrate il mio fegato e le mie cassapanche.» La voce sembrava provenire dal basso ventre, un rombo gracchiante che si attanagliò agli attributi di Bomilcare.

Letilio scoppiò a ridere. «Signore del luogo ospitale» disse tra i singulti «avevamo pensato che il silenzio nel salone deponesse a favore della bontà delle tue pietanze. Ma non è forse che, alla tua vista, nessuno osa parlare?»

Quel volto immenso e pieno di fenditure si contrasse in qualcosa che Bomilcare prese con cautela per un sorriso. Il sembiante di Kleomenes sembrava essere composto da elementi intercambiabili. Alcuni ospiti li sbirciarono dai tavoli più vicini; qualcuno sogghignò, mentre la maggior parte non si preoccupò dei nuovi arrivati.

«Romano, vero? Dal modo in cui parli. Popolo orribile, bisognerebbe isolarlo con un muro, prima che contagi il mondo intero. Potete parlare, bere, masticare rumorosamente e scoreggiare come volete; non me ne importa. Non siate volgari con le ragazze; non mettete mano alle spade; pagate. Questi sono i tre precetti. Che cosa volete?»

«Un giaciglio per la notte, qualcosa da mangiare e da bere» disse Bomilcare. «Abbiamo sentito che la tua avidità è proporzionale alla pulizia dei letti.»

Kleomenes fece un passo avanti, allungò il braccio destro, afferrò Bomilcare per la veste all'altezza del petto e lo sollevò. «Figliolo, non parlare di cose di cui non capisci nulla. Avidità? Bah. La pura filantropia prevale sempre sulla mia avidità. Tre giacigli in una stanza da letto grande? Tre stanze singole? Molto cibo? Vino?» Lasciò andare Bomilcare.

«Tre stanze piccole» disse Letilio. «Acqua per lavarsi, da mangiare e da bere. Quanto sono filantropici i tuoi prezzi?»

Kleomenes protese in avanti il labbro inferiore, cacciò il capo all'indietro e sembrò che fissasse lo sguardo sui prezzi nel soffitto scuro. «Un *siglos* per camera. Quindi tre... oppure un *siglos* per tre posti nel dormitorio. Per cibo e bevande? Dipende. Un altro *siglos* se avete bisogno di una fanciulla per la notte.»

«Uno *shiqlu* per la camera e uno per una prostituta?» Bomilcare gemette. «È quello che guadagna un artigiano a Qart Hadasht!»

«La mia ospitalità vale meno del lavoro di un artigiano, la freschezza pulita e l'agile disegno delle cosce di una bella donna meno del taglia e cuci di un velaio? Allora dormite fuori, da soli: qui non si mercanteggia.»

Le stanze erano piccole ma pulite, ognuna fornita di una lettiera imbottita di cuoio con coperte, tavolino, sgabello e un catino di terracotta per l'acqua. Un'ibera giovane e snella indicò loro la strada, portò brocche d'acqua fresca per bere o lavarsi e consigliò loro di recarsi alla svelta nella sala da pranzo, prima che gli schiavi della cucina smettessero di lavorare.

«Così, tanto per parlare» disse Letilio «come funzionano le altre cose per cui si potrebbe pagare un *siglos*?»

La fanciulla rise e si passò la punta della lingua sulle labbra piene. Portava i capelli legati in una treccia sull'orecchio destro, tenuti insieme da un fermaglio d'argento.

«Kleomenes è un padrone onesto: ci paga per il lavoro che facciamo durante il giorno. Quello notturno sta al nostro personale... piacere. Per i fermagli d'argento e le notti lontane, quando nessuno ci vorrà più e il lavoro sarà faticoso per le nostre vecchie mani.» Parlava in punico, con un accento leggermente gutturale.

«Come ti chiami... nel caso in cui dovessi avere bisogno di chiamarti?»

«Mi chiamo Qaraqa.» Sorrise. «Ma tu saresti il primo romano capace di pronunciarlo.»

Letilio borbottò e ci provò: «Karakka... così?».

«Quasi. Più in fondo alla gola.»

«Potrebbe essere una proposta. Ci penserò.»

«Ah» tubò lei. «Con uomini gentili e puliti, se ne potrebbe parlare.»

Bomilcare batté le mani. «Insomma, mettetevi d'accordo più tardi nella stanza, non ora in corridoio. Dimmi soltanto, gentile Qaraqa... perché Kleomenes stabilisce il prezzo, se quello sta a te?»

«Affinché la sua quota non si riduca troppo. Ne riceve la metà: in fin dei conti sono i suoi letti, la sua casa e i suoi ospiti.»

Mentre mangiavano – c'era coniglio arrosto con una salsa nera, oltre a verdura, frutta, pane e vino – parlarono poco: erano tutti e tre esausti per la lunga e dura cavalcata.

Quando la sala da pranzo iniziò a svuotarsi, Kleomenes si avvicinò a loro. «Ehi, romano!» Squadrò Letilio. «Siete rari, per fortuna. Lo vedi questo?» Si toccò il naso diviso in due e poi indicò l'orbita orribilmente sfigurata.

«Se con questo volevi alludere al fatto che un'arma romana ti è arrivata troppo vicina...»

«Volevo.»

Letilio sorrise amichevolmente. «Allora posso dirti soltanto che alcuni miei concittadini lasciano alquanto a desiderare nell'uso delle armi. Io non mi sarei accontentato del tuo naso, ma ti avrei tagliato completamente in due.»

Kleomenes picchiò sul tavolo, facendo danzare i bicchieri, e rise muggendo. «Bene, figliolo. L'ultimo romano che è stato qui, si è scusato per i vostri soldati; lo stavo quasi per buttare fuori.»

«Da dove vieni?»

«Sono akragantino. Quando i vostri uomini hanno espugnato Akragas e massacrato tutti, sono riuscito a nascondermi sotto i cadaveri dei miei genitori. Avevo nove anni. Ora ne ho quaranta. Indovina un po' che cosa ho fatto, quando sono strisciato fuori da sotto i cadaveri?»

Letilio sospirò. «Un indovinello noioso, principe dei bicchieri e dei letti. Sei striciato fuori dalle macerie, hai cercato qualche cartaginese e hai fatto il garzone o lo stalliere per loro, fino a che sei diventato abbastanza grande per combattere. Giusto?»

Kleomenes grugnì. «Be', no. Sono riuscito ad arrivare fino a Lylibaion, dove ho cucinato per gli ufficiali carcedoni. Fino a che sono stato abbastanza grande per combattere. Questo» si toccò nuovamente il naso «è successo poco prima della fine, sul monte Erice, sotto Amilcare. Poi sono rimasto con lui, nella guerra contro i mercenari e qui. E adesso?» Emise un suono che parve il rombo di una tempesta e che presumibilmente avrebbe dovuto essere una risata. «Adesso aspetto che giungano qui abbastanza romani.»

«Abbastanza per cosa?»

«Perché valga la pena di farli in salamoia.»

«Prima hai detto che un altro romano si era scusato.» Bomilcare allontanò da sé la scodella di legno vuota e alzò il bicchiere. «Perché non lo hai bollito?»

«Ah, era una specie di amico di Amilcare.» Kleomenes sbuffò. «Credo che il Fulmine stia diventando vecchio; il suo gusto va peggiorando.»

«Quel romano si chiamava forse Marco Lavinio?»

Kleomenes grugnì. «Sì, che combinazione. Come lo conosci?»

Bomilcare scoprì i denti. «A quello che tu hai tralasciato di fare qui, è stato posto riparo a Qart Hadasht. Lavinio è morto; affinché nel viaggio di ritorno in patria il cadavere non si riducesse tutto in vermi, il morto è stato bollito in salamoia.»

«Ben fatto!» Kleomenes sbatté nuovamente la manaccia sul piano del tavolo, si chinò in avanti e chiese ulteriori chiarimenti.

«Raccontaglielo tu.» Letilio si alzò in piedi. «Io vado a darmi una ripulita e a sperimentare le arti di, uh, Karakka. Ci vediamo domani.»

Anche Qadhir fece una smorfia e sbadigliò. Senza darlo a vedere, prese lo *shiqlu* d'argento che Bomilcare aveva posato sul tavolo come per caso.

Bomilcare descrisse gli avvenimenti della capitale in forma sintetica, prudente, senza menzionare nulla che Kleomenes non sarebbe potuto venire a sapere da un viaggiatore esperto nell'arte di diffondere le voci. A un certo punto l'oste si voltò verso il bancone, dove due fanciulle sedevano sugli sgabelli e chiacchieravano a bassa voce. Il locale si era vuotato: solo a due tavoli erano seduti gli ultimi bevitori. In quel momento una delle otto fiaccole, infilate nei pugni di ferro alle pareti, si spense sfrigolando. Kleomenes disse qualcosa in iberico, a voce bassa, rispetto alle sue abitudini; le fanciulle trasalirono.

«Portate del vino cattivo per questa testa d'argilla punica.»

Bomilcare schioccò le dita e disse a mezza voce, anch'egli in iberico: «Qualche goccio di veleno per il maiale di Akragas».

Kleomenes rise a singulti. «Ah, sei esperto, a quanto sento. Del buon vino!»

«Credi che dovrei farmi qualche idea su di te?» disse Bomilcare.

Kleomenes aggrottò la fronte. «Che genere di idee?» Improvvisamente parlava a voce bassissima.

«Sei stato in guerra con Amilcare. Sei rimasto con lui nella guerra contro i mercenari e sei andato con lui in Iberia. Hai saputo che Lavinio conosceva Amilcare. Io invece, troppo giovane per la grande guerra romana, sono stato insieme ad Amilcare contro i turdetani e altrove, prima che mi mandassero a Qart Hadasht.»

Kleomenes si fregò il naso. «Adesso mi dirai che ti ha mandato Asdrubale, e allora io ti dirò che me lo devi dimostrare.»

Alzò gli occhi, quando una delle giovani si avvicinò con una brocca e una minuscola bottiglietta di vetro.

«Il buon vino per la testa d'argilla punica.» Sorrise mentre posava la brocca davanti a Bomilcare. I suoi denti bianchi brillarono e nelle guance le si formarono delle fossette. Parlava l'ellenico come se fosse la sua madrelingua.

«E il piccolo recipiente contiene il veleno per il mostro di Akragas?» Bomilcare le fece l'occhiolino. Finalmente un'ibera senza trecce né torri di capelli, pensò; riandò con la mente al passato, a quell'altra ibera, la madre dei suoi figli, che non aveva voluto accompagnarlo a Qart Hadasht. E ad Aspasia... dovunque potesse essere. Sempre che fosse ancora viva. La giovane donna gliele ricordava entrambe. E gli ricordava che il suo membro penzolava inutile già da troppo tempo.

«Veleno, come ordinato. Cicuta.» Questa volta aveva parlato in punico. «Gli ordini degli ospiti vanno sempre esauditi. E, per certi ospiti, il veleno è necessario. Che cosa ne dovete fare?»

«Dallo a lui.» Bomilcare indicò l'oste. «Saprà certamente quanto ne regge. Hai un nome, principessa delle notti kastule?»

«Ho un nome, signore; i miei genitori non si sono dimenticati di darmene uno.» Quando sorrise, arricciò il naso e si passò la mano destra sul suo corto ciuffo nero. «Vorresti saperlo?»

«Dimmelo, affinché possa controllare se è scritto su una moneta d'argento che vuole andare da te.»

«Non è scritto sul tuo *shiqlu*, e mi chiamo Rushan.» Si voltò verso Kleomenes. «C'è altro, padre?»

L'oste osservò il volto di Bomilcare e annuì sogghignando. «Sembra abbastanza a posto, solo un tantino stupido, non è vero? Siediti accanto a lui: visto che avete cominciato così bene, potrete intrattenervi altrettanto bene fino al mio ritorno.»

Kleomenes si alzò e abbandonò il tavolo; Rushan si sedette sullo sgabello che era stato riscaldato da suo padre.

«È considerata una scortesia offrire argento alla figlia del padrone di casa» disse. «Non avevo intenzione di offenderti.»

La giovane arricciò nuovamente il naso. «Adesso per te

non valgo più l'argento?» Dal momento che l'uomo non rispondeva subito, aggiunse: «Quella sì che sarebbe un'offesa».

«Che cos'ha in mente?»

«Sei bravo a cambiare discorso. Se vuoi sapere che cosa farà, prova semplicemente a indovinare.»

Bomilcare guardò verso l'oste, che scomparve attraverso il vano della porta che dava sulla terrazza anteriore, sulla strada. «Andrà alla fortezza e sveglierà Amilcare, oppure uno dei suoi uomini più leali, per verificare se può fidarsi di me.»

«E allora? Può fidarsi di te?»

Bomilcare allargò le braccia. «Se tutto si svolgerà come immagino, allora può fidarsi di me.»

Lei annuì. «È diffidente, ma ha le sue ragioni.»

«Ragioni che hanno certamente a che fare con questo posto.»

«Che cosa intendi dire?»

«Nessuno potrebbe gestire una locanda di lusso nel centro della capitale dell'argento iberico senza un'autorizzazione da molto in alto. La fiducia di Amilcare è una moneta rara; ci vuole molto tempo per guadagnarsela.»

«Questo è vero. Però non so se mio padre la possieda.»

«Sei prudente.» Bomilcare rise. «Fino a che lui non ne saprà di più, non è vero? Parlami di te e della città.»

Mentre lei parlava, lui ne osservava il volto mobile, le cui espressioni mutavano continuamente. Rushan poteva avere vent'anni, ma gli occhi scuri ne dimostravano di più. L'insieme dei lineamenti, con il naso sottile, le labbra piene e gli zigomi alti, appariva a Bomilcare come una maschera sotto la quale se ne nascondessero altre. E probabilmente quel che raccontava (avvenimenti violenti, con protagonisti per lo più sanguinari e folli, tutti ospiti dell'osteria) era un'altra maschera fantastica: da qualche parte, ben sotto o dietro le altre, lo osservava la vera Rushan.

Bomilcare beveva abbondantemente, ascoltava e contemplava la donna, la sua semplice veste dalle maniche lunghe e le sue storie, che potevano essere vere o inventate, ma in ogni caso erano raccontate benissimo.

Quando Kleomenes ritornò, gli ultimi ospiti si alzarono per ritirarsi. L'oste borbottò qualcosa, evidentemente per ordinare alla fanciulla che stava ancora pulendo il bancone di smetterla una buona volta e di andarsene a letto. Lei scomparve canticchiando a bassa voce. Kleomenes restò in piedi per un istante, come incerto, poi iniziò a spegnere le altre fiaccole togliendole dai pugni di ferro e immergendole una dopo l'altra in un secchio. Senza voltarsi, disse: «Tutto bene, bambina. Parla tu con lui. Noi parleremo ancora domani, Bomilcare».

Rushan si alzò in piedi. «Vieni, ti mostro la strada, così non ti perdi.» Sfiorò il tavolo con il braccio destro, poi alzò le spalle. «Posso sparecchiare domattina presto.»

Bomilcare osservò con un sorriso ciotole, bicchieri, brocche e coltelli. Lei si diresse verso l'ultima fiaccola, prese un lungo truciolo da un cestino appoggiato alla parete e lo accese. Lui la seguì attraverso corridoi bui e su per una scala non illuminata.

«La mancanza di luce è una vero peccato» disse. «Mi priva della grazia dei tuoi movimenti. Questo truciolino non basta.»

«Forse c'è un truciolo più grande, per altri movimenti aggraziati.» Rushan ridacchiò piano. «Vorrei guadagnarmi un po' d'argento... se non sei troppo stanco.»

«Certe prospettive cancellano ogni stanchezza.»

La ragazza aprì la porta della stanza di Bomilcare. Con il truciolo accese la piccola lampada a olio sul tavolo, poi si voltò verso di lui con un sorriso strano, tirò un nastro e si dimenò. La veste scivolò dal suo corpo.

«Io» disse Bomilcare «dovrei proprio lavarmi. Il viaggio lungo...»

«Solo dove è necessario. Il tempo è fatto per il piacere, non per sprecarlo.»

Bomilcare si spogliò, pensò al rapido bagno del mattino al fiume e versò un po' d'acqua della brocca nella bacinella. Mentre si lavava il membro recalcitrante, sentì che Rushan si abbandonava sulla solida lettiera e scompigliava le coperte. Quando ebbe finito, armeggiò brevemente con il perizoma fino a che questo giacque ai suoi piedi, poi le si avvicinò.

Lei aveva intrecciato le mani dietro la nuca e lo guardava fisso. Bomilcare rimase un po' sorpreso che il suo volto non mostrasse alcuno stupore, quando le puntò alla gola il coltello che aveva tenuto nascosto dietro la schiena.

«Che razza di gioco è mai questo?» disse piano Bomilcare. «Sei tutti i piaceri della notte ma al piano di sotto all'improvviso è sparito dal tavolo il piccolo contenitore del veleno.»

Lei restò impassibile. «Metti via il coltello e poi parliamo.»

«Le tue mani.»

Lei ne sciolse l'intreccio e gli mostrò le palme vuote. «Soddisfatto?»

Bomilcare posò il coltello sul tavolo, dove avrebbe potuto raggiungerlo rapidamente. «O tu non sei sua figlia, oppure non sei un'ibera» disse poi. «Il veleno è sparito all'improvviso e l'ordine "Parla tu con lui" sembrava quasi... una minaccia.»

«Il veleno è in una tasca della mia veste.» Indicò con gli occhi lo sgabello accanto a cui si trovavano le sue cose. «Adesso hai intenzione di dedicarti alle genealogie? Questo qui vuole qualcos'altro.» Protese la mano.

«Se lo tocchi, sarò indifeso.» Bomilcare le afferrò il polso e si sedette; in ginocchio si sarebbe sentito troppo vulnerabile.

«Diffidente? Nel caso in cui io susciti diffidenza... mi eccita la diffidenza.» Sollevò la coscia sinistra. «Vedi?» mormorò. «Questo è il mio unico veleno.»

Bomilcare chiuse gli occhi per un istante. Il desiderio gli faceva quasi venire le vertigini; si disse che quello era senza dubbio il gioco più memorabile della sua vita. E forse anche la sua vita era in gioco. Mentre la sua mano destra si insinuava come automaticamente tra le gambe di lei, disse: «Quando sei stata concepita, lui era... dove? Sul monte Erice? In Sicilia, in ogni caso».

«Dove c'erano mercenari iberi. Con la famiglia, qualche volta. Ah.»

«E sei nata là?»

«Hm.» Lei tastò il membro di lui, che stava per esplodere. «Lavinio aveva un bastone.»

«Un cosa? Dove? Attaccato?»

Lei rise. «Per coniare le monete. Su entrambe le facce, stampi cavi. Un regalo di Amilcare... aveva voluto averlo perché il Melqart che c'è sulle loro nuove monete assomiglia ad Amilcare. Sai che cosa è successo?»

«Non era insieme agli... uhhhh, agli oggetti che gli hanno trovato addosso.»

«Non importa.» Lei si tirò su per metà, appoggiandosi sul gomito destro. «Il bilanciere aveva un difetto, per cui non si poteva utilizzare. Diversamente da questo.»

«Come fai a saperlo?»

«Questo lo vedo e lo sento.» Alla sua mano si sostituì la bocca. «E lo assaggio» disse confusamente. «Qaraqa lo ha... distratto e io ho esaminato le sue cose. Prima che sapessimo che è un amico di Amilcare. Era. Rilassati. Ma non del tutto: un po' di tensione...»

«Allora, sono degno di fiducia?»

«Sì. Ma smettila di parlare: fai qualcosa.»

«Lasciami assaggiare il tuo veleno.» Si distese.

Lei si alzò. Un movimento laterale e d'un tratto Bomilcare avvertì qualcosa di freddo sul suo membro.

«Non dovresti lasciare il coltello così a portata di mano. Qualcun'altra...» Ridacchiò muovendo la lama, come se fosse una carezza mai sperimentata. «Non ti preoccupare: sarebbe un peccato. E poi dovrei pulire tutto.» Lasciò cadere il coltello sul pavimento.

A fatica Bomilcare disse: «Perché nella vita è tutto così complicato?».

«È tutto molto semplice.» Amilcare si appoggiò all'angolo del tavolo, stracolmo di rotoli e di materiale per scrivere. «O comunque possiamo considerarlo tale. Lavinio ha viaggiato per l'Iberia come libero mercante, ha visitato città, villaggi e tribù, e alla fine ha scoperto che il paese gli piaceva. Così è venuto qui, da me... da noi, ha visto anche brevemente Asdrubale... per parlare di dazi e di merci.»

«Quali dazi percepite?» disse Letilio. «E non ci sono limitazioni per i mercanti stranieri?»

Amilcare borbottò; fu un brontolio nel profondo della sua gola robusta. «Questo chiedilo ai miei collaboratori, per favore, io non ho tutto questo tempo. Dovete sapere qualcos'altro su Lavinio?»

«Si dice che fosse tuo amico.»

«Trovava impressionante il lavoro che stiamo svolgendo qui e lo ha seguito con una certa simpatia.»

Letilio pose qualche altra domanda, mentre Bomilcare rimase in silenzio a osservare lo stratega, che aveva visto l'ultima volta quasi tre anni prima. Non riuscì a cogliere nessun cambiamento evidente. Amilcare Barca, il dio dei guerrieri, aveva la barba e i capelli color ghiaccio, come si conveniva a un cinquantenne, il volto solcato ma non reso irriconoscibile dalle rughe e, sotto il chitone senza maniche, lungo appena fino al ginocchio, si vedevano i muscoli possenti che facevano di quell'uomo, alto quasi sei piedi, un avversario temibile in duello. Come avevano sperimentato tanti romani e iberi. Gli occhi scuri, ombreggiati dall'intrico delle sopracciglia, non lasciavano trasparire nulla... al massimo un po' d'impazienza. Lo stratega di Libia e d'Iberia aveva molto da fare, e non aveva tempo né tantomeno voglia di occuparsi di personaggi poco importanti. Solo il fatto, l'omicidio, era importante: un romano morto nella tenuta di Amilcare. Ma anche lo stratega sembrava perplesso, non aveva idea di quel che potesse accadere nella lontana Qart Hadasht e che scopo avesse tutto ciò.

«Sempre che uno scopo ci sia, e che non sia tutto frutto del semplice caso» disse Letilio in quel momento.

Amilcare annuì. «O l'uno o l'altro. C'è ancora qualcosa?»

Letilio non aveva altre domande; Bomilcare si alzò dallo sgabello su cui era rimasto seduto.

«Signore» disse «ti ringraziamo per il tempo prezioso. Se a uno di noi venisse in mente ancora qualcosa...»

«Sarò qui o nelle vicinanze. Sicuramente per altri due giorni.»

La tenda dello stratega si trovava al centro della fortezza che difendeva l'accesso alla valle delle miniere d'argento, ma non era abbastanza grande per i molti soldati e minatori sopraggiunti. Dopo che ebbero lasciato Amilcare, il punico che li aveva guidati avvolse nuovamente il panno chiaro intorno al capo di Letilio. Bomilcare prese il romano per un braccio e lo condusse attraverso la folla.

«C'è ancora qualcosa alla cui vista potrei entusiasmarmi?» disse Letilio con tono beffardo.

«Non ti conosco abbastanza bene per sapere quali cose

suscitino il tuo entusiasmo. Credo però che due o tre occhiate basterebbero per farti gridare dal piacere.»

Letilio rise a singulti. «Vuoi essere tanto gentile da descrivermi la scena?»

Bomilcare si guardò intorno. Esternamente la fortezza era costituita da un fossato e da alte palizzate; all'interno si susseguivano senza soluzione di continuità costruzioni di legno che, nel corso di quello stesso anno, avrebbero dovuto essere sostituite da case stabili di pietra, mattoni e travi. Tutto questo Letilio aveva già potuto vederlo dall'esterno, almeno in parte: in effetti bendargli gli occhi era assurdo, ma gli ordini provenivano dall'alto. Mentre gli faceva evitare pozzanghere e cataste, Bomilcare descriveva a mezza voce a Letilio le delizie del luogo. L'ufficiale punico che camminava accanto a loro si mise a ridacchiare. Una tavola sopra il rigagnolo che scorreva dalla cucina principale alle latrine era un ponte di marmo dall'arcata audace, con il parapetto dorato; l'altare di legno su cui venivano eseguiti i sacrifici per Melqart e per le divinità iberiche e numidiche, senza dubbio altrettanto importanti, dei singoli reparti dell'esercito, si trasformò in un tempio imponente con dipinti rossi e blu sul timpano anteriore; le latrine periferiche (un fossato maleodorante sotto sedute traballanti) divennero bagni dall'arredamento sontuoso.

Ma qualcosa non venne descritto da Bomilcare. In un punto in cui nessuno avrebbe potuto scorgerla chiaramente l'ufficiale, continuando a ridacchiare, estrasse dal borsellino alla cintura una moneta d'argento e gliela fece vedere, portando l'indice della mano sinistra alle labbra. Bomilcare annuì, senza interrompere la sua descrizione fantasiosa.

Era un nuovo doppio *shiqlu* lucente, con il Melqart barbuto sulla faccia anteriore. La somiglianza tra il dio e Amilcare era impressionante... tranne che per un particolare, il naso. A causa di un'irregolarità nel bilanciere o di una faglia nell'argento, là c'era un bozzo enorme, una verruca mostruosa. L'ufficiale voltò lo *shiqlu*, ne mostrò a Bomilcare la faccia posteriore – cavallo e palma – lo ripose nuovamente e si schiarì la gola.

«È solo a malincuore che disturbo la tua descrizione, ma siamo arrivati alla porta.» Allungò la mano verso il nodo sulla nuca di Letilio.

«Va bene.» Bomilcare gli fece un cenno d'assenso. «Alcune cose che si vedevano ho dovuto tacerle e altre, che qualcuno non poteva vedere, ho dovuto ingrandirle con le chiacchiere. Così è.»

Quando furono fuori dalla porta, l'ufficiale sciolse il nodo e si infilò il panno nella cintura. «Ti ringrazio per la comprensione, romano.»

Ritornarono lentamente all'osteria di Kleomenes, discutendo su ciò di cui c'era poco da discutere. Entrambi erano d'accordo che il viaggio in Iberia era stato infruttuoso... almeno fino ad allora, né c'erano prospettive migliori, obiettivi raggiungibili, per i giorni che restavano. Lavinio aveva viaggiato per l'Iberia, aveva osservato cose e persone, lasciando una buona impressione qua e là, e manifestando apertamente ammirazione per Amilcare, di cui si considerava amico, cosa che Amilcare riteneva esagerata. Non c'era nulla che rappresentasse il benché minimo indizio di un movente per l'assassinio... per non parlare del successivo assassinio di Tuzut, e tantomeno degli strani ordini dei membri del Consiglio competenti a Qart Hadasht. Inoltre, l'oscura sensazione di Bomilcare che la vicenda di Gulussa potesse essere connessa in qualche modo a tutto questo non era stata assolutamente verificata.

A ciò si aggiungeva il fatto che lui sapeva alcune cose che Letilio non doveva sapere. Evidentemente l'ufficiale aveva ricevuto l'ordine di non mostrare al romano la moneta con la verruca, così come Rushan aveva deciso (o le era stato ordinato? da Amilcare? e perché?) di parlare del bilanciere che Lavinio aveva portato con sé come di un'informazione da tenere segreta. Pur senza conoscerne il motivo, avrebbe evitato di farne parola con il romano. E si chiedeva che cosa, a sua volta, Letilio potesse tenergli nascosto.

«Se entro domani mattina presto non ci viene in mente qualcos'altro che possiamo domandare ad Amilcare o ai suoi uomini, dovremo partire.» Il romano si sedette a uno dei tavoli che si trovavano nella terrazza sul lato dell'osteria che dava sulla strada. «Dieci giorni da qui a Malaka, vero? Il tempo non stringe ancora, ma...» s'interruppe.

«E non dimentichiamo Aspasia e Tazirat» mormorò Bomilcare mentre Qaraqa si avvicinava sorridendo e si informava sui desideri dei «nobili signori che hanno tanto viaggiato».

«Uno spuntino» disse Bomilcare. «Vino, acqua, succhi di frutta, un po' di pane, carne fredda... qualcosa del genere. Come vedi, non ci sono uomini più parchi di noi.»

«E forse un consiglio su che cosa potremmo intraprendere o concludere nei giorni che ci restano.» Letilio sorrise alla giovane donna.

«Intraprendere o concludere? Dipende. Riesci a deciderti per una delle due cose?»

«Meglio concludere. Dobbiamo partire domani.»

«Ci penserò sopra.» Qaraqa gettò un'occhiata a Bomilcare. «Deve pensarci anche Rushan?»

«Sarebbe magnifico.»

Qaraqa ricomparve presto, con un vassoio e una brocca. «Quando avrete finito, un'altra mi sostituirà nel servizio» disse prima di portare loro altri cibi e recipienti.

Mangiarono in silenzio. Letilio e Qaraqa sparirono in casa. Rushan sparecchiò e si sedette un poco accanto a Bomilcare.

«Lei non gli ha detto nulla e non romperà il silenzio... a parte alcuni rumori di sottofondo.»

«Bene. E noi?»

Lei aggrottò la fronte. «Una passeggiata in direzione della fortezza?»

«Buona idea.»

«Dammi un po' di tempo.»

Bomilcare si appoggiò all'indietro, guardò verso la strada, a quell'ora del primo pomeriggio poco animata, e cercò di mettere ordine nei suoi pensieri. Quando Qadhir ritornò dal suo bighellonare per il centro cittadino, non aveva ottenuto ancora grandi risultati.

«Avete concluso qualcosa?» Si appoggiò al parapetto, incrociò le braccia e guardò Bomilcare dall'alto in basso.

«Non molto.»

«Questo non mi sorprende.»

«Che cosa intendi dire?»

La guardia del corpo di Gulussa si piegò in avanti e parlò pianissimo: fu poco più di un sussurro. «Nessuno ti dirà nulla, alla presenza del romano.»

Bomilcare sospirò. «Lo so, ma come faccio a liberarmi di lui?»

«Ora comunque non c'è.»

«Sfrutterò subito sfacciatamente l'occasione.»

Qadhir fischiò piano tra i denti, in tono stridulo. «Grazie per lo *shiqlu*. Ne avevo proprio bisogno.» La sua espressione restava imperscrutabile. Si schiarì la voce. «Devo sorvegliarlo?»

Bomilcare alzò le spalle. «Posso fidarmi di te?»

«Nessuno può fidarsi di nessuno, signore. È questo che rende la faccenda così avvincente.»

«Proprio così. In questo momento lui rovista in anfratti piacevoli.»

Il volto inespressivo dell'uomo fu scosso da un tremito. «Niente affatto... o non ancora.»

«Come, scusa?»

«Hanno lasciato l'osteria dal retro e si sono diretti in città.»

«Vorresti seguirli?»

«Volere? No. Dovresti proprio ordinarmelo.»

Bomilcare estrasse due monete dal borsellino alla cintura. «Ordine impartito e paga versata.» Posò gli *shiqlu* sul tavolo.

Qadhir se l'intascò. «Ricevuto e obbedisco, signore.»

Giunsero alla fortezza senza vedere Qadhir, Qaraqa o Letilio; l'ufficiale che aveva mostrato la moneta a Bomilcare li condusse a una delle costruzioni di legno del centro. Non dovettero attendere a lungo: ancor prima che avessero il tempo di dare un'occhiata intorno all'ampio locale al piano terra dell'edificio, si aprì una porta laterale e apparve Amilcare. Fece un cenno a Bomilcare, sorrise a Rushan e indicò alcuni sgabelli che si trovavano in un angolo, attorno al tavolo basso.

«La fretta» brontolò. «Tutto deve sempre essere finito entro l'altroieri. Per questo niente giri di parole, ora. State a sentire, voi due.»

Mentre gli altri erano seduti ad ascoltare, Amilcare andava su e giù per la stanza, con le mani intrecciate dietro la schiena. Parlava rapido e concentrato. Disse che il sud dell'Iberia era in qualche modo sicuro, mentre all'interno c'erano alcune difficoltà. I sobillatori romani, travestiti da mercanti, rappresentavano solo una parte del problema, ma questo era uno dei motivi per diffidare di ogni romano, per esempio di Tito Letilio. Oppure di Marco Lavinio, che era stato trattato bene ed era stato tenuto lontano da tutti gli avvenimenti importanti.

«Oggi sono arrivate due ambascerie» proseguì Amilcare. «La prima stamattina presto, prima che tu spuntassi insieme al romano; proviene da Asdrubale, che consiglia di diffidare di Letilio e propone di ritardare l'emissione delle nostre monete per via dei fatti di Qart Hadasht.»

Bomilcare alzò la mano. «Chiedo scusa, signore, ma c'è un motivo per farlo?»

Amilcare aggrottò la fronte e si fermò, fissando Bomilcare dall'alto in basso. «Un motivo? Non so se questo sia un motivo. Asdrubale ha un istinto eccellente per gli sviluppi politici e ritiene che di questo si tratti. Di uno sviluppo politico. Lasciamo da parte i dettagli, ma questa coincidenza lo turba alquanto. Voi avete detto di dover trascorrere quaranta giorni lontano da Qart Hadasht, non è vero? Il nostro amico Antigonos ha dovuto all'improvviso attraversare a cavallo la Numidia per affari imprevisti. Nederbal, che non ha mai abbastanza denaro, discute di sera con uno sconosciuto di certi affari per i quali sarebbe necessaria una qualche autorizzazione... la mia, presumo, dal momento che Nederbal è il mio amministratore. Lavinio è stato ucciso; tra gli oggetti che gli sono stati rubati, c'era un bilanciere per le nostre nuove monete. Era difettoso: tu l'hai vista quella protuberanza nel naso; ma questo gli assassini non lo sanno. Quando dell'omicidio viene incolpato un piccolo delinquente di Gulussa, e gli vengono messi addosso anche alcuni oggetti di proprietà di Lavinio, il bastone non c'è. Quaranta giorni, dite? Se Asdrubale ha fatto bene i conti, è poco dopo il quindici di Du'uzu, il giorno del solstizio d'estate, in cui volevamo iniziare a emettere le monete.»

«Chi lo sapeva?» disse Rushan.

«I nostri uomini in Consiglio. Il Consiglio di Qart Hadasht in generale: non possiamo fare una cosa simile senza l'approvazione della madrepatria.» Sbuffò. «Cioè, potremmo, ma sarebbe sciocco.»

«Ma come sono collegate tutte queste faccende?» Bomilcare si grattò la testa. «Le vostre monete, gli affari del signore del Banco della Sabbia, Lavinio e tutto il resto?»

Amilcare sospirò. «Non lo so, ma sento puzza di bruciato. Come ho già detto, Asdrubale ha il naso fino. E, se la cosa non gli piace, per me è un motivo sufficiente per essere prudente. Ma la cosa non solo non gli piace, lo spaventa.»

Dopo una breve riflessione, Bomilcare scosse la testa. «Non capisco, signore, ma in fondo sono solo un piccolo tutore dell'ordine. E la seconda ambasciata?»

«Ah. La seconda notizia è arrivata verso mezzogiorno, dopo che tu sei ripartito con il romano. È... piacevole. In realtà sono due notizie collegate. Voi partirete tutti.»

«Senza dubbio ci dirai subito perché e per dove; ma chi siamo "noi tutti"?»

«Voi due, l'uomo di Gulussa e Letilio. E qualche centinaio di cavalieri. Non lontano da qui c'è un antico santuario fortificato; vi abbiamo condotto gli ostaggi: figli e figlie dei principi, la cui fedeltà non è al di sopra di ogni sospetto. I dettagli a dopo, durante il viaggio. Un traditore ha aperto la porta a iberi ostili, che si sono impadroniti del santuario. Voi partirete fra tre ore. Tutti.»

Rushan annuì, come se non aspettasse altro.

«La tua intelligenza e la tua autorità di comando sono fuori di dubbio... ma che cosa dobbiamo fare tutti là?» disse Bomilcare.

«Voi dovete tornare a Malaka, il tempio si trova quasi sulla strada. Forse potrai verificare l'affidabilità del tuo romano in un piccolo scontro. E una parte dei cavalieri ti accompagnerà fino in Numidia... Temo, perché Asdrubale lo teme, che là potrebbero essere necessarie alcune spade.»

«E Rushan?» Bomilcare posò una mano sul suo braccio. «Niente in contrario a una scorta piacevole, ma a che scopo?»

Amilcare sogghignò. «Lei è, per così dire, l'uomo migliore di Asdrubale a Kastulo. Conosce tutti gli ostaggi, comprende tutte le lingue e aiuterà il nuovo amministratore a mettere tutto in ordine.»

«Chi ha il comando? Parti anche tu?»

«Parto, ma per il nord. Questa era la seconda parte dell'ambasciata: un principe dei vettoni, che si nasconde dietro tutto questo, sta raccogliendo un esercito per marciare su Kastulo; mi piacerebbe sorprenderlo.» Amilcare scoprì i denti. «Ma invio insieme a voi la mia mano destra e il mio braccio destro, il migliore capo della mia cavalleria. Può anche trattare al mio posto in Numidia. E, in caso di necessità, impartire ordini o sottoscrivere accordi.»

«Chi è?»

«Annibale.»

«Tuo figlio? Ma... ma è ancora un ragazzo.»

«È un uomo» disse Rushan, con una sfumatura strana nella voce. «Sei stato via alcuni anni, Bomilcare. Ora ha diciassette anni. E ha una precisa... richiesta. La figlia di un principe, che si trova anche lei nel tempio.»

11

La partenza fu così precipitosa che Bomilcare non ebbe l'opportunità di riflettere più a lungo sull'espressione del romano: delusione, rabbia, gioia anticipata? Non riuscì neanche a interrogare Qadhir, che era ricomparso tardi alla fortezza e di sua iniziativa non aveva fatto nulla per trovarsi a parlare a quattr'occhi con lui. Osservò soltanto che Letilio nel suo bagaglio aveva una spada lunga, evidentemente opera di un fabbro di Kastulo.

Partirono tre ore prima del tramonto del sole: trecento cavalieri numidi, cinquecento iberi, alcuni ufficiali punici e Annibale, che salutò con un cenno muto chi non faceva parte della truppa... tranne Rushan: a lei diede un bacio sulla guancia.

Oltre alle proprie armi, alle borracce di cuoio per l'acqua e alle misere provviste, avevano tutti con sé rotoli di corda sul cui significato Bomilcare non stette a rimuginare a lungo: lo avrebbe scoperto abbastanza presto. Era come se i due anni di servizio come tutore dell'ordine a Qart Hadasht fossero stati spazzati via dal vento della sera. Era un cavaliere tra i cavalieri, un soldato tra i soldati. Si sorprese a sogghignare tra sé come incosapevolmente; avrebbe voluto gridare.

Annibale era seduto su uno stallone nero e cavalcava in testa a tutti, subito dietro al gruppo degli esploratori. Fino a che fu abbastanza chiaro, percorsero un buon tratto al galoppo; come gli altri che non erano soldati (o, come nel suo caso, non lo erano più), Bomilcare era troppo impegnato a rimanere seduto sulla gualdrappa e a non perdere nulla, per tentare di parlare con Letilio o con Qadhir. I due, come si accorse subito, si tennero molto lontani l'uno dall'altro... intenzionalmente? per le circostanze della cavalcata?

Al tramonto del sole giunsero in una vallata ampia e rigogliosa, dove alcune dozzine di uomini facevano la guardia a una piccola fortezza e a una grande mandria di cavalli. Non vi fecero sosta, ma si limitarono a cambiare i cavalli; come Bomilcare venne a sapere da un ufficiale, avevano fatto una deviazione: «Un'ora di viaggio in più, ma con i cavalli freschi il resto del tragitto sarà più agevole».

Annibale non aveva bisogno di dare ordini: tutti ubbidivano a ogni suo sguardo o piccolo cenno delle dita. La truppa doveva essere molto bene affiatata e nessuno degli ottocento uomini sembrava mettere in dubbio per un solo istante lui e il suo comando. Alcuni mangiarono e bevvero mentre cavalcavano, altri si presero un po' di tempo durante il cambio dei cavalli: smontare, slacciare la gualdrappa, gettarla sul cavallo nuovo, agganciarla, mangiare, bere, andare alla latrina o dietro il cespuglio più vicino, rimontare e via. La luce tremolante del tramonto illuminò uno squadrone di cavalleria molto allungato: erano costretti a cavalcare l'uno dietro l'altro lungo sentieri montani sempre più stretti e, come per magia – o grazie a ordini impartiti tempo prima –, si formavano gruppi apparentemente casuali, ognuno con un ufficiale o un esploratore che conosceva la meta.

A un certo punto terminarono tutti i sentieri; sotto la luce chiara e fredda delle stelle e della luna non piena, i cavalli si cimentarono ansanti e sbuffanti per pendii sassosi, lungo creste dove non si poteva ascoltare o vedere nulla se non i propri fruscii, il rumore delle pietre smosse, la distesa impraticabile della pietraia montana. Per due volte, quando cavalli e cavalieri persero l'equilibrio e precipitarono nel buio di una gola, nella notte risuonarono grida di morte.

Era da molto tempo che Bomilcare non osservava più le stelle: si teneva aggrappato, con le gambe tremanti, all'animale sudato e ansante. All'improvviso si trovarono in una conca morbida ed erbosa, quasi una vallata dove la truppa dei cavalieri allungata iniziò a raccogliersi. Annibale smontò e lasciò brucare il cavallo, si voltò verso alcuni dei suoi uomini e indicò un pendio ripido all'estremità della piccola valle. Poi alzò il braccio destro; alla luce delle stelle, i suoi denti brillavano. Si voltò e iniziò ad arrampicarsi lungo il pendio.

Gli ufficiali correvano avanti e indietro a impartire ordini. I primi uomini scesi da cavallo, con le armi sulle spalle e le corde arrotolate attorno ai fianchi, seguirono il figlio di Barca. Bomilcare si guardò intorno, ma non trovò né Letilio né Rushan; stimò che solo un terzo circa degli uomini avesse raggiunto la conca.

Lui faceva parte del gruppo che si sarebbe dovuto arrampicare non appena gli ufficiali di Annibale avessero trasmesso gli ordini.

«Siamo arrivati da dietro, il tempio si trova dall'altra parte della montagna. Quelli non ci aspettano prima di due giorni, e sicuramente non da qui. Voi muovetevi, più silenziosi che potete; non appena saremo in cima, niente più rumore. Ci caliamo fino alla fortezza con le corde; tutto il resto ve lo dirà il capo, una volta in cima.»

Fu un'ascesa lunga e dura; a parte il proprio ansare e qualche pietra che rotolava giù, Bomilcare non udì davvero nulla. Nella luce incerta della notte, gli uomini si incollarono come mosche al pendio, che non era affatto dolce come il miele, procedendo per lo più a quattro zampe, perché solo di rado c'era spazio sufficiente per avanzare in piedi. A un certo punto le sue gambe si rifiutarono di lavorare, ma quando Bomilcare si addossò a un tronco spinoso per non perdere l'equilibrio mentre riprendeva fiato, vide che era già quasi in cima.

Il petto ansante, le gambe tremanti: ridacchiò piano, perché gli vennero in mente i versi di una canzonaccia che raccontava di forme piacevoli, di fatiche e sfinimenti simili. A poco a poco il suo respiro tornò regolare; ora udiva l'ansare degli altri e, di tanto in tanto, riusciva a percepire richiami a bassa voce. Prima di riprendere a salire, rifletté su quel suo essere stranamente sospeso, non tanto nel pendio quanto nella truppa. Cercò di ricordarsi chi fosse stato Bomilcare a diciassette anni. Pensandoci quella notte, gli appariva uno sconosciuto, un fanciullo inesperto e sicuro di conoscere il mondo. Chi era quell'altro diciassettenne che ottocento uomini seguivano ciecamente? Gli uomini di una truppa che sembravano un unico strumento, perfettamente accordato, di un'armonia suprema: non obbedivano ciecamente (si corresse mentre pensava), ma con orgoglio, con l'orgoglio tranquillo dei maestri musici, consapevoli della propria bravura come singoli e come gruppo; e consapevoli di essere diretti da un grande. La sensazione di appartenenza a quella truppa... il mare immobile di pietre del paesaggio notturno... le stelle di ghiaccio lontane... Bomilcare boccheggiò: si sentiva come dilaniato da un coltello, dalla lama splendente e infinitamente dolce.

Andare avanti; non rimuginare. Riprese ad arrampicarsi, continuando tuttavia a riflettere. Sulla pietra che voleva scivolare ma che poi dava sostegno al piede; sull'ebbrezza, l'ebbrezza sobria, tranquilla e orgogliosa che lo aveva contagiato. "Un'ebbrezza può contagiare uno che non ha bevuto nulla?" continuava a domandarsi. Pensava al ragazzo, al diciassettenne che gli uomini seguivano come il padre, l'incomparabile Barca, e si rese conto che non conosceva il ragazzo, ma che il comportamento degli ottocento soldati, l'affiatamento perfetto, la forza di quella realtà lo avevano indotto a percepire Annibale come un terremoto o un'inondazione.

Sulla vetta si accovacciarono dietro ai roccioni e guardarono giù nella valle. Gli edifici si vedevano chiaramente: il tempio principale, le costruzioni attigue, le mura robuste con le torri; quattro torri, un vero e proprio quadrato, circondato da linee scure che potevano essere ombre, oppure un fossato. A ovest e a nord del tempio ardevano due piccoli fuochi; di tanto in tanto si vedevano le sagome di uomini in marcia, che facevano la guardia. Quindi non erano poi così tranquilli. Ma erano pochi, quattro a quel che poteva scorgere Bomilcare, e si fermavano sui lati che sarebbero stati minacciati direttamente in caso di un attacco dalla valle. Al di sotto della rupe c'era soltanto il lato posteriore del quadrato, addossato alla montagna, se non addirittura al suo interno: qualcuno mormorò qualcosa a proposito di certe grotte.

Più a destra Bomilcare vide una figura snella che si stagliava contro il cielo chiaro. Doveva essere Annibale, intento a impartire ordini, che venivano trasmessi sussurrando: dal momento che le corde non erano abbastanza lunghe, dovevano legarle a due a due; dato che non c'erano molte sporgenze cui assicurarle, ognuna avrebbe dovuto essere retta da due uomini mentre un terzo si calava. Duecento uomini a reggere e cento a scendere contemporaneamente, senza far rumore, poi altri cento e così via, fino a che seicento sarebbero stati sotto, e quindi gli ultimi allo stesso modo: un terzo si cala, due terzi reggono... e gli ultimissimi?

«Aggirano la montagna a cavallo. Oppure cavalcano fino a Kastulo per annunciare la disfatta. Forza, potrete discutere dopo!» L'ufficiale, che si trovava a qualche passo sulla sinistra di Bomilcare, sogghignò, verificò la posizione delle armi legate intorno alle spalle e iniziò la discesa.

Bomilcare fu tra i primi cento. Neanche allora vide Rushan, Qadhir o Letilio; non c'era da meravigliarsi, nella ressa notturna. Né se ne preoccupò, impegnato com'era nella discesa: la superficie ripida, le mani doloranti, i piedi che procedevano a tentoni. La fiducia cieca negli uomini che reggevano la fune doppia. E quello che li attendeva in basso.

Annibale e due suoi ufficiali raggiunsero per primi il cortile lastricato dietro il tempio principale. Ancor prima che gli altri uomini toccassero terra, i tre stavano già avanzando di corsa senza far rumore, con le spade corte in mano. Un gorgoglio, un grido di sorpresa, mezzo soffocato, quindi il tintinnio di un'arma che cadeva; poi nient'altro. Per il momento.

Ma fu sufficiente il tintinnio sordo. Da uno degli edifici laterali del tempio provenne una profonda voce maschile. Non avendo ottenuto alcuna risposta, dall'interno si udì un fruscio, il tintinnio delle armi afferrate in fretta, altre grida.

Bomilcare e alcuni altri irruppero attraverso l'apertura della porta per impedire agli uomini la fuga. Le prime lame si incrociarono; tintinnii e grida attirarono sempre più soldati. Qualcuno gettò legna resinosa su uno dei due fuochi, che avvampò e immerse tutto in una penombra rosso-blu; l'odore irreale del legno di conifera si mescolò a quello di sudore, sangue ed escrementi. I soldati sembravano danzare, le spade erano avide lingue guizzanti, perfino le mura degli edifici del santuario tremavano. Da ogni parte altri iberi si lanciavano sui difensori della postazione: uomini nudi, strappati dal sonno, ma non per questo combattenti meno furiosi. Dovevano aver dormito nel tempio principale, nelle nicchie, sulle mura oppure tra le torri, ed erano molto più di ottocento. Gli ottocento uomini di Annibale, invece, svegli ma non certo freschi dopo la lunga cavalcata e l'arrampicata, scendevano il pendio molto più lentamente di quanto sperato. Probabilmente, si disse in seguito Bomilcare, si era trattato solo di pochi istanti; molti uomini avevano le palme delle mani scorticate perché si erano precipitati a raggiungere i compagni, anziché calarsi una mano dietro l'altra. Ma il combattimento gli sembrò durare a lungo e al contempo svolgersi in modo terribilmente rapido. Cacciò il giavellotto corto nella gola di un ibero, a un altro, che si stava scagliando su un numida caduto, staccò dalla spalla il braccio che reggeva la spada e vide il sorriso lento del numida che iniziava a rialzarsi, la macchia che si estendeva lentamente sul mantello chiaro del cavaliere, il duro stupore sul volto del mutilato, dalla cui ferita una schiuma rossa si riversava sul mantello del numida, che si alzava sorridendo e poi crollava, colpito dal giavellotto di un ibero nudo, il cui membro spaventoso si ergeva come una seconda arma, e Bomilcare fu sul punto di rammaricarsi per il colpo della sua spada che poneva fine alla vita e al piacere di quell'uomo. Poi scivolò in una pozza, barcollò, rimase impigliato e vide un ferito strisciare premendosi la mano destra sul ventre aperto, da cui fuoriuscivano le interiora. Quindi d'un tratto, incredibilmente sereno e tranquillo in quel frastuono convulso, vide Annibale al vertice di un cuneo che aveva formato con alcuni ufficiali e soldati esperti. Avevano scovato da qualche parte degli scudi che tenevano davanti a sé e, con i giavellotti protesi orizzontalmente verso l'esterno, si precipitarono nell'ammasso più folto dei difensori, lo incrinarono, retrocedettero, si riunirono in una fila, circondarono il gruppo disordinato e lo strinsero nuovamente in un ammasso. Un ammasso ormai inerme, circondato.

A un certo punto la battaglia terminò, come il vento smette improvvisamente di soffiare. Nessuno diede l'ordine di deporre le armi, semplicemente accadde. I soldati esperti del barcide sapevano di aver vinto contro un nemico quattro volte più numeroso. Fin dall'inizio erano certi che avrebbero vinto, grazie all'addestramento, all'effetto sorpresa e al giovane stratega; quando Bomilcare guardò dentro di sé, si accorse con stupore che neanche lui ne aveva mai dubitato.

All'alba raccolsero i prigionieri, li contarono e gettarono le loro armi in un mucchio sempre più grande. Quando Rushan gli passò davanti, Bomilcare l'afferrò per una manica. Portava un pettorale – di cuoio, ricoperto di placche di bronzo – sotto cui il chitone bianco era macchiato di sangue.

«Hai combattuto anche tu?»

Lei sorrise, si divincolò e riprese a correre. «Naturalmente» disse senza voltarsi. «Ero ansiosa di conoscere la cosa che al mondo eccita di più gli uomini. Annibale mi ha mandato a chiamare. A più tardi.»

Bomilcare la seguì con lo sguardo, osservandola scomparire nelle fauci del tempio.

Contarono quasi cinquecento nemici morti e più di mille feriti, alcuni dei quali non sarebbero sopravvissuti fino alla tarda mattinata. Bomilcare cedette fin troppo volentieri ad altri il compito, che aveva sempre odiato, di uccidere i feriti gravi. I numidi che si incaricarono del lavoro uccisero anche i propri uomini le cui ferite non lasciavano nessuna speranza di guarigione.

Si sorprese ancora una volta quando venne a sapere che dovevano registrare soltanto trentadue morti, compresi i feriti che non sarebbero sopravvissuti. Un centinaio avevano riportato tagli più o meno gravi, lui compreso, ma le sue ferite all'avambraccio destro e alla spalla sinistra iniziavano già a cicatrizzarsi e non richiesero alcun trattamento.

Trovò Letilio tra coloro che raccoglievano i cadaveri. Il romano aveva soltanto un graffio sulla fronte.

«Non sei riuscito a tenerti in disparte?» disse Bomilcare.

Letilio sogghignò, ma ritornò immediatamente serio. «Neanche quello là.» Indicò uno dei morti.

Era Qadhir. Bomilcare si chinò a osservare il taciturno compagno di viaggio, ora ammutolito per sempre. Gli mancava un avambraccio, il petto e il volto mostravano ferite profonde, ma il colpo mortale doveva essere arrivato da dietro: un fendente che gli aveva spezzato l'osso del collo.

«Ti ha detto ancora qualcosa, lungo il cammino?»

Letilio sollevò le sopracciglia. «Che cosa avrebbe dovuto dirmi?»

«Aveva deciso di dare un'occhiata a Kastulo.»
«Non ne so nulla.»
«Che cosa spinge un romano a impugnare le armi per noi?»
Letilio lo fissò, poi guardò i morti, il tempio e la luce del mattino. «Sono... grandiosi» disse piano. «I soldati di Annibale. Non ho mai visto né provato niente di simile. È successo qualcosa del genere ai macedoni che combattevano con Alessandro?»

Al mattino giunsero i cavalli, condotti intorno alla montagna dagli ultimi uomini, che non avevano preso parte al combattimento. Nella valle vennero allestiti immensi roghi, in cui a poco a poco venivano gettati i caduti.

Due sacerdoti iberici, vestiti di nero, posarono una coppa di fuoco sulla sommità della scalinata di accesso al tempio e vi sistemarono sopra un tripode che sorreggeva un paiolo di ferro. Un terzo personaggio vestito di nero prese una manciata di rottami di metallo e li gettò nel paiolo.

Bomilcare aveva aiutato a trasportare i caduti e a disarmare, legare e rifocillare i prigionieri; aveva mangiato in piedi una manciata di chicchi di grano e sorbito un bicchiere di brodo. Troppo stanco per pensare lucidamente, troppo eccitato per riposare, girovagava tra gli edifici, che si trovavano tutti allo stesso livello, delimitati dalle mura, il cui parapetto superava appena dell'altezza di un uomo quella delle costruzioni. Magazzini, alloggiamenti, grandi bagni i cui recipienti per l'acqua erano riforniti attraverso una noria da un pozzo che si trovava nel suolo della valle, all'interno del quadrilatero edificato; per mezzo istante si domandò che cos'altro ancora potesse nascondersi sotto il livello degli edifici. Ma poi i suoi pensieri si fecero confusi, aggirandosi senza scopo tra brandelli di ricordi e grovigli multicolori: cornici tremolanti che non riuscivano mai a racchiudere abbastanza a lungo le immagini disordinate della battaglia da poterle osservare per intero.

Si avvicinò al tempio che si trovava al centro della superficie dell'immenso cubo. Davanti alla facciata, sotto il timpano sorretto da colonne sottili, i due sacerdoti erano ancora impegnati con il paiolo, in cui uno di loro rimestava con un bastone. Bomilcare salì i sette gradini che portavano a un ingresso laterale ed entrò.

Il buio del grande salone era rotto, più che rischiarato, da alcune fiaccole su sostegni di ferro, come se gli strappi tremolanti in un tendone di oscurità si stessero nuovamente per richiudere. I numerosi bracieri che ardevano piano rendevano il tutto ancor più irreale. Nuvole di fumo riempivano il tempio dell'odore della resina sacrificale e del carbone di legna. Al centro della parete di fondo si trovava un antichissimo Baal di ferro arrugginito, le cui orbite sembravano riempite con vetro o cristallo e riflettevano l'ardore rossastro dei bracieri. Lo circondavano le divinità senza nome delle molte tribù: il lupo celeste dei venti, una sfinge con le zanne dipinte di rosso, un grifone scolpito nella pietra color carne, le cui fauci di leone si avventavano sulla figura contorta del bimbo, di pietra più scura, sorretto dagli artigli del rapace. Sei sacerdoti iberici e uno punico, vestiti di rosso e di blu, camminavano su e giù tra le statue degli dèi, mormorando, intonando canti monotoni, spargendo offerte sacrificali sui bracieri ardenti. Non lontano da una grande pietra d'altare piatta su cui si trovavano i resti di un ariete, una cinquantina di uomini e donne, per lo più giovani, parte in piedi e parte seduti discutevano piano tra loro; vedendo che c'era anche Rushan, Bomilcare si ricordò delle osservazioni di Amilcare sulla sua missione tra gli ostaggi... presumibilmente quei giovani, tutti sopravvissuti a vari scontri. Più a sinistra, in una pozza di luce color ambra di cui non si riconosceva la provenienza, c'era Annibale insieme a una donna bella, snella e silenziosa. Anzi una fanciulla, non più che quattordicenne, ma in un certo senso senza età. Stavano lì in piedi e si guardavano negli occhi, senza toccarsi né muoversi. Iturun, figlia del re di Kastulo: Bomilcare aveva sentito il suo nome da alcuni soldati, e anche che presto avrebbe assunto il nome punico di Imilce e sarebbe stata unita in matrimonio con Annibale. Nel loro sguardo c'era qualcosa di particolare, superiore perfino al contatto fisico. Due ambre fiammeggianti. A Bomilcare iniziarono a bruciare gli occhi, per cui si voltò e uscì fuori, dove si sedette con la schiena contro il muro di un magazzino e chiuse gli occhi. Non voleva dormire, voleva conservare quella visione.

Fu ridestato dal suono di un corno, che il numida davanti al tempio ripose immediatamente come se avesse voluto soltanto svegliare Bomilcare.

Poi Annibale apparve sui gradini, dove i prigionieri erano accalcati in attesa; con lui c'erano alcuni uomini robusti che conducevano un ibero e Rushan, che appariva un po' pallida. Li seguiva la lunga schiera degli ostaggi.

Solo allora Bomilcare vide che l'ibero condotto dagli uomini robusti aveva le mani legate dietro la schiena e non poteva chiudere la bocca, perché gli avevano infilato un piccolo cuneo tra i denti.

I soldati di Annibale, i prigionieri, gli ostaggi, i sacerdoti: si alzarono tutti, alcuni a forza di calci e botte. Annibale retrocedette fino all'ultimo gradino; questa volta Bomilcare vide chiaramente il giovane che aveva guidato l'audace attacco notturno e aveva fuso gli ottocento uomini in una creatura fantastica. Di altezza media, snello, le braccia nude muscolose, il volto giovane e senza segni particolari... ne fu quasi deluso. Ma poi avvertì nuovamente quella tensione speciale che indubbiamente emanava dal figlio di Amilcare. Rivolse un'occhiata a Letilio: gli occhi del romano, fissi su Annibale, ardevano.

Annibale indicò il prigioniero che si trovava sotto di lui. Con voce chiara e ben udibile, disse: «Era un principe. È stato un traditore. Presto non sarà più nulla. Ha diviso il pane e il sale con Amilcare e Asdrubale, si è appropriato dell'argento di Qart Hadasht dandoci in cambio ferro insanguinato. Io gli darò piombo fuso».

I sacerdoti afferrarono due lunghe tenaglie, sollevarono il paiolo dal tripode e lo vuotarono nella gola del prigioniero.

Degli avvenimenti del resto della giornata Bomilcare colse solo una parte, come da dietro un velo. Dal momento che non apparteneva allo squadrone, non aveva nessun compito ordinario da svolgere, e quelli straordinari erano terminati. Si accorse che Letilio riponeva la spada lunga tra le proprie cose. Dopo di che il romano, evidentemente non troppo stanco, se ne andò in giro a discutere con moltissimi soldati, a porre domande, a udire e raccontare storie. Con stanca ironia, Bomilcare si disse che il viaggio, se non aveva contribuito a chiarire l'enigma dell'omicidio, aveva pur sempre trasformato un giovane ufficiale romano in un ammiratore sfegatato del figlio di Barca.

Nel pomeriggio un primo gruppo di prigionieri partì scortato dai numidi, che li avrebbero dovuti condurre a una fortezza che distava due giornate di viaggio. Annibale rimase tutto il giorno in piedi; interrogò i prigionieri, che parve dividere in due gruppi, senza che Bomilcare riuscisse a comprendere in seguito a quali riflessioni o per quale motivo lo facesse. Dopo aver caricato le sue cose sui cavalli si addormentò, deciso a riposarsi un poco.

Alla sera venne svegliato da Rushan, il cui volto era segnato dalla stanchezza, ma anche stranamente raggiante. Bomilcare la seguì fino a una delle cucine da campo allestite in fretta, dove ricevettero una scodella di brodo grasso, un panfocaccia e un po' di vino allungato. Mangiarono per terra, accanto all'uscita verso il muro occidentale, quasi senza parlare; Bomilcare continuava a osservarla. Alla fine si pulì le dita sul chitone, che un tempo era stato chiaro, e disse: «Che cosa ti ha cambiata?».

«Si vede?»

Lui annuì.

«La battaglia?» Lei alzò le spalle. «Forse. Conoscere Annibale, il modo in cui conduce gli uomini, che lo ritengono un giovane dio? Questo lo sapevo già, anche se l'ho visto oggi per la prima volta.» Chiuse gli occhi e proseguì, quasi trasognata: «Oppure il nuovo incarico? O tutto questo insieme?».

«Di quale incarico si tratta?»

«Prima che Asdrubale venga a riordinare tutto, io, insieme al migliore ufficiale di Annibale, Atbal, devo sorvegliare la costruzione e fare progetti per il futuro degli ostaggi. Cercherò di stabilire chi è fedele e chi potrebbe essere indotto in tentazione.»

Bomilcare sorrise. «Io, per esempio.»

«Hai ancora abbastanza energie?»

«Probabilmente non ci vedremo mai più, purtroppo, e congedarci con un semplice cenno sarebbe... poco.»

«Vieni.»

La seguì nel tempio. Dietro agli dèi, all'estremità dell'area dell'altare, in una nicchia c'era una scala sottile che portava in alto. In cima, sopra l'immenso locale interno, si trovava una serie di alloggiamenti per i sacerdoti o gli ospiti; Rushan aveva chiesto e ottenuto una delle stanze.

«Rapido, ma senza furia» gli disse mentre si spogliavano.

Durante la notte Bomilcare si svegliò e, alla luce fioca delle stelle che filtrava attraverso il piccolo lucernaio, vide che Rushan l'osservava. «Non dormi mai?» le disse.

«Mi ero appena svegliata, e mi chiedevo se dovessi svegliarti.»

«Uhm. Svegliami.»

In seguito le fece alcune domande sulla vita all'interno della costruzione ma o lei non ne sapeva molto, oppure non c'era molto di interessante da sapere. O forse non ne voleva parlare.

Al mattino gli diede un bacio. «È stato bello, ma ora è finito e anche questo è bello.» Lo afferrò per le orecchie e lo guardò fisso. «Stai in guardia. La spada lunga di Tito Letilio... l'ha utilizzata nella battaglia.»

«Che cosa vuoi dirmi?»

Un sacerdote aprì la porta della stanza. «Bomilcare? Ah, bene. Sbrigati, Annibale vuole partire subito.»

Sulla scalinata ripida glielo domandò di nuovo, ma lei si limitò a dire: «Se è importante, ci arriverai da solo; se non lo è, non voglio risvegliare i lupi dei venti».

Annibale prese con sé venti numidi esperti, cento dei suoi iberi e centocinquanta prigionieri, che cavalcavano slegati, ma anche disarmati. Letilio aveva osservato tutto mentre Bomilcare s'intratteneva con Rushan, e gli riferì, ancora eccitato, delle discussioni di Annibale con i capi dei prigionieri, dei giuramenti solenni e della divisione del pane e del sale.

«Non sono più prigionieri, sono nuovi soldati» disse il romano. «Ieri sconfitti, oggi fedeli... È possibile?»

«Eppure anche voi avete due o tre alleati; ieri annientati, oggi fedeli... È possibile?» Bomilcare rise a singulti. «I sabini, per esempio, oppure gli etruschi, con cui abbiamo concluso trattati fin da quando erano ancora i vostri padroni e

Roma era un villaggio paludoso. Nulla è impossibile, se viene fatto nel modo giusto. E tu conosci qualcuno che lo faccia meglio di quel... ragazzo là davanti? Perfino tu divideresti il pane e il sale con lui.»

Letilio sorrise debolmente. «Colpito. È davvero... ah, non importa. Lui però mangerebbe il pane e il sale con un romano?»

Bomilcare tacque per un po' e alla fine disse: «Perché no? Si dice che abbia giurato nel tempio di Baal a Qart Hadasht che non sarebbe mai stato amico di un romano. Roma è l'insieme di ciò che minaccia l'ecumene... violatori di trattati, che vogliono estendere a tutto il mondo...».

«Non ricominciare» borbottò Letilio.

«... il loro dominio e la loro lingua. Ma un singolo romano...?»

Per un po' cavalcarono fianco a fianco in silenzio. Più avanti, subito dietro la testa del convoglio, Annibale stava congedando, con un sorriso e una pacca sulla spalla, un ibero che aveva cavalcato a lungo accanto a lui, e ne chiamava un altro con un cenno. Bomilcare aveva sentito dai numidi che Annibale conosceva il nome, la storia e le abitudini di ogni suo singolo cavaliere; prima di raggiungere la costa libica sarebbe senz'altro stato in grado di chiamare per nome i (non più) prigionieri e di fare battute sulle loro cattive abitudini. Inoltre evidentemente aveva impartito ordini molto precisi.

«Durante il cammino quelli formano nuovi reparti» disse Letilio; sembrava quasi esterrefatto. «Sempre quattro dei suoi vecchi uomini e sei nuovi. Siamo in cammino da meno di tre ore...»

«Ma sappiamo effettivamente qualcosa che prima non sapessimo? Intendo dire per ciò che riguarda gli omicidi e i retroscena?»

Letilio scosse il capo. «Ho visto molte cose, su cui rifletterò a lungo, ma... no, nulla che riguardi questo.»

Impiegarono dieci giorni fino al porto di Malaka: in quei dieci giorni nacque un nuovo esercito. I soldati iberi, che solo poco prima avevano combattuto contro gli uomini del giovane punico, ora avevano mutato atteggiamento; inoltre Annibale li teneva perennemente impegnati. Di continuo gruppi di esploratori venivano mandati avanti o incaricati di ispezionare le vallate laterali e le vie secondarie, per poi ricongiungersi il giorno successivo con il convoglio che aveva proseguito. E, oltre ai reparti avanzati e alle truppe di retroguardia, c'erano i turni di guardia all'accampamento, la formazione di gruppi addetti alla costruzione di fossati e latrine o all'allestimento di nuovi trinceramenti ogni sera...

A Malaka li attendevano due quinquiremi fatte giungere da un altro porto dai messi veloci di Asdrubale. A bordo, oltre a montagne di equipaggiamenti (spade corte tutte uguali, divise colorate di rosso, lance, gambiere, pettorali di cuoio ricoperti di metallo, cibo, acqua e vino), solo pochi marinai e i timonieri. Le navi erano state spinte a forza di remi da equipaggi d'emergenza, sbarcati a Malaka; la traversata fino a Igilgili avrebbe trasformato i cavalieri in rematori e avrebbe rappresentato un nuovo compito, da portare a termine insieme (e di cui lamentarsi insieme). I cavalli restarono a Malaka: nelle fortezze della costa libica c'erano sempre cavalcature a sufficienza.

Come tutti gli altri, Letilio e Bomilcare parteciparono ai turni di voga, fecero la loro parte a pulire, cucinare, rigovernare e soffiarono sui calli che si formarono sulle palme delle loro mani; Annibale era sull'altra nave e, se di tanto in tanto Letilio si chiedeva tra sé a mezza voce se il punico li evitasse intenzionalmente, esteriormente si accontentava della supposizione di Bomilcare secondo cui il comando della spedizione e la sorveglianza dell'esercito in formazione erano più importanti delle discussioni accademiche sui possibili moventi degli omicidi. «Si occuperà di noi, ma solo quando sarà necessario.»

Annibale non era amante dei lunghi pellegrinaggi costieri, come i marinai punici definivano il cabotaggio da un porto all'altro; si fidava dei timonieri esperti che Asdrubale gli aveva procurato e che gli consigliarono di navigare direttamente da Malaka a Igilgili senza toccare terra. Grazie al vento e al tempo favorevoli impiegarono quattro giorni a raggiungere la meta. I marinai dicevano che, con un percorso differente – da Malaka verso sud fino a Rusadir, e da lì lungo la costa verso est – ci sarebbe voluto almeno il doppio del tempo.

«Noi passiamo da Kirta e arriviamo fino a Sikka. Ci incontriamo là, quando qui avrete finito.» Annibale indicò verso sudest, dove si ergevano monti scoscesi, dietro cui le città menzionate sembravano chimere.

Il sole a occidente era già basso: presto si sarebbe fatto buio. Alcuni uomini della fortezza di Igilgili aiutarono i soldati, con le gambe indolenzite dalla traversata, a scaricare il loro bagaglio. Con le due imbarcazioni il porto, piccolo e poco profondo – in realtà solo un molo innalzato e non ulteriormente difeso, che terminava in un banco di sabbia prominente, oltre ai consueti edifici della dogana e del capo del porto –, era già stracolmo: i pescherecci e i piccoli mercantili dovettero stringersi l'uno all'altro per non essere spinti fuori dall'acqua. O almeno questa era l'impressione.

Numidi e iberi dovettero trascorrere la notte in parte all'interno e in parte nei pressi della fortezza, che si trovava un po' fuori dal paese. La prima preoccupazione riguardò i cavalli: ce n'erano abbastanza e sarebbero stati portati l'indomani mattina presto da un pascolo vicino. Dopo aver discusso le altre questioni – vitto, alloggio, novità – Annibale aveva assegnato i compiti ai suoi ufficiali e si era seduto su una grossa pietra che si trovava all'estremità settentrionale del molo e avrebbe potuto servire come bitta, se qualcuno avesse voluto ormeggiare così vicino al banco di sabbia.

«Quali sono le tue intenzioni, signore?» Letilio era in piedi accanto al suo bagaglio, da cui sporgeva l'impugnatura della spada lunga.

Annibale si fregò il naso. Il suo volto giovane sembrava un po' affaticato. Durante la traversata l'aveva colto una leggera febbre e si diceva che, con il mare grosso, fosse soggetto alla nausea. Avevano avuto il mare molto grosso per un giorno intero. Ma i suoi occhi non apparivano né febbricitanti né stanchi.

«Cavalcheremo rapidi» disse. «Nel frattempo raccoglieremo informazioni, a destra e a sinistra. Nelle fortezze forse si saprà se a Qart Hadasht ci sono stati grandi avvenimenti, dopo la vostra partenza. Qui, il capo del porto e lo stratega della fortezza non ne sanno ancora nulla.»

«E poi? A Sikka?»

Annibale si rivolse a Bomilcare. «Mio padre dice che, prima della tua partenza, hai ricevuto anche un'istanza da Sikka, dove sarebbero stati visti mercenari nella tenuta del nobile e benestante Hiyarbal.» Sorrise appena. «Come ufficiale di cavalleria dello stratega di Libia e d'Iberia, ho ricevuto l'incarico di occuparmene. Lo stratega non è soddisfatto della tendenza di certi uomini a mantenere eserciti privati nei territori di sua competenza.»

Letilio toccò il suo bagaglio con il piede; senza alzare lo sguardo, disse: «È questa la versione ufficiale? Non dimenticare, signore... se non ricordo male, si parlava di diverse centinaia di soldati. In ogni caso, più di quanti tu ne abbia con te».

Annibale annuì imperturbabile. «E allora?»

«Scusa, dimenticavo con chi sto parlando.»

«Più tardi, alla fortezza, vorrei che mi raccontassi alcune cose su Roma.» Si alzò in piedi e indicò con il capo il centro del molo, dove il trambusto dello scarico era terminato.

«Ora devo scambiare due o tre parole con Bomilcare, destinate soltanto a orecchie puniche.»

Letilio accennò un lieve inchino.

Bomilcare seguì Annibale fino a che furono fuori dalla portata delle orecchie del romano. Allora il barcide si fermò e gli rivolse uno sguardo indagatore.

«Sei stato all'altezza della situazione?»

Bomilcare alzò le spalle. «Finora sì.»

«Quanto sa?»

«Non saprei dirtelo. Mi sono sforzato di fargli pensare certe cose e di tacergliene altre... tutto quello che mi sembrava importante. Le monete, per esempio, e i bilancieri. Di tanto in tanto il suo comportamento mi ha reso sospettoso; d'altra parte questo vuol dire che non posso essere sicuro che lui non mi tenga nascoste le cose più importanti.»

Annibale scoprì i denti per un istante. «È proprio così. Questa sera non potremo svelare molti misteri, ci sono altre cose da chiarire.» Strinse gli occhi. «Asdrubale dice che sei bravo. Amilcare dice che non ha sentito niente di male su di te. Nel tempio hai combattuto bene e Rushan ha una buona opinione di te. Confido che non farai errori. Spero che tu abbia gli occhi anche dietro.»

Bomilcare gettò uno sguardo a Letilio, che si era seduto su una bitta e guardava verso il mare aperto. «Voglio farmeli crescere.»

«Allora ascolta.» Annibale parlò piano, rapido e conciso; gli svelò i suoi progetti e Bomilcare, che fino ad allora non aveva idea di ciò che avrebbe potuto e di ciò che sarebbe dovuto succedere, rimase più volte senza fiato.

«Spero che Antigonos abbia fatto chiarezza su due o tre punti e che ci possa far pervenire notizie» disse Annibale. «Fino ad allora, si tratta solo di congetture.»

«Ma...» Bomilcare scosse il capo. «Come ci sei arrivato? E che cosa sai di questi affari?»

«Non abbastanza da avere certezze, ma abbastanza da credere ad Asdrubale.»

«Asdrubale? Che cosa c'entra ora Asdrubale?»

«Ha collegato i fatti mentre eravate con lui. Ma poi ha deciso di non dirti nulla, perché non si fida del romano. Anziché parlare, ha agito. Ha suggerito ad Amilcare di non coniare le monete, per il momento. Ha inviato messi a Kalpe, la colonna settentrionale di Melqart, da dove ha fatto giungere le due navi a Malaka. E ha inviato istruzioni ad alcune persone fidate nei porti tra qui e il mare occidentale.»

Dopo aver riflettuto un poco, Bomilcare disse: «È un gioco pericoloso, non è vero? Il massimo della posta con un brutto lancio di dadi».

«Intendi dire, per via di Antigonos e degli altri?»

Bomilcare annuì. «A chi mai piace fare la fame?»

«Se, alla fine del gioco, uno dei nostri dovesse essere ridotto alla fame, troverà sempre pane in Iberia.» Annibale rise. «Ma non sottovalutare Antigonos: ha visto di peggio. E soprattutto: il gioco deve continuare fino a che non sapremo chi realmente l'ha cominciato. E perché l'uno o l'altro dei nostri amici sembra giocare in modo tanto strano.»

Il sole tramontò e un velo di ruggine o di sangue in via di coagulazione ricoprì l'acqua. Dalla città giungevano i soliti rumori della sera: molte persone che intendevano portare a termine, rapidamente e a voce particolarmente alta, le contrattazioni, gli affari e gli scambi di informazioni e di dicerie. Letilio si alzò dalla pietra, si chinò sul suo bagaglio, levò lo sguardo verso di loro, poi si bloccò come se fosse indeciso e si sedette di nuovo.

Bomilcare cercò sul volto del giovane le risposte alle domande restanti, ma non vi lesse altro che un notevole disgusto, un filo di stanchezza e la volontà di ridurre una montagna a un mucchio di sabbia, con cui formare un cappio per legare il mare. Si sentì minuscolo, insignificante, ma nello stesso tempo onorato ed eletto.

"Che cos'è" pensò mentre ritornava da Letilio "che riscalda e insieme trafigge?" Comprese immediatamente quel che intendeva il romano, quando disse: «*Numen adest*».

In lui c'era qualcosa di divino; solo che Bomilcare non credeva agli dèi. «Vuoi sacrificare o pregare?» chiese.

Letilio si piegò sul bagaglio; quando si rialzò disse, come incidentalmente: «Avrei dovuto ucciderlo. Una volta, nel tempio, ha avuto la schiena scoperta. Il Senato e il popolo non avrebbero mai saputo che cosa gli sarebbe stato risparmiato».

«E perché non lo hai...?»

Il romano si mise il bagaglio in spalla e seguì Bomilcare alla fortezza, che si trovava a oriente del porto. Sembrava insieme irritato e trasognato. «Talvolta gli dèi preparano un ricettacolo perfetto... uno strumento per i loro scopi. A un semplice mortale non è lecito distruggerlo.»

Bomilcare inspirò profondamente e giunse a una decisione. «Inoltre tu eri impegnato in tutt'altre occupazioni. A sopravvivere, per esempio. E a eliminare Qadhir.»

Letilio proseguì impassibile. «Come ti è venuto in mente?» La sua voce era inalterata; al massimo sembrava un po' divertita.

«La tua spada lunga e la grande ferita di Qadhir. È stato quasi decapitato: un'operazione difficile per le spade corte e appuntite utilizzate da tutti gli altri.»

«Se ci si sforza un poco, ci si riesce di sicuro.» Letilio rise piano. «Così avrei ucciso Qadhir alle spalle? E perché, signore dai pensieri contorti?»

«A Kastulo ha voluto tenerti d'occhio. Forse ha visto qualcosa che, a tuo giudizio, non avrebbe dovuto dirmi.»

«Come facevo a sapere che non te l'avrebbe detto durante la strada? Perché non l'ho gettato giù dal sentiero montano?»

«Forse a Kastulo non lo hai visto, e lui si è tradito con te per un'osservazione imprudente, per uno sguardo, prima della discesa al tempio?»

Proseguirono in silenzio l'uno accanto all'altro, fino a che Letilio si schiarì la gola. D'un tratto la sua voce parve diversa: più dura, più lontana.

«E così avrei ammazzato Qadhir? E chi altro ancora?»

«Me lo sto chiedendo da qualche tempo.»

«Tre notti e poi qui dovremmo trovare Aspasia e Tazirat, oltre ad alcune risposte. Che cosa facciamo fino a quel momento?»

«Forse tu le risposte le conosci già.»

Letilio sbuffò. «Se sapessi tutto, sarei già tornato da tempo a Roma. Perché mai avrei dovuto viaggiare per l'Iberia?»

«Perché nessun romano ha mai avuto le tue possibilità di guardarsi intorno in Iberia.»

«E per questo il Senato e il popolo mi mandano a Cartagine?» Ora il suo tono era irritante, quasi sarcastico. «Una deviazione piuttosto lunga, non trovi?»

«A volte le deviazioni portano più rapidamente alla meta.»

«Un modo di dire cartaginese? Comunque sia... quale avrebbe dovuto essere il mio compito? Giocare per un po' alla spia?»

Bomilcare esitò. Alla fine disse: «Sì... anche. Immagino che tu avessi due compiti: innanzi tutto stabilire che cosa è accaduto realmente a Lavinio. E poi verificare come si potesse produrre il maggior danno possibile per Qart Hadasht, senza darlo a vedere. Il nostro danno è il vostro vantaggio, infatti. O almeno voi la vedete così».

Avevano quasi raggiunto la porta della fortezza, sorvegliata da quattro fanti iberici. Letilio si fermò e lo guardò di traverso.

«Voi la vedete diversamente?»

«Per secoli abbiamo vissuto, trattato e combattuto con elleni e persiani, macedoni ed egizi, senza volerli annientare. È per questo che la vediamo diversamente.»

«In questa parte del mondo non c'è spazio per un'altra potenza, accanto a Roma.»

«Il mondo è abbastanza grande per tutti.»

Letilio alzò le spalle. «E adesso? Vuoi farmi incatenare, là dentro?» Indicò con il mento la fortezza. «Un coltello durante la notte? Giavellotti iberici alle luci dell'alba?»

Bomilcare sospirò. «Per quel che mi riguarda, tornerai a Roma sano e salvo: il Consiglio di Qart Hadasht non vuole noie. Solo che per me sarebbe un piccolo sollievo, se non dovessi badare continuamente alla mia schiena e alla tua spada.»

Letilio parve esitare, poi scoppiò a ridere. «Ah, ma che cosa dici? La tua schiena non corre pericoli, quantomeno da parte mia. Tu sei stato un piacevole compagno di viaggio... per essere un cartaginese.»

«Su che base dovrei fidarmi?»

Allora Letilio ritornò assolutamente serio. «Devo giurartelo? Sui tuoi dèi, a cui non credi? Sui miei?»

«Su una divinità che oggi abbiamo avvertito entrambi.» Non ne era certo, ma gli sembrava che Letilio fosse trasalito leggermente.

Poi il romano annuì. «E sia.» Strinse la mano destra a pugno e se la portò al petto.

Igilgili si trovava sulla grande strada costiera che univa Qart Hadasht con il lontano stretto di mare presso le Colonne di Melqart; inoltre, verso sudest e sudovest, si dipartivano o terminavano altre vie commerciali che conducevano all'interno. Insieme al porto, tutto questo faceva della città uno scalo importante e un mercato per l'intero entroterra. La fortezza ne costituiva la parte orientale; a sud e a sudovest del porto erano disposte, come a scacchiera, le strade, gli isolati e le piazze della città, che contava circa diecimila abitanti. Oltre a punici e libifenici, emigrati da città come Ityke e Hipu, vivevano lì numidi dei due grandi popoli (massili e masessili), garamanti, discendenti di contadini libici e alcuni elleni: per lo più mercanti e artigiani che, dopo la guerra romana, avevano preferito restare elleni sulla costa della Libia punica, piuttosto che parlare latino e adottare le usanze latine sotto il dominio dei romani.

Ne risultava un quadro variopinto, anche se non particolarmente eccitante: forse, però, la mancanza d'entusiasmo di Bomilcare dipendeva anche dal suo umore, che era turbato da tutte quelle domande e mezze risposte, dalle incertezze e dalle imponderabilità degli ultimi giorni. Lo squadrone di Annibale si era mosso presto, senza che Bomilcare se ne accorgesse: dormiva, evidentemente più stanco di quanto egli stesso immaginasse. Senza preoccuparsi di Letilio, che teneva a sua volta le distanze, passeggiò per la città guardandosi intorno, osservando le piazze piacevolmente ombreggiate da alti alberi, i muri multicolori, i visitatori del mercato dall'aspetto molto differente, e chiedendosi chi mai avrebbe potuto comprare il leoncino che veniva offerto in una gabbia. Si sedette all'ombra di una tettoia con qualche frutto, li mangiò e ascoltò i discorsi della gente intorno a lui. Le solite cose: il lavoro eccessivo, il denaro che non bastava, gli strani affari dei ricchi e la moglie di Khubut...

Poi pranzò abbondantemente in un'osteria che si trovava al di sopra della spiaggia, un po' a sud del porto. C'erano birra fresca, pesce, agnello e lenticchie, tutto ben condito e così abbondante da richiedere un lungo sonnellino sotto le palme. Quando ritornò alla fortezza a metà pomeriggio, Letilio non era in vista. Bomilcare parlò con alcuni degli iberi che si trovavano là da molte lune, ascoltò i loro racconti nostalgici e rassicurò gli uomini che in patria tutto andava per il meglio; quindi un'inquietudine inspiegabile lo spinse ancora una volta verso la città.

Il giorno di mercato non si era ancora concluso, ma l'animazione era visibilmente diminuita. Nell'ingresso di una casa trovò un vecchio cambiavalute che gli indicò dove fosse l'agente locale del Banco della Sabbia.

L'uomo, un elleno della Gallia originario dei dintorni di Massalia, lo accolse senza entusiasmo, ma anche senza sorpresa. «Bomilcare, dici?» Lo osservò. «La descrizione potrebbe corrispondere, ma non hai un aspetto così particolare: probabilmente una persona su quattro, tra qui e Alessandria, corrisponde alla tua descrizione.»

«Descrizione? Vuol dire che mi aspettavi?»

Il massaliota gli indicò uno sgabello. «Siediti. Il fatto è che mi ha scritto il mio signore Antigonos.»

«Che cosa ti ha scritto?»

«La fretta è cattiva consigliera. Aspetta.» Si inginocchiò

dall'altra parte della sua scrivania, che evidentemente era stata riordinata, oppure testimoniava di una scarsa attività. Da un cestino contenente numerosi rotoli ne estrasse uno, si sedette, aprì il nastro che lo teneva chiuso, lesse, annuì e alla fine lo porse a Bomilcare.

«Ecco. Leggi tu stesso.»

Bomilcare diede una scorsa al messaggio, in cui Antigonos (apparentemente di suo pugno) pregava il nobile Nauplios di comunicare a un uomo di nome Bomilcare, di cui descriveva l'aspetto, che le donne erano in città e che non doveva assolutamente cercare l'ospitalità di un certo signore di Sikka, ma ritornare subito in patria. Nel caso Antigonos fosse già ripartito, poteva rivolgersi a Bostar.

Bomilcare arrotolò nuovamente il papiro e lo restituì a Nauplios. «Ti ringrazio: il messaggio mi ha rincuorato.»

«In realtà non sono un luogo di scambio di notizie» disse il massaliota. «Ma a volte capita che si accumulino qui. Evidentemente il mio signore Antigonos è nuovamente coinvolto in qualcosa.»

Bomilcare lo fissò per alcuni istanti, poi schioccò le dita. «Ah... ce n'è una anche per il delegato dello stratega?»

«Tu lo dici.»

«È venuto a prenderla?»

«Già ieri sera. Ma era sigillata: non so che cosa contenesse.» Nauplios sorrise. «E, se lo sapessi, presumibilmente non dovrei dirti nulla.»

Il mattino dopo lasciarono la fortezza con una guida numida che conosceva due o tre scorciatoie attraverso i monti. Qualche giorno dopo, poco prima di mezzanotte, giunsero alla fortezza fuori dalla città di Sikka. Qui li attendeva una delusione.

«È possibile che siate stati veloci, ma evidentemente gli uomini di Annibale conoscevano le stesse scorciatoie. Se non migliori.»

Lo stratega della fortezza, che non era ancora andato a dormire, fece portare loro pane, vino e carne fredda. Mentre mangiavano nel suo ufficio, riferì loro che Annibale era apparso con i suoi cavalieri, stanchi ma di buon umore, nel tardo pomeriggio del giorno prima. Aveva preteso alcune spiegazioni sull'esatta posizione del podere di Hiyarbal e preso in prestito le tre dozzine di frombolieri baleari appartenenti alla guarnigione della fortezza: «Non si sa mai, ha detto».

«Semplicemente così?»

«Mi ha mostrato uno scritto dello stratega Amilcare, che ordinava a me e a tutti gli altri di obbedirgli. Ho cavalcato insieme a lui: ci sono cose che bisogna vedere di persona.»

Verso la mezzanotte (avevano fatto una sosta alla fortezza, prima di ripartire) si erano diretti all'ampia tenuta del nobile e benestante Hiyarbal, che da molte lune veniva presidiata da quasi mille uomini, assoldati da lui, e dove continuavano a giungere carovane: bestie da soma cariche di ceste pesanti.

I frombolieri avevano liquidato, rapidamente e quasi senza far rumore, le poche sentinelle: nessuno pensava a un attacco nel cuore della notte, e tantomeno da parte di un esercito regolare. Erano penetrati negli edifici e nelle tende, sopraffacendo la maggior parte dei mercenari: c'erano stati diversi piccoli scontri con tre dozzine di morti, disse lo stratega, «ma gli uomini di Annibale erano stati rapidi e micidiali come serpenti, e inafferrabili come fantasmi della notte». In realtà, tutto era finito quasi ancor prima di cominciare. Dal momento che era l'unica cosa sensata da fare, avevano disarmato i mercenari di Hiyarbal e li avevano lasciati fuggire; l'immenso bottino che si trovava negli edifici era stato trasportato alla fortezza.

Al mattino Bomilcare e Letilio ebbero di che stupirsi: innumerevoli ceste piene di monete, *shiqlu* d'argento e doppi *shiqlu* della capitale, stateri d'oro provenienti da tutte le località ellene possibili, dracme di ogni dimensione fino alle decadramme del regno seleucide.

E migliaia di *shiqlu* appena coniati con il volto di Melqart, che somigliava molto ad Amilcare e aveva una verruca sul naso: le nuove monete iberiche, non ancora battute da Asdrubale e Amilcare, tutte realizzate con un bilanciere difettoso (oppure con altri costruiti in base a quello).

Negli edifici della tenuta, disse il capo della fortezza, erano state trovate inoltre molte cose che solitamente non facevano parte di un podere: grossi forni di fusione, molte fucine, buche per miscelare i metalli fusi, locali adibiti a zecca e una serie di utensili che Annibale aveva portato via con sé.

«Per te ha lasciato soltanto questo.» Lo stratega porse a Bomilcare un pezzo di papiro e due mezze monete.
«Che cos'è?» disse Letilio, alzandosi in piedi e sporgendosi oltre le spalle di Bomilcare. «Cosa ti scrive?»
«"Prendi e guarda." Nient'altro.»
Bomilcare prese la moneta tagliata in due e la soppesò nella mano; poi rise e ne osservò i contorni spezzati.
Le monete erano un po' troppo pesanti... ma questo chiunque (anche un cambiavalute, un controllore o un impiegato della banca) lo avrebbe attribuito innanzi tutto al fatto che erano nuove. E quello che si vedeva nei contorni spezzati poteva essere piombo, mescolato con rame o forse stagno, o qualunque altra cosa... tranne una: argento. L'argento si trovava solo all'esterno, come sottile rivestimento.
«È... grandioso» disse Bomilcare restituendo le monete allo stratega; il papiro se l'intascò.
«Grandioso?» Il capo della fortezza scosse la testa. «Non so se questa sia la parola esatta. Stavano quasi per riuscirci. Non per molto, ma abbastanza a lungo per provocare danni terribili.»
Letilio si alzò e si diresse al vano della finestra. Guardò fuori, verso il cortile della fortezza. Quando si voltò, sulle sue labbra si disegnò un sorriso sottile.
«Proprio così, quasi» disse.

12

Nella piazza antistante la porta di Tynes c'erano meno banchi del mercato e tende del solito; per quel pomeriggio e per i successivi occorreva spazio per gli spettatori: erano i giorni delle grandi corse di cavalli e di cammelli di mezza estate. Bomilcare voleva dare un'occhiata alle stalle e ai chioschi delle scommesse, a nordovest della zona del mercato, dove sperava di incontrare certi conoscenti e spie del popolino.

«Innanzi tutto i cavalli, però» disse.

«Dove li vuoi portare?» Letilio gettò un'occhiata alle sue spalle, mentre cavalcavano attraverso la porta del muro dell'istmo.

«Appartengono all'esercito... perciò nelle stalle della fortezza.»

«E poi?»

«Andrò dai corridori, che di solito in città ne sanno più di chiunque altro e di quanto dovrebbero. Poi dalle guardie. E quindi da Aspasia.»

Letilio arricciò le labbra. «Dove ci vediamo? E quando?»

«Tu piuttosto, che cosa hai in mente?»

Il romano gli rivolse uno sguardo al contempo sorpreso e carico di rimprovero. «Come certamente sanno i tuoi uomini del capannone dei carri, in città ci sono alcuni amici fidati di Roma. Voglio vedere se sanno qualcosa di nuovo.»

«Al tramonto del sole... da Aspasia?»

Letilio annuì. «Forse ci sarà anche Tazirat da quelle parti.»

Consegnarono i cavalli allo stalliere della fortezza, che dichiarò di non aver sentito nulla di nuovo sugli avvenimenti cittadini. «Qui non succede proprio mai niente» disse «a meno che non succeda qualcosa.»

«Hai terribilmente ragione.» Letilio si mise il bagaglio in spalla; l'impugnatura della spada lunga sporgeva come un ramo che gli crescesse sulla schiena. «Ci vediamo.»

«Stai attento» disse Bomilcare mentre lasciavano le stalle e ritornavano alla piazza davanti alla porta passando attraverso le scuderie e l'interno del muro dell'istmo. «Sai, non ci siamo resi particolarmente popolari. È possibile che ci aspetti qualche coltello.»

Letilio si fermò e gli rivolse uno sguardo in tralice; il suo volto esprimeva divertimento e stupore. «So apprezzare le tue preoccupazioni, mio vecchio nemico, ma mi sorprendono.»

Bomilcare rise piano. «Gli spiriti malvagi che già si conoscono in caso di dubbio sono pur sempre preferibili a quelli che forse potrebbero ancora venire inviati da Roma.»

«Ah. Ora capisco. Guardati le spalle dalle nuove speranze fondate sulla violenza.»

Nei locali delle guardie Bomilcare incontrò soltanto due tutori dell'ordine, che se ne stavano seduti seminudi a giocare a dadi nella stanza più interna e più fresca.

«Sei ancora vivo?» disse il più vecchio. «Autolykos sarà entusiasta di sentirlo.»

«Ci sono novità importanti?»

«Nulla, per quel che ne sappiamo» disse il più giovane, che aveva una grossa verruca al lobo dell'orecchio sinistro, simile a un gioiello. «Autolykos è reduce da alcune lunghissime discussioni con i grandi capi, di cui ignoriamo il contenuto.»

Il più anziano si grattò il petto villoso, su cui c'era un intrico di perle di sudore. «Ma ha parlato anche con Zililsan e con gli altri del capannone... ripetutamente. Forse loro ne sanno qualcosa.»

«Quando arriverà qui?»

«Presto. Oppure tardi.»

«Da che cosa dipende?»

Il più anziano sogghignò. «Questa probabilmente è l'informazione più precisa che possiamo dare.»

Bomilcare lasciò il suo bagaglio nella stanza più interna e camminò per un po' nella zona nordoccidentale del mercato, dove i proprietari dei cavalli e dei cammelli discutevano sulle poste e sugli accordi con gli addetti alle scommesse. Non vedendo nessuno che avrebbe potuto dirgli granché, ritornò quasi subito alla sede delle guardie, scarabocchiò un messaggio per Autolykos su un pezzo di papiro e se ne andò in città.

Era passato da poco mezzogiorno, l'ora più calda; la Via Grande era quasi deserta, a parte qualche mendicante accoccolato alla misera ombra di alberi storti e alcuni cani randagi, tanto malconci che neppure l'oste più taccagno avrebbe pensato di farli al forno. Bomilcare trovò la città un po' soffocante, ma meno estenuante della lunga cavalcata attraverso gli altipiani battuti dal sole. Sapeva di puzzare di cavallo, montagna e deserto, di avere urgente bisogno di un bagno e di abiti puliti, di un lungo sonno, di buon cibo... ma si sentiva bene. A poco a poco comprendeva di aver avuto nostalgia della patria. Qualunque cosa fosse in agguato tra le ombre della città o potesse saltare fuori dagli angoli della notte... «È Qart Hadasht, va tutto bene» mormorò.

L'officina di Aspasia era chiusa; passò le dita sulle imposte di legno e sul catenaccio: non erano impolverati. Probabilmente lei stava pranzando da qualche parte. Bomilcare conosceva tre dozzine di osterie in cui avrebbe potuto essere e non aveva la benché minima voglia di andare a cercarla in tutte; nel frattempo Aspasia sarebbe stata probabilmente di ritorno. Uno sguardo dall'arco della porta nel cortile interno dell'isolato gli rivelò che la donna non era in casa, perché anche lassù l'ingresso era chiuso dalle imposte di legno.

Nel capannone dei carri trovò Zililsan: il libio era seduto all'ombra, appoggiato a una colonna del porticato tra due carri non ancora terminati, beveva per mezzo di una cannuccia di paglia da un frutto scavato, che profumava di infuso d'erbe mescolato con un po' di vino, e stava intagliando una figura nel legno morbido: un uomo, un dio o un semidio con le orecchie a sventola, tre capezzoli e un fallo enorme sotto cui, al posto dei testicoli, era appesa una pallina setolosa.

«Capo!» la voce di Zililsan esprimeva tutta la soddisfazione di cento persone che avessero ricevuto un grosso favore.

«Sei vivo! Ah, io...» Lasciò cadere tutto, balzò in piedi e abbracciò Bomilcare.

«Perché mai non dovrei essere vivo?»

«Ah, certe voci... e l'Iberia è lontana.»

«Che genere di voci?»

Zililsan indicò due cuscini; evidentemente non era stato accoccolato da solo tra i carri per tutto il mattino. «Siediti... da seduti si parla meglio. Hai fame? Sete?»

«Fammi sorbire un po' del tuo infuso; e raccontami quel che c'è da raccontare.»

«Ben poco... oppure molto, dipende dai punti di vista.» Zililsan gli porse il frutto scavato e raccolse da terra la figura e il coltello da intaglio, per metterli al sicuro sulla ruota di un carro.

Quindi raccontò. Aspasia e Tazirat erano ricomparse due giorni dopo la partenza di Bomilcare e Letilio, in pieno giorno; non sapevano dove erano state tenute prigioniere. Le avevano sistemate per tutto il tempo in una cantina fresca, legate e con gli occhi bendati; a parte questo le avevano trattate bene, ma non avevano quasi parlato con loro. Le due donne non avevano udito nessuna voce conosciuta.

Gulussa non era più ricomparso; circolava soltanto la notizia che fosse morto. Negli ultimi venti o trenta giorni il signore delle corse dei cavalli, Boshmun, si era impadronito, non senza spargimento di sangue, di una parte dei possedimenti, delle osterie e delle prostitute di Gulussa.

«Noi ce ne siamo tenuti fuori» disse Zililsan con un sorriso obliquo «così come i tutori dell'ordine. È stata una piccola guerra tra i principi della feccia. Credo che Autolykos abbia soltanto cercato di impedire che si estendesse ad altre zone o ad altri gruppi.»

«E la donna?»

«Tigalit? Scomparsa. Qualcuno sostiene di averla vista qualche volta al crepuscolo, nei pressi della Birsa, ma...» Allargò le braccia. «Il mostro bianco, come l'hanno definita. Si dice che fosse fatta... cioè, forse lo è ancora, soltanto di muscoli e infamia; difficile da eliminare, ma non si sa mai.»

«I muscoli robusti non servono contro una coltellata alla schiena.»

«Tu lo dici, capo.» Zililsan sollevò l'indice della mano destra. «Nel frattempo sappiamo una cosa: conosciamo i nomi degli uomini che quella sera erano seduti al tavolo con Boshmun nell'osteria di Magone. Quelli che ti hanno mandato la bisaccia con i seicento *shiqlu*.»

Bomilcare restò in attesa.

Zililsan strinse un occhio. «Vuoi indovinarli?»

«Dimmeli. E dimmi come li siete venuti a sapere.»

«Semplice... per vie traverse... come sempre. Duush si è avvicinato a uno dei tirapiedi più intimi di Boshmun e gli ha raccontanto una storia di macchinazioni e di avvelenatori di cavalli. Si è inventato un discorso origliato nell'osteria di Magone, dove Boshmun era stato quella stessa sera. Che qualcuno di loro potesse aver spifferato? Sai come vanno queste cose.»

«Che cosa è saltato fuori?»

«Due nomi. Uno dei due uomini appartiene alla banca di Hiyarbal. Non proprio alla banca, ma a una piccola impresa di trasporto in cui la banca ha una partecipazione.»

«E Hiyarbal, per così dire al tavolo vicino, non lo avrebbe visto?» Bomilcare fischiò tra i denti. «O forse non lo voleva vedere?»

«Sono possibili entrambe le cose. Hiyarbal non può conoscere ogni singolo uomo con cui fa affari ogni sezione della sua banca. Tuttavia...»

«E il secondo?»

Zililsan sogghignò. «Continui a non voler indovinare? Lo conosci. Negli ultimi tempi, prima della tua partenza, hai avuto spesso a che fare con lui.»

Bomilcare scosse il capo. «Ho avuto a che fare con molte persone. Daniel? Nederbal? Antigonos? Ah no, non Antigonos.»

«E neanche gli altri due.» Zililsan si piegò in avanti; a mezza voce, come se qualcuno potesse sentirlo, disse: «Amilcare, lo scrivano del nobile Arish».

«È lui l'uomo che portava il velo per non essere riconosciuto?»

«È lui. E l'uomo di Boshmun dice che questi non avrebbe certo distribuito borsellini di cuoio pieni, ma piuttosto frecce avvelenate.»

Bomilcare annuì lentamente, poi disse sovrappensiero: «Mi sorprende, però... in qualche modo tutto torna. Amilcare lo scrivano!».

«In che senso tutto torna?»

Bomilcare sorrise. «Più tardi; prima vai avanti tu.»

«Veniamo agli avvenimenti misteriosi del Banco della Sabbia.» Zililsan raccontò che Antigonos non era tornato subito dal suo viaggio a Sikka, ma prima aveva visitato altre località. Dopo di che, quando aveva convocato Zililsan e Autolykos alla banca per un colloquio, era apparso spossato, un po' irritato, ma nel complesso "pieno di atea serenità".

«Che cosa ha detto?»

«Non molto. E soprattutto, ci ho capito poco.» Zililsan fece alcuni nomi dicendo che questo o quel personaggio aveva dichiarato l'urgentissimo bisogno di una forte somma di denaro, e che la aveva ottenuta con la promessa di restituirla entro due lune, in cambio di interessi scandalosamente alti.

«Quanto scandalosi?»

«Per ottenere il denaro, dovevano... ah, cominciamo dall'inizio. Per raccogliere quelle somme enormi, avevano dovuto prenderne in prestito di più di quanto effettivamente valessero le loro garanzie. Dal momento che si tratta di persone benestanti, le banche hanno esitato solo brevemente e poi hanno stabilito condizioni particolari: interessi più alti e termine di restituzione breve, qualcosa del genere.»

«Anche questo torna» mormorò Bomilcare.

«Illuminami, o capo.» Zililsan fece una smorfia. «Che gli idoli gialli della nausea mi mettano a bollire in liquidi ripugnanti, se so che cosa significa tutto questo.»

«È più che comprensibile, amico mio. Io stesso inizio a capire solo lentamente chi è stato qui a fare cosa, e per quale motivo. Non che lo afferri completamente: mancano ancora alcuni dettagli, ma quelli li conosceremo insieme entro questa sera.»

Il volto di Zililsan esprimeva attesa spasmodica, felicità anticipata e una lieve preoccupazione. «Che cosa hai in mente? Ah, prima che me lo dimentichi: Antigonos non è più qui.»

Bomilcare trasalì. «E dov'è?»

«Ha detto che il resto potevano farlo gli altri, tu e il suo socio Bostar, credo; dopo di che è partito per un lungo viaggio all'estero.»

«Porco schifoso di un meteco» borbottò Bomilcare; quindi, con un sogghigno, aggiunse: «Posso capirlo».

«Ora tocca a te.»

Bomilcare riferì brevemente, ma senza trascurare le questioni essenziali, del viaggio in Iberia, di quel che era accaduto là e dei fatti di Sikka; alla fine disse: «Questo è quanto. Ora veniamo a quello che dobbiamo sbrigare oggi. Credo che dovremmo giungere a una conclusione rapida, anche se probabilmente violenta».

«Non ci capisco nulla, ma continua pure.»

«Capirai subito. Quante persone sei in grado di mobilitare? Entro stasera?»

Zililsan alzò le spalle. «Tutte. Quante te ne servono?»

«Probabilmente tutte e qualcuna di più. Abbiamo abbastanza papiri? Devo scrivere qualche breve lettera e poi ho bisogno subito di messi che le portino ai destinatari.»

Zililsan socchiuse gli occhi passando dall'ombra alla luce abbagliante del cortile interno per stimare che ora fosse. «Dovrebbero ricomparire tutti subito. Il papiro è là. Vuoi rivelarmi che cosa hai in mente per questa sera, oppure ci sarà una di quelle belle sorprese in cui i sopravvissuti sanno tutto e i cadaveri sono morti stupidamente?»

Dopo aver messo tutto in moto, Bomilcare si lavò alla bell'e meglio nel recipiente per l'acqua del cortile, tirò fuori un perizoma nuovo e un chitone pulito dalle sue scorte che teneva nel capannone e uscì. Nel frattempo il centro della città si era nuovamente animato, ma lui non vide nessun volto conosciuto e sperò che nessuno lo vedesse. Per il momento. Presto le persone intorno a cui ruotava tutto avrebbero avuto tra le mani le sue lettere e saputo che era di nuovo di città. Oltre a qualcos'altro.

Dall'officina di Aspasia, che era di nuovo aperta, provenivano colpi rapidi e ritmici: il martello leggero dell'argentiera esperta.

Bomilcare discese i pochi gradini ed entrò nel locale di lavoro e di vendita. Aspasia era da sola, seduta a uno dei tavoli bassi, e picchiava su una lastra sottilissima; in un'altra occasione Bomilcare avrebbe voluto certamente sapere che cosa potesse esserci sotto, ma non in quel momento.

Quando lo vide entrare, Aspasia alzò gli occhi, aprì la bocca e lasciò cadere il martello sottile. «Sei tu» disse. «Ma...»

Indossava soltanto un leggero chitone da lavoro verdastro che, se fosse stata in piedi, le avrebbe coperto le cosce a metà. Bomilcare vide i suoi piedi nudi con le unghie dipinte di rosso chiaro, le gambe snelle e poco pelose, ogni singola minuscola goccia di sudore sulle braccia e sul petto, che il chitone scollato lasciava generosamente scoperto, e gli occhi sfavillanti; gli venne da ridere e da piangere insieme, disse con voce bassa e roca: «Credo di essere di nuovo a casa» e le si fece incontro a passi piccoli e veloci.

Lei si alzò e protese le braccia verso di lui. Come trattenuto da un misterioso incantesimo, Bomilcare esitò, le toccò le punte delle dita, tossì e disse: «Sono il benvenuto?».

«Stupida testa d'argilla punica.» Aspasia ricacciò qualche lacrima e lo prese tra le braccia. «Dove sei stato? Che cosa ti è successo? È stata dura? Hai... Letilio è ancora vivo? Come...»

Bomilcare la baciò perché smettesse di fare domande. Poi la baciò per altri motivi, più a lungo e con più passione.

«Uh» disse lei alla fine. «Ne abbiamo molto bisogno tutti e due... qui e ora?»

Lui andò subito all'ingresso e prese le pesanti imposte. «Cinque ore prima del tramonto del sole. Poi l'ultimo lavoro. Prima... questo.»

Lei l'aiutò a chiudere le imposte dall'interno, poi si aiutarono a vicenda a liberarsi degli abiti. Il tappeto spesso di stoffa di lana steso tra i tavoli da lavoro li aiutò a scivolare a terra, poi, per qualche tempo, non ebbero più bisogno di alcun aiuto.

Dopo bevvero vino caldo con acqua calda da un bicchiere che Aspasia teneva nell'officina, e fu squisito. Lei gli domandò come fossero state le donne in Iberia e lui disse: «Una, piuttosto frettolosa». Quando lui fece riferimento agli uomini presenti durante la sua assenza da Qart Hadasht, lei disse che era sorprendente perché i due con cui si era unita erano equipaggiati proprio come lui... «però mi è mancato qualcosa».

«E cosa?»

Lei gli mise un dito sulle labbra e, quando lui ne toccò la punta con la lingua, disse: «Questo, per esempio». La sua mano scivolò verso il basso. «E anche questo. A dispetto di ogni somiglianza. Si dice che in Egitto vi sia un uccello che, quando si è esaurito, si riduce in cenere, ma poi risorge nuovamente.»

Bomilcare sogghignò. «Conosco la storia, anche se parla di qualcosa di completamente diverso. Sì, questo uccello esiste, e la tua mano...»

«Psst, subito. Prima dimmi: che genere di lavoro vuoi sbrigare stasera?»

Lui esitò, e alla fine disse: «La conclusione. Il chiarimento di tutti i dubbi su questa vicenda intricata».

«Sarà pericoloso?»

«Il pericolo è il mio mestiere.»

«Molto pericoloso? Tanto che non potrò essere presente? Che forse andrà a finire che tu non sarai più l'uccello fenice?»

«Non è da escludere che scorra del sangue. Ma tu non mi hai detto ancora nulla sulla tua prigionia...»

«Dopo. Se quello è il tuo mestiere... il mio è questo, e la tua fenice...»

«Ah.»

Si rivestirono e aprirono le imposte. Bomilcare salì fino alla locanda accanto e prese due scodelle di pietanza del giorno. Era un "misto grande" di pesce arrosto, diverse verdure e frutti gratinati, nonché formaggio di capra riscaldato. Quando fu di ritorno all'officina, Aspasia era nuovamente seduta al suo tavolo e stava levigando con una lima fine il suo lavoro quasi terminato, una sottile catena d'argento con tre pesci delle dimensioni di un pollice, con piccole pietre rosse al posto degli occhi e tutte le squame, le pinne e perfino le branchie riprodotte in dettaglio. Bomilcare posò le scodelle e si chinò sul gioiello con un'espressione di meraviglia. Aspasia sorrise e gli porse un pezzo di vetro colorato ricurvo che, quando vi guardò attraverso, ingrandì le linee sottili.

«Meraviglioso. Per chi è?»

«Non ci crederai.»

«In caso di necessità, credo a tutto.»

«Un uomo che appartiene alla casa di Annone il Grande. È pensato per il grande signore. Che lo voglia regalare a una compagna di letto?»

«È improbabile. Lo porterà lui stesso.» Bomilcare aggrottò la fronte. «Non mi piace.»

«Che cosa? La catena? I pesci?»

«Che Annone e i suoi uomini sappiano chi sei e dove trovarti.»

Aspasia sbuffò piano. «È da molto tempo che ho la bottega qui, e non ne ho mai fatto un mistero.»

Mentre mangiavano, Bomilcare le riferì a grandi linee del viaggio e delle novità. Aspasia lo ascoltò in silenzio; alla fine si pulì la bocca, mise da parte la scodella vuota, si appoggiò con le mani al tavolo e disse: «Letilio. Che ne è di lui?».

«È qui, in città. Abbiamo appuntamento a casa tua, poco prima del tramonto.»

Aspasia scosse il capo; un sorriso perfido le balenò tra la bocca e gli occhi, per sparire subito dopo. «Non verrà. E Tazirat ha detto che, se lo incontra, ha intenzione di puntargli un coltello affilato contro il membro.»

Bomilcare la guardò sorpreso, inarcando lentamente le sopracciglia.

«Lui non ti ha detto proprio nulla?» Aspasia serrò le labbra a formare una striscia sottile. «Quella sera ci ha fermate per la strada per mostrarci qualcosa. Si trattava dell'arco di una porta... l'accesso a un cortile interno buio, dove siamo state afferrate da alcuni uomini con il capo velato.»

Bomilcare tacque per un po', poi disse: «Per incarico del Senato e del popolo romano... è plausibile, certo. Che facesse il doppio...?».

«Spero che non ti aspetti che ci capisca molto.»

«Io stesso sto iniziando solo ora a capirci qualcosa. Ma... perché mai è ritornato con me a Qart Hadasht? Fin da Igilgili sa che voi due siete nuovamente libere e potete parlare.»

«Forse ha contato sul fatto che qualcuno ci riducesse al silenzio prima del vostro ritorno?»

«Non credo. Se avessero voluto ammazzarvi, non vi avrebbero prima liberate.» Bomilcare sospirò profondamente e si fissò le mani. «Non ho appena detto che iniziavo a capirci qualcosa? Ci capisco sempre meno.»

Aspasia si chinò nuovamente sui suoi pesci d'argento. A Bomilcare il lavoro sembrava perfettamente terminato, ma evidentemente c'era sempre qualcosa da limare, ripulire e ritoccare.

«Annibale» disse lei mentre levigava una pinna con un ago d'acciaio. «Che mi dici di lui?»

«Dopo i fatti di Sikka, lui e i suoi uomini sono ritornati nuovamente in Iberia. Senza un incarico speciale, ha detto, non poteva cavalcare con dei soldati alla volta di Qart Hadasht. E gli intrighi politici locali, che forse stanno alla base di tutto questo, possono essere districati soltanto da Amilcare lo stratega o dal suo plenipotenziario Asdrubale.»

«Peccato. Da quello che mi hai raccontato di lui... mi avrebbe fatto piacere conoscerlo.»

Prima del tramonto entrarono nell'officina altre quattro persone, che passando avevano visto la merce esposta e acquistarono qualche gioiello: un anello, due fermagli, un bracciale.

Poi, obbedendo all'ordine scritto di Bomilcare, arrivò Autolykos; con lui c'erano dieci guardie, armate di giavellotto, scudo, spada e coltello, e tre arcieri getuli che aveva preso in prestito dalla fortezza per quella sera.

«È bello vederti, uomo» disse afferrando Bomilcare per le braccia. «Avrai molto da raccontare. Più tardi, immagino.»

«Domani.» Bomilcare lo prese in disparte e gli disse, sussurrando, che cosa avrebbe potuto, dovuto o rischiato di succedere quella sera. Aiutarono Aspasia a chiudere la bottega; quindi lei mise la mano sul braccio di Bomilcare e lo guardò, per metà supplichevole e per metà caparbia.

«E adesso?»

«E adesso questi uomini eccellenti ti accompagneranno. Preferirei saperti alla fortezza fino a domani, ma non ne abbiamo il tempo. Dov'è Tazirat?»

«Non è in città; è andata a trovare certi parenti vicino a Ityke.»

«Bene, così non dobbiamo preoccuparci per lei. Autolykos... voi andate all'osteria di Magone. Io vi raggiungo subito.»

«Che cosa hai in mente?»

«Ho appuntamento con il romano davanti all'abitazione di Aspasia. Non credo che verrà, però...» Alzò le spalle.

Aspasia gli prese la mano. «Non è un po' avventato? Che succede se qualcuno ti tende un agguato?»

«Ha ragione, capo.» Autolykos respinse all'indietro l'elmo a catino e rivolse a Bomilcare uno sguardo di disapprovazione. «Dovremmo venire con te.»

«Ho bisogno di voi all'osteria. Non so per quanto tempo aspetterò Letilio.» Mise la mano sull'impugnatura della spada corta, che portava appesa alla cintura. «E poi non sono disarmato. Anche se non credo che, in un posto così animato, qualcuno...»

«Si sta facendo buio. Attento alle ombre e agli anfratti.»

In effetti Bomilcare si considerava un po' avventato, ma non troppo. Da una parte si diceva che doveva mettere in conto che una delle persone che aveva invitato per iscritto alla cena volesse impedirgli di parteciparvi. Tutti gli invitati erano infatti coinvolti nel caso, in un modo o nell'altro, e probabilmente qualcuno avrebbe preferito mettere fine alla storia con una rapida coltellata. D'altra parte l'isolato si trovava proprio accanto alla Via Grande; ci sarebbero state ancora parecchie persone per strada e non riusciva a ricordarsi di avere mai visto il cortile interno completamente deserto, prima di mezzanotte.

Si avvicinò con prudenza all'arco della porta. La via degli incisori non era particolarmente animata, ma neanche spopolata. Lentamente e scrutando in ogni direzione passò sotto l'arco ed entrò nel cortile. All'altra estremità, vicino alla vasca per l'acqua, vide i contorni di alcune persone; sulla destra, da una delle abitazioni al pianoterra, giungevano musica e risate: qualcuno suonava una cìtara accordata, cantando versi grossolani. Una metà circa delle abitazioni sembrava popolata; il debole luccichio delle lampade a olio mostrava qua e là parti del pavimento dei corridoi.

Un lieve fischio. Un movimento accanto alla latrina più vicina, forse un gesto con il braccio. Bomilcare sguainò la spada e fece qualche passo. Con cautela, ma non abbastanza circospezione.

Dall'ombra della scalinata che portava ai piani superiori spuntarono alcune figure. Tre, anzi quattro; una quinta sbucò dalla latrina. Gli si fecero contro, Bomilcare vide balenare le lame al debole bagliore delle lampade, le udì tintinnare e pensò che era un pazzo. E che dovevano considerarlo un nemico temibile, per mandargli contro cinque uomini insieme. Chiunque fossero.

Poi non pensò più, cercò soltanto di difendersi. Si abbassò per evitare un giavellotto diretto al cuore, che gli strappò la veste e gli sfiorò la spalla sinistra. Schivò una spada, ne parò un'altra di lato e sentì il morso di una lama sulla coscia.

Immaginò di vedere il bianco di un occhio rovesciato, ma gli uomini indossavano dei veli.

Poi udì uno schiocco sordo e vide un aggressore vacillare; gli altri si bloccarono. Un secondo schiocco e un altro uomo cadde, con una freccia conficcata nel collo. Vide due figure uscire da un cespuglio vicino e precipitarglisi incontro. Nel frattempo uno dei soccorritori inattesi lasciò cadere un arco ed estrasse una spada, mentre l'altro brandiva un oggetto allungato. Incredulo, Bomilcare lo udì gridare: «Tieni duro, testa d'argilla punica» e capì che l'oggetto allungato era la spada che Letilio portava a Kastulo. E, prima ancora di riprendersi dallo stupore, cacciò la spada nel ventre di uno degli aggressori confusi.

In pochi istanti fu tutto finito. Bomilcare sanguinava per una ferita alla coscia destra e una alla spalla sinistra. Quattro degli aggressori erano morti; il quinto sarebbe morto presto. Alla luce di una fiaccola che era stata portata dall'abitante di una casa vicina per vedere chi facesse tutto quel chiasso, l'uomo fece una smorfia e tentò di risospingere le budella nel ventre, da cui sprizzava sangue.

L'arciere dalla mira precisa era il macio Nymar: Zililsan doveva avere avuto le stesse preoccupazioni di Autolykos e lo aveva mandato là. Nymar annuì in silenzio e alzò la mano per esaminare la spalla di Bomilcare; l'uomo con la fiaccola rimase immobile, con la bocca spalancata; Letilio toccò con la punta della spada il moribondo e disse: «Chi vi manda? Parla in fretta, la tua clessidra ad acqua si sta svuotando».

Il ferito s'inalberò. Con voce debole, ma sorprendentemente chiara, disse: «Che gli dèi ti affoghino nella merda, romano». Poi sussultò ancora una volta e rovesciò gli occhi; le mani gli scivolarono dal ventre.

«Alcuni muoiono nel momento più inopportuno.» Letilio sembrava preoccupato. «Altri, come te, vanno a cercarsi posti strani per farlo.»

«Grazie per l'aiuto tempestivo, Nymar.» Bomilcare si sforzava di sorridere, mentre serpenti di fuoco gli si muovevano sulla spalla e sulla gamba. «E tu... ti posso chiamare Tito, adesso?»

Letilio sogghignò; a Bomilcare i suoi denti bianchi parvero un recinto dietro cui si celasse chissà quale verità.

«Lascia perdere» disse il romano. «Non ne vale la pena.»

«Avrai qualcosa da raccontarmi... più tardi» borbottò Bomilcare. «Non capisco il tuo gioco, ma ora ci sono cose più importanti.»

«Che cosa ne facciamo di questi?» Nymar indicò i cadaveri. «Per quanto ti riguarda, hai solo qualche graffio. Basterà bendare le ferite.»

L'abitante della casa scomparve per ritornare subito indietro con alcuni panni. Nymar li strappò e si prese cura della spalla di Bomilcare. Letilio ripose la spada lunga e prese una striscia di tessuto da Nymar.

«Grazie per la luce e i panni, amico» disse Bomilcare. «Manderemo subito degli uomini a portare via i cadaveri.»

«Se lo dici tu, tutore dell'ordine» mormorò l'uomo.

Letilio si inginocchiò a bendare la gamba di Bomilcare. Bomilcare stava per dire qualcosa a proposito del piacere di vedere un romano in ginocchio, ma poi fu colto da nausea e vertigini, e dovette prendere più volte il respiro prima che il mondo smettesse di girare e gli spettatori che erano accorsi di ondeggiare.

Lo aiutarono per qualche dozzina di passi, fino a che si sentì in grado di camminare da solo. Le ferite gli dolevano e zoppicava leggermente, ma disse: «L'aria della notte è deliziosa, per uno cui è stata ridata la vita».

Letilio rise piano, a singulti. «Di gente come te ce n'è fin troppa. Perché mi sono dato tanta pena?»

Nymar si schiarì la voce. «Uno degli uomini» disse piano

«faceva parte della banda di Boshmun... Boshmun il signore delle corse dei cavalli.»

Bomilcare strinse i denti. «Questo torna.» Impartì a entrambi ordini e consigli per lo svolgimento della serata, a voce bassa e in fretta: dopo una breve riflessione, aveva rinunciato a scegliere le parole con prudenza. Continuava a non sapere a quale gioco giocasse Letilio, ma si diceva che era evidente che il romano non intendeva necessariamente fargli del male. Avrebbe potuto farlo senza problemi poco prima.

Autolykos e Zililsan lo attendevano davanti all'osteria di Magone. «Che cosa è successo?» Il sottocapo delle guardie fissò le bende che, alla luce delle fiaccole che rischiarava l'ingresso, erano visibili fin troppo chiaramente. «Ah, che incosciente!»

Bomilcare fece spallucce, e la sinistra gli fece male. «È tipico dei giovani» disse. «Grazie per Nymar, Zililsan. Tutto il resto più tardi. Com'è la situazione all'interno?»

«Sono arrivati tutti, tranne Daniel.» Il libio lo guardò un po' preoccupato. «Puoi davvero...»

«Posso. Che ne è di Daniel?»

«Ha trascorso le ultime notti dai parenti, nella zona del porto; dicono di non averlo più visto da due giorni. Nessuno sa dove si sia cacciato.»

«E gli altri?»

«Come ti ho detto, ci sono tutti. Perfino Rab Annone il Grande.»

«Con la scorta?»

«Gliene abbiamo lasciati due. Va bene?»

Bomilcare annuì. «Ottimo. Sapete quello che dovete fare?»

Zililsan annuì, imitato da Autolykos. D'un tratto il libio ridacchiò.

«Però non è stato facile convincere Magone a mandare via tutti gli altri avventori.»

«È indispensabile che nessuno disturbi la seduta ufficiale. È tutto sistemato?»

Entrarono nell'osteria, dove c'erano di guardia solo due tutori dell'ordine, e raggiunsero il cortile interno, illuminato da fiaccole e lampade. Su un braciere che ardeva cupo, sorretto da un sostegno a quattro gambe, c'era un grosso recipiente di vetro pieno d'acqua, cui la brace infondeva una luminosità verde irreale.

Aspasia era seduta vicino all'ingresso; quando vide Bomilcare ferito, lanciò un grido di terrore e gli si avvicinò.

«Non è niente, solo qualche graffio» le disse piano. «E le tue premure leniscono tutto. Restami vicina: qualcuno potrebbe tentare qualche sciocchezza.»

Lei fece un sorriso obliquo, scosse il capo come se volesse fare osservazioni intelligenti sugli uomini stupidi e si appoggiò a una delle colonne che sostenevano le traverse del passaggio.

Sui tavoli si trovavano ogni sorta di scodelle, ciotole, pentole fumanti, piatti e brocche. Senza dubbio Magone, dopo le iniziali proteste, aveva fatto preparare cibi prelibati e li aveva presentati come richiesto; nessuno tuttavia sembrava avere fame o voglia di mangiare. Se ne stavano tutti là, seduti o in piedi, alcuni almeno con il bicchiere tra le mani. Bomilcare vide le guardie sparpagliate lungo le pareti, scorse Duush, Patroklos e Vavurro nei pressi del tavolo a cui sedeva Annone il Grande, vide Nederbal e Boshmun, il signore dei cavalli, vide le due guardie del corpo di Annone, vide Arish e Amilcare lo scrivano, il giudice Budun, che era guarito dall'avvelenamento o dalla malattia di stomaco, vide Qarthalo, Hiyarbal e Bostar del Banco della Sabbia. E Tigalit, la donna gigantesca con la pelle bianca e gli occhi rossi. Che lui non aveva invitato.

Sentì Letilio inspirare forte tra i denti. «Che sorpresa!» mormorò il romano che gli era proprio accanto.

I discorsi a mezza voce e i bisbigli erano cessati; tutti guardavano verso Bomilcare, che avanzò di un solo passo nel cortile e accennò un inchino.

«Nobilissimi signori... e non meno nobile Tigalit! Ringrazio tutti voi per avere risposto all'invito improvviso.»

«Ci è stata presentata come una questione molto urgente» disse Annone. «Spero che lo sia davvero.»

«So bene che, se non fosse urgente, mi attirerei la disapprovazione di tutti voi. Una piccola guardia non può permettersi di far perdere la pazienza ai grandi uomini di Qart Hadasht.»

Arish fece una smorfia, un'espressione di scherno. «Allora parla in fretta, prima che la perdiamo ugualmente.»

Budun picchiò la mano destra ossuta sul tavolo a cui sedeva da solo. «Pazienza o meno, si tratta del rispetto delle leggi cui tutti siamo sottomessi. Fatelo parlare... e tu parla bene e in fretta.» La minaccia era nel tono, non nelle parole: Bomilcare non ebbe difficoltà a percepirla.

«Il fatto che tutti i nobili signori abbiano risposto all'invito mi dimostra che ognuno di loro è interessato, coinvolto o comunque in qualche modo partecipe della vicenda.» Bomilcare si sforzava di non parlare in tono ironico. «Vi prego affinché questa vostra partecipazione sia attiva, attenta e proficua.»

«Vieni al dunque, uomo» disse Boshmun. «Tutti noi abbiamo cose più importanti da fare.»

«Evidentemente no» bisbigliò Letilio.

«Chiedo scusa se, per cominciare, devo pronunciare qualche frase piuttosto lunga. Mentre mi recavo qui, ho dovuto superare certe... difficoltà. Qualcuno ha ritenuto opportuno mettermi alle calcagna cinque uomini per impedirmi di parlare.»

«Cinque?» La voce di Annone oscillava tra l'olio della partecipazione e l'aceto della perfidia. Pronunciò soltanto quel numero, ma il suo tono manifestò che riteneva esagerato mandare cinque uomini contro uno solo, che peraltro valeva a stento l'invio di un cane, e che i cinque dovevano aver fatto le cose in modo abborracciato, visto che l'uomo cui dovevano impedire di parlare stava invece parlando.

Bomilcare rivolse come per caso lo sguardo a Boshmun. «Sono tutti morti; per fortuna non ero solo. Prima di morire, uno dei cinque uomini ha pronunciato alcune parole interessanti sul suo mandante.»

Boshmun non batté ciglio.

«Poiché un piccolo taglio alla gamba mi rende penoso restare in piedi, chiedo la vostra comprensione se ora mi siederò.» Avvicinò uno sgabello alto quasi fino ai fianchi e vi montò sopra.

«Cominciamo dal principio. Un romano, Marco Lavinio, trascorre l'inverno in Iberia e giunge a Qart Hadasht ancor prima che inizi la primavera. È stato un inverno mite; come sanno tutti coloro che si occupano di commercio, la traversata è stata quasi sempre possibile. A quanto sono riuscito a stabilire, Lavinio è arrivato in città il primo giorno della luna di Addaru e si è recato immediatamente alla tenuta dello stratega Amilcare, che gli aveva affidato una lettera per l'amministratore Nederbal. Fin qui tutto esatto, nobile Nederbal?»

Il collo da gru si mosse inquieto; Nederbal aprì la bocca, la richiuse, tossì e disse: «Se tu ne sei tanto sicuro... io non ho annotato il giorno, ma è senz'altro possibile».

«Consideriamolo dunque tale. Quindi Lavinio giunge alla tenuta di Amilcare il primo di Addaru, vi trascorre alcuni giorni e alcune notti, visita la città e i dintorni, parla con molte persone. Rimane ospite per un po' più di una luna: il suo cadavere viene ritrovato il mattino del quattro di Nisannu, in un prato che appartiene alla tenuta. Su questa data posso garantire, perché ho partecipato al recupero e all'esame del cadavere, e ho preso debitamente nota di tutto.»

«Non mettiamo in dubbio la tua accuratezza.» Era stato Qarthalo a parlare; ma il tono della voce e l'espressione indicavano chiaramente che l'accuratezza non solo era fuori discussione, ma era anche irrilevante.

Bomilcare sintetizzò i risultati degli esami, menzionò le capacità del medico che aveva studiato ad Alessandria e le sue considerazioni precise sul momento della morte e sui cibi assunti.

All'espressione "silfio", Annone eruttò rumorosamente, disse qualcosa sulle parole che fanno venir fame, schioccò le dita della mano destra e fece cenno a una delle guardie del corpo di portargli una piccola scelta di quelle prelibatezze.

«Ora però ho perso il conto dei giorni» proseguì Bomilcare. «Arish, capo dei Cinque per gli affari esteri, ha scritto una lettera a Roma in cui annunciava il decesso di un cittadino romano e chiedeva l'invio di un uomo che recuperasse il cadavere. Questa è la prassi, a quanto mi è stato detto. Non è la prassi, mi sembra, che il nobile Arish solleciti i romani a mandare un uomo che, oltre a questo, debba anche condurre o collaborare alle indagini sui retroscena. E non mi sembra assolutamente la prassi che anche Qarthalo, capo dei Cinque per l'ordine pubblico e pertanto competente in materia, sottoscriva questa lettera.»

«Quello che tu consideri prassi o meno» disse Arish con voce gelida «non ha alcuna importanza. Concederai che i capi dei Cinque sanno quello che fanno.»

Qarthalo continuava ad agitarsi sulla sedia, ma restava in silenzio.

«Non c'è dubbio, nobile Arish. Però finora non lo sapevo con tanta certezza.» Bomilcare accennò un sorriso. «Non mi è stato permesso di vedere la copia della lettera. Del suo contenuto sono venuto a conoscenza non dagli uomini che decidono del bene della nostra città, ma da Tito Letilio. E, poiché non ho potuto vedere la lettera, non so neanche in quale giorno sia stata scritta.»

Budun alzò la mano. Sfiorò Arish con uno sguardo in cui (a quanto riuscì a vedere Bomilcare) era rimasto ben poco dell'antica amicizia. «Una guardia che indaga su un crimine deve poter avere accesso a tutto il materiale che ha a che fare con il caso. Perché si è contravvenuto alla legge?»

Arish sollevò un sopracciglio. «Ciò che i capi dei Cinque scrivono a Roma può non avere importanza per la cattura di un assassino a Qart Hadasht. Tanto più che questo è stato catturato da tempo, senza la collaborazione del troppo zelante Bomilcare.»

«Al quale non è stata data alcuna possibilità di interrogare il presunto assassino» disse Bomilcare.

«Presunto?» sbuffò Arish. «Gli hanno trovato addosso una bisaccia con gli oggetti appartenuti a Lavinio.»

Bostar batté le mani. «Nobili signori... vogliamo trascorrere qui quattro o cinque giorni? Io propongo di lasciare parlare innanzi tutto Bomilcare. Così potremo verificare se la sua storia sia una favola per bambini, oppure la verità. Ma, nel modo in cui abbiamo cominciato, con tutte queste interruzioni, pur giustificate e in buona fede, ci vorrà troppo tempo. Ho programmi più importanti per i prossimi giorni.»

Arish aggrottò la fronte; ovunque si poteva udire una sorta di mormorio d'approvazione.

«Ringrazio quindi il nobile Bostar e mi dispongo a proseguire» disse Bomilcare. «Mi esprimerò in modo un po' più sintetico; lasciamo da parte i dettagli, per il momento. E anche le deduzioni.»

Chiuse gli occhi per concentrarsi, quindi li riaprì e parlò. Nel minuscolo intervallo di tempo tra il batter d'occhi e il riprendere fiato, era giunto a una conclusione riguardo a Letilio.

Riferì dell'arrivo del romano, della consegna del corpo di Lavinio, della visita alla tenuta di Amilcare, dove si trovava il cadavere del lavorante Tuzut; delle indagini, degli ostacoli e degli incoraggiamenti; dell'ordine del capo dei Cinque per gli affari esteri Arish, che non era competente per la cattura dei criminali, né era autorizzato a emanare un ordine simile (l'espressione di Budun, se possibile, si rabbuiò ulteriormente); delle discussioni con Daniel, l'altro amministratore di fiducia di Amilcare Barca, e con Nederbal; della visita al Banco della Sabbia; dei desideri dello scomparso Gulussa; di corruzione e minacce.

Giunse quindi al rapimento delle due donne. Rivolse un'occhiata ad Aspasia e tacque a proposito del coinvolgimento di Letilio. Il romano, che era sempre in piedi accanto a lui, non batté ciglio.

Alla fine menzionò ancora la malattia del giudice Budun, che sembrava capitata stranamente proprio al momento giusto; gli ordini del nuovo giudice; il sangue nella casa di Gulussa e quindi il viaggio in Iberia.

«Là sono venuto a sapere che Lavinio aveva preso con sé un certo oggetto... un regalo dello stratega Amilcare, che in questa circostanza si è dimostrato avventato.» Si interruppe, scosse il capo e sorrise. «No, non avventato. Amilcare non poteva immaginare quali uomini qui avrebbero potuto fare cattivo uso del suo regalo a Lavinio.»

«Qual è questo regalo?» disse Budun.

Mentre riprendeva a parlare, Bomilcare prestò attenzione a Letilio: a quell'oggetto non aveva accennato né in Iberia, né durante il viaggio e neanche nei colloqui con Annibale. Ma Letilio doveva saperne qualcosa... oppure no?

«Come sanno i membri del Consiglio competenti, dato che erano stati presi accordi con Qart Hadasht, lo stratega e il suo plenipotenziario Asdrubale volevano battere monete proprie: *shiqlu* d'argento, in tagli da mezzo, da uno e da due. Con l'effigie del Melqart di Gadir su una faccia, palma e cavallo sull'altra. L'emissione delle monete era prevista per il solstizio, la festa dell'estate del quindici di Du'uzu. Avevano eseguito molte prove; alcuni bilancieri, come a detta di tutti i numismatici accade sempre, erano inservibili. Amilcare ne aveva regalato uno a Lavinio.»

Bomilcare azzardò una rapida occhiata a Letilio, ma lo sguardo del romano era inespressivo... oppure vi si poteva cogliere un sorriso di sollievo?

«Voleva essere un ricordo, in un certo senso. Lavinio trovava che, in quella versione, Melqart assomigliasse molto ad Amilcare. A parte un difetto, che costituiva la ragione per cui il bilanciere era stato scartato. Il Melqart aveva un'imperfezione. Un difetto di fabbricazione. Una verruca enorme sul naso.»

Alcuni degli uomini risero. Bomilcare estrasse dal borsellino alla cintura uno *shiqlu* doppio e lo porse a una delle guardie indicando i convenuti. «Fallo girare, in modo che possano vederlo tutti.»

Attese che metà degli uomini avesse avuto la moneta tra le mani. Poi proseguì: «Lavinio portava con sé questo ricordo, per lui prezioso, di un uomo che ammirava. La bisaccia che è stata trovata addosso al piccolo delinquente Zirdan conteneva altri oggetti: anelli, monete e simili, ma il bilanciere mancava».

«Forse qualcun altro ne ammirava la somiglianza con Amilcare» disse Boshmun ridacchiando piano. «Ma allora lui ha una verruca? Gli starebbe bene sul viso, ah...»

Nessuno sembrava aver voglia di dire nulla.

«Oggi è il due di Abu; il quindici di Du'uzu è trascorso da mezza luna e in Iberia non sono state coniate monete. C'è un motivo per questo... e così arriviamo alla parte più complicata.» Bomilcare bevve un sorso d'acqua; avrebbe desiderato un po' di vino, ma voleva conservare la mente lucida. Fino alla fine, indipendentemente da come e quando sarebbe stata.

«Infatti sono accadute cose strane, a Qart Hadasht e in altre città della Libia. Vorrei pregare Bostar, comproprietario del Banco della Sabbia, di correggermi se faccio qualche errore.»

Bostar annuì e Bomilcare riferì, inizialmente senza fare nomi, di discorsi ascoltati per caso in cui si parlava (o sembrava che si parlasse) di prestiti rapidi garantiti da case e terreni, di grosse somme, montagne d'argento che uomini in vista desideravano prendere in prestito per investirle in imprese di ogni genere.

«La cosa strana è che tutto questo accadeva contemporaneamente a Qart Hadasht, a Tynes, Ityke, Hipu, Hadrymes, Igilgili, Sikka e altrove. In tutte le grandi città di quello che vogliamo definire il dominio di Qart Hadasht. E tutti questi affari, stranamente, furono condotti attraverso la banca di Hiyarbal.»

«Che cosa c'è di strano?» Hiyarbal fece un largo sogghigno. «È una buona banca, e i buoni affari bisogna farli con le buone banche, non è vero?»

«Come presumibilmente ti sei detto anche tu, nobile Hiyarbal.» Bomilcare rivolse un'occhiata tagliente al banchiere. «Tu infatti, tutto il denaro di cui stiamo parlando, e sono complessivamente circa diecimila talenti, una somma immensa... sei milioni di *shiqlu*, più del triplo di ciò che la città ha dovuto pagare a Roma dopo la guerra... tutto questo denaro infatti lo hai preso in prestito dalle succursali di un'altra banca, una buona banca, evidentemente. Hiyarbal» disse rivolgendosi ora agli altri «ha preso in prestito il denaro dal Banco della Sabbia, e non solo qui a Qart Hadasht. La maggior parte lo ha chiesto alle altre filiali del Banco della Sabbia; quando Antigonos è venuto a sapere di queste grosse somme, si è recato a cavallo nell'entroterra per verificare quali fossero questi affari urgenti. Le case venivano ipotecate per una cifra superiore al consueto. Non per i quattro o i cinque decimi del valore ma, mediamente, per circa sessantacinque centesimi. In cambio ci si impegnava a restituire l'intera somma entro il quindici di Abu... insieme a un interesse di sei centesimi. Venivano dati in pegno carichi di mercantili, ipotecati terreni, impegnate le rendite future di miniere e mercati di schiavi, ipotecati e dati in pegno cavalli da corsa.»

Hiyarbal alzò le spalle. «Che cosa vuoi? Era un affare accattivante, e suppongo che tutte le persone interessate saranno soddisfatte, il quindici di Abu. Vale a dire molto presto.» Incrociò le braccia davanti al petto e fece un largo sorriso.

«Ho due brutte notizie per te, nobile Hiyarbal.» Bomilcare attese qualche istante per vedere se il volto di Hiyarbal avrebbe tradito qualcosa, ma il banchiere continuava a sorridere.

«Due brutte notizie, dicevo. La prima è questa: Amilcare e Asdrubale hanno deciso di coniare le nuove monete solo per la festa dell'autunno, per l'equinozio del quindici di Tashritu.»

A Hiyarbal si gelò il sorriso. Balzò in piedi. «Questo non possono farlo» gridò. «Ormai era stato annunciato e...» Quando Annone sibilò qualcosa di incomprensibile, Hiyarbal ammutolì e si lasciò cadere nuovamente sulla sua seggiola.

«La seconda brutta notizia è questa, Hiyarbal. I resoconti che parlavano di grandi quantità di mercenari nella tua tenuta presso Sikka hanno preoccupato lo stratega di Libia e d'Iberia. Amilcare ha detto che era suo dovere agire in modo da garantire la sicurezza delle città e dei villaggi; non poteva permettere che avvenissero assembramenti di rivoltosi o che sovversivi radunassero un proprio esercito.»

«Ma ti avevo detto che era tutto a posto.» Il colorito di Hiyarbal era diventato grigio; parlava a denti stretti.

«Lo so. L'ho comunicato allo stratega, ma lui non ha voluto credermi. Chi è che crede a un piccolo capo di sbirri? Così ha inviato uno squadrone di cavalleria a rimettere ordine nella tua tenuta. I mercenari sono stati sopraffatti e si è scoperto che loro – o qualcun altro? – avevano accumulato quantità enormi di argento.»

«Il mio denaro» strillò Hiyarbal. «Che cosa avete fatto del mio denaro?»

«Diecimila talenti d'argento... sarebbe il tuo denaro? Il tuo tesoro domestico per eventuali spese eccezionali? Dal momento che questo sembrava inverosimile, le monete sono state confiscate; si trovano nella fortezza di Sikka, dove i soldati le difenderanno a costo della vita. Non andranno sicuramente perdute. Io però non ho ancora finito» disse Bomilcare con enfasi quando Hiyarbal fu nuovamente sul punto di saltare su per dire qualcosa.

«Infatti, non sono stati trovati soltanto diecimila talenti in monete di ogni tipo: puniche, ateniesi, egizie, persiane, seleucidi. Sono stati trovati anche undicimila talenti in monete iberiche: monete con il cavallo e la palma sulla faccia posteriore, e Melqart su quella anteriore. Con la verruca.»

Tra le grida e le manifestazioni di meraviglia e di incredulità, Bostar disse imperturbabile: «Fino a questo punto non ho trovato nessuna imprecisione nel tuo discorso. Vai avanti».

«Monete come questa» disse Bomilcare. Posò sul pavimento la moneta, che era ritornata da tempo tra le sue mani, estrasse la spada, scese dallo sgabello e tagliò la moneta in due pezzi. Poi ne porse le due metà alla persona che gli era seduta accanto: il giudice Budun.

«Monete che sono state realizzate con un bilanciere difettoso, scartato in Iberia, oppure, probabilmente, con quello che aveva Lavinio e con alcune copie che riproducono fedelmente la verruca; monete che non sono state battute in Iberia, ma nelle officine della Libia. Officine come quel locale adibito a zecca che è stato trovato nella tua tenuta, nobile Hiyarbal. Monete, e questa è la cosa più importante, che non sono fatte d'argento. È rame con un po' di piombo, ricoperto da un sottile strato d'argento. Denaro falso, nobile Hiyarbal.»

Questa volta ci volle molto prima che si ristabilisse la calma. Hiyarbal si era accasciato sulla sua seggiola; gli altri lo osservavano con espressioni di indignazione o disprezzo. Soprattuto coloro che avrebbero dovuto esserne a conoscenza, si disse Bomilcare.

Bevve altra acqua, scambiò un'occhiata con Aspasia, che lo fissava scuotendo la testa, e si schiarì la voce.

«Il significato dell'operazione è chiaro, non è vero? Qualcuno prende in prestito somme enormi di denaro, impegnandosi a restituirlo entro una luna dopo l'attesa emissione di nuove monete in Iberia e realizzando personalmente monete iberiche false. Al momento fissato per la restituzione, le darà ai suoi creditori, le filiali del Banco della Sabbia. Le monete sembrano buone e, poiché nessuno sospetta una truffa del genere, ci vorranno senz'altro alcuni giorni prima che risulti evidente che sono false. Il denaro vero, che del resto non è stato versato direttamente ai proprietari delle case, dei cavalli e degli altri beni ipotecati, ma a Hiyarbal in qualità di procuratore, è scomparso. Chi viene danneggiato? Il Banco della Sabbia, di cui tutti sanno che collabora con i Barcidi? I Barcidi, che possono essere accusati di aver fabbricato monete false in Iberia per danneggiare Qart Hadasht e costruire un proprio regno? I proprietari dei beni impegnati e ipotecati?»

Il giudice si alzò in piedi, continuando a tenere una mezza moneta tra le mani. Fece un cenno d'intesa a Bomilcare.

Nel suo sguardo c'era una sorta di rispetto. Ma anche qualcos'altro: ironia condiscendente?

«Sono sicuro» disse Budun rivolgendosi a tutti «che proviamo ammirazione verso Bomilcare e gli dobbiamo tutti riconoscenza per il buon lavoro che ha portato a termine, nonostante certi impedimenti. Evidentemente il romano Lavinio è stato ucciso perché qualcuno voleva entrare in possesso di questo bilanciere, per utilizzarlo a fini loschi. In qualità di giudice competente per il caso, ordino l'arresto di Hiyarbal. Che il denaro vero e quello falso venga condotto qui da Sikka sotto stretta sorveglianza, affinché possiamo esaminare tutto con scrupolo. Senza dubbio Hiyarbal collaborerà proficuamente a questo esame. Se necessario vi sarà costretto.»

Bomilcare osservava il volto distrutto del banchiere. Non vi colse né un assenso né un rifiuto, ma sperò per Hiyarbal che avrebbe "collaborato" volontariamente, prima che Budun si vedesse costretto a fare intervenire i suoi esperti aguzzini.

Poi si accorse che Budun non si era ancora seduto. Evidentemente aveva qualcos'altro da dire. Che cosa poteva volere il vecchio?

«Le altre questioni» disse Budun «seguiranno il loro corso consueto. I dettagli ancora da chiarire verranno discussi da Bomilcare e da me domattina presto, nei miei uffici. Ti aspetto tre ore dopo il sorgere del sole, capo delle guardie.»

Bomilcare aggrottò la fronte. Il giudice aveva intenzione di mettere a tacere tutto il resto? Cercò con gli occhi Autolykos, lo scorse, alzò la mano e gli fece un cenno. Autolykos annuì. Non distante da lui c'era Zililsan; anche il libio comprese e portò la mano destra alla spada. Bomilcare gemette in silenzio. Una decisione rapida. Indispensabile, se voleva concludere la vicenda in modo sensato. Ma che gli sarebbe costata molto, e non solo a lui. Mentre Budun continuava a parlare, Bomilcare soppesò mentalmente possibilità e prospettive. L'Iberia, pensò. Aspasia avrebbe potuto lavorare anche a Karduba, o in un'altra città del nuovo regno. Se avesse voluto.

Budun disse qualcosa a proposito delle leggi della città, che avevano garantito la convivenza tra gli uomini e Qart Hadasht ricca e potente. Quindi proseguì: «Noi obbediamo e dobbiamo obbedire a queste leggi. Ma dobbiamo anche sapere quando sono da interpretare in senso stretto oppure estensivo. In qualità di principale responsabile, Hiyarbal sperimenterà sul suo collo quanto possano essere severe le leggi, e tutta la potenza della sua banca non servirà ad alleviargli il respiro. Gli aspetti di questa vicenda ancora da affrontare troveranno risposte tranquille e adeguate. Bomilcare... chi paga Magone per questa serata?».

Un po' sorpreso, perché non aveva immaginato quella domanda incidentale, Bomilcare ammiccò. «Eh... avevo pensato che si sarebbe potuto regolare il conto di Magone con il contenuto della bisaccia che mi è stata consegnata qui, qualche tempo fa, affinché sospendessi le indagini.»

Budun sorrise quasi affettuoso. «Una buona idea. Il resto del contenuto della bisaccia dovrà essere impiegato generosamente. Un buon lavoro merita una ricompensa.» Si rivolse nuovamente agli altri. «Ordunque, nobili signori e nobili signore... mangiate queste pietanze, se ne avete voglia, oppure andate a sbrigare i vostri impegni importanti. Dichiaro conclusa la seduta.»

Budun si sedette e afferrò il bicchiere, che presumibilmente conteneva vino e acqua.

Bomilcare impiegò appena due battiti di ciglia per giungere a una decisione. Che confermava quella già presa prima. Calcolò che Magone avrebbe preteso per la serata più di quanto gli spettasse, ma sarebbe stato possibile farlo scendere fino a cento *shiqlu*. Il resto, cinquecento *shiqlu*, quasi tre anni di paga...

Bomilcare sorrise freddamente e disse: «Non così in fretta, nobili signori. Eccellente Budun, nessuno lascerà l'osteria. Ci sono ancora alcuni dettagli da chiarire... due omicidi, rapimenti, ricatti, corruzione e simili».

Budun si voltò restando seduto. «Come osi contraddire i miei ordini? Tu non sarai mai più in condizione di dover obbedire a ordini. Il tuo lavoro di guardia è terminato.»

Bomilcare annuì. «Se lo dici tu... la persona competente è Qarthalo, il capo dei Cinque per l'ordine pubblico; forse mi licenzierà domattina presto, forse con disonore e forse no. Per il momento sono ancora in servizio. Autolykos, le armi.»

I tre arcieri misero mano alle frecce e tesero le corde; gli altri uomini estrassero la spada.

Tra i mormorii e le espressioni indignate, Bomilcare disse: «Nessuno se ne va se prima non abbiamo finito. Intendo obbedire alla legge».

«Domattina presto» disse Qarthalo «quando Budun avrà finito con te, vieni da me. E cercati un altro lavoro.»

«Sei così sicuro, nobile capo dei Cinque, che domattina presto sarai ancora tu il responsabile?»

Bomilcare vide con soddisfazione delinearsi il dubbio sul volto di Qarthalo.

Annone il Grande, che era rimasto per tutto il tempo immobile sulla sua seggiola, disteso più che seduto, alzò pigramente la mano. Riflettendo la luce di fiaccole e lampade, le pietre dei suoi anelli preziosi mandavano lampi multicolori.

«La mia unica carica è quella di sommo sacerdote» disse con voce grave. «Ho una certa influenza sugli affari della città» – e qui alcuni degli uomini ridacchiarono, poiché tutti sapevano che la parola di Annone era legge per il partito più influente – «ma forse sarebbe meglio invocare l'intermediazione del grande Baal. In una parola, di Amilcare.»

Bomilcare vide lo scrivano di Arish alzarsi lentamente, visibilmente contrariato, e dirigersi verso Annone.

«Fermo, non muoverti» gli gridò scivolando dal suo alto sgabello. Quindi inciampò nella gamba del romano.

«Ops» disse Letilio. Quando il romano si chinò per aiutarlo a rialzarsi, Bomilcare vide sul suo viso l'ultima traccia di un sogghigno che stava svanendo. E vide Amilcare estrarre il coltello che portava alla cintura. All'improvviso una delle guardie del corpo di Annone mise mano a una spada corta e lo colpì di taglio. Il coltello tintinnò sul pavimento. Il capo di Amilcare oscillò, come a sottolineare una considerazione appassionata; poi si staccò dal corpo e cadde davanti ai piedi di Annone. Da quel che restava del collo sembrò che spuntasse una nuova testa, scura e informe: il sangue sprizzò in alto e il tronco di Amilcare precipitò sussultando sul pavimento. Il volto di Annone mostrò una specie di sollievo... presumibilmente per il fatto che il morto era caduto di lato e il sangue non era finito sulla sua preziosa veste di seta.

13

I politici avevano vinto. All'unico uomo che avrebbe potuto davvero chiarire ogni cosa era stato, come disse Zililsan, «perpetuamente impedito di esprimersi tramite la separazione del capo dal tronco». Distrutto, stanco e amareggiato, Bomilcare rimase a guardare i nobili signori lasciare uno dopo l'altro l'osteria; la maggior parte non aveva neanche toccato il costoso cibo.

«Nessun problema» mormorò. «Autolykos, Zililsan... qui intorno c'è cibo da ricchi. Che gli uomini si servano, non appena tutto il resto sarà sistemato.»

Il meteco elleno e il libio annuirono sogghignando; alcune delle guardie e il macio Nymar, che si trovava vicino all'uscita, avevano sentito anche loro le parole di Bomilcare e si sforzavano di non fissare i tavoli con eccessiva avidità.

Letilio si avvicinò lentamente ad Aspasia, che lo guardava inespressiva. Chinò il capo e le si sedette accanto. "Avrà qualcosa da spiegare" pensò Bomilcare "a lei e a Tazirat. E a me." Poi scosse il capo. Letilio non gli avrebbe spiegato nulla e lui non avrebbe potuto costringere l'inviato di Roma. Ora non più... non senza Amilcare lo scrivano.

Annone se n'era andato, rivolgendosi a Bomilcare per ricordargli che avrebbe dovuto recarsi, insieme a Letilio, nel palazzo sul pendio della Birsa «per una discussione amichevole». L'indomani? Dopodomani? Mai più? Ah, no: gli inviti di Annone non si rifiutavano; non se si era un piccolo sbirro, i cui giorni di servizio erano presumibilmente contati.

Budun e Arish si erano scambiati un'occhiata muta; poi Arish aveva preso il giudice per un braccio e lo aveva condotto verso l'uscita. I vecchi amici, resi nemici dal caso e dalle indagini, si sarebbero senza dubbio rinconciliati; Budun aveva trovato un compromesso tra la legge e l'amicizia. E Bomilcare non vedeva alcuna possibilità di modificare la situazione.

Lo sguardo di Boshmun nel congedarsi... il signore delle corse doveva aver perso molto denaro; apparteneva alla cerchia degli amici più intimi di Hiyarbal, di cui era sicuramente anche cliente. Aveva sfiorato Bomilcare con un'occhiata che gli aveva fatto l'effetto della punta di un pugnale affilato e arroventato. Anche avvelenato? No, il veleno sarebbe stato neutralizzato, bruciato dal calore. Anche il suo ruolo, il suo coinvolgimento negli affari di Gulussa, che ora rimanevano per così dire in eredità, restava oscuro.

Lentamente, con la gamba dolorante, Bomilcare si diresse a uno dei tavoli stracolmi e osservò gli scaldini di bronzo, riempiti con carbone di legna incandescente, su cui erano posati piatti, pentole e scodelle. Un pezzetto di carne d'agnello, marinata a lungo con vino, aglio, spezie e poi arrostita? Dorso di cane in crosta di miele? Pesce appena arrostito in un intingolo che profumava di panna e di sesamo? Un volatile riempito di uva passa, carne tritata e spezie prima di essere arrostito? Petto di gazzella bollito nell'aceto, con porri e purè di lenticchie? Oppure soltanto pane e frutta?

Lo stomaco gli dava a intendere chiaramente che non desiderava assumere né tantomeno digerire nulla; probabilmente perché agiva su di esso quella parte dell'animo preposta alla felicità e alla tranquilla serenità, che ora invece era colma di insoddisfazione e di inquietudine. Bomilcare versò il vino in un bicchiere, decise di non aggiungervi acqua e bevve.

Aspasia e Letilio. Gli uomini della guardia, con Autolykos che continuava a sorvegliare l'uscita. Zililsan, Duush, Patroklos, Nymar, Vavurro. Gli arcieri getuli si erano liberati delle armi ed erano stati i primi ad avventarsi sul cibo. E Tigalit? Che cosa voleva Tigalit? Era seduta nel posto che aveva occupato per tutta la sera, mangiava, beveva e guardava verso di lui. Bostar, comandante in seconda del Banco della

Sabbia, aveva arpionato Qarthalo mentre stava per andarsene; i due erano appoggiati alla parte posteriore della vasca con l'acqua e parlavano. A dir meglio, Bostar parlava, a voce bassa e – a quanto sembrava – con vigore, e Qarthalo stava ad ascoltare a capo chino, annuendo di tanto in tanto.

Magone entrò nel cortile interno della sua osteria come se fosse territorio presidiato dal nemico. Si guardò intorno, vide Bomilcare e gli si avvicinò.

«Naturalmente ho ascoltato tutto, signore delle guardie.» Sembrava gentile, ma per nulla dispiaciuto... il padrone di un'osteria di lusso che aspetta il pagamento e spera che l'ospite, che si è rivelato sgradito, sparisca subito dopo e non ritorni mai più. Ma Bomilcare sentiva che c'era anche qualcos'altro.

«Domani probabilmente non sarò più il signore delle guardie» disse «ma un semplice cittadino della città. Che potrebbe vendere a caro prezzo le sue conoscenze. Per esempio per saldare conti salati.»

Magone annuì. «Posso sedermi accanto a te, o preferisci la solitudine per poter covare meglio le uova nere della vendetta?»

Bomilcare rise. «Siediti... è la tua osteria.»

Magone avvicinò uno sgabello. Dopo essersi seduto, indicò il cadavere decapitato, che giaceva tuttora là dove era caduto.

«Deve... restarci ancora a lungo? Mi piacerebbe poter ordinare ai miei uomini di iniziare a sparecchiare e a pulire.»

«Si potrebbe fare più in fretta.»

«E cosa ci vorrebbe?»

Bomilcare rimuginò in silenzio; dopo una breve pausa, disse: «Supponiamo che domani io non abbia più il mio posto. Potrebbe venirmi voglia di mandare cibi avvelenati al giudice Budun e di comunicargli che provengono dal tuo locale». S'interruppe come per riflettere. «Forse avrei anche piacere di pagare qualche ragazzo dei quartieri poveri perché ogni sera, quando il tuo locale è bello pieno, getti pesci marci o cadaveri di cani puzzolenti nel tuo cortile. Per esempio da laggiù.» Indicò l'angolo del tetto di un'abitazione vicina.

Magone sospirò. «Qualche tempo fa mi hai fatto domandare se mi ricordavo di una certa sera.»

«Il tre di Nisannu, lo so.»

«Quella sera, se la memoria non mi inganna, ho avuto molti ospiti graditi. Ma come tu ben sai, capita abbastanza spesso che qualcuno, che apprezza le mie pietanze, se le voglia consumare a casa propria. Per esempio, se ha ospiti.»

Bomilcare rimase in silenziosa attesa.

Magone fissò nuovamente il cadavere dello scrivano. «Quel pomeriggio Amilcare, scrivano del capo dei Cinque Arish, mi mandò un messaggio. Per la sera, e per di più molto presto, prima del tramonto, voleva ricevere ospiti e mi ordinò di far portare in un determinato posto cibo per tre uomini affamati. Io l'ho fatto; il giorno successivo mi ha pagato dicendomi che si era trattato di una discussione delicata con persone la cui presenza in città doveva rimanere segreta. Perciò mi pregava di non fare menzione della cosa con nessuno. La mancanza di riservatezza, disse, avrebbe potuto indurre il capo dei Cinque Arish a cercarsi altre osterie per rifocillare i suoi ospiti.»

«Compito di cui ora Amilcare non può più occuparsi. Bene. Dimmi, c'era silfio? barbio? cane?»

«Sì, tutto questo.»

«Hai un carro? Abbastanza grande per un cadavere?»

«Ce l'ho.»

Bomilcare batté le mani. «Autolykos... Magone ti mostrerà un carro; fai caricare sopra il cadavere, in modo che gli uomini di Magone possano pulire.»

Autolykos chiamò a sé quattro uomini con un cenno. Magone si alzò, tentò di sorridere ma, nonostante ora fosse più tranquillo, non vi riuscì; quindi disse: «Niente cani morti, dunque?».

«Dove hai fatto portare i cibi?»

«In una casa sulle pendici della Birsa. Di proprietà di... ah, non lo ricordo più con esattezza; certamente Amilcare l'aveva presa in prestito per quella sera.» Descrisse l'ubicazione dell'edificio.

Bomilcare sorrise. «Bene, amico mio. Niente cani morti.»

Osservò gli uomini che portavano via il cadavere – con il capo appoggiato sul ventre – dal cortile interno. E pensò a quella casa. Se non si sbagliava, era proprio la residenza di città, momentaneamente vuota, di un parente di Hiyarbal... sul terreno a cui erano giunti attraverso il passaggio sotterraneo che partiva dal palazzo di Gulussa. Non ci voleva molto, a piedi: senz'altro possibile, nell'intervallo temporale che si sapeva intercorso dal momento in cui Lavinio aveva lasciato la sua locanda al presumibile momento della morte. Di nuovo Hiyarbal...

E Amilcare, scrivano di Arish, aveva scritto su ogni papiro con la mano sinistra. Amilcare, che apparteneva a una cerchia di vecchi amici che si incontravano la terza sera di ogni luna da Nederbal, nella tenuta della Megara. Il tre di Addaru, quando Lavinio era appena arrivato dall'Iberia e senza dubbio aveva preso parte alla riunione del gruppo; in proposito sarebbe stato necessario interrogare alcuni dei suoi componenti. E il tre di Nisannu. Si incontravano sempre poco dopo il tramonto, aveva detto Amilcare. Prima del tramonto, "molto presto" secondo Magone, un incontro tra Lavinio e un altro uomo, forse Hiyarbal, nella casa sulle pendici della Birsa. Avevano mangiato, discusso sul bilanciere che Lavinio poteva avergli mostrato in precedenza, forse già la prima sera da Nederbal. Lavinio si era rifiutato di cedergli il ricordo. Una lite, terminata con una coltellata inferta da un mancino come Amilcare. Due uomini depredano e spogliano il cadavere... come spiegare i piedi profumati? Erano stati dei servitori, che Amilcare aveva portato con sé oppure assoldato solo per quella sera, ad approntare i catini con l'acqua profumata? O forse Lavinio si era ripulito con cura alla locanda, prima di uscire? Una questione secondaria... Due uomini avvolgono il cadavere in una coperta e lo mettono sul carro con cui Amilcare si reca all'incontro con i vecchi amici. Arriva un po' più tardi degli altri, ma nessuno si stupisce; di certo non tutti arrivano sempre puntuali, per via della distanza dalla città. Amilcare giunge per ultimo, quando è già buio; attraversa il prato, si ferma, getta il cadavere dal carro. E poi?

Bomilcare osservò gli uomini mangiare, gustarsi i cibi prelibati; Magone in persona portò altre due brocche di vino augurando "proficua digestione". In quel momento Qarthalo mise la mano sulla spalla di Bostar e disse qualcosa con un sorriso che parve preoccupato; Bostar annuì e congedò il capo dei Cinque per l'ordine pubblico: era evidente chi dei due fosse a congedare l'altro, chi fosse il più forte. Il Banco della Sabbia amministrava il patrimonio dei Barca... Qarthalo se ne andò senza rivolgere lo sguardo a Bomilcare; Bostar si grattò la testa, sogghignò al cielo stellato e si diresse lentamente verso Tigalit, che continuava a restare seduta allo stesso posto e nella medesima posizione, come una roccia inamovibile. Aspasia e Letilio sembravano essere giunti a un piccolo avvicinamento; in ogni caso, Aspasia sorrideva mentre Letilio le mostrava, allargando le braccia, le dimensioni di un oggetto. Forse la sua spada, che aveva posato su un tavolo vicino all'ingresso, o forse un pesce?

Tuzut. Il lavorante della tenuta. Qualcuno aveva dovuto occuparsi dei cavalli degli ospiti. Forse Tuzut, che gli altri lavoranti e gli schiavi non sembravano apprezzare particolarmente, aveva intrapreso una passeggiata notturna. Forse aveva visto qualcosa, oppure il mattino dopo, quando aveva scoperto il cadavere (se non sapeva fin dalla notte prima dove si trovava), aveva fatto uno più uno pensando al ritardo di Amilcare. Il risultato di quella somma lo aveva poi preteso da Amilcare... e lo scrivano aveva pagato. Tuzut aveva nascosto il denaro... nell'unico posto in cui poteva presumere con certezza che nessuno l'avrebbe cercato: presso la tomba della moglie dell'altro, grande Amilcare. Poi probabilmente aveva preteso di più, e lo scrivano lo aveva ucciso.

Così semplice? Probabilmente sì. Ma mancavano ancora troppi elementi. Per esempio...

A quel punto Bomilcare venne interrotto nei suoi pensieri. In piedi accanto a lui, Bostar lo guardò dall'alto in basso, sogghignò nuovamente e si sedette sullo sgabello occupato in precedenza da Magone.

«Permettimi di disturbarti» disse. «Quelli ti hanno strappato l'arma di mano, non è vero?»

«In qualunque modo abbiano fatto...» borbottò Bomilcare.

Bostar tossicchiò. «Credo che Tigalit abbia qualcosa da dire in proposito. E so anche qualcos'altro.»

«E che cosa?»

Bostar si piegò in avanti. «Come avrai notato, Qarthalo era un po'... dispiaciuto, quando se ne è andato. Abbiamo scambiato due parole.» Parlava piano, in modo che nessuno oltre a Bomilcare potesse intenderlo. «Gli ho ricordato la stretta relazione tra il Banco della Sabbia e i Barcidi, e soprattutto l'amicizia tra Antigonos e Amilcare. Oltre a... ehm... certi affari di banca.» Sorrise appena. «Come sai, il denaro è un buon terreno per discussioni in cui chi ne dispone dice certe cose, e l'altro è costretto ad accettarle.»

«Che cosa gli hai detto?»

«Questo non è così importante. È più importante quello che ha detto Qarthalo quando io ho finito il mio discorso. Non ti licenzierà... detto tra noi. Forse ti loderà addirittura ufficialmente. Ascolta.»

Bostar disse che Qarthalo non aveva voluto fare alcun nome, ma che era facile immaginare con chi avesse parlato. Tra capi dei Cinque, per così dire... Qarthalo aveva fatto uno stupido errore che, se fosse giunto alle orecchie di altri, avrebbe potuto determinare la sua mancata rielezione a capo dei Cinque e la sua cacciata dal gruppo dominante del partito barcide. Per non parlare delle conseguenze sgradite per certi suoi affari di banca.

«Gli hanno raccontato qualcosa a proposito di una congiura contro i barcidi... tanto grande che avrebbe procurato danni non solo al Barca e ai suoi uomini in Iberia, bensì alla città intera. Mezze verità, abbastanza intriganti da conquistare il suo silenzio, se non addirittura la sua connivenza. Allusioni al fatto che Annone il Grande fosse coinvolto in qualche modo e che alla fine forse sarebbe stato possibile privarlo finalmente della sua influenza.»

«E chi glielo avrebbe detto?»

«Arish, se non mi sbaglio.»

Bomilcare trasalì; poi, molto lentamente, annuì e iniziò a sorridere. «Arish è un uomo ambizioso» disse piano. «Da anni lavora all'ombra di Annone. È addirittura possibile che abbia detto la verità. Almeno in parte. Se fosse riuscito a rivoltare la faccenda in modo da far risultare il coinvolgimento di Annone, Arish sarebbe diventato immediatamente l'uomo forte dei Vecchi. Ma...» si interruppe scuotendo il capo. «I conti non tornano assolutamente» borbottò infine.

Bostar alzò la mano. «Non ho ancora finito; anche se non so se poi i conti torneranno meglio. Con l'accenno alla questione della congiura, Arish lo ha indotto a sottoscrivere la lettera a Roma... qualcosa del tipo "cauteliamoci verso l'esterno, avremo già abbastanza noie all'interno". Stupido, ma vero. Poi ha continuato a menzionare ulteriori dettagli, in parte veri, in parte menzogneri, e lo ha indotto a ostacolare il tuo lavoro... erano sul punto di scoprire definitivamente la congiura e le tue indagini rischiavano di portare il tutto alla luce troppo presto, prima che si sapesse chi vi fosse effettivamente dietro.»

«Ma non può essere tanto stupido...»

«La stupidità umana non ha limiti... o comunque finora non sono riuscito a vederli.»

Bostar parlò ancora a lungo, senza dire molto; con un cenno consigliò a Bomilcare di considerare i comportamenti apparentemente contraddittori di una persona per la quale entrambe le facce della moneta promettono lo stesso guadagno, e che può essere soddisfatta anche se la moneta non cade su nessuna delle due, ma rimane in equilibrio verticalmente.

«Cerca qualcuno che non pensi in termini di "o... o", ma di "sia... sia". Che vince comunque, sia che i piani riescano, sia che falliscano. Non potrai farci nulla – in via ufficiale, intendo – ma per lo meno allora saprai.»

Bomilcare osservò Bostar mentre se ne usciva lasciandolo con le sue domande senza risposta. Vuotò il bicchiere, si alzò e andò da Tigalit.

«Siediti, non ci vorrà molto» gli disse lei.

«Per cosa non ci vorrà molto? Temo di non essere in grado di affrontare altre domande senza risposta.»

Tigalit rise e una specie di onda sismica attraversò il suo corpo massiccio. «Ho qualche risposta per te. Se le comprenderai.»

Bomilcare si guardò intorno. La maggior parte degli uomini mangiava e beveva ancora; appoggiati alla vasca dell'acqua, Autolykos e Zililsan sogghignavano entrambi: probabilmente si stavano raccontando le ultimissime battute. Aspasia aveva intrecciato le mani dietro la testa e proprio in quel momento lo stava guardando... sorridente. Aveva fatto la pace con Letilio? Che cosa poteva aver inventato il romano per rabbonirla?

«Va bene.» Si sedette. «Devo farti delle domande o vuoi raccontarmi tu una bella storia?»

«Né l'una né l'altra cosa.» Ridacchiò. «Stai a sentire. Io so leggere un po' le labbra. Quando Annone ha mandato a chiamare lo scrivano, l'ho osservato. Ha detto: "Dobbiamo fare qualcosa per semplificare la faccenda. Prestami il tuo coltello per qualche istante". Non so come mai lo scrivano sia stato tanto stupido da darglielo.»

«In quel momento ero caduto per terra, sono riuscito a vedere solo la fine della scena.» Bomilcare si toccò il naso, poi il lobo dell'orecchio sinistro. «Ma perché mai Annone...»

«Chiedilo a lui. O a te. Oppure al mare.» D'un tratto lo guardò seria, quasi triste; quindi aggiunse, a voce molto bassa: «Tu Bomilcare, come tutore delle guardie, sei stato corretto: nessun sopruso, nessuna rimostranza, che io sappia. Per questo voglio dirti ancora qualcosa. Gulussa era malato da molto tempo; alla fine stava sempre peggio. I dolori, capisci? Ha tossito sangue. Quando è accaduta la faccenda di Zirdan, per noi fu chiaro che aveva un legame solo marginale con l'omicidio di quel romano. Un piccolo delinquente... era comodo incolparlo di una cosa simile, tanto più che in questo modo si colpiva Gulussa. Lui non era più in grado di lottare. Ho dovuto pensare io per tutti».

In realtà, disse, c'erano due sole possibilità. O qualcuno della cerchia di Gulussa avrebbe ucciso il malato per ereditare in prima persona il suo potere, oppure uno degli altri "principi della feccia" avrebbe ammazzato Gulussa per impossessarsi del suo regno. Lei aveva escogitato una terza soluzione.

«Non è stato difficile... per noi, non per te, capisci? Non è stato difficile scoprire chi si nascondeva dietro la faccenda di Zirdan. Arish aveva rapporti con il romano morto e fa affari con Hiyarbal; Hiyarbal fa affari con Boshmun; Boshmun vuole da tempo ridurre il potere di Gulussa.»

Dopo la discussione con Bomilcare, Letilio e Daniel, lei era andata da Boshmun e aveva trattato per una resa senza combattere, in cambio di argento e di un salvacondotto; Boshmun non si era detto insoddisfatto. Si era limitato a imporre che il tutto venisse condotto in modo da creare scompiglio tra gli sbirri, per far pensare a un legame con la faccenda di Lavinio. Nella casa venne sparso sangue di animale; poi gli uomini di Boshmun espugnarono il quartiere e l'abitazione di Gulussa, che però l'aveva lasciata da tempo.

«Siete fuggiti fino a quel giardino abbandonato, passando sotto il muro della Birsa?»

«Ah, hai trovato il passaggio? Sì. Abbiamo lasciato indietro due uomini, che hanno richiuso il passaggio e hanno strisciato fino al mare attraverso i tubi.» Esitò, poi disse: «Non sapevo della storia delle donne; Boshmun non mi ha detto che era davvero tutto collegato in qualche modo alla vicenda di Lavinio». Sembrava sincera: Bomilcare decise di mettere provvisoriamente da parte i suoi dubbi. Aveva la sensazione di saperne ancora troppo poco.

«Procedo a tentoni attraverso un labirinto sotterraneo» disse imbronciato. «È buio e per di più nebbioso, e tanto umido che le mie fiaccole si spengono in continuazione, ogni volta che mi illudo di averne accesa una.»

«Gulussa è morto.» Tigalit si alzò in piedi e lo guardò dall'alto in basso. Bomilcare cercò altre informazioni sul suo volto. Lei gli nascondeva qualcosa, di questo era certo, ma non trovò alcuna risposta. «Io l'ho amato, quando era forte, e sono contenta che abbia potuto morire tranquillo. Addio.»

«Non così in fretta. Dove ti trovo, se ho altre domande?»

Gli menzionò una casa nel quartiere del porto; poi se ne andò.

Bomilcare nascose il volto tra le mani per qualche istante. Come se la cecità momentanea potesse migliorare la sua visione interna. Ogni risposta conteneva molte nuove domande, e tutto era così disperatamente intricato. Oppure no? Forse era tutto così semplice che c'era un'unica chiave per entrare nella stanza in cui si trovava la pianta del labirinto?

«Vuoi dormire seduto?»

La voce di Aspasia lo strappò al suo rimuginare cieco. Bomilcare lasciò cadere le braccia, si sollevò a fatica e zoppicò fino agli altri due. Letilio lo osservava con un sorriso sottile, che sembrava quasi compassionevole. Oppure preoccupato. O indifferente. Oppure tutto e niente. Bomilcare rimase in piedi dietro Aspasia, con le braccia appoggiate sulle sue spalle.

«Adesso voi due mi vorrete certamente raccontare un'altra storia lunga e complicata. No, grazie. Per stasera basta. Domani. Dopodomani. L'anno prossimo.»

Aspasia protese la mano destra e tacque.

«Sei sicuro che gli altri aspetteranno tanto a lungo?» Letilio fece un ampio gesto con il braccio a comprendere il cortile interno, l'osteria, probabilmente la città e forse tutto l'orizzonte. «Per quel che mi riguarda... nessun problema, non ho molto da dire, e quel che ho da dire può aspettare.»

«Gli altri, credo, hanno praticamente finito con me, o io con loro.»

«Non hai visto lo sguardo di Boshmun?»

«Certo; lui cosa c'entra?»

Letilio indicò il tavolo vicino all'uscita su cui, accanto alle altre armi che le guardie vi avevano appoggiato prima di avventarsi sui cibi, si trovava la spada lunga.

«Al tuo posto, questa notte, non farei un passo senza armi e guardie.» Esitò, poi, improvvisamente cupo, disse: «Probabilmente dovrei pensarci anch'io. Ci sono dentro quanto te».

Bomilcare gemette ostentatamente. «Che cosa dovrebbe mai volere Boshmun da me o da noi? Solo vendetta?»

«Vendetta, certo. E anche qualcos'altro. Forse vuole impedirti di trovare le ultime risposte.»

Bomilcare strinse gli occhi. «Sei sicuro che io non le conosca già da tempo?»

«La cosa non mi riguarda. Se le conosci, Boshmun potrebbe avere interesse a impedirti semplicemente di parlare.»

«Non essere avventato, mio caro.» Aspasia strofinò la guancia contro la mano di Bomilcare, che era sempre posata sulla sua spalla. «Meglio due guardie in più, che una in meno.»

Magone entrò nel cortile interno, si guardò intorno, annuì, cercò Bomilcare e si avvicinò. Teneva in mano un sottile rotolo di papiro.

«I tuoi uomini sono solerti» disse. «Ed è un bene, perché sarebbe un peccato fare andare a male quel buon cibo. Un cibo costoso.»

«Domani passerò da te a contrattare» disse stancamente Bomilcare. «Ma non stasera. Questo è il tuo conto?»

Magone sollevò il rotolo. «Questo? No. Mi è stato appena consegnato per te. Un ragazzo di strada.» Gli porse il papiro.

Bomilcare scoprì i denti. «Devo leggerlo adesso?»

«Leggilo.» Letilio fissò il rotolo che Bomilcare teneva in mano come fosse un serpente, magari velenoso. «Leggilo ora. Per placare la mia curiosità. Domani è troppo tardi.»

«In che senso?»

«Domani, due ore dopo il sorgere del sole, una nave lascerà il porto. Un mercante cretese che intende sbarcare a Neapolis. Da lì cavalcherò fino a Roma. Il mio bagaglio è già a bordo... tranne la spada.»

«Ah.» Bomilcare si accasciò su una sedia. «Così in fretta? Qui avremmo ancora da tre a undici cose di cui discutere, mio vecchio nemico.»

Magone si diresse nuovamente verso l'uscita fischiettando piano.

«Non tante quante credi.» Letilio sorrise ad Aspasia. «Le cose importanti le ho dette a lei. Leggi.»

«Porco schifoso» borbottò Bomilcare. Poi srotolò il papiro, lo lesse, lo lasciò cadere, rivolse ai due uno sguardo inespressivo e atteggiò la bocca a mute imprecazioni.

«Che cos'è?» Letilio si piegò in avanti, in preda alla curiosità o all'ansia.

«"Se vuoi che il giudeo viva, vieni immediatamente da solo nel cortile interno di Laqashu." Questo è tutto.»

«Dov'è?»

«Nelle vicinanze del porto, all'estremità del quartiere dei meteci. Laqashu è un velaio.»

«Tu vuoi che Daniel viva?»

«Domanda stupida.»

Aspasia disse piano, ma con decisione: «Ma non ti precipiterai da solo in questa trappola, hai sentito?».

Bomilcare chiuse gli occhi, li riaprì e alzò il braccio. «Autolykos, Zililsan, venite qui, per favore. Gli uomini sono soltanto sazi oppure anche ubriachi?»

Il porto si trovava a poco più di cinquecento passi a oriente dell'intrico di vicoli e cortili, ma per uno che non fosse pratico avrebbe potuto essere dall'altra parte dell'ecumene. Bomilcare si sforzava di camminare sempre al centro della strada, dove ogni tanto era colpito da un raggio di luna che si insinuava tra le case scure e di altezza diseguale. Sapeva di essere osservato. E a sua volta osservava, senza vedere altro che le case, addossate l'una all'altra; alcune sembravano sul punto di barcollare in avanti, altre erano per così dire sedute sui talloni, appoggiate all'indietro. I vani delle finestre aperte come occhi morti, altre aperture coperte da tendoni o chiuse da imposte. In alcuni ingressi, il lieve vento della notte muoveva i tendoni di corda. In quelle calde notti d'estate, i tetti piatti erano adibiti dagli abitanti a dormitori, il che avrebbe reso difficile ai suoi uomini avvicinarsi, ma avrebbe anche dovuto impedire al nemico – chiunque potesse essere – di osservarlo.

Attraverso l'arco di una porta di mattoni tutti crepati e non intonacati, entrò nel cortile che apparteneva all'officina del velaio Laqashu. Non si vedeva nessuno, né se ne poteva intuire la presenza nell'ombra. Bomilcare si avvicinò all'estremità del cortile, dove si trovava uno steccato malandato dietro cui, a quanto si riusciva a vedere alla luce della luna, c'era un pezzo di giardino tutto ricoperto da erbacce che giungeva fino alla casa successiva.

Un movimento tra le piante. Accanto al recinto apparve un volto pallido come la luna: un ragazzo, al massimo di dieci o undici anni.

«Sei Bomilcare?» sussurrò.

«Sì.»

«Vieni.» Il ragazzo gli indicò un buco, qualche passo alla sinistra di Bomilcare.

«Dove mi porti?»

«Lo vedrai.»

Bomilcare masticò una maledizione tra i denti. «Non faccio neanche un passo, prima di saperne di più.»

Il ragazzo esitò. Dietro di lui si mosse qualcosa; poi un uomo disse a mezza voce: «La guardia è venuta davvero da sola».

Un altro uomo, la cui voce gli era altrettanto sconosciuta della prima, rispose: «Digli che, se non accade nulla di imprevisto, è al sicuro».

«I miei uomini sanno dove sono» disse Bomilcare.

«Questo c'era da aspettarselo. Passa attraverso il recinto.»

Bomilcare si piegò e scivolò dall'altra parte. Il ragazzo era scomparso. Tra due alti cespugli c'era un uomo con il volto velato. Gli fece un cenno, si voltò e si inoltrò nell'intrico oscuro.

Bomilcare lo seguì zoppicando. Dopo qualche passo lungo il sentiero stretto, si accorse che qualcuno procedeva alle sue spalle: probabilmente l'altro uomo. Si voltò brevemente, ma vide soltanto i contorni di un'altra figura velata.

Arrivarono a un secondo recinto, lo scavalcarono e raggiunsero il lato posteriore della casa. Tre gradini conducevano a una specie di terrazza, ricoperta da una tettoia di assi tutte marce e piegate. Alle sue spalle, una prima stanza buia. Un chiarore, proveniente da un'altra stanza nel corridoio, rendeva meno incerto il cammino. L'uomo che lo guidava batté due colpi brevi e due lunghi, poi aprì la porta.

Boshmun, signore delle corse dei cavalli e dei cammelli, era seduto su un tavolo e guardava verso di loro. Sotto le sue gambe penzolanti, legato e imbavagliato, giaceva Daniel. Agli angoli erano appoggiati due uomini, armati e a volto scoperto. Una grande lampada a olio accanto a Boshmun tremolò alla corrente d'aria proveniente dalla porta aperta, facendo danzare ombre selvagge.

«Non sono molto sorpreso» disse Bomilcare entrando nella stanza. L'uomo che lo aveva scortato richiuse la porta alle sue spalle. Dall'esterno.

«Una domanda, prima di proseguire.» Bomilcare incrociò le braccia. «Hai dei conigli?»

Boshmun sogghignò brevemente. «Li allevo: voglio organizzare corse di conigli. Qualunque cosa su cui si possa scommettere. Ne mancano alcuni... come sai.» Si fece serio. «Uno stupido scherzo senza significato, un diversivo. Ma parliamo di te e di questo giudeo.»

«Non c'è molto da dire. Liberalo e lasciaci andare.»

«Non così in fretta.» Boshmun scosse il capo; il suo volto esprimeva tristezza per quell'incredibile durezza di comprendonio. «C'è qualcosa da chiarire.»

Bomilcare tacque. Diede un'occhiata a Boshmun, poi guardò in giù verso Daniel, che continuava ad alzare e abbassare le sopracciglia. Probabilmente voleva dire qualcosa, ma Bomilcare non era in grado di comprenderlo.

«Potrei lasciare qui i vostri cadaveri e scomparire.» La voce di Boshmun era fredda e rilassata, come se stesse parlando del tempo.

«Potresti. Ma il prezzo da pagare potrebbe essere troppo caro per te.»

Boshmun annuì. «Lo so. I tuoi uomini non impiegherebbero molto a scoprire il mio coinvolgimento. Così cercherebbero e troverebbero una legge per pizzicarmi.»

«Non cercherebbero nessuna legge e non pizzicherebbero nessuno» disse Bomilcare senza enfasi particolare. «Ingaggerebbero una guerra senza leggi fino a che non ci fosse più neanche uno dei tuoi uomini vivo e il nome di Boshmun fosse svanito, come svanisce un cattivo odore. Oggi hai già perso cinque uomini.»

Uno degli uomini armati fece una smorfia e fissò la schiena del suo capo. Boshmun alzò le spalle.

«Sono cose che capitano... purtroppo. Io...»

Si interruppe. L'uomo velato entrò, si diresse verso di lui e gli mormorò qualcosa all'orecchio. Boshmun annuì e indicò la porta. Quando l'uomo l'ebbe nuovamente richiusa dietro di sé, il signore dei cavalli gettò uno sguardo a Bomilcare con una smorfia obliqua.

«I tuoi uomini si stanno avvicinando attraverso i tetti. Come mi aspettavo. Non servirà a nulla, né a loro né a te. La casa è difesa da un muro alto, anche sul davanti. Ci sono solo due accessi: sul retro, da dove sei entrato, e dal basso. Sono entrambi ben sorvegliati. Ora parliamo di te e di Daniel.»

«Che cosa vuoi?»

Boshmun indicò con la punta dei piedi l'uomo legato. «Si era rifugiato tra le cosce robuste di Tigalit. Quando lei stasera è andata da Magone, i miei uomini l'hanno beccato. Così ora abbiamo qualcosa tra le mani. Che vorrei barattare con alcune assicurazioni.»

«Che cosa vuoi? Te lo chiedo per la seconda volta.»

«Che i miei affari non vengano disturbati e la mia vita sia al sicuro... per quanto ti concerne.»

Bomilcare si concesse un mezzo sorriso. «Con la vita che fai, non posso garantire la tua sicurezza.»

Boshmun fece un gesto di diniego. «Non sto parlando di come conduco la mia vita, ma di come tu conduci il tuo incarico. Voglio avere il denaro che... cioè la mia parte del denaro perso da Hiyarbal. Voglio la tua assicurazione che non ci saranno ulteriori indagini sul mio ruolo nel gioco che si è chiuso. In breve: il ritorno alla tranquillità.»

«E in cambio lascerai libero Daniel?»

«Daniel. E te.»

«Chi ti dice che manterrò le mie promesse?»

«Tu sei vulnerabile. Come ogni uomo che abbia una bella amichetta. La sua officina potrebbe venir saccheggiata. Il suo volto venire sfigurato dai tagli. La sua esistenza è in pericolo, come quella di chi abbia un coltello puntato alla gola. Ci sono serpenti velenosi che potrebbero far visita ai tuoi uffici. Lascio alla tua immaginazione.»

«La mia morte ti semplificherebbe le cose.»

«Ci abbiamo già provato. Potremmo riprovarci ogni giorno, ma io preferirei che, pacificamente...»

Da qualche parte della casa risuonò un grido, un rumore, un altro grido, lo stridore delle armi. Boshmun voltò il capo per dire qualcosa agli uomini armati. Bomilcare, rapido ma non precipitoso, sollevò il braccio fino alla nuca: ora il piccolo coltello da lancio era stretto nella sua mano e pronto a volare.

Poi si conficcò nel collo di Boshmun: lateralmente, dal momento che aveva girato la testa. Dall'arteria sprizzò un getto, ma Bomilcare non vi badò. Il movimento del suo braccio destro, con cui aveva lanciato, si concluse sull'impugnatura della spada.

«Volete vivere?» disse. «Oppure seguire nell'oltretomba Boshmun e i cinque uomini, vostri fratelli, che lui ha sacrificato? Lasciate stare le spade.»

Tempo. Prendere tempo. Dare ordini.

Si diresse verso il tavolo; percepiva confusamente il frastuono, le grida e i rumori della lotta provenienti dalla casa.

«Venite, prendetelo. Non può restare così.»

Il tronco di Boshmun era rovesciato sul piano del tavolo, con le gambe rivolte verso Daniel, che giaceva in una pozza di sangue sempre più vasta e faceva cenni con le sopracciglia.

Le due guardie del corpo si scambiarono un'occhiata, poi quella che si trovava nell'angolo di sinistra fece due o tre passi verso il tavolo e disse: «Signore, che ne sarà...?».

Dentro di sé Bomilcare fece un sospiro, senza darlo a vedere. «Mettetelo dritto sul tavolo.»

«Non intendevo questo. Lui può giacere o penzolare come vuole... ma che ne sarà di noi, dopo? Se i tuoi uomini vincono...» indicò la porta con il mento.

«Di voi? Nulla. Potrete andare. E siate pur certi che i miei uomini vinceranno.»

Lui non ne era tanto certo, dal momento che non sapeva quante guardie avesse raccolto intorno a sé Boshmun. Senza perdere del tutto di vista i due uomini, si chinò, liberò Daniel dal bavaglio e si dedicò a tagliare i legacci con la spada. Poi lanciò qualche imprecazione muta, estrasse il coltello dal collo di Boshmun e terminò il lavoro con la lama più sottile e affilata.

Daniel non era ancora completamente libero quando la porta si spalancò con frastuono. Tigalit si precipitò nella stanza, seguita da Letilio e quindi da due uomini che dovevano appartenere a Tigalit.

«Siete vivi?» disse; si fermò accanto a Bomilcare e aiutò Daniel a rialzarsi. Letilio e gli altri due erano pronti a disarmare le guardie di Boshmun.

«Non so se questo si possa definire "vivere"» borbottò Daniel strofinandosi i gomiti.

Contemporaneamente Bomilcare disse: «Fermatevi! Lasciate stare quei due, devono andarsene indisturbati. Quando tutto sarà finito».

Daniel appoggiò il palmo della mano destra sulla guancia di Tigalit. «Sei arrivata al momento giusto. Bomilcare stava per vendermi in cambio della sua liberazione.» Sogghignò, ma ritornò subito serio. «Possiamo andare?»

«E dove?»

«A parte te, mia cara, c'è solo una persona che sapeva dove mi potevano trovare. E che sicuramente sa anche qualcos'altro.»

Bomilcare era stanco morto, la gamba gli doleva e anche la spalla contribuiva a rendere indelebile nella sua memoria quella cavalcata notturna, che avrebbe voluto dimenticare in fretta. Solo la mente era desta, lavorava, osservava, ordinava oggetti e avvenimenti quasi senza la sua partecipazione; e qualcosa nella testa gli diceva che aveva trascurato una cosa importante. Ma non gli diceva quale. Aspasia? Dormiva – sperava ben sorvegliata – nel suo giaciglio di fortuna nei locali delle guardie nella fortezza. Boshmun? Morto; non era una gran perdita per il mondo e per la città. Annone? Budun? Arish? Qarthalo? Magone? Scorreva continuamente i nomi, senza risultato.

Lontano a oriente le stelle stavano iniziando a impallidire quando giunsero alla tenuta della Megara. Bomilcare si lasciò scivolare giù da cavallo davanti alla scala che conduceva all'ingresso; voleva precipitarsi in casa insieme agli altri ma, dopo qualche passo zoppicante, si fermò, barcollò e strinse i denti. Zililsan gli si avvicinò.

«Vuoi la mia spalla?»

«Grazie.» Si appoggiò al robusto libio, che aveva guidato il gruppo per i tetti del quartiere del porto e distolto l'attenzione degli uomini di Boshmun dall'attacco sotterraneo, condotto da Tigalit attraverso i canali.

«E ora? Aspettiamo?»

«Non voglio salire scale.»

«Che succede nel porto?»

Bomilcare alzò le spalle e gemette piano, perché la ferita riprendeva a infiammarsi. Si domandò distrattamente quali demoni lo avessero aiutato a non preoccuparsi della spalla mentre lanciava il coltello.

«Tigalit starà facendo un po' di ordine, credo» disse tra i denti. «Autolykos starà a guardare. E dopo noi potremo dire di essere stati presenti.»

Zililsan rise a singulti.

Daniel spuntò dal sottotetto. «Non c'è» disse con tono amaro. «Gli schiavi della casa dicono che Nederbal è ritornato verso mezzanotte, si è aggirato una mezz'ora per casa e poi se ne è andato.»

Letilio lo spinse dalle spalle verso le scale. «Credo di sapere dove potremmo cercarlo.»

La pallida luce del mattino, preannuncio di sole, faceva brillare le perle di rugiada su piante ed erba. A Bomilcare vennero in mente altre albe, la rugiada del mattino, una o due compagne di giochi; ma questo non gli alleviò particolarmente lo zoppichio.

Nederbal era appeso a una trave obliqua del piccolo tempio del riposo accanto alla tomba. Daniel, guidato come disse da un sospetto atroce, si avvicinò alla lastra di pietra sotto la quale riposava la moglie mai dimenticata dello stratega Amilcare. Vi si inginocchiò e fiutò.

«Quel porco» disse ritornando indietro. «Si è svuotato là, prima di impiccarsi.»

Zililsan e Vavurro tagliarono la corda e trascinarono il cadavere dell'amministratore fino alla strada, dove lo abbandonarono.

«Ben fatto: ha profanato il tempio e la tomba, e non può giacere qui.» Il volto di Daniel era deformato da una smorfia.

«Ma perché lo ha fatto proprio qui...?» disse Duush.

Daniel propose una lunga spiegazione, in cui una parola su quattro era una maledizione per il defunto. Frasi a metà, espressioni interrotte, fiumi di parole senza sbocco fecero capire a Bomilcare quanto Daniel fosse stato colpito dalla profanazione di quel luogo, per lui sacro.

Disse che Nederbal aveva ipotecato la tenuta del Barca per realizzare un guadagno di sei centesimi nel giro di poco tempo, che avrebbe dovuto restare nelle sue tasche. Presumibilmente Amilcare non lo sarebbe mai venuto a sapere... e, se il progetto fosse riuscito, dei barcidi non sarebbe rimasto praticamente nulla. Probabilmente Nederbal era completamente all'oscuro della grande congiura del denaro falso, ma aveva sentito tutto nell'osteria di Magone, aveva capito tutto e si era reso conto che era tutto perduto.

«Presumo che questa secrezione di uno sciacallo malnato non avesse veleno in casa. Così è venuto fin qua, ha completato il suo crimine con l'infamia e la profanazione e poi si è impiccato da quel coniglio che era, anziché scegliere la spada come un uomo.»

Il sole sorgeva: il caldo splendore rosso oro si riversava sul tempio, lo stagno, l'erba e i cespugli, facendo avvampare i fiori dai mille colori. L'aria fresca del mattino profumò all'improvviso di tutti gli odori e gli aromi dell'ecumene.

Quasi con devozione, Zililsan disse: «È questo dunque il giardino di Amilcare? Ne avevo sentito parlare... è magnifico».

Letilio si lasciò cadere sui gradini del tempio del riposo. «Questo sarà anche il giardino di Amilcare» disse a mezza voce «ma se un semplice romano può fare un'osservazione... il giardino di Amilcare è l'Iberia. E la Libia. E la città. Tutto ciò di cui il grande stratega è responsabile. Sono orgoglioso di avere visto quel grande uomo.» Poi ridacchiò. «Prima o poi, i giardinieri romani sarchieranno l'erbaccia e sfoltiranno le piante.»

In quell'istante Bomilcare capì che cosa aveva trascurato. Batté le mani. «Il giardino di Amilcare! Presto amici, muoviamoci, prima che ad altri venga la stessa idea.»

«Ma che cosa?» Daniel lo fissava di malumore. «Non ne hai ancora abbastanza? Un demone ti ha colpito il cervello? Quale giardino di Amilcare?»

«Amilcare lo scrivano» disse Bomilcare stanco. «Ha... aveva un giardino, un pezzo di terra sulla Lingua, nel sud. Con una casetta di legno. Là trascorreva squallide serate con le donne e gli amici. Se ha annotato qualcosa... se ha lasciato qualcosa che può servire per un chiarimento, si trova là.»

Ritornarono ai cavalli, che Bomilcare aveva strappato quasi con la forza delle armi a uno stalliere della fortezza, irritato per essere stato svegliato di notte. Lungo la strada Letilio prese per un braccio Bomilcare che zoppicava.

«Passeremo davanti al porto, non è vero?»

«Ah, la tua nave. L'avevo quasi dimenticata.» Con un po' di meraviglia Bomilcare si accorse che, sotto il velo della stanchezza, iniziava a provare una certa malinconia. Com'era possibile che gli dispiacesse vedere il romano partire?

«Abbiamo ancora qualcosa di cui discutere?»

Bomilcare sbuffò. «Penserò alle domande finché arriviamo al porto.»

Lungo la strada non avrebbero potuto parlare. Bomilcare sapeva che sarebbe stato già abbastanza faticoso tenersi alla gualdrappa. È difficile parlare mentre si stringono i denti.

Quando giunsero al porto, dove la giornata di lavoro era già iniziata da tempo, Bomilcare descrisse agli altri la strada per raggiungere il terreno dello scrivano morto.

«Vi raggiungo subito. No, non mi aspettate, niente riguardi; potrebbe esserci fretta.»

Letilio aveva ceduto le briglie del suo cavallo a Duush, che lo avrebbe condotto tenendolo accanto a sé per poi riportarlo alla fortezza insieme agli altri. Indicò un mercantile a vela panciuto, che appariva pronto a salpare e ormai aspettava solo lui. In ogni caso, non si vedevano più preparativi in corso. Un gigante dal cranio calvo, che si trovava sul ponte di poppa rialzato, aveva scorto il romano e gli faceva cenni.

«Nessuna domanda» disse Bomilcare. «Tranne una.»

Letilio annuì. «So qual è. Nell'osteria di Magone hai visto che si può benissimo decapitare un uomo con una spada corta, non è vero? Non ho ucciso io Qadhir.»

Bomilcare restò in attesa.

Il romano lo guardò negli occhi. «Mi potresti scrivere per raccontarmi come andrà a finire» disse ironico. «Ah, e porgi i miei saluti ad Annone, quando vai da lui.»

Bomilcare continuava a tacere.

«Quello che ho fatto» disse Letilio improvvisamente serio «serviva a quattro scopi. Fare luce sull'omicidio; danneggiare Cartagine; proteggere le due donne; e salvarti la vita. Questa è la verità.» Afferrò il braccio di Bomilcare e disse, quasi supplichevole: «Neanche una parola, mio vecchio nemico?».

Bomilcare sospirò piano. «Che cosa devo dire? Mi sforzo di crederti. Addio... Tito.»

Arrivarono troppo tardi. Nella piccola casa di legno dello scrivano, messa a soqquadro e semidistrutta, trovarono un foro sotto il focolare, dove qualcuno aveva scopato via e sepolto la cenere. Il foro era abbastanza grande da accogliere un vaso. Un vaso che avrebbe potuto proteggere il papiro dall'umidità del terreno, e forse contenere monete e altri oggetti.

Silenziosi e sfiduciati, si diressero ai cavalli. Bomilcare si voltò ancora una volta per dare un ultimo sguardo al giardino incolto dello scrivano. Vide un movimento al di là dello steccato, dietro cui si trovava il giardino immenso e ordinato – quasi un campo coltivato – del vicino, un vecchio ortolano.

«Aspettate ancora un po'» disse; gli altri lo guardarono meravigliati. «Torno subito.»

Percorse la carrareccia fino al cancello del vicino, lo aprì, entrò e si avvicinò allo steccato. Il vecchio strisciava sulle ginocchia tra le piante e strappava l'erbaccia dal terreno.

«Non sei al mercato?»

Il vecchio sogghignò scoprendo qualche singolo dente ingiallito. «Ah, ci vanno i figli. Sono troppo vecchio per contrattare.» Si rialzò a fatica. «Tu sei Bomilcare la guardia. Ti ho visto molto tempo fa da Amilcare, nella casa a fianco.»

«Amilcare è morto» disse Bomilcare.

«Ah. È un peccato, o forse no. Che cosa accadrà al suo appezzamento? È molto tempo che voglio acquistarlo.»

«Non lo so. Andrò a sentire in giro. Anche tu vai a sentire in giro, di solito? In fondo vivi qui, o no?»

Il vecchio indicò la casa di legno a strisce gialle tra gli alberi, a due dozzine di passi di distanza. «Io vivo e dormo là. Ti riferisci al fracasso della notte scorsa?»

«Quando esattamente?»

L'ortolano tirò su con il naso e sputò. «Dopo la mezzanotte, non so di preciso. Fracasso e trambusto, come se qualcuno facesse a pezzi la catapecchia. Poco male, detto tra noi.»

«E tu non sei andato là?»

«Avrei dovuto immischiarmi, quando sembrava che ci fossero numerosi uomini robusti? Bah.»

«E tu non hai sentito né visto nulla?»

«Era troppo buio per vedere: è stato di notte. Sentito?» Rifletté. «Be', sì. Quando hanno finito. A proposito, avevano dei cavalli. Quando hanno finito, mentre si dirigevano verso i cavalli, uno ha detto: "Annone sarà contento".»

14

Qarthalo abbandonò il comando dei Cinque per l'ordine pubblico, cedendolo a un compagno di partito che avrebbe dovuto essere confermato dal Consiglio. Come motivazione addusse il superlavoro e disturbi del sonno. Bomilcare lo venne a sapere quando, dopo essersi riposato per due giorni, tornò nuovamente negli uffici delle guardie, sempre zoppicando leggermente ma nel complesso quasi ristabilito.

Autolykos aveva sbrigato le questioni più urgenti. Dal momento che non c'era nulla da decidere o da disporre, Bomilcare prese la bisaccia con i seicento *shiqlu*, che non aveva ancora intaccato, e si recò all'osteria di Magone.

Magone però non c'era. «Al mercato, a fare spese» disse il capo degli schiavi della cucina, che stava facendo a pezzi un agnello. Si passò la punta del coltello insanguinato sulla fronte per grattarsela. «E mi ha detto che, nel caso in cui tu arrivassi, dovevo dirti che è stato tutto sistemato.»

«Da chi?»

«Non lo so.»

La via successiva condusse Bomilcare agli uffici del giudice Budun. Trovò Annibale, il suo scrivano, già nel corridoio, diretto a un'altra stanza con alcuni rotoli stretti sotto il braccio.

«Non ti vuole vedere» disse. «Né ora, e neanche nei prossimi giorni.»

Bomilcare annuì. «Posso immaginarmelo; ma devo parlare con lui. E dargli questa bisaccia.»

Annibale sogghignò. «Non so nulla di una bisaccia, ma solo di seicento *shiqlu*.»

«Sono qui dentro.»

«Ah, allora devo dirti che sono decaduti.»

«Decaduti?»

«Sì. Decaduti, indesiderati, superflui. Budun dice che non c'è alcun riscontro ufficiale in proposito, quindi non esistono. E accettare del denaro che non esiste gli sembrerebbe assurdo.»

«Allora andrò a riflettere un po' sull'assurdità del non-essere delle chimere monetarie.»

«Rifletti. Rifletti approfonditamente. E, se ti posso aiutare...» Rise e si diresse verso la porta.

Il palazzo di città di Annone il Grande, alle pendici della collina della Birsa, era sorvegliato come una fortezza. Due guardie lasciarono entrare Bomilcare, lo consegnarono a una terza che lo condusse attraverso un giardino favoloso fino all'edificio principale, dove una quarta – erano tutte armate – dopo un breve conciliabolo con un domestico lo guidò su per le scale.

Quel giorno Annone indossava un'altra veste di seta. Era blu, con i bordi e larghe bande rosse; inoltre, sullo sfondo blu si potevano vedere draghi spaventosi, che sembravano sbuffare e lottare mentre Annone si muoveva.

Disteso su un morbido giaciglio imbottito, stava leggendo diversi rotoli; accanto a lui, sul pavimento, con una piccola scrivania portatile, era accovacciato uno scrivano cui in quel momento fece cenno con la mano di abbandonare la stanza. La camera era piena di profumi costosi e a Bomilcare sembrò di sentire l'odore dell'acqua salmastra.

«Il capo delle guardie.» Annone si appoggiò sul gomito sinistro e sollevò la mano destra per salutarlo. «Che cortese ad accettare il mio invito in maniera tanto sollecita. Siediti. Qualcosa da bere?»

«No, grazie, Rab Annone. È troppo presto per il vino e non desidero una bevanda qualunque.»

Annone lo fissò con un sorriso ambiguo. «A quanto ho sentito, c'è stata ancora un po' di confusione.»

«È finita. Tito Letilio ti porge i suoi saluti...»

«... ed è ripartito, lo so. Non mi sfugge quasi nulla di quello che succede in città.»

«Così si dice.»

«Ah, si dice così?» Sollevò un sopracciglio. «È bene che lo si dica. Meglio ancora se non lo si dimentica.»

«Farò in modo di non dimenticarmelo, signore. Che cosa vuoi sentire?»

«Tutta la storia.» Annone chiuse gli occhi e si sprofondò nel giaciglio. «Senza circonlocuzioni cortesi.»

«È possibile che alcune parti non ti piaceranno.»

«Ti prometto che terrò a freno il mio dispiacere e non lo rivolgerò assolutamente contro di te. Mi fai visita in un giorno in cui il mio umore e il mio fegato indugiano in una quiete piacevole. In giorni come questi nulla può contrariarmi.»

Bomilcare sorrise truce e iniziò, dapprima in modo molto sintetico, dal momento che riteneva di avere già trattato fin troppo dettagliatamente di Lavinio e del bilanciere nell'osteria. Descrisse il modo in cui il romano aveva incontrato Amilcare lo scrivano nella tenuta, gli aveva (presumibilmente) fatto visita in città oppure si era addirittura fatto portare in giro da lui. Lo scrivano, giocatore appassionato e scommettitore sempre a corto di denaro, aveva fiutato la possibilità di utilizzare a proprio vantaggio il bilanciere per la coniazione; nello stesso tempo aveva visto molto chiaramente che il gioco era troppo grande per lui. Hiyarbal, il banchiere preferito dei Vecchi (di cui faceva parte Arish, il capo dello scrivano), fu la conclusione ovvia.

«Prende contatto con Hiyarbal, forse con l'aiuto di Arish, perché il banchiere non avrà avuto molto tempo per un semplice scrivano. Discutono, escogitano un piano, effettuano i primi preparativi. Arish viene probabilmente coinvolto. Quando Lavinio si rifiuta di vendere il bilanciere, Amilcare lo uccide.»

Annone non batté ciglio. «Vai avanti.»

«La sera dell'assassinio, Amilcare volle ugualmente recarsi alla Megara, dal suo amico Nederbal. Poiché tutto mirava a danneggiare i barcidi, fu naturale abbandonare il cadavere nella tenuta e collegare fin dall'inizio Lavinio, la sua morte e tutto il resto con il Barca e l'Iberia.»

Poi, disse Bomilcare, si era giunti alla ricordata collaborazione tra Arish e Qarthalo. Roma aveva inviato Letilio... ma nel frattempo Hiyarbal era arrivato a pensare che fosse opportuno attuare qualche diversivo ai danni degli investigatori, affinché la trama non risultasse troppo evidente; qualcuno – Hiyarbal o un altro – aveva convinto Boshmun che, oltre a tutto il resto, avrebbe potuto anche mettere in circolazione facilmente denaro falso con le sue molteplici imprese. Boshmun aveva proposto di comportarsi come se si trattasse di una guerra tra i principi della feccia; così, tra l'altro, avrebbe potuto eliminare Gulussa e appropriarsi della sua sfera d'influenza. Inoltre era stato deciso di mettere Bomilcare sotto pressione, per esempio con tentativi di corruzione e minacce contro di lui e la sua compagna.

«Un gioco intricato e un piano davvero magistrale.»

Annone sorrise senza aprire gli occhi. «Chiunque l'abbia escogitato, sarebbe stato indubbiamente lieto di sentir uscire questa lode dalla tua bocca.»

A quel punto dunque, disse Bomilcare, era entrato in gioco Letilio. Subito dopo il suo arrivo, prima ancora che Bomilcare lo andasse a trovare nella locanda, lo scrivano gli aveva potuto parlare a quattr'occhi abbastanza a lungo per potergli fare allusioni a possibili danni per i barcidi in Iberia. Da buon romano Letilio aveva accettato immediatamente.

«Te lo ha detto lui?»

«Non a me. A una persona... fidata.»

«Aspasia, suppongo. Che ne è, a proposito, del mio gioiello?»

«Più tardi, Rab Annone; non voglio ingarbugliare o smarrire il filo del mio discorso.»

Secondo la sua ricostruzione, avevano deciso di rapire e uccidere Aspasia e nello stesso tempo, o poco prima, acciuffare uno degli uomini di Gulussa, che avrebbero potuto accusare dell'omicidio di Lavinio. Nel frattempo Letilio era diventato amico di Tazirat e li aveva indotti a rapire anche lei, affinché lui apparisse a sua volta danneggiato e quindi al di sopra di ogni sospetto; ma li minacciò di rivelare tutto e provocare la vendetta di Roma, se fosse accaduto qualcosa alle donne. Era stato lui stesso, almeno nella fase iniziale, a mettere in atto il rapimento.

«Poi Boshmun si è impadronito del regno di Gulussa, Hiyarbal ha fatto battere monete false, Letilio e io siamo partiti per l'Iberia. Là sono venuto a sapere del bilanciere, e Amilcare e Asdrubale, che hanno capito tutto più rapidamente di me, hanno deciso di ritardare l'emissione delle monete. In tal modo l'ordine temporale era sconvolto: Hiyarbal non poté, come aveva intenzione, mettere in corso l'argento falso, perché non c'erano ancora le monete vere, e neanche tenersi l'argento vero o distribuirlo tra i congiurati.» Si interruppe, attendendo una risposta o un'osservazione di Annone; dal momento che questi taceva, disse: «Il finale lo conosci già».

Annone si tirò su. «Una bella storia. Piacevole da ascoltare, come tutte le favole.»

Bomilcare si morse le labbra, apparentemente incerto. «Naturalmente» disse poi «esiste anche un'altra versione.»

«Allieta le mie orecchie raccontandomela, Bomilcare.»

«Dipendeva tutto dal momento della coniazione in Iberia. Per questo si sarebbe dovuto fare il possibile per non mandare Letilio e me in Iberia. O meglio per non lasciarci partire, dal momento che nessuno ci ha mandati. Ma non ci hanno impedito il viaggio. Se fossimo rimasti da qualche parte della Libia, io non avrei sentito parlare del bilanciere e probabilmente i Barcidi avrebbero coniato le loro monete.»

«È possibile.»

«Con un piano così complesso, un piano magistrale, si sarebbe dovuto pur mettere in conto che qualcosa, qualche piccola parte, non procedesse nel modo previsto, che il piano fallisse. Un vero maestro avrebbe inserito anche questo nel calcolo e avrebbe fatto in modo di realizzare un guadagno anche dal suo fallimento.»

Annone contemplò uno dei preziosi anelli alla sua sinistra. O forse tutti. «Così si direbbe. Ma esiste un simile maestro?»

«Io credo che esista e, con tutta la simpatia per i Barcidi, che mi sono cari, non posso nascondere di ammirarlo.»

«Davvero? Ora però sii tanto gentile da andare fino alla porta che conduce all'aperto.»

Bomilcare si alzò in piedi sorpreso. La porta conduceva a una specie di giardino coperto, delimitato da una ringhiera di ferro. Vi si sporse e vide sotto di sé un grande specchio d'acqua, in cui nuotavano ombre contorte.

«Acqua di mare» disse Annone alle sue spalle, dal giaciglio. «Le murene hanno bisogno di acqua di mare. Qualche volta le nutro io. Con carne riluttante.»

«Se ne è mormorato.» Bomilcare ritornò nella stanza e si sedette di nuovo. «Del resto, potrebbe essere altrettanto difficile trattenere alcune dozzine di uomini esperti nel combattimento dalla ricerca di determinati generi di carne.»

Annone alzò pigramente una mano. «Tu diresti indubbiamente che, in un caso simile, questi uomini calpesterebbero le leggi che devono difendere. Lo so, lo so. È una disquisizione noiosa. Dimentichiamoci le murene e gli uomini.»

«Quando si dimette Arish?»

Annone sorrise. «Non si dimette... non da capo dei Cinque. A quanto ho sentito, dedicherà tutta la sua energia e la sua intelligenza a dirigere i nostri rapporti con gli altri stati.»

«Ha una corda intorno al collo, non è vero? Che si stringerà lui stesso, non appena cercherà di assumere la direzione dei Vecchi.»

«Si dice che la direzione del partito sia in mani buone ed esperte. Alcuni ritenevano che non si potesse essere nello stesso tempo sommo sacerdote di Baal Melqart e capo dei Vecchi. Io non posso associarmi a questa opinione.»

«È comprensibile, Rab Annone.» Bomilcare allungò la mano nella tasca alla cintura, dove nascondeva il gioiello d'argento di Aspasia, ma non lo tirò ancora fuori. «Che cosa deciderà il Consiglio di Qart Hadasht riguardo alla banca del nobile Hiyarbal? Che a proposito, a quanto ho sentito, si sta rendendo molto utile e collabora volentieri con Budun.»

«L'ho sentito anch'io.» Annone annuì, apparentemente distratto. «È debole di stomaco: qualche volta la collaborazione è l'estremo rimedio contro quella terribile malattia.»

Bomilcare aprì la bocca, ma non gli venne in mente nulla da dire.

Annone afferrò un bicchiere d'oro e bevve. «Ah. Buono. Vino speziato caldo... davvero non ne vuoi? La banca di Hiyarbal? Forse verrà espropriata e ceduta a un tempio per la liquidazione dei suoi affari. Il tempio di Baal Melqart, a quanto ho sentito, ha avuto le maggiori perdite e sarebbe uno dei principali creditori.»

Bomilcare decise di mettere da parte ogni riguardo: Annone evidentemente non vi attribuiva grande valore, altrimenti non avrebbe fatto parola del tempio da lui diretto.
«Se fosse andato tutto bene» disse a mezza voce «avresti annientato il tuo peggiore nemico, Amilcare Barca, insieme a tutto ciò che gli è caro. Il Banco della Sabbia, diretto da un altro tuo vecchio nemico, Antigonos... il Banco della Sabbia sarebbe stato liquidato. E avresti potuto giocare a tuo piacimento con Arish, Hiyarbal e Boshmun, perché avresti potuto farli finire sul lastrico in qualsiasi momento. Ora che il piano è fallito, ti sei liberato di Arish, che ti voleva sostituire da anni, e hai messo le mani sulla banca di Hiyarbal. L'altro Amilcare, quel folle di uno scrivano, probabilmente ha osservato e messo per iscritto l'intera vicenda. Gli scrivani hanno la tendenza a mettere tutto per iscritto. È un peccato che le sue annotazioni, che erano nascoste in un vaso, siano andate perdute.»
«Davvero un peccato.» Annone atteggiò il volto a un'espressione di profondo dispiacere. «E che peccato per te – non è vero? – che tu non possa dimostrare nulla.»
Bomilcare estrasse il gioiello dalla tasca e lo posò sul tavolino davanti al giaciglio di Annone. «È per questo che vogliamo parlare di cose belle.»
Annone sorrise, si piegò in avanti, prese la collana d'argento con i tre pesci finemente lavorati, la sollevò, annuì più volte e la posò di nuovo sul tavolo.
«Molto bella, perfettamente riuscita. Una grande artista, la tua amante. Che possa vivere a lungo indisturbata e possa realizzare ancora molti bei gioielli. Il prezzo?»
«Ottanta *shiqlu*.»
«Troppo poco.» Annone si allungò all'indietro, estrasse un borsellino tra i cuscini e lo gettò a Bomilcare. Qui ce ne sono cento. In tutto fanno settecento.»
Bomilcare esitò, poi annuì. «Tu lo dici, Rab Annone. Che possa vivere anche tu a lungo indisturbato.»
«Per quanto riguarda la mia sicurezza, mi affido anche ai tutori dell'ordine della città e ai loro capi.»
«Dal momento che un certo vaso è scomparso, non hai nulla da temere da loro. Per questa vicenda.»
Annone ammiccò. «Che cosa vuoi dire?»

Bomilcare si alzò in piedi. «È stato un piacere chiacchierare con te. Solo che potrebbe capitare che un giorno, in un'altra occasione, un altro vaso non scompaia; allora non mi ricorderò degli accordi di oggi.»

Annone indicò la porta. «Vai, capo delle guardie. Oggi è oggi. Domani ce ne dimenticheremo entrambi.»

Giunto alla porta, Bomilcare si voltò ancora una volta. «Perché hai incaricato Amilcare di farmi pervenire quella bisaccia che ti apparteneva, insieme a un biglietto con il tuo nome, per poi negare tutto?»

«Se avessi fatto questo» disse Annone con un fugace sorriso «sarebbe stato soltanto per confondere la acque.»

«E se io accettassi la bisaccia sarei ricattabile, non è vero? Potresti ricordartelo.»

«Mi ritieni capace di simili infime meschinità?» La voce di Annone non appariva affatto indignata, bensì annoiata.

«No, nobile Annone. Ma è meglio evitare ogni tentazione, a parte quelle di chi si ama.» Intascò il borsellino che conteneva i cento *shiqlu* per Aspasia; dopo di che estrasse dalla borsa l'altro, più pesante, e lo posò su uno scaffale di rotoli accanto alla porta.

Si sentiva come dopo una lunga corsa. O dopo un combattimento. E sperava di non dover incrociare mai più le lame con l'uomo più potente della città. Prima di ritornare all'agorà, salì fino a metà della collina della Birsa e si sedette sui gradini del tempio di Reshef, appoggiò il capo a una colonna e chiuse gli occhi.

Più tardi si recò ancora una volta negli uffici del giudice Budun, dove apprese che quel mattino Hiyarbal aveva ricevuto un regalo, un tortino di carne dal profumo particolarmente invitante. Ma dentro doveva esserci qualcosa di guasto, poiché era crollato in preda ai crampi, con la bava alla bocca, e certo non sarebbe sopravissuto fino all'indomani.

«E ancora una cosa» disse lo scrivano del giudice. «Ti sorprenderà. Budun, questo ricettacolo di fedeltà alla legge, ha dato ordine di trasportare l'argento vero da Sikka al Banco della Sabbia, che in cambio cancellerà tutte le registrazioni dei debiti.»

«Non so se Annone saprà apprezzarlo» disse Bomilcare. Poi ridacchiò. «Non ti ho già pregato una volta di riferire i miei rispetti a Budun?»
«Non vuole sentir parlare di te.»

Relazioni scritte, questioni secondarie e discussioni lo trattennero nelle stanze da lavoro delle guardie fino a poco prima del tramonto. Quando giunse all'officina di Aspasia, era già chiusa.
Bomilcare entrò nel cortile interno dell'isolato, salì la scala e vide che l'abitazione non era chiusa a chiave. Dall'anticamera fece piano il nome di Aspasia.
«Sono qui.»
Seguì la voce fino alla stanza da bagno. Dopo il lavoro, Aspasia si era lavata; era in piedi nuda davanti alla lastra d'argento che fungeva da specchio appoggiata alla parete e si spalmava sulla pelle unguenti e oli profumati.
Bomilcare sollevò il borsellino. «Da parte di Annone.»
«Ti ha pagato i quaranta *shiqlu*?»
Sorrise. «Rab Annone non ha fiatato quando ho raddoppiato il tuo prezzo, e mi ha dato questo borsellino, che ne contiene cento.»
Aspasia squittì piano. «Cento *shiqlu*! Il gioiello gli è piaciuto molto... oppure gli piaci tu?»
«Non vorrei piacergli.»
«È comprensibile. Sai una cosa? Ho fame... ti posso invitare all'osteria di Magone?»
«Stavamo giusto parlando di piaceri.» Bomilcare le si avvicinò e le posò entrambe le mani sui fianchi. «Prima o dopo?»
«Dopo saremo fiacchi.» Rise, lo baciò sul naso e gli mise una mano sul davanti del chitone, senza stringere. «Ah, la tua fenice vuole volare?»
Lui lasciò scivolare la mano destra lungo i fianchi di lei. «Sì, volare» mormorò. «Fino a un boschetto di sogno, nelle calde porte di Tanit.»
«Avrei un nome nuovo per loro» disse Aspasia mentre lui iniziava a spogliarsi.
«Per cosa? Per le porte di Tanit?»
«Il giardino di Amilcare.»

Appendice

Lo sfondo storico è il seguente: la vicenda si svolge nel 230 a.C., vale a dire dieci anni dopo la fine della prima guerra punica (264-241 a.C.); chi volesse saperne di più, può rivolgersi alle varie opere di consultazione. Alcuni dei personaggi, sia storici sia immaginari, si trovano anche nel romanzo *Annibale*. Per informazioni specifiche sulle problematiche affrontate nel presente libro, si rimanda innanzi tutto, qualora disponibili, alle seguenti opere:

Huß, Werner, *Geschichte der Karthager*, C.H. Beck, München 1985 e sgg.;

Rostovcev, Mihail Ivanovic, *Storia economica e sociale del mondo ellenistico*, La Nuova Italia, Firenze 1966-80;

E. Cohen, Edward, *Athenian Economy and Society. A Banking Perspective*, Princeton University Press, Princeton, New Jersey 1992;

Preisigke, Friedrich, *Girowesen im griechischen Ägypten, enthaltend Korngiro, Geldgiro, Girobanknotariat*, Schlesier & Schweikhardt, Straßburg 1910;

nonché ai numerosi discorsi economici e finanziari di Demostene.

NOMI E CONCETTI

Akragas Agrigentum, Agrigento.
Baits il romano Baetis, Guadalquivir.

Byzacena provincia cartaginese dell'entroterra, tra Sus e Sfax (Tunisia).

Colonne di Melqart "Colonne d'Eracle", Stretto di Gibilterra.

Ecumene l'insieme del mondo conosciuto e abitato.

Gadir la latina Gades, Cádiz (la più antica fondazione fenicia nell'Occidente, ca. 1100 a.C.).

Hadrymes la romana Hadrumetum, oggi Sus (Tunisia).

Hipu per i romani *Hippo*; nome di due porti importanti, oggi Biserta (Tunisia) e Bône/Annaba (Algeria).

Igilgili oggi Jijel (Algeria).

Ispali la romana Hispalis, Siviglia.

Ityke la romana Utica, a nordovest di Cartagine.

Kalpe città fenicia e cartaginese nei pressi dell'odierna Gibilterra.

Kastulo la romana Castulo, Cazlona (provincia di Jaén, Spagna).

Kirta la romana Cirta, Constantine (Algeria).

Libia denominazione complessiva dell'Africa Settentrionale (escluso l'Egitto).

Lilybaion la romana Lilybaeum, Marsala (Sicilia).

Malaquat/Malaka la greca Mainake, Malaga.

Massalia la romana Massilia, Marsiglia.

Mastia città iberica nei pressi della successiva Cartagine Nuova, Cartagena.

Meteco straniero residente privo dei diritti di cittadinanza.

Monti Neri la Sierra Morena (Spagna).

Oceano (Okeanos) l'Atlantico.

Qart Hadasht "città nuova", la greca Carcedonia, per i romani Cartagine.

Qart Iuba Karduba, nome immaginario di Córdoba.

Shiqlu cfr. talento.

Sikka oggi El Kef (Tunisia).

Talento ca. 27 kg, suddiviso in 60 mine di 60 *schekel* o 100 dracme ciascuna; ***Schekel*** (in greco *siglos*, in fenicio *shiqlu*) moneta d'argento cartaginese (ca. 7-7,5 gr).

Tarshish Tartessos, nome della capitale e del corrispettivo regno situato sul corso inferiore del Guadalquivir, distrutti dai cartaginesi verso il 550 a.C.

Gisbert Haefs
ANNIBALE

Traduzione di Stefano Beretta
e Giuseppe Cospito

Al termine di una vita travagliata, l'anziano commerciante elleno Antigonos decide di farsi "sguardo e penna" per rievocare le glorie e il declino di Qart Hadasht (Cartagine) e di due eccezionali strateghi punici, che ebbe modo di conoscere personalmente: Amilcare Barca e, soprattutto, suo figlio Annibale. Rievocate in una prospettiva inedita e brillante, prendono così vita le incredibili imprese dell'unico condottiero che inflisse una serie di sconfitte memorabili all'esercito romano, tenendo in scacco per anni la politica del Senato di Roma e i destini del Mediterraneo.
Annibale è una grande e tragica figura di antieroe: comandante rispettato dai suoi uomini, governatore deciso a svecchiare e democratizzare i costumi della propria città, erede di una civiltà destinata a soccombere davanti all'implacabile spinta espansionista di Roma. Vittima di invidie e oscure manovre politiche dei suoi stessi concittadini, incalzato dalla sete di vendetta dei romani, l'ultimo dei Barca sarà costretto a una tragica uscita di scena.
Con uno stile rapido ed efficace, scene corali ben congegnate e dialoghi brillanti, Gisbert Haefs ci offre un affascinante ed epico spaccato di vita del III secolo a.C.

Marco Tropea
Editore

HAEFS, Gisbert
Il mercante di Cartagine / Gisbert Haefs ; traduzione di Giuseppe Cospito. - Milano : Marco Tropea Editore, 2000. - 288 p. ; 22 cm - (I Marlin). - Trad. di: *Amilkars Garten*. - ISBN 88-438-0261-5

I. Cospito, Giuseppe II. Tit.
833.914 (Letteratura. Narrativa tedesca, 1945-)

Ristampa						Anno			
0	1	2	3	4		2000	2001	2002	2003

Finito di stampare nel giugno 2000
presso Mondadori Printing S.p.A.
Stabilimento Nuova Stampa Mondadori - Cles (TN)